De hoogvliege

DE HOOG VLIE GER

REINIER SONNEVELD

Brandaan

ISBN 978 94 6005 071 8
NUR 332

Vormgeving omslag: Sander Weeteling, Vonkk.studio
Vormgeving binnenwerk: Studio Mol

www.uitgeverijbrandaan.nl

Wat anderen zeggen over

De hoogvlieger

'Een blik tien minuten in de toekomst: wat in de vorige eeuw nog op het terrein lag van de sciencefiction, wordt tegenwoordig in hoog tempo werkelijkheid. Dat maakt deze thriller zo beangstigend, want het enige ongeloofwaardige aspect eraan is dat iets dergelijks nog niet heeft plaatsgevonden. De auteur combineert een meeslepende en kleurrijke schrijfstijl met een scherp inzicht in de aard van religie en die van de mens. Als lezer ga je om het lot van de personages geven, boven het redden van de wereld. Dat maakt dit een absolute aanrader voor wie een thriller wil met net een laagje extra.'
(Johan Klein Haneveld, SF-auteur)

'Een ongewoon debuut, lichtvoetig en complex tegelijk. Ik hou van boeken die de lezer uitdagen.'
(Willem Asman, winnaar Gouden Strop)

'Een razendspannend boek dat je anders naar het nieuws laat kijken. Het is fictie, en dat is maar goed ook, maar tegelijkertijd is het een waarschuwing. Je wordt langzamerhand een wereld ingezogen die verdacht veel op vandaag de dag lijkt, maar gelukkig nog ver weg is. Toch?'
(Peter van Dijk, acteur en schrijver)

‘Wanneer de hemel splijt,
de sterren vallen,
de zeeën uitbreken
en de graven openen,
dan weet de ziel eindelijk weer
wat zij eerder heeft gedaan
en wat zij heeft uitgesteld.’
Koran, De splijting

‘Ik was hier.’
anoniem, Pompeii

Proloog

Ben

'Ga niet, jongen. Blijf thuis!'

Heeft hij dat goed verstaan? Met een schok staat hij stil. De ochtendzon brandt op de granieten tegels, scooters knetteren door de straat. Daar zit een zwerver, op een rooster tegen een kantoorgebouw: woeste baard, huid vol zweren, blote voeten met zwarte teennagels. Dit is Rome, maar zo waren ze ook bij de stations in Nederland en tijdens de vakanties met z'n ouders in Frankrijk.

Don't go, boy. Stay home!

Het klonk als: *dokobooj, steejoom*. Dat kan ook een of andere exotische taal zijn of een paar waanzinnige klanken, en alleen zijn eigen hersenen maken er dan een keurige Engelse zin van. En thuisblijven, nee hoor. Het kan niet eens, zijn studentenkamer is vér weg en hij heeft net de huur opgezegd. Hij checkt zijn telefoon. Nog maar 700 meter tot aan de bestemming: het kleinste land ter wereld, het Vaticaan.

'Ga niet, *please*! Blijf thuis, Ben.'

Zegt die gast nou zijn naam?

'*Doko, plies. Steejoom, Ben,*' herhaalt hij.

Of is het Bem? Of Wem? De lippen van de zwerver lijken aan elkaar te plakken. Ja, die zit gewoon nu al in een trip. En van dat willekeurige gebrabbel probeert zijn brein iets logisch te maken. Op de pabo heeft hij dat gehad: twee stippen met een streep eronder, daar zie je meteen een gezichtje in, terwijl het gewoon twee stippen zijn met een streep eronder. We vullen voortdurend in, alles geven we betekenis. En de afgelopen dagen is hij natuurlijk al veel van die mafkezen tegenkomen, bij alle toeristische hoogtepunten: het Colosseum, het Pantheon, de Spaanse Trappen. Het leek wel een rage. Alsof alle idioten van de stad met elkaar hadden afgesproken om die ingedutte toeristen eens lekker te laten stressen. Vaak met stukken karton, grote letters erop gekalkt: HET EINDE IS NABIJ! DE WERELD VERGAAT! NOG VIJF DAGEN. NOG VIER DAGEN. NOG DRIE DAGEN. OVERMORGEN!

Ze telden af, maar eng werd het niet. Ze klonken als afgematte marktverkopers die al weken niets hebben verkocht. Willen jullie niet luisteren? Ach, wordt dan maar opgevreten door de zombies...

Hij zet zich weer in beweging en stroomt mee met de toeristen. De wereld vergaat? Gast, voor mij begint alles net! Dit de laatste dag? Eerder de eerste dag van mijn leven!

Heerlijk, gewoon net zo vroeg als de rest van de mensheid kunnen opstaan, omdat je niet tot vier uur 's nachts *The Last of Us 3* hebt gespeeld. Jezelf uitgebreid wassen, met zeep nog wel. Niet met een blik cola ontbijten, maar iets stevigs, iets verantwoords, met vezels en zo, zoals zijn ouders hem dat geleerd hebben. En dan niet de hele dag binnen blijven hangen, maar hop, naar buiten. De hemel is alweer strak blauw, er waait een fris briesje. Tussen al het gebrom van scooters en taxi's fluit een of ander vogeltje, als een malle – die kan alles aan.

Tien minuten geleden, op de stoep voor zijn hostel, zat ook al zo'n mafkees. Met bloeddoorlopen ogen staarde die hem aan – jou moet ik hebben, jou, waag het niet vandaag alwéér gelukkig te zijn. Hij hield zijn kartonnen bord omgekeerd omhoog: MORGEN IS DE APOCALYPS. *STAY INSIGHT*.

Het is *inside*, meneer de onheilsprofeet. Maar 'morgen' is wel handig gedaan. Zo'n bord kun je lang gebruiken.

Hij botst bijna tegen een jonge meid op, die midden op de stoep een kruisje slaat. Daar voor hen ligt een groot rond plein, met aan weerszijden halfronde zuilengangen met bovenaan iets van honderd beelden, en aan de andere kant een immense kerk met een ronde koepel en daarop een blinkende, gouden bol met een kruis. Nog 155 meter tot aan zijn bestemming: het Sint-Pietersplein met de beroemde basiliek. Tot voor kort de grootste kerk ter wereld, las hij zojuist, al zeventienhonderd jaar wordt er onafgebroken gebouwd aan deze kostbaarste kunstschat op aarde. En hij heeft vanochtend gewoon eventjes een ticket weten te fixen, zelf, zonder hulp van zijn ouders, ondanks het geklooi met creditcards en beveiligingscodes. Straks gaat hij dat schilderij zien van die bebaarde *dude* die wijst naar de vinger van een of andere blote *dude*.

Vet.

Hij trekt de heupriem van zijn rugzak nog wat aan. Dat ding glijdt steeds omlaag en trekt zijn spijkerbroek mee, nogal gênant. Die strook gladde stenen, begint daar het Vaticaan? Vlak ervoor staat hij stil. Wat zijn grenzen toch rare dingen. Willekeurige strepen over de aardbol. Aan de ene kant hoor je erbij, krijg je studiefinanciering en zo, en een meter verderop, misschien maar een centimeter, daar is precies dezelfde lucht, maar je bent niets meer.

Hij stapt over de lijn – er komt een vrouw op hem afrennen. Haar witte hoofddoek waait op, haar lichtblauwe jurk bolt. Een non. Nonnetje. Aziatisch gezicht, Chinees misschien.

'Joejoe!' roept ze. '*You, you,*' kan dat zijn. Of iets in haar eigen taal.

Ze kijkt zoals zijn moeder de afgelopen maanden voortdurend keek als hij maar in haar blikveld kwam. Alsof hij groen haar had gekregen. Het nonnetje grijpt zijn beide schouders vast. Een halve kop kleiner is ze, in de vijftig, wallen onder haar ogen.

'*I dream on you!*'

Hij gruwt en stapt naar achteren, maar ze beweegt mee en haar handen blijven op zijn schouders.

'*I dream on you,*' herhaalt ze, nu fluisterend. '*Tonight.*'

Wat is dit? Kan niemand hier fatsoenlijk Engels praten?

'Ik heb geen interesse, het spijt me,' zegt hij. En hij zet nog een stap terug, maar ze blijft hem vasthouden.

'*No go here. Go way, please...*'

'Sorry, ik begrijp niet wat u bedoelt.'

Ze schreeuwt nu: '*Go way! I dream on you!*'

'Ik mag hier gewoon komen, mevrouw. Ik heb zelfs mijn paspoort bij me.'

Dan verschijnt er een andere non, dezelfde witte hoofddoek en lichtblauwe jurk, langer dan hij, ergens in de twintig, Afrikaans gezicht. Ze slaat een arm om de eerste en trekt haar zachtjes opzij. 'Sorry, sorry,' zegt ze intussen tegen hem.

'*He dead,*' fluistert de eerste in haar oor.

'Ik ben niet dood, mevrouw,' reageert hij en dan met een grijns: '*I am very much alive!*'

'Sorry, sorry,' zegt de Afrikaanse non nogmaals en ze knikt richting het plein. 'Ga maar, het is toegestaan...'

Hij maakt een ironisch buiginkje en loopt het plein op. In het midden staat een hoge vierkante pilaar – een obelisk, volgens de reisgids. Pas als hij daar aankomt, kijkt hij naar achteren. De twee nonnen zijn nog bij de grenslijn, hun rug naar hem toe. De korte drukt haar gezicht in haar handen, de Afrikaanse wrijft rondjes over haar schouder.

I dream on you. Tonight. Zei ze dat nou echt? Die moet hij onthouden. En zo pa en ma appen, weer een beetje geruststellen. Anders zitten ze morgen in het vliegtuig. Hij hoort het ze nog zeggen. *Ja, jongen, we weten dat je al negentien bent, maar de laatste maanden was je niet zo vrolijk, zomaar je studie stoppen en dan nu plotseling op reis...*

Hij haalt diep adem en kijkt voldaan rond. Hij is toch ergens geschrokken van dat malle nonnetje, maar de stress lost op. Zomaar eventjes naar een wereldstad vliegen met je laatste spaargeld. In je up. En je dan helemaal niet eenzaam voelen. Zelfs geen behoefte hebben aan zombies knallen. Gewoon zin om je lijf te bewegen. Zon te voelen op je huid. En dat geniale briesje.

Daar kakelen een stel Afrikaanse toeristen, de vrouwen in bonte gewaden, de mannen in pak. Te gek. Daar steken twee andere nonnen over, doelgericht in een rechte lijn. En wat zijn dát? Gasten in een kostuum met rode, gele en blauwe strepen, het lijkt wel Lego, en dan zo'n ridderhelm op met een knalrode verenpluim. Clowns uit de riddertijd! Daar moet hij straks een foto van maken, ook aan pa en ma appen. Verderop een stel blonde kinderen, uit Zweden of zo. Een paar jongetjes rennen achter duiven aan, de meisjes vinden het zielig.

Als meester zou hij zo'n hele groep niet trekken, zeker niet bij elkaar, al helemaal niet na een paar uur stampen op de dt-regels. Er zit altijd een Chantal tussen die thuis dikke issues heeft en halverwege dartpijltjes tevoorschijn haalt en die naar het digibord mikt. Maar hier, zonder vier muren eromheen, zonder gezanik over dt, zijn kinderen fantastisch. Ze houden zich niet groot, hoeven niks, ze leven gewoon. Misschien moet hij toch weer iets met kinderen gaan doen. Maar dan wel zonder vier muren. En geen dt-regels. Welke maniak heeft eerst vier muren uitgevonden en toen bedacht dat het een goed idee was om daar dertig stuiterende kinderen tegelijk tussen te stoppen? En die vervolgens allemaal de regels van...

Zijn rugzak beweegt omhoog, de heupriem trekt tegen zijn middenrif, de schouderbanden haken in zijn oksels. Hij probeert achterom te kijken, hij was al gewaarschuwd voor zakkenrollers – dan perst zijn heupriem gemeen zijn longen dicht, zijn schouders drukken tegen zijn oren en zijn voeten raken het plein niet meer.

I

Kait

Een doffe bons. Hij is direct klaarwakker. Er is iets op zijn balkon, het klonk halverwege de ruit. Hier komt geen normaal mens – hij woont zes hoog. De zon schijnt op de gordijnen, maar er bewegen geen schaduwen.

Zijn ze dat, Noa? Is het begonnen?

Hij blijft liggen en probeert zijn slaapzak geluidloos open te ritsen. Enkele scheuren heeft hij ooit gerepareerd met ducttape, de uiteinden krullen alweer los. De vaalgele nepleren bank is het enige meubelstuk in zijn kale flatje. Hij draait zijn hoofd over de leuning omhoog en kijkt door de gang naar de voordeur. Achter het geribbelde veiligheidsglas beweegt niks. Daar heeft hij ze al die tijd verwacht.

Al vijf jaar stelt hij zich voor, elke dag, elk uur, hoe ze daar aanbellen. Twee man, niet meer. Hij kan toch niks beginnen. Niemand vlucht van zes hoog.

Een vegend geluid, laag, vanaf het beton lijkt het. Er kruipt iets op zijn balkon, er sleept iets, verborgen achter het muurtje onder de vensterbank.

Uiterst behoedzaam duwt hij zich overeind. Hij perst zijn oogleden en lippen samen om de afschuwelijke steken in zijn benen op te vangen. Als hij eindelijk zit, kijkt hij jachtig rond in de vrijwel lege huiskamer, instinctief op zoek naar een uitweg. Zinloos. Als ze dat inderdaad zijn op het balkon, dan verschijnen ze binnen enkele tellen ook bij de voordeur. En meer uitwegen zijn er niet.

Weer dat vegende geluid.

Hij grijpt onder het middelste rugkussen van de bank en trekt een elektrische boor tevoorschijn met een opvallend grote boutenkop. Die draait hij zachtjes los. Dan pakt hij onder een ander rugkussen een vlindermes vandaan. De handvaten klapt hij voorzichtig naar achteren, hij schuift ze voorin de boor en draait ze vast.

Misschien heeft hij zo nog een kans.

Hoe kan hij zo misgerekend hebben? Misschien hebben ze toch iets vermoed van zijn plan om te ontsnappen, hoe uitzinnig dat ook is. Misschien zijn ze niet gebriefd over zijn benen, zijn de verhalen over hem inmiddels zo mythisch geworden dat ze hem superkrachten toeschrijven. Waarom anders een stuk kreupelhout als hem zo insluiten? Of vermoeden ze dat hij zal springen en willen ze hem levend?

Een klappend geluid, alsof iemand in de vingers knipt, laag op het balkon.

Hij schuift zijn geïmproviseerde wapen onder het hoopje van zijn slaapzak. Zo is er nog enig verrassingseffect.

Wachten. Nog niets bij de voordeur. Ook op het balkon is het stil. Bij de buren rechtsonder staat de tv alweer aan, een goedkope schietfilm. Ver beneden, op de parkeerplaats voor de flat, rammelt een afvalcontainer over de stoeptegels, die vervolgens wordt leeggestort in een vuilniswagen. Het zal in de late ochtend zijn. Dat meisje van de thuiszorg komt zo. Zij mag hier niet in betrokken raken. Zij is onschuldig.

Onwillekeurig streelt hij de sleutel die op zijn borstbeen hangt. Teder. Een verroest, oud ding is het, glimmend van het huidvet.

Ze mogen me niet pakken, Noa. Ik heb het nu al zo lang hier uitgehouden.

Tegen de armleuning die hij als kussen gebruikte staat een stapel witte dozen. Blindelings reikt hij opzij en vist er een halveliterblik huismerkbier uit. Hij haakt zijn vinger achter het lipje, vouwt zijn badjas eroverheen en trekt het blik vrijwel geluidloos open. Hij giet wat bier over zijn mouw, tot de stof is doorweekt, en probeert erdoor te ademen. Ja, dit kan werken.

Eindeloze dagen heeft hij hier doorgebracht, allemaal identiek, allemaal vergeten. Deze bank was zijn eiland, de rest van de wereld de vijandige oceaan, vol uitgehongerde haaien. Maar hij had zijn halveliterblikken. Telkens dat geruststellende *ksssh*. En dan weer. En weer. Meer is zijn leven niet en niemand weet dat zo goed als hij zelf. Soms is er nog een bezorger van de supermarkt bij de voordeur, met een stapel nieuwe dozen. En dat meisje van de thuiszorg, met haar motorhelm.

Ieder ander in zijn situatie was allang gesprongen. Zes is hoog genoeg. Een wanhopige buurvrouw in de flat tegenover heeft dat vorig jaar afdoende bewezen. Maar hij heeft een plan. En dat plan laat hij zich niet afnemen. Door niemand niet. Ook niet door een moment van nuchter, onbedwelmd denken en de wanhoop die hem dan de adem beneemt. Of door een paar mannen met traangas op zijn balkon.

Er wordt een deur geopend, verderop op de galerij. Sjokkende voetstappen naderen. Verder niks, ook niet op het balkon.

Hij had moeten trainen. Elke dag opdrukken. Optrekken aan de deurpost. Dat had onderdeel moeten zijn van zijn plan. Een doos halveliterblikken per dag is genoeg om niet te springen. Maar hij heeft er ook zijn spieren mee verweekt. En zijn brein.

Wachten nu. Het is te laat voor iets anders.

Waarom vallen ze niet binnen? Moeten ze nog overleggen? Missen ze iets? Er klopt iets niet. Dit soort acties moet je snel doen, je moet je target verrassen, geen enkele kans geven om te improviseren – en hij heeft al van alles kunnen improviseren. Of zijn ze zelf geschrokken van die bons tegen zijn ruit en wachten ze tot hij weer in slaap sukkelt?

Dit duurt te lang. Hij pakt zijn elektrische boor met het vlindermes erin. Behoedzaam schuift hij zijn krukken naar zich toe, legt ze als hefbomen tegen de voorkant van de bank en trekt zichzelf omhoog. Hij knijpt weer zijn oogleden en lippen samen, maar er persen toch nog tranen en spuug doorheen. Een wals lijkt over zijn benen te rijden en zijn botten versplinteren.

Heel geduldig.

Heel nauwkeurig.

Als hij maar eenmaal staat, dan is het te doen, net. Met zijn boor in de hand zet hij zijn ene kruk iets naar voren. Dan de andere kruk. Zo worstelt hij zich richting het gordijn voor het balkonraam.

Ik moet naar jou toe, Noa.

Hij staat bij het grauwe, vettige gordijn. Weer dat vegende geluid, schuin onder hem, vanaf het beton.

Het plan moet lukken. Het moet.

Er is bovenaan een kier in het gordijn. Er schijnt een zonnestraal doorheen waar stofdeeltjes in dansen.

Ik moet weten met hoeveel ze zijn. Misschien heb ik nog een kans.

Hij buigt naar voren. De bovenkant van het hek ziet hij nu, een paar spijlen, maar nog niet de betonnen vloerplaat. Hij drukt zich omhoog met zijn krukken, probeert zijn voeten te strekken – weer die verschrikkelijke pijn. Zijn ogen worden nat, hij knippert totdat het beeld helder wordt. Daar is het beton, vol grijsgele mosplekken. Nog verder buigt hij naar voren, tot zijn neus het gordijn raakt. Dan begint hij hysterisch te lachen.

2
Ben

Is dit Bertilde?

Dat is het eerste wat hij denkt als zijn voeten loskomen van de tegels. Een van zijn klasgenoten op de pabo was de zachtaardigste van allemaal, maar zag eruit als een kogelstootster en in de kantine besloop zij hem soms van achteren en tilde hem plotseling op. 'Op de kop in de prullenbak!' joelde ze dan, wat hij nooit helemaal begreep en wat ze ook nooit uitvoerde. Maar het zei iets over hoeveel gezag hij blijkbaar uitstraalde. Ergens op de schaal tussen een kuiken en een badeend.

Bertilde is hier toevallig ook, ze heeft me herkend en tilt me nu op.

Maar dit is te hoog!

Pijn voelt hij nog niet, maar hij merkt hoe de heupband venijnig tegen zijn middenrif drukt en de schouderbanden trekken in zijn oksels, waardoor zijn armen opzij staan, zoals je voor de klas een vogel nadoet. Hij spartelt met zijn benen, ze maaien in een leegte. Hij kijkt naar achteren, niks, probeert omhoog te kijken, de rugzak zit in de weg.

Een onzichtbare superkracht rukt hem de lucht in.

Angst ontploft in zijn lijf. Niks hiervan kent hij. Geen enkele verklaring komt in hem op.

De obelisk waar hij net tegenop keek, flitst langs. De mensen onder hem krimpen, daar is die Afrikaanse groep, daar de Zweedse schoolklas. Niemand kijkt omhoog. Niemand beseft wat er met hem gebeurt.

Hij kronkelt zijn hoofd omhoog. Niks te zien. Wel hoort hij gezoem, ver weg, als een opgefokte bijenzwerm. Hij kent dat geluid... Hij graait met een hand naar de bovenkant van de rugzak boven hem, voelt daar niks. Hij trekt zichzelf omhoog richting de rugzak in zijn nek, zijn armspieren trillen, hij voelt weer. Daar bovenop zit iets kouds, een soort metalen klem. Hij trekt eraan, dat ding moet los.

Nee, shit, dat ding moet niet los!

Daar is de piramidevormige spits van de obelisk. De geluiden van onderen vallen weg in het gezoem boven hem. Het is een drone, dringt tot hem door. Dat gezoem, dat is een drone. Er is iets ontzettend fout gegaan. Een krankzinnige vergissing.

'Hé!' gilt hij. 'Niet doen!' En dan in het Engels: '*I hang here! Down! Down!*'

Hoe vraag je om hulp in het Italiaans? Hij heeft het ergens gelezen, onderweg in het vliegtuig.

'*Ajoeda!*' brult hij. '*Ajoeda! Put me down!*'

Een drone, dat kán helemaal niet. Dat zijn lichtgewicht apparaatjes, zo ongeveer speelgoed, die tillen net een cameraatje.

Met een ruk beweegt hij zijwaarts, weg van de obelisk, richting de grens waar hij een paar minuten geleden overheen stapte. Hij hangt schuin en boven zich kan hij nu iets zien. Tegen de strakblauwe hemel, iets van twintig meter boven hem, glijdt het silhouet van een soort reuzenspin. Acht rechte poten met aan de uiteinden een cirkelvormige waas. Het is een drone. Een gigantische.

Instinctief klauwt hij weer de rugzak boven zich vast en trekt zich ertegenaan. Met de ene hand krijgt hij de haak te pakken, daarna het touw erboven met de andere hand. Hij probeert zich verder omhoog te trekken, maar de rugzak zit in de weg. Zijn schouderbanden glijden richting zijn bovenarmen en zijn heupband zit nu bij zijn oksels. Shit, shit – hij duwt zijn armen omlaag, die banden moeten terug.

De drone hangt plotseling stil, hij zwiept door.

Onder hem zijn de mensen poppetjes. Daar die ridderclowns, met hun belachelijke kostuums en helmen. Ze wijzen naar hem. Ze maken van hun handen een koker, hun monden bewegen opzichtig, maar het geluid verdwijnt in het suizen van de wind en het zoemen van de drone. Overal opgeheven gezichtjes, ze lijken allemaal iets te roepen, maar alle geluid lost op.

Daar houdt er een z'n telefoon omhoog, daar ook, en daar. Binnenkort staat alles online. Nu al staat alles online. Hoe hij boven het Sint-Pietersplein hangt met zijn blote, bleke pens – zijn shirt is tot boven zijn tepels getrokken. En hij voelde zich juist zo sterk. Wist hij veel wat hij met zijn leven moest, maar dat deed er niet meer toe. Het zou sowieso goedkomen.

Een van die ridderclowns haalt een zwart ding tevoorschijn – dat is toch niet...

'Stop, stop!' brult hij omlaag. *'Ajoeda! Don't shoot me! It's not me, this is not my drone!'*

Maar als hij hen niet hoort, horen zij hem ook niet. Wild schudt hij zijn hoofd, zwaait zijn armen langs elkaar heen omlaag. *Nee, niet doen, alsjeblieft. Ik ben onschuldig. Ik begrijp er ook niets van.*

Een andere ridderclown legt zijn hand op de schouder van de eerste, die laat het wapen zakken. Er staan een paar figuren in donkerblauwe uniformen bij, agenten lijken het. Eentje smijt een zwarte stok in zijn richting, een wapenknuppel vast, maar die stuitert terug op de tegels. Een andere agent werpt een oranje touw omhoog, een sleepkabel lijkt het, maar ook die ploft kansloos terug. Een ridderclown schreeuwt in zijn telefoon, de anderen wijken uiteen. Tussen alle poppetjes onder hem opent zich een lege cirkel. Iedereen rent in paniek weg, richting de zuilengangen links en rechts van het plein, met de talloze toekijkende heiligenbeelden erop.

Er is maar één figuurtje dat niet beweegt, halverwege de uitdijende leegte, met een witte hoofddoek en een lichtblauwe mantel. Ze heeft haar handen rond haar mond gekruld, roept iets. Is dat het Chinese nonnetje? Een andere non, een stuk forser, trekt haar mee, de kleine spartelt tegen, maar wordt resoluut opgetild en ze verdwijnen tussen de zuilen.

Het plein is leeg.

'Nee,' roept hij, in het Nederlands. 'Help me!' En dan fluisterend, hees: 'Laat me nou toch niet alleen...'

3
Dounya

Reageer nou Doenie! Het is BEGONNEN!

67 nieuwe berichten. Ze zucht diep. Janko is officieel aan het doordraaien.

Ze staat op de stoep van haar derde adresje vanochtend, naast haar motor: een oldtimer uit 1962, een zwarte BMW R60, zelf ontroest en gelakt. Haar leren vintage helm in de ene hand, haar werktelefoon in de andere. Haar teammanager moppert elke week moedeloos op het intranet dat ze die alleen, echt alleen mogen gebruiken voor 'werkgerelateerde functionaliteiten'. Niet om te giechelen om een Insta-filmpje van een uitglijdende pinguïn terwijl je een halfzijdig verlamde de billen wast, de recentste klacht over een collega. Maar deze appjes nu doorscrollen, dat is een 'werkgerelateerde functionaliteit'. Want hoe kan ze functioneren op haar werk als om de paar tellen dat apparaat in haar broekzak trilt met weer zo'n paniekerig bericht van haar vriendje? Als hij ziet dat ze bekeken zijn, kalmeert hij misschien een beetje. En héél misschien is er echt wat aan de hand.

Doenie, please, KIJK NAAR HET NIEUWS

Ik had het gezegd, ik had het toch gezegd!!!1!!

Het zijn niet de MICROBOTS...

Doenie, kom naar huis, je moet veilig zijn, de shit breekt los, dit is het dit is het

De DERDE wereldoorlog

Rome is het, het begint dus allemaal in ROME!!!

Doenie, is je telefoon uit?

Doe je telefoon aan!

Aan!

Aan!

AAAAAN!1!11!!!

Zucht. Het ging de laatste weken juist wat beter. Ze hebben gisteravond zowaar samen iets gekeken, een romantische komedie, het enige waarvan hij niet gaat preken. Toen ze daarna opstond van de bank, bekaf van al het gesjouw en gebillenwas de hele dag, greep hij haar hand en maakte hij z'n oude grapje: 'Doe nie, Dounya!' Ze plofte terug, vleide zich op zijn schoot en viel meteen in slaap. Haar laatste gedachte was dat haar hoofd nu op de plek van zijn laptop lag en hij tenminste één nachtje niet in die blauw gloed zou doorbrengen.

Nu is het weer zoals altijd. Er is iets in het nieuws, wat dan ook, toevallig in Rome ditmaal, en haar vriendje denkt meteen dat de wereld vergaat.

'Niet zo janken, Janko,' wil ze appen, maar dat is ook zo lullig. Die arme jongen is echt bang. Maar ze gaat niet naar huis komen, wat denkt hij wel. Haar ouders hadden een brandalarm dat al ging loeien als er een vliegje langs vloog – nu heeft ze weer zo'n doorgedraaid brandalarm thuis. De wereld kan niet elke dag vergaan. En stel, stél dat het deze keer wel raak is, wat moeten zij dan samen? Alsof hij van die *survival skills* heeft. Als hij een konijn ziet, vraagt hij al of zoiets kan bijten. Kan ze beter bij meneer Vanderlee zijn, hoogbejaard, maar heeft een echte oorlog meegemaakt. Er hangt zelfs een geweer van toen aan z'n muur, die doet het misschien nog. Of haar jongste en lastigste cliënt, geen moment nuchter en zijn benen vol metaal – Cyborg noemt ze hem weleens liefkozend. Die heeft tenminste een sensationele voorraad halveliterblikken bier in z'n keuken staan, daarop kun je prima overleven.

Maar dan Janko, haar laatste momenten met hém...

Nee, als de wereld vergaat, vergaat die. Vallende atoombommen houd je niet tegen. Niet met een paar bejaardenluiers. Ze kan beter nog een paar billen wassen. Wij van de thuiszorg zijn niet te stoppen. Al rennen de zombies door de straten, wij wassen billen.

'Doenjá-á-á!' De wiebelige stem van mevrouw Akkersen klinkt van achter het raam.

Ze trekt haar hidjab recht, vist de sleutel uit haar broek en stapt het huis in. Wat een stank. Ze schiet het keukentje in: beslagen ruiten, schimmelvlekken in de kozijnen, al het servies bruin en oranje. Ergens in de jaren zeventig moet dit bijna een catalogusfoto zijn geweest, nu lijkt het een verlaten huis uit zo'n film van Janko, waarin de wereld voor de zoveelste keer vergaat. Ze leegt de druipende kattenbak – bruin-oranje – in een vuilniszak.

'Moet je nou kijken, meissie. Het is toch verschrikkelijk!'

Op het bruin-oranje, bolle tv'tje in de huiskamer lijken de beelden dronken, blijkbaar door een amateur met een telefoon gefilmd, diep ingezoomd. Er zweeft een mollige jongen in de lucht, hoog boven de camera, doodeenzaam in de helderblauwe lucht, wild spartelend met z'n armen en benen. Het lijkt zijn eerste paniekerige zwemles. Zijn fluorescerend roze rugzak wordt door iets omhoog getrokken en komt los van zijn rug, de schouderbanden knakken zijn schouders tegen zijn oren en zijn heupriem is strak tegen zijn uitstulpende mannenborsten getrokken.

Een katje in de bek van de moederpoes.

Ze schakelen door naar de verslaggever, een lange vrouw met zulke perfecte blonde krullen dat het een shampooreclame lijkt. Er moet wel een assistent met een enorme bladblazer net buiten beeld staan om die lokken zo te laten dansen. Op de achtergrond een rij pilaren, beige, oud. Een wirwar aan rennende brandweerlieden, verplegers, agenten – geen Nederlandse uniformen. Had Janko het nou over Rome? Diverse cameramensen staan tegenover opgewonden reporters. En daar op de achtergrond – wat zijn dát? Twee figuren in rood-geel-blauwe pakken en dan zo'n ouderwetse helm op, het lijkt wel carnaval. De een trekt iets uit zijn wijd opbollende broek. Een zwart metalen apparaat.

Een automatisch geweer.

Als dat maar geen moslims zijn. We hebben al genoeg gezeik.

En morgen begint de hadj. Twee miljoen van haar geloofsgenoten bij elkaar in Mekka. Daar wil ze ook eens bij zijn, met haar moeder. Ooit, als ze genoeg gespaard heeft. Als ze zich gelovig genoeg voelt. Maar nu deze ellende op tv en morgen de hadj, dat is verdacht toevallig.

'Ik kan dit niet meer aanzien!' zegt mevrouw Akkersen huilerig en ze prikt met een lange stok vanuit haar stoel de tv uit.

'Mevrouw, nee, wacht...' begint ze, maar ze slikt haar woorden in. Belangrijke dingen eerst. En ze knielt om mevrouw Akkersen haar steunkousen aan te trekken.

Onderwijl moet ze denken aan hoe otters slapen. Dat zag ze laatst in zo'n natuurfilm. Otters slapen in het water, drijvend, en klemmen intussen elkaars pootjes vast. Als de rivier plotseling wild wordt, blijven ze tenminste bij elkaar. En dan stelt ze zichzelf een vraag waar ze het koud van krijgt.

Als het wild wordt, wie houdt mij dan vast?

4
Kait

Hij zit op zijn nepleren bank, zijn krukken liggen voor hem op het zeil, drie ingedrukte halveliterblikken naast hem. Het gordijn is opengeschoven, de zon schijnt vol naar binnen. Op zijn schoot, op zijn vaalblauwe Milky Waybadjas, zit kalm een forse meeuw.

Nou, Noa, we hebben nog een kans...

Met zijn ene hand streelt hij het ruggetje. Zijn mouw is nog doorweekt van het bier dat hij eroverheen heeft gegoten, als masker tegen het traangas dat niet kwam. Zijn andere hand houdt hij voor de gele, gekromde snavel met een opvallende oranje stip aan de onderkant. Zo nu en dan pikt het beestje naar zijn vinger, zacht, bijna gemoedelijk. Een van de vleugels is ongelukkig naar boven geknikt.

'Nog even geduld, beessie,' zegt hij. 'Dat meisje van de thuiszorg weet vast wel wat we met je moeten. Zij kan water halen in de keuken. En ook wel op d'r telefoon uitzoeken wat jij eigenlijk eet.'

Toen hij door de kier in het gordijn de meeuw zag, moest hij vreselijk lachen. Waarom had hij hier niet aan gedacht? De bezorgers van de supermarkt, telkens andere broekies vol jeugdpuisten, en dat meisje van de thuiszorg, meer gezelschap heeft hij niet. De vogels die langs zijn raam zweven zijn de enige levende wezens die hij verder nog ziet – soms landen ze zelfs op zijn balkon.

Hij trok centimeter voor centimeter het gordijn open en opende voorzichtig de balkondeur. Plotseling rukte de wind aan hem en hij wankelde. Daarom kwam hij dus nooit meer enige drempel over. De parkeerplaats diep onder hem tussen de spijlen van het hek door, vol glimmende autodaken, zoog als een draaikolk.

Zijn krukken kletterden uit zijn handen en hij klauwde zich vast aan de deurpost. Traag liet hij zich zakken. Zijn oogleden en lippen knepen samen, tranen en spuug persten erdoorheen, mokers ramden op zijn benen. Zorgvuldig en toegewijd ramden de mokers.

Eindelijk slaagde hij erin zijn ogen te openen en had hij de waas weggeknipperd. Hij bukte naar voren, de oude sleutel aan het leren koordje om zijn nek tikte tegen het beton. De meeuw begon te klapperen met zijn vleugels en hapte naar zijn hand. Hij liet zijn buik op het beton zakken, zijn heupen op de drempel. Verder kon niet. Als hij nu nog een centimeter doorschoof, zou de wind hem grijpen, hem over het hek heen zuigen en op de autodaken smijten.

Hij had de punt van een vleugel te pakken, tussen zijn wijsvinger en middelvinger. Hij trok het beestje in zijn richting. Het beet venijnig in zijn hand, tot bloedens toe. Maar hij zette door.

Ik ben een goede vader, Noa. Ze mogen zeggen wat ze willen, maar ik ben een goede vader.

'Wat is dít, Cyborg?'

Hij schrikt. Het meisje van de thuiszorg. Hij heeft haar niet eens binnen horen komen. Haar egale huid doet hem telkens denken aan de hopjesvla die hij vroeger te eten kreeg, twee, drie keer per dag. Hij at zelden iets anders. Haar hidjab van gebleekte spijkerstof zit losjes en kan elk moment wegglijden. Haar wenkbrauwen zitten ongewoon hoog, waardoor ze altijd een licht spottende uitdrukking heeft. Tegelijk klinkt haar stem zorgzaam, moederlijk bijna. Haar retro motorhelm bungelt in haar hand.

Ooit heeft ze wel haar naam gezegd, helemaal aan het begin, toen het net allemaal zo gruwelijk was misgegaan, maar hij kon er niet op letten. Er waren zoveel van die types in die tijd, de een nog opgeruimder en optimistischer dan de ander, ze kwamen en gingen toch allemaal weer. Uiteindelijk was zij de enige die bleef komen. En hoe langer ze elkaar kenden, hoe gênanter het werd nog naar haar naam te vragen.

Hij knikt naar de meeuw op zijn schoot, als antwoord op haar vraag: 'Dit is de ruiter van de Apocalyps.'

Ze kijkt hem niet-begrijpend aan, zoals zo vaak. Ze zullen ongeveer even oud zijn, 25, 26, hij is vast haar enige adresje van haar leeftijd, maar verder kunnen ze niet meer verschillen. Zij met haar motor, hij al vijf jaar hier opgesloten, wachtend, tot hij eindelijk zijn plan in werking kan stellen. Zij met haar zachte vormen en taaie spieren – 'billen wassen is mijn work-out,' zegt ze regelmatig – hij met zijn iele armpjes en vergruizelde benen. Zij met haar hippe hidjab, hij met zijn nogal gecompliceerde geschiedenis met dat geloof van haar. Zij die hem wast. Hij die door haar gewassen wordt.

En het sluimerende besef dat dit eigenlijk niet meer nodig is. Maar dat hij anders helemaal nooit meer iemand spreekt. Hoe moet hij het anders volhouden en de dag halen waarop het plan begint?

'Vaag grapje,' zegt hij.

'Wat is dat vandaag toch met die apocalyps?'

Hij kijkt haar schuin aan. Is er toch iets aan de hand? Die meeuw voelt opeens als een of ander voorteken, hoewel voortekens niet bestaan, niet kunnen bestaan. 'Je vriendje weer?' probeert hij.

Ze pakt de afstandsbediening en klikt het tv'tje aan, dat verloren midden op het plakkerige zeil met tegelmotief staat. Die heeft ze ooit zelf voor hem meegenomen. Van de kringloop en met haar eigen geld, vermoedt hij, maar dat heeft hij nooit durven vragen. Gewassen worden door een meid van je eigen leeftijd is al vernederend genoeg.

'Kijk zelf maar.'

Een ingelast journaal. Schokkerige beelden van een pafferige jongen, wanhopig spartelend in de leegte, het ziet eruit als verdrinken. De schokkerige camera schiet omhoog en daar vliegt een drone, een fors model met acht armen.

Dus toch! Hier had ik het al die tijd over, Noa.

'Dit is in Rome, twee uur geleden,' zegt het thuiszorgmeisje. 'Straks wordt het echt goor, dat wil je niet zien.'

Onwillekeurig gaat hij voorover hangen en met zijn handen graait hij blind naar zijn krukken, die ergens op de grond moeten liggen. De meeuw komt in de verdrukking en krast, Kait deinst achteruit, maar blijft ononderbroken naar het scherm staren, terwijl zijn hand intussen naar de opening zoekt onder het rugkussen, waar hij de elektrische boor terug heeft gepropt.

'Ik zag net dat hij probeerde te bellen,' zegt het thuiszorgmeisje naast hem. 'Echt verschrikkelijk. Hang je daar – wie probeer je te bellen? Je vriendinnetje? Je moeder? Wat zeg je dan? En toen viel zijn telefoon ook nog.'

De drone zet razendsnel koers naar de gigantische kerk aan het plein. Een immense koepel wordt zichtbaar, met bovenaan een forse gouden bol en daarop een kruis. Dit is het Vaticaan, beseft hij, een groot museum eigenlijk. Daar zal vast ook zo'n schilderij van het einde der tijden hangen, vol wanhopige mensen op de vlucht voor iets waaraan ze niet kunnen ontsnappen.

En daar hebben ze 'm dan, na een paar duizend jaar wachten, hun einde der tijden. Zó hadden ze het zich niet helemaal voorgesteld.

De drone komt zo'n twintig meter boven het hoogste punt tot stilstand. De jongen bungelt halverwege.

'Nu wordt het dus ranzig, Kait. Ik hoef dat niet nog een keer te zien.'

Maar hij kan niet wegdraaien. Die arme jongen hangt loodrecht boven het kruis. Gelaten lijkt het, geen gespartel meer. De drone schokt even en de jongen begint te vallen, met zijn knalroze rugzak achter hem aan, het touw dwarrelt mee, en dan haakt hij met zijn dikkige, bleke buik over de rechterstaak van het grote kruis.

'Is het al weg?'

Hij reageert niet. De presentator, een model met een grote bos opwaaiend blond haar, meldt dat het slachtoffer net gestopt was met de pabo, maar volgens zijn klasgenoten een goede meester was. De beste. Zo ontzettend lief met de kinderen. Meester Metal werd hij genoemd, want hij zette soms zomaar van die harde muziek aan in de klas en dan gingen ze allemaal springen.

En weer beelden van hem, meester Metal, over de rechterstaak geklapt, die diep in zijn buik is verdwenen. Een en al pijn. Doodeenzaam. Hoeveel mensen kijken nu mee, zien hem live sterven? Er is niets zo intiem als sterven. Maar niemand is bij hem, kan zijn hand vasthouden, kan iets liefs tegen hem zeggen, terwijl miljoenen, misschien wel miljarden mensen toekijken.

'Waarom doen ze niks?' Haar stem slaat over. 'Daar zie je toch helikopters, drie, vier?'

'Er kan een bom in die rugzak zitten. Zo'n boobytrap. Als ze hem aanraken, kan die halve koepel wegblazen. En misschien zitten er nog mensen in die kerk.'

'Maar iemand moet toch wat doen? Juist bij een kerk zou je denken...'

Ja, en daarom zijn alle religies waanzin, denkt hij. Op de heiligste plekken zijn de ergste dingen gebeurd. Een beetje God laat niet zo met zich sollen. Die heeft wat meer respect voor zichzelf.

'En wat ben jíj van plan dan?' hoort hij haar vragen.

Hij heeft zijn elektrische boor weer beet – de enorme boutenkop heeft hij een half uur geleden teruggezet – en staat rechtop met zijn krukken. Het verbaast hemzelf. Hij heeft het onbewust gedaan, zo vaak heeft hij zich dit al voorgesteld. En op de een of andere manier heeft zijn brein daar ook bij bedacht dat hij die meeuw netjes op de bank naast zich moest zetten.

'Niks.'

Hij staat richting het balkon en draait veel te opvallend terug. Ze trekt haar wenkbrauwen nog hoger en spottender op, gaat naast hem staan en knikt naar de voordeur. 'De deur is daar...'

Hij zucht.

Ze knikt naar het balkon. 'Daar is geen uitgang.'

'Ik...'

'En wat moet je daarmee?' Ze knikt naar zijn hand met de boor.

Hij had geduld moeten hebben. Als zij weet waar hij naartoe gaat, verkloot ze alles en verliest hij de kans tenminste nog iets van zijn leven te maken. Enigszins te herstellen wat er zo gruwelijk is misgegaan.

Ik moet naar je toe, Noa. Nu. Ik kan je redden. Ik heb die sleutel.

'Vandaag ben je niet nodig,' zegt hij zo kalm mogelijk. 'Morgen weer. Zelfde tijd, zelfde plek.'

Die wenkbrauwen gaan maar niet omlaag. 'En waar ga jij naartoe dan?'

'Nergens. Ik blijf braaf hier. En jij hebt lekker pauze, kun je appen met je vriendje.'

Hij laat zich terug op de bank ploffen. De mokers beuken. Hij wil keihard schreeuwen.

'Ga nou...' weet hij uiteindelijk uit te brengen.

Hij moet dit alleen doen. Het plan werkt anders niet. Zij past er onmogelijk in.

Ze gaat naast hem zitten, met de meeuw tussen hen in. 'Het is iets met die sleutel, wedden?' Ze vraagt het speels, bijna flirterig.

Hij bedwingt zich om dat roestige ding om zijn nek niet vast te grijpen. Alle medewerkers die langs zijn geweest hebben er weleens naar gevraagd. Waar die toch bij hoorde. Of die van een geheime schat was misschien. Waarom die niet af kon als hij sliep. Zelfs niet bij het douchen. Alleen zij was er nog nooit over begonnen, dat ene meisje dat nu als enige komt en van wie hij de naam niet weet.

'Wil je alsjeblieft vertrekken?'

Ze kijkt naar de meeuw, die kalm op het kussen tussen hen in zit, met zijn vleugel in die nare knik. 'Die moet nog wat drinken, toch?'

'Dat kan ik prima zelf.'

'Is die hier tegenaan gekomen?' Ze staat op en wijst naar een vettige vlek op de ruit. 'Dat zal ik zo wel even...'

'Nee!' Hij onderbreekt haar ruw. 'Ga nou. Er is weinig tijd. Alsjeblieft.'

'Ik maak me zorgen, Cyborg. Je bent iets geks van plan. En ik ben verantwoordelijk voor je.'

'Niet meer als je weg bent.'

'Maar ik bén er.'

Op het tv'tje een verlaten plein. De immense poorten van de kerk komen traag in beweging, tot ze ongeveer een meter uiteen wijken. En dan verschijnt onderaan de hoge, duistere schaduw een witte gestalte.

'O nee,' fluistert hij.

'Wat?'

'Daar!'

'Is dat niet de...'

Dingdong, klinkt het in de gang, klokachtig, een hogere en dan een lagere toon. Er wordt bij de portiek beneden aangebeld. Maar hij heeft geen dozen bij de supermarkt besteld en verder wordt er nooit aangebeld. Hij kijkt jachtig de andere kant op, richting de balkondeur. *Ze zijn er al.*

5
Schouten

Meneer Schouten, Joop voor absoluut niemand, zit in een van de afgesloten glazen kamertjes op de vijfde verdieping van de Korf. Het hoofdgebouw van de binnenlandse veiligheidsdienst in Zoetermeer doet van buiten door de zeshoekige vormen aan een bijenkorf denken, maar vandaag ook inwendig. Het is alsof een imker rook naar binnen heeft geblazen. De mensen zitten niet, maar rennen. Alle belruimtes zijn bezet. Iedereen moet plotseling *calls* doen die collega's niet mogen horen. Uiteraard alleen voor werk.

De voorlaatste keer dat het zo ging, was elf september. De laatste keer was zes januari, toen het Capitool werd bestormd.

'Kom op, Lotte, neem op...' zegt hij in de hoorn. De kiestoon blijft klinken. Hij strijkt over zijn volledig kale schedel vol ouderdomsvlekken. Trekt onwillekeurig aan de hendel onder de bureaustoel en zakt plotseling tien centimeter. Er snellen constant benen heen en weer onder de matte stroken halverwege de glazen wanden.

'Dit is de voicemail van Lotte Schouten. Ik luister deze zelden af, dus het heeft weinig zin iets in te spreken.'

De piep. Alweer.

'Lotte...' begint hij en net dan wordt de deur opengeduwd. Dat kan niet per ongeluk zijn, het lampje bij de deur is rood. Hij kijkt niet om en wappert geërgerd met zijn hand achterwaarts. Daar klinkt wat gemompel, de deur klikt dicht en hij vervolgt.

'... je bent vast verbaasd dat je mijn stem hoort. Ik vraag je dringend om niet op te hangen. Luister dit bericht af, alsjeblieft. Ik weet dat ik een slechte vader was. Als ik er al was, was ik er niet. Niet echt. Maar...'

Het is lang geleden dat zijn ogen nat werden.

'Voor nu is dit het belangrijkste. Die aanslag, je hebt het vast al gezien, en... Noa is nu op school, toch? Je wilt echt niet dat ze daar zit als...'

Hij aarzelt.

'Je moet haar ophalen. Echt. Ik weet dat ik je niet kan commanderen, zo bedoel ik het niet, ik heb nergens recht op, maar... Stel je voor dat ze daar nog dagen zit, met alle kinderen in het lokaal, verder alleen de juf – haar beker leeg, boterhammen op, en jij kunt niet meer bellen, de straten zijn afgezet, internet ligt plat, er komt zelfs geen water uit de kranen. Ik ben hier in de Korf, wij hebben berichten gelezen die... Haal Noa op, serieus, nu kan het nog. Verzin een of andere rotsmoes, iets met de tandarts of zo, een plotselinge begrafenis. Vertel nooit dat ik je heb gebeld – we willen geen paniek. En blijf dan thuis, dat is voorlopig het beste. Ik...'

Hij hangt abrupt op en snuit zijn neus in zijn stoffen zakdoek. Hij scrolt wat door Twitter, tegenwoordig een serieuze bron van intel. Hij bekijkt de trending topics, zoals een van de jonkies hem heeft geleerd: #VaticanAttack staat bovenaan, gevolgd door #SaintPeterAttack, #HangMan en #BadHangover. Hij belandt in een rij cynische grappen: die arme Ben Kuijteboer zou vannacht te veel gedronken hebben en op een wel heel ongelukkige plek zijn roes hebben uitgeslapen. Schouten herinnert zich de immense beloftes over het internet in de jaren negentig, dat de mensheid zou verenigen en de wereldvrede inluiden.

Het web noemden we het, alsof je iets verbindt met een web. Je vángt iets met een web. En precies zo met een net.

Een van de tweets noemt #Moxie300 en hij klikt er meteen op. Diverse hobbyisten weten te melden dat de drone een spanwijdte van bijna twee meter heeft en uit kevlar is vervaardigd. Correct. Verspreid over de hele wereld hebben ruim zevenhonderd brandweerkazernes een exemplaar staan – fout, zoveel zijn er besteld, geleverd zijn er bijna vierhonderd, vooral om een blusslang of bluspoeder hoger te laten reiken dan de ladderwagens lukt. Er zijn experimenten gaande om slachtoffers ermee uit hoge locaties te bevrijden. Wel correct. En de naam Moxie 300 zou verwijzen naar het feit dat het apparaat, volledig opgeladen, ongeveer negentig minuten lang driehonderd kilo kan vervoeren. Ook juist.

Weer wordt de deur zogenaamd per ongeluk open geduwd.

'Ik ben wél aan het werk,' zegt hij kortaf, zonder achterom te kijken, en de deur sluit.

Hij vangt een glimp op van zijn weerspiegeling in de glazen wand naast hem. Zo zien die jonkies hem tegenwoordig dus. De enige die hier nog in driedelig pak komt. Donkerbruin krijtstreep. En twee maten te groot, omdat in zijn geval de tijd alleen kilo's neemt. Over een paar jaar is hij een wandelende kleerhanger geworden. Maar wie zal het zien? Over achttien dagen is zijn leven over. Pensioen. Die gekken in Rome weten het wel te timen. Als ze nog achttien dagen hadden gewacht, had hij zijn dienstpistool niet meer gehad.

Hij pakt de hoorn nogmaals op en herhaalt het nummer. Weer voicemail.

'Als het straks nog rustig is op straat – ik denk het wel, nog eventjes – haal dan zo veel mogelijk bij de super. Houdbare dingen waar je geen water bij nodig hebt. Blikken met bonen en zo, die je rauw kunt eten. Het hamsteren gaat snel beginnen, dat wil je voor zijn, nu hebben de mensen het nog niet door. Of nou ja, een paar familieleden van AIVD'ers. Zolang die er nog niet over gaan posten, want dan is de beer los. Je wilt niet weten hoe mensen zich gedragen als hun koelkast leeg is. Water, Lotte, dat ook. Doe water in alle mogelijke flessen, kannen, emmers die je hebt. Water wordt goud. Ga ervan uit dat jullie je binnenkort niet meer kunnen wassen. Elektriciteit, ik zou er niet op rekenen. Regel een gasbrandertje. Nu kan het nog – straks zijn ze overal weg. En blijf dan thuis. Niet opendoen als er wordt aangebeld. Je buren merken misschien dat jullie nog wel water hebben. Nooit opendoen! Ook niet als ze zeggen dat ze jou komen helpen of van de autoriteiten zijn of zulke onzin.'

Hij kijkt naar de lichte glooiing die zijn dienstpistool veroorzaakt in zijn colbert.

'Zorg goed voor Noa. Jullie zijn alles voor me. Ik had jullie zo graag vaker gezien. Ik zal je verder niet meer lastigvallen. Het spijt me... Van alles.'

6
Dounya

Wat kan een baby van drie maanden?

Het was haar eerste werkweek, vijf jaar geleden alweer, toen Kait deze onverwachte vraag stelde. Het klonk nonchalant. Ze dacht aan haar neefje en antwoordde dat baby's glimlachen naar alles wat er als een gezicht uitziet – twee rondjes met een streepje eronder is genoeg – en dat ze voortdurend sabbelen op hun grote teen, soms zelfs op allebei tegelijk.

Hij knikte aandachtig. Een maand later vroeg hij wat een baby van vier maanden kan. Zij legde uit dat ze alleen maar luiers bij volwassenen verschoonde, zoals toen ook nog bij hem, maar op zijn aandringen haalde ze nogmaals een paar herinneringen aan haar neefje op.

Toen hij een maand later vroeg wat een baby van vijf maanden kan, was ze erop voorbereid en liet ze een koddig videoclipje zien van een olifantje in het bos: 'Laat je mama toch niet los.' Hij glimlachte vertederd, goot toen snel het laatste restje bier in zijn keel en boerde vol toewijding.

Zo ging dat elke maand en bij de twaalfde vroeg hij zogenaamd ongeïnteresseerd wat meisjes zoal boeit. 'Bedoel je meisjes van één jaar?' vroeg zij, waarop hij zijn schouders ophaalde. '*Frozen*, denk ik,' antwoordde ze toen. 'Dat is een film, iets met prinsessen en ijs, ik weet ook niet wat daar tof aan moet zijn, maar alle meisjes willen de prinses uit *Frozen* zijn. Hoewel, éénjarigen...'

Een week later vroeg hij of ze twee *Frozen*-taartjes wilde

kopen, 'plus zo'n kaarsje, je weet wel'. Hij viste een briefje van tien uit een plooi in zijn stinkende bank. De volgende dag kwam zij aan met twee gifblauwe gebakjes met prints van grootogige Disney-prinsesjes.

Toen ze een paar dagen later de vuilniszak uit zijn huiskamer weghaalde, lag op de ineengedrukte halveliterblikken een van de taartjes, met het kaarsje erin, grotendeels opgebrand.

Een paar weken terug vond ze daar weer zo'n taartje. Nu met vijf opgebrande kaarsjes.

Vanaf het begin begreep ze dat er een dochtertje is. Dood, neemt ze aan. Er is in elk geval iets gruwelijks gebeurd. Iets waarover hij absoluut niet wil praten. En waarbij zijn benen verbrijzeld zijn. Er zitten 37 schroeven en acht platen in zijn benen, stond destijds in de overdracht. Ze weet de getallen nog, zo uitzinnig waren ze. Meer metaal dan bot. Elke beweging met 'die leeg gekieperde legpuzzel daar', zoals hij dat ooit uitdrukte, voelt alsof ze met tien mokers zijn botten verbrijzelen.

En dan is er nog die sleutel om zijn nek. Daarover konden haar collega's goed Sherlock Holmesen in de gezamenlijke pauzes. Ze mochten die absoluut niet aanraken, zelfs ernaar wijzen kon gevloek opleveren. Dat oude, roestige ding lijkt voor hem de oplossing van al zijn problemen.

Maar nu staat hij voor haar, een gezicht vol zweetdruppeltjes, van de pijn natuurlijk, met een belachelijke boormachine in de hand, en hij moet naar het balkon want beneden staan 'ze'.

'Je kan nu nog weg!' roept hij. 'Ga!'

Ze is dat hysterische gedoe zó zat. Drie maanden terug heeft ze Janko een lijst met 43 woorden gegeven die ze niet meer wil horen. Nooit meer. Nergens meer. Wereldregering, nanobots, microchips, 5G, 6G, straling, apocalyps, Derde Wereldoorlog, en zo nog wat. Ze had er het liefst ook *zij* en *ze* bij gezet, want het was telkens 'zij denken dit' en 'ze willen dat' – plus *hullie* en *zullie*, om het luchtig te houden – maar ze wilde zelf nog kunnen mopperen op haar collega's, dus die schrapte ze weer.

Het gevaarlijkste woord op aarde is zij, dacht ze toen. Met tweelingbroer wij. Wil je wereldvrede? Verbied in alle talen wij en zij.

Dingdong-dingdong-didididididididingdong. Wie dat beneden bij het trappenhuis ook zijn, ze worden ongeduldig.

'Het komt vast goed, Cyborg...'

Laatst bij een ruzie sloot Janko zich op in hun slaapkamer. Door de deur schreeuwde ze dat hij, voordat die wereld dan blijkbaar verging, toch best wat aan de huur kon bijdragen. En een beetje gezellig wezen, dát leek haar een leuke samenzweringstheorie. Samenzweren om dit huishouden te regelen. Maar nee, zo nam zij hem niet serieus. Want hij zag verbanden.

Verbanden, dat is nummer 44, had ze geschreeuwd.

Kait staat al bij de balkondeur. Hij houdt zijn hoofd schuin om te luisteren. 'De lift komt.'

Hij zweet overal, ook in zijn nek, op zijn borstkas. Zo heeft ze hem nog nooit gezien. Hij trekt de ceintuur uit zijn badjas, die openvalt – vol zicht op zijn smoezelige onderbroek.

Ze heft haar onderarm voor haar ogen. 'Hoho, rustig aan, tijger.'

Hij bindt de ceintuur als een blinddoek voor zijn ogen. 'Dit kan werken.'

'Nou, deze aanblik werkt niet echt voor mij.'

Haar telefoon trilt onophoudelijk. Er is vast weer iets gaande – op tv schuifelt de paus over het verlaten plein, een hoogbejaarde man, volkomen alleen. Ze vist geïrriteerd haar telefoon uit haar broekzak, 34 nieuwe berichten:

Je hebt m'n berichtjes gelezen, je kunt me niet negeren

Voor mijn part maak je het uit, maar breng jezelf in VEILIGHEID

echt, ik houd van je, van niemand zo veel

Als de SHIT losbreekt, wil ik bij jou zijn

de SHIT is nu, dit is de SHIT

SHIT = derde wereldoorlog!1!!!11

Uit met dat rotding. Wereldoorlogen zijn geen werkgerelateerde functionaliteit, of hoe de teammanager het ook noemde.

Dong-ding. De tonen gaan omhoog. Ze zijn bij de voordeur.

'Je kan niet meer weg,' fluistert haar cliënt, met de ceintuur voor zijn ogen. 'Je moet mee.'

Hij hangt tegen de post van de balkondeur om zijn evenwicht te bewaren, duwt zachtjes de klink omlaag en geeft de deur een zetje, met een hand waarin hij een kruk blijft klemmen.

Dong-dingdong-dingdodododododong-ding. Gedempte stemmen op de galerij.

'Mee-ee-ee?' fluistert ze. Het klinkt als gemekker.

Maar ze overweegt het. Want hoe ze zich ook verzet, nu voelt ze toch ook een verband. In al die jaren dat ze hier nu komt, is er nooit aangebeld. En nu net daar oneindig ver weg een gruwelijke aanslag is, waar toevallig ook haar vriendje helemaal van over de rooie raakt, wordt hier voor het eerst aangebeld en wil Kait, die nog nooit zijn flatje uit is geweest, plotseling weg. Via het balkon.

Misschien, heel misschien, is dit inderdaad groter dan het lijkt.

'Help me...' Zijn stem is bijna onhoorbaar.

Gebons op het veiligheidsglas van de voordeur. Kait hangt intussen met een arm over haar schouder, zijn kruk en de elektrische boor met een nogal grote kop bungelen tegen haar aan.

'We moeten óver de drempel,' fluistert hij.

'We weten dat je er bent, Kait. We gaan niet lang wachten!' klinkt er door de voordeur: een harde, schrapende mannenstem.

En dan een andere mannenstem, Brabants, honingachtig: 'Doe open, joh... We willen je helpen.'

'Wat ben je van plan, Cyborg?'

'Ik... ik moet naar Noa.'

Een naam. Eindelijk een naam.

'Je moet niet springen, dat kan echt niet.'

Door de voordeur de scherpe stem: 'Geen domme dingen doen, Kait. Kom binnen tien tellen bij de deur, of we trappen 'm in. Tien, negen...'

'Dan had ik deze toch niet mee?' fluistert hij en heft zijn boor op. 'Hier is de drempel, duw mijn been...'

'Niet springen, Kait, niet doen!'

'Acht, zeven...'

7
Susy

De president van de Verenigde Staten huilt. In Florida is het vroeg in de ochtend en Susanna Catherine Bell – of Susy, zoals alleen haar drie exen haar mogen noemen – huilt vaker op dit tijdstip.

Ze ligt in haar hemelbed, alleen. Nog in haar mandarijnoranje mantelpak, dat in daglicht mooi kleurt bij haar donkere huid. Haar bijpassende hakken heeft ze ergens na middernacht uitgeschopt, ze weet niet meer waar. De goudkleurige tierelantijntjes in het houtwerk boven haar lichten dof op. Op de grond naast haar ligt Tiger, die onrustig droomt en met zijn staart op de marmeren tegels mept. Het is nog steeds klam, volgens die verrekte veiligheidsprotocollen mag hier geen enkel raam open.

Een oproep heeft haar net gewekt, de enige telefoon die haar medewerkers niet beheren. Dat heeft ze weten af te dwingen – dat wel. Het kan een bevriend staatshoofd zijn die weer eens het tijdsverschil de verkeerde kant op rekent. Maar het is haar kleinzoon.

'Hé *scallywag*!' neemt ze op.

'Dag oma,' zegt de jongen. Voor hem is ze nog oma.

'Kun je niet slapen?'

'Nee,' klinkt het timide.

'Geen zin in school?'

Het is stil aan de andere kant van de lijn.

'Hebben ze weer…' Ze aarzelt. '… nare dingen gezegd?'

Ze hoort hem slikken.

'Woorden hebben geen kracht. Woorden zijn trillingen van de lucht. Woorden kunnen je niet doden.'

Haar kleinzoon haalt zijn neus op.

'Huil je?'

'Ja,' klinkt het snotterig.

'Luister goed, *scallywag*.' Ze gaat rechtop in haar hemelbed zitten, tegen de kussens aan. 'Ik ga je iets vertellen wat ik nog nooit iemand heb verteld. Je weet wat een ziel is, hè?'

'Ja, oma.'

'Jij hebt een ziel. Die ziel is als een huis. Soms laat je mensen toe, dan mogen ze in je huiskamer en maak je een praatje. Heel soms geef je een rondleiding, dan laat je alle kamers zien – dat doe je als je verliefd bent. Maar er is een plek die niemand kent en die je nooit laat zien. Zoek 'm maar op.'

Zijn kleinzoon zwijgt.

'Weet je wat ik bedoel?'

Hij humt.

'Jij kunt naar die plek. Elke keer als ze nare dingen zeggen, kun jij naar die plek en kun je je daar verstoppen.'

'Maar...'

'Ja?'

'Dat helpt toch niet?'

Ze staat op, naast het hemelbed. Haar buik wiegt. 'Dat helpt zéker! Op die plek ben je veilig, voor iedereen.'

Het is een tijdje stil. Ze hoort hem ademhalen.

'Oma?'

'Ja, *scallywag*.'

'Kunt u niet...'

'Of ik die jongens...?'

'En meisjes! U kunt ze toch in de gevangenis stoppen?'

Er zijn tijden geweest dat ze nu hartelijk zou bulderen, haar hele lijf had mee geschud en er was waarschijnlijk een knoop van haar mantelpak gesprongen. Nu voelt ze zich vooral klein.

'Nee, dat kan ik niet.'

'Dan word ik president – ik word president en ik ga ze allemaal schieten – o shit, daar is mama, ik moet –' En hij hangt op.

Ze staart naar de telefoon en gooit die moedeloos op het matras. Ze denkt, zoals vaak de laatste tijd, aan haar eerste baantje. Op een geleende fiets bracht ze de bestellingen voor de buurtsuper rond. Eenmaal kwam ze terug met te weinig geld. Ze begreep niet waarom, maar Mister McLean – zo moest ze hem noemen, ze wist het nog precies – Mister McLean, met zijn rotte tanden en donkere ouderdomsvlekken, nam haar over de knie en sloeg en sloeg en sloeg. De klappen zelf vielen mee, zijn handen waren al vergroeid. Maar je drie voelen terwijl je dertien bent, dat was het ergste gevoel dat ze kende.

Ze kaatst door haar leven. Ook dat gebeurt vaker de laatste tijd. Dan lijkt haar geest een flipperkast.

Ze staat op blote voeten, in haar verkreukelde mandarijnoranje mantelpak, in haar ressort in Florida, en ze is voor even weer eenentwintig. Ze heeft de zaak van Mister McLean gekocht met de opbrengst van het aardappels rooien, en als een van haar fietsjongens terugkomt met te weinig geld, blijft ze kalm. 'Vertel een mop,' zegt ze, 'dan is het afbetaald.' Op haar tweeëndertigste is ze burgemeester van een dorp verderop en daarna van een stad nog wat verderop. Als haar speechschrijver een domme fout maakt, waarmee zelfs de nationale televisie aan de haal gaat, ontslaat ze hem niet, maar betaalt ze het collegegeld van zijn dochter, zodat die in elk geval niet dezelfde vergissing maakt. En dan wordt ze senator en dan gouverneur en dan opeens – is ze waar ze nu is.

Als ik hogerop kom, wordt het minder zwaar, word ik minder genaaid, kan ik meer bepalen hoe het gaat. Dat heeft ze al die keren gedacht. Maar hoe hoger ze komt, hoe harder er over haar wordt geoordeeld, hoe moeilijker de beslissingen worden en hoe minder zij die beslissingen echt zelf neemt. *Dan moet ik nóg hogerop*, had ze besloten, *ik moet de laatste baas zijn, waar alle beslissingen eindigen, het afvoerputje van alle beslissingen.*

En uiteindelijk werd ze dat. Het was volgens iedereen een historische dag. Maar ze voelt zich machtelozer dan ooit.

Straks, over een uur, ligt er een stapel memo's op haar bureau die altijd keurig twee kanten van de zaak belichten, zodat het net lijkt alsof ze een keuze heeft, maar de beslissing blijkt telkens onvermijdelijk. Haar ambtenaren weten de details, zij hebben het voorwerk gedaan en de beslissing genomen, zij is er alleen om die te verkopen. Zij is het overjarige fotomodel geworden van een reclame die het gigantische ambtenarenapparaat verkoopt. En het onderwerp van honderden columns, tweets, moppen, essays, elke dag weer. Want iedereen is ervan overtuigd dat zij wel degelijk de baas is. De ambtenaren blijven anoniem. Zij zijn het die de *pennies* hebben verloren, maar zij gaat over de knie. Elke dag weer.

Er zijn wel keuzes geweest. Ze heeft eruit kunnen stappen. Haar eerste echtgenoot, met zijn keukenschort voor, smeekte haar met natte wangen hun zoon naar bed te brengen, één keertje per maand maar, dat moest toch kunnen, ergens tussen die honderdtwintig uren die ze werkte. Het was eerder nog eens per week naar school brengen, hij stelde zijn eisen telkens naar beneden bij. Ditmaal overwoog ze zijn voorstel niet eens. 'Ik moet knallen,' zei ze. 'Ik moet nu alles geven en straks kan ik zélf mijn werktijden bepalen.'

De volgende dag was hij met volle koffers en hun zoontje vertrokken, althans, dat reconstrueerde ze, want ze ontdekte pas drie dagen later dat ze niet meer thuis sliepen en de kinderkamer leeg was.

Het is dit beeld dat haar deze vroege ochtend doet huilen. Die lege kinderkamer, met alleen nog het bedje en een paar tekeningen aan de muur. Een stakerig poppetje met een pet op, die met zijn bezemhanden een klein figuurtje vasthoudt. *Geen derde koppoter in een mantelpak.* Ze was burgemeester toen, maar haar eigen inspecteurs wilden geen vinger uitsteken om haar man en zoon terug te halen. Wet dit en pers dat en regels zus. Hoe hoger je komt, hoe steviger je handen gebonden zijn. Dus werkte ze nog harder. Honderdveertig uur per week, dat zou helpen. Eindelijk bereikte ze waar ze al die jaren voor had gezwoegd. En het is hier erger dan ooit.

Dit mag haar kleinzoon nooit gebeuren. Haar ontvoerde zoon – zo ziet ze het nog steeds – had zelf een zoon gekregen. Ze heeft geen geboortekaartje ontvangen, maar een ambitieuze ambtenaar fluisterde het haar in. En toen was er opeens dat briefje, in aandoenlijke hanenpoten, blijkbaar zonder medeweten van zijn ouders:

ik bin ju klij soon
weel ju mu bellu?

Haar assistenten hadden het willen weggooien, hadden toen toch maar de authenticiteit gecontroleerd en het uiteindelijk op haar bureau gelegd. En op een dag belde zij hem, dicteerde haar telefoonnummer en soms, ongeveer een keer per week, belt hij, voor schooltijd, als zijn ouders nog slapen.

Haar benen voelen slap en ze zakt terug op de rand van het matras. Ze schudt haar hoofd en grijpt met beide handen haar ontkroesde haren. Ze voelt de tranen weer komen.

'*Scallywag*,' fluistert ze. 'Kon ik maar terug naar toen in die keuken, met je opa. Kon ik maar terug en iets anders zeggen...'

Ze haalt haar neus op, veegt haar wangen af aan de schouders van haar mantelpak. Dit kan zo niet verder, denkt ze. Vanaf vandaag doe ik alles anders.

8
Kait

Hij deint als in een woeste branding. Zijn schedel is gevuld met geraas. Er zijn alleen maar flarden van een herinnering. Dé herinnering.

Het was een andere tijd en hij kon nog reizen, naar haar stad. Zijn locatietracking aan. Schouten, zijn oude wijze mentor, zo ongeveer zijn vader, altijd in zijn driedelige krijtstreeppak, kon hem volgen en dat was de bedoeling. De flat waar hij zulke eindeloze avonden met zijn dochter Lotte had gepraat, over hun obsessieve verzamelingen van vroeger, hun onzichtbare vriendjes toen, de gektes van hun ouders, de beste teksten uit liedjes, de beste refreinen, de zin van muziek, de zin van de liefde, en welja, zelfs de zin van alles – avonden die telkens overvloeiden in zwetende nachten waarop ze haar slaapbank uitklapte, vóór tweeën alleen maar woorden, na tweeën alleen maar lijf – die flat moest hij nu in het pikkedonker via de regenpijp beklauteren naar hun verdieping.

Aan het begin van de straat had hij de drie goudkleurige letterballonnen al zien glinsteren: N O A. Hij moest direct aan de koranlessen op de Korf denken. Er komt een verschrikkelijke overstroming, wereldwijd en iedereen sterft, maar één man is vroom genoeg en dobbert met zijn gezin in zijn bootje veilig rond. Had Lotte aan dat verhaal gedacht en was het een heimelijke verwijzing, misschien wel een signaal voor hem? Of vond ze het gewoon een mooie naam? Hij kwam er toen niet uit en weet het nog steeds niet.

Hij had zich stilletjes op het balkon laten zakken. De hele nacht stond hij tegen het koude glas gedrukt. Die vingertjes met hun willekeurige bewegingen. Die armpjes die soms plotseling in de leegte maaiden. Die oogleden die soms trilden, als de oogbolletjes erachter heen en weer schoten en ze droomde. Alles in hem wilde naar dat prachtige wezentje toe. Dat bijna buitenaardse wezentje. Breekbaar, als een vlindertje dat op je hand landt. En tegelijk taai, er wachtte een oerkracht in haar, niets kon haar ooit kapot krijgen. Dat wiegje leek in die lange nacht op de boot van die oude vromerik, eenzaam in de leegte, de enige die alles zou doorstaan.

Zij verdiende het. Zij wel. Zij was nog niet verpest. Zij had nog niet alles meegemaakt wat Lotte had doorstaan – wat hij had doorstaan.

'Niemand mag jou iets aandoen,' fluisterde hij. 'Nooit.'

Zo graag wilde hij naar binnen glippen en even dat handje voelen, even dat wriemelende minihandje in de zijne sluiten. Alle kans dat Lotte de balkondeur openliet – waarom zou je die sluiten op drie hoog – maar hij probeerde de klink niet eens. Het was heiligschennis. Hij moest dat wezentje, dat buitenaardse wezentje, daar laten. Noa, zijn Noa. Niet besmet met zijn geschiedenis.

Ze jammerde. Hij dook onder de vensterbank en wachtte tot hij de kamerdeur weer hoorde sluiten. Toen de lantarenpalen uit waren en de eerste forenzen hun auto's onder hem in de straat startten, kon hij zich eindelijk lostrekken van het glas. Hij zag de vetvlek in de vorm van zijn gezicht, het deed hem denken aan het masker van die horrorfilm *Scream*. Hij poetste er lang op.

Flarden van deze herinnering dwarrelen door zijn geest, zoals ze dat voortdurend doen. Ook nu zijn lijf heen en weer wordt geschud alsof hij een losgeslagen boot is en zijn schedel raast als een woedende zee. En er een stem uit zijn rechterschouder komt.

'... vlag...' zegt een mannenstem in zijn schouder, '... feestboek...'

Er horen geen stemmen uit je schouder te komen, Noa. Stemmen in je schouder, dat is slecht nieuws.

Langzaam sijpelt zijn bewustzijn binnen. Hij zit op iets hards. Plastic lijkt het. Hij hangt voorover, twee gekruiste riemen drukken tegen zijn borstkas. Zijn hoofd bungelt voorover en zwiept mee met het deinen. De spieren in zijn nek lijken te scheuren, hij moet al lang in deze houding hangen. Toch verroert hij zich niet en houdt hij zijn ogen gesloten.

Het leren riempje wrijft over zijn nek, de sleutel schommelt zo nu en dan tegen zijn borstbeen. Dat is het belangrijkste.

De stem in zijn rechterschouder praat maar door en herhaalt hetzelfde vreemde woord: 'lejes,' het lijkt een of ander hip Engels merk, e-Yes. Hij heeft die stem eerder gehoord. Zangerig. Brabants.

Met een volgende onverwachte beweging knijpt zijn maag ineen, hij perst zijn lippen samen om de zure massa binnen te houden en probeert die terug te slikken zonder dat zijn adamsappel zichtbaar beweegt. De stem in zijn schouder zegt weer iets over 'feestboek', wat hij nu begrijpt als Facebook. Links voor hem, verder weg in het geraas, klinkt dezelfde zangerige stem. Hij gluurt door zijn wimpers omlaag. Handen in zijn schoot, geen boeien. Keurige spijkerbroek aan, van die jarenzestiggympen aan zijn voeten, op een geribbelde aluminium vloer. Hij sluit zijn ogen weer.

De onneembaar hoge drempel naar het balkon.

De peilloze diepte van de parkeerplaats onder hem, die zoog, zoog.

Het gillen van de boor.

Stampende voetstappen.

Een kronkelende urineplas.

En nu die vreemde vloer. Dat razen overal. Haperend dringt het tot hem door. Dat geraas is niet in zijn hoofd, maar erbuiten. Hij is niet stomdronken. De vloer deint echt. Ze zitten in een helikopter. *Deze vloer rust niet op de aarde.* Geen vaste grond. Eindeloze leegte. Zijn spieren moeten nu verkrampen, zijn lijf hoort nu in een foetushouding te krullen, zijn mond kurkdroog, zijn huid kleddernat. Hij zou aan niets anders moeten denken dan: dit ding gaat het begeven, helikopters storten altijd neer, vliegen kan helemaal niet, vliegen is krankzinnig, vliegen is vloeken met de natuurwetten, je zit nergens aan vast, je hangt aan lucht, je hangt aan niets – *ik val, val, val.*

Maar zijn huid blijft droog. Zijn spieren trekken niet samen. Er is nog steeds speeksel in zijn mond.

Ze hebben me platgespoten, Noa.

'... hel breekt...' klinkt het uit zijn rechterschouder, schurend en waterig tegelijk, als het raspen van een appel. Ook die stem heeft hij eerder gehoord. Door zijn deur. Alles klinkt metalig en eindelijk begrijpt hij het. Ze hebben een headset om zijn nek geduwd en daarin hoort hij ze praten. In een helikopter. Iemand heeft grote haast.

Tweehonderd kunnen gewone helikopters. Dat is twee keer zo snel als een auto, Noa. En sommige kunnen wel vierhonderd. Dat is vier keer sneller.

Hij weet niet hoe lang hij buiten bewustzijn is geweest, maar hij is zo wazig – ze moeten de grens al over zijn. En dat was bepaald niet het plan. Als alles uit de hand zou lopen en ze hem eraan zouden linken – dat zou binnen een dag gebeuren, had hij ingeschat – dan zou hij via de buren van 612 zijn flat uit vluchten en onderaan in de bosjes op een taxi wachten. Bij elkaar 92 minuten later zou hij bij het flatje van Noa en haar moeder arriveren. Hij zou zich de taxi uit wurmen, vloekend van de pijn, en naar de lift hinken, waar hij al honderden keren had gestaan, toen alles nog normaal leek en er nog een toekomst was. De lift zou het nog doen. Hij zou aanbellen. Zijn dochtertje zou opendoen. Zij zou hem niet herkennen en hem zwijgend aangapen. Wil je misschien je mama roepen, zou hij vragen, heel kalm, heel lief. En Lotte zou komen en direct de deur dichtsmijten. Maar hij zou aandringen, door het matglas van haar deur, smeken, bidden en uiteindelijk zou ze hem binnenlaten – volgens het plan. Al was het maar omdat hij er toch niet meer uitzag als iemand die gevaarlijk kon zijn. En binnen zou hij haar alles uitleggen, ze zou hem niet geloven, maar hij zou nog meer uitleggen en intussen zou om hen heen de pleuris uitbreken. Dan zou ze hem het voordeel van de twijfel geven, nét genoeg, en ze zouden met hem mee gaan.

En hij zou ze redden. Met zijn sleutel.

En misschien, heel misschien zou ze uiteindelijk vragen of hij meekwam. En dan zouden ze samen weer een gezinnetje zijn.

Het was vrijwel ondenkbaar. Maar niet totaal onmogelijk. Hij kon het niet vragen, hij kon het niet eens verlangen. Maar zij wel. En dan zouden ze samen zijn. In een soort boot, terwijl om hen heen de wereld verging, zoals dat gezin in die oude legende uit die koranlessen...

Maar we gaan tweehonderd, misschien wel vierhonderd. Totaal ergens anders heen. Het spijt me zo, Noa.

9
Dounya

Wát hadden ze precies gevraagd? Heeft ze híertegen ja gezegd?

Het geluid is overal en dringt door tot in elke vezel van haar lijf. Het is ijzig koud. Alles is van hard, kaal metaal. Ze zit gevangen in een X-riem. En dan zo'n hele echte koptelefoon met microfoon op. Schuin tegenover Kait, die voorover bungelt, zowaar in fatsoenlijke kleren. Aan weerszijden van hem – wat zijn die twee? Agenten? Spionnen? En achter haar twee piloten, in heuse militaire uniformen met van die sterretjes op de schouders.

Janko zou dit moeten zien, hij zou helemaal doordraaien...

Als ze door het ronde raampje gluurt, zijn daar onder hen witte bergtoppen, omgeven door wolken. De *freaking* Alpen. Hoe ver gaan deze apparaten? Waar gaan ze naartoe?

Nog maar drie uur geleden hing Kait aan haar schouders. De ceintuur voor zijn ogen, badjas opengevallen, vol zicht op zijn doorleefde onderbroek.

'Ik wil in elk geval één ding goed gedaan hebben,' fluisterde hij.

Bij de voordeur trapten ze al. Er klonken doffe bonzen, maar de ruit had van dat dunne gaas, dat krijg je niet zomaar kapot.

'Niet springen,' herhaalde ze. 'Gewoon niet.'

En toen maakte ze, in een flits, haar keuze. Of misschien had ze die keuze al lang geleden gemaakt. Was er überhaupt geen andere mogelijkheid.

Ze mompelde: '*Insjallah*,' stapte over de drempel en hij bewoog mee.

Het balkon was geel van het uitgedroogde mos. De sleutel zat vreemd genoeg aan de buitenkant van de balkondeur – dat moest hij hebben voorbereid – en ze begreep dat ze die dicht moest draaien. Intussen had hij zich tegen het tussenschot laten vallen, vond op de tast ter hoogte van zijn schouder een bout en drukte daar zijn boormachine op. De bout stuiterde op het beton, waarna hij haar de boor gaf. Zonder iets te vragen hurkte zij bij de onderste bout en het schot gaf meteen mee. Hij tuimelde over haar heen, maar zij stond gelijktijdig op en brak zijn val. Ze bonsden tegen het balkonraam van de buren, hun gezichten tegen het glas, gleden piepend opzij, bleven net overeind.

Hij probeerde direct op de tast de bovenste bout terug te draaien, maar brak dat af – ze hoorde getrap tegen zijn eigen balkondeur, ze waren in zijn huiskamer. Ze moest hem verder slepen, naar het volgende schot en begon daar te boren.

'Van de volgende deur heb ik de sleutel,' kreunde hij. 'Lang verhaal.'

Toen alweer gebons tegen het schot achter hen. Het kraakte. Het schot waar ze nu schroefde, gaf net mee. Ze wankelden, vielen weer voorover, met het schot mee. Twee mannen sprongen direct boven op hen.

'Politie!' zeiden ze. 'Rustig maar.'

Haar broek werd warm. Kait, die half op haar lag, flauwgevallen, had nog steeds een onbetrouwbare sluitspier.

De langste trok hem overeind en zette hem als een slappe pop tegen de spijlen van het balkonhek. Warrig haar had hij, als een soort Einstein, met gegroefde wangen, en hij stak minstens een kop boven haar uit. Zijn oogleden hingen stoned en zijn nek knakte naar voren, alsof hij voortdurend door een te lage deur moest. Hij stelde zich keurig voor, met een vloeiende, Brabantse tongval, maar ze vergat meteen zijn naam.

De ander was korter dan zijzelf, maar pezig, in een lubberend jasje met zowaar schoudervullingen. Zijn huid was roodverbrand en hij had grijze stekeltjes, een jaar of zestig zou hij zijn. Hij sloeg alle plichtplegingen over en kraste, als vingers over een schoolbord: 'En wie ben jij?'

Ze opende haar mond, maar er kwam geen geluid.

'Wij komen voor de heer Van Dam.'

Nog steeds geen geluid.

'Ben jij zijn vriendin?'

Ze schudde nee.

'Buurvrouw – nee, thuiszorg.'

Ze knikte.

'Wij moeten helaas even de zorg overnemen.'

Ze keek hen schuin van onderen aan. Kait kreunde, het leek op een nee. Ze kon hem toch niet meegeven aan twee onbekende bruten die zomaar zijn deur kwamen intrappen?

Eindelijk kreeg ze lucht door haar keel: 'Ik ben verantwoordelijk.'

De lange met zijn slome ogen nam het woord: 'Wij werken voor de AIVD.' Het klonk zalvend. 'De binnenlandse veiligheidsdienst. Je hebt vast wel het nieuws gezien vandaag. Hij moet met ons mee, hij kan ons helpen. Elke seconde telt op dit soort momenten.'

Dat was wat ze zeiden. *Met ons mee.* Verder niets. Niet dat ze de Alpen over zouden vliegen.

'Maar zijn benen...' kreeg ze eruit.

'Hij heeft krukken, toch?'

'Hij liet zojuist nog alles lopen.' Ze gebaarde naar de natte plek op haar spijkerbroek. 'Hij is al vijf jaar niet buiten geweest. Hij kan niet zomaar opeens...'

De lange knikte vaderlijk. 'We begrijpen je verwarring.'

Meer uitleg kwam er niet. Maar ze bleven beschaafd, er was nog ruimte. 'Ik kan het niet toestaan.'

'U zult wel moeten, mevrouw –'

'De Vries. En ik sta het niet toe. Ik kan erg hard gillen.'

Als je in een buurt als deze roept dat je verkracht wordt,

stormt de halve straat naar buiten, dat moesten die twee weten. Kait zakte voorover, maar de lange duwde hem met zijn knie doodgemoedereerd terug tegen de spijlen, en vroeg of hij medicijnen gebruikte.

'Dat is allemaal privé.'

'Maar als je meegaat, zou je hem kunnen verzorgen?'

'Ik óók mee?'

Hij wees naar beneden, de parkeerplaats achter de flat, zes verdiepingen onder hen. Een langgerekte groene helikopter. Straatjochies stonden op een afstandje toe te kijken en maakten karateachtige gebaren. De rotors draaiden niet meer, maar er spoot nog rook uit de pijpen eronder. Nu pas drong het suizende geluid tot haar door. Het moet een immens kabaal zijn geweest toen ze daar landden, maar het tv'tje had hen opgeslokt. Dat apparaat daar maakte het verhaal van de twee binnendringers opeens een stuk overtuigender.

'Mee,' zei ze stuurs. 'Om hem te verzorgen.'

'Precies.'

Ze dacht aan Janko en hoe benauwd het thuis kon voelen. De spanning in de ruimte als hij achter zijn laptop zat, zijn gezicht blauw opgelicht. Ze wilde helemaal niet die vrouw zijn die een lijst opstelde met 43, nee, 44 woorden die hij niet meer mocht zeggen. Ze had heel andere dromen over hen toen ze wat kregen. Ze kon zich niet meer voorstellen dat ze nog bij hem was als ze tachtig waren. Ze kon zich eigenlijk geen dag langer met hem meer voorstellen.

Ze waren geen otters die elkaar vasthielden in de slaap. De regens kwamen, de rivier werd woest en zij wilde meestromen.

Insjallah.

Maar nu zitten ze boven de Alpen. Ja, ze wilde mee, maar zó ver... Kan dit zomaar? Is dit niet gewoon ontvoering? Deze rivier is wel erg wild.

De lange heeft ze Blower genoemd, om die slome ogen. De korte, met zijn krassende stem, Keffer. Hoe heten ze officieel?

Rechercheurs? Geheim agenten? Nick en Simon? Bert en Ernie? Ze kijken regelmatig op hun telefoons en laten elkaar hun schermen zien. Vast geen Insta-filmpjes van glibberende pinguïns. Keffer trilt met zijn pezige been en oversized broek, bijt op zijn lip. Blower, met zijn warrige bos haren, steekt met een gemaakte glimlach zijn duim naar haar op.

'De wereld die je straks aantreft,' hoort ze hem in haar koptelefoon zeggen, 'is een tikkeltje anders dan je gewend bent.'

Rome, ze gaan richting Rome, dat kan niet anders. En Blower bedoelt gewoon dat het zo'n machtig interessante stad is. Heel anders dan die ingedutte provincieplaats waaruit ze zijn vertrokken.

Dat moet het zijn. Zeker weten.

Ze kan niet controleren hoelang het nog duurt, ze moest haar telefoon inleveren. Prima – naast al die appjes van Janko zou haar teammanager haar platbellen, steeds wanhopiger. En hoe moest ze dit uitleggen? Met een cliënt in een militaire helikopter naar Rome vliegen is niet bepaald een werkgerelateerde functionaliteit. De latere adresjes op haar route zullen onderhand wel opgevangen zijn – mevrouw Johannes, mevrouw Admiraal, meneer Oyami, mevrouw Freeman... Het is lullig van die volle katheters en lekkende luiers. Meer dan lullig. Maar ze gaat ze bezoeken, zo snel mogelijk. Met een beetje geluk is ze morgen al terug, dit apparaat gaat razendsnel. Misschien begrijpen ze er iets van – een paar hebben echte oorlogen meegemaakt.

Maar niet om haar baan te redden. Welke werkgever zou haar verhaal geloven? En stel van wel, wie zou ook nog pikken dat ze zomaar is ingestapt?

En toch, er staat een grijns op haar wangen. Wat doet het er eigenlijk ook toe wat Kait er allemaal mee te maken heeft? Waarom juist hij, die nooit zijn flat uitkwam en nauwelijks kan lopen, nu meteen naar de stad moet waar net de ranzigste aanslag is gepleegd die ze ooit heeft gezien. Er zijn verbanden – die rotdingen – maar wat kan haar het schelen wat die verbanden precies zijn...

De grijns verdwijnt niet van haar gezicht. Ook niet als Keffer nonchalant tegen haar zegt dat ze hen straks aan Ben gaan voorstellen. Prima hoor. Ben wie?

10

Schouten

Het is druk in de supermarkt, diverse klanten benen door de gangpaden, zonder iemand aan te kijken. Zo waardig mogelijk stapt hij langs de schappen met wc-papier – leeg.

Wat is dat toch met wc-papier? Het is niet bepaald het eerste wat je nodig hebt als je moet overleven. Kunnen we ons domweg niet voorstellen wat er werkelijk gebeurt als de beschaving wankelt?

Nee, denkt hij, we pakken wc-papier als eerste, omdat anderen het als eerste pakken. Mensen hamsteren alleen, omdat anderen hamsteren.

We schieten, omdat anderen schieten.

We vluchten, omdat anderen vluchten.

We geloven, omdat anderen geloven.

Er staan nog maar drie blikken bruine bonen. Vijf zakken geweekte linzen. Er zijn collega's langs geweest, dat kan niet anders. Het land is nu nog rustig, maar dit is de dichtstbijzijnde super in Zoetermeer. Hoe dom kon hij zijn, iedereen had hetzelfde briljante idee. Daar ziet hij een collega van Operatiën lopen, haar naam weet hij niet eens, maar haar mandje zit propvol met pakken rijst.

Hij wordt gebeld, zijn maag knijpt ineen. Nee, het is Lotte niet – natuurlijk niet. 'De Bruijn' meldt het scherm, een van die jonkies.

'Ja?'

‘Peter hier, kunt u vrijuit spreken?’ hoort hij hem vragen. Op de achtergrond klinkt het geroezemoes van de Korf.

‘Nee.’

‘Ze hebben het luchtruim gesloten. Voor al het verkeer.’

Hij schudt het hoofd. ‘Nu al?’

‘Onze Ivo’s zijn al boven Italië, die komen er wel.’

‘Dat wordt improviseren.’

‘Zeker...’ De Bruijn wacht even. ‘Ik had nooit gedacht dat de Dovemansgroep zo ver zou komen. Dat ze überhaupt nog iets zouden doen.’

‘Nee, niemand. Wie kon zoiets verwachten?’

‘Ben is eraf, eindelijk. Er was juridisch getouwtrek, officieel hing die jongen niet in Italiaans grondgebied, maar het Vaticaan heeft geen reddingswerkers voor bergterreinen in dienst, uiteraard, dus ze zaten met verzekeringen en toestanden. Maar goed, ze hebben hem, dat is íets.’

Hij kijkt om zich heen. Er zijn ongetwijfeld collega’s in de buurt die hij niet van gezicht herkent. ‘Zoals gezegd, onze *special guest* ziet misschien iets. Onderschat hem niet, dat doet iedereen. Als ze daar iemand oppakken, moet hij er direct bij zijn. Hij kan ze misschien identificeren. Hij weet hoe ze ondervraagd moeten worden. Elke seconde telt dan.’

Je was een zoon voor me, Kait. Het dichtste bij een zoon wat ik ooit heb gehad.

Maar hij kan hem niet meer helpen. Die twee Ivo’s daar ook niet. En God zit al heel lang nukkig met z’n armen over elkaar op het dak.

Hij staat stil, denkt aan de beelden van een uur geleden. De iele gestalte van de paus verscheen in de hoge poort van de basiliek. Gekromde rug, wit gewaad, met gouden stiksels en een wit keppeltje. Vanuit de omringende zuilengangen klonk applaus. De paus leek terug te deinzen, maar begon dan toch te lopen, stram en traag, de trappen af, het verlaten plein op. Er lagen her en der tassen, fototoestellen, hoeden, zelfs een paar schoenen. Uiteindelijk stond hij midden op het plein, vlak bij de obelisk. In zichzelf gekeerd, zijn omgeving vergeten. Hij sloeg een kruisje, prevelde. Toen draaide hij zich om, richting de basiliek waar op dat moment Ben nog hing, voorover geklapt als een stuk wasgoed, en de paus strekte zijn rechterarm omhoog, zijn handpalm open naar voren. Uit een plooi van zijn witte gewaad haalde hij een eenvoudig glazen flesje. Met een wijs- en middelvinger op de opening keerde hij het om en tekende toen met beide glimmende vingers een kruis richting die jongen, hoog boven hem.

'Het Laatste Oliesel,' moest hij in de Korf uitleggen aan de jonkies.

'Olizo?' vroegen ze.

'O-lie-sel. Met olie. Een katholiek ritueel voor de stervenden.'

Nu in de supermarkt ziet hij op zijn telefoontje dat de paus er nog steeds ligt – voorovergebogen, zijn neus tegen de tegels, op een verder verlaten plein. Een straatkat likt aan zijn handen en hij verroert zich niet.

In zijn jeugd was er dat verhaal over Abraham, die de opdracht krijgt zijn zoon te offeren. Samen gaan ze op reis, beklimmen een berg, verzamelen offerhout. En dan pas vraagt Isaak waar toch het offerdier is. Dat heeft dat jong zich allang afgevraagd, hij is niet onnozel, iedereen weet hoe offeren werkt. Maar nu pas vraagt hij het. Vader weet het wel, vader die het beste met hem voorheeft, die eindeloos veel van hem houdt, die heeft natuurlijk een plan. Maar nu kan het arme joch zich niet meer inhouden.

Vader zwijgt en bindt zijn zoon, zijn enige zoon, van wie hij meer houdt dan alle sterren van de hemel en al het zand aan de zee, klem op het brandhout, hij kijkt weg van de verbijsterde ogen, heft zijn slachtmes, de keel van zijn enige zoon klopt panisch, hij zal de zachte huid klieven.

Maar dan is daar een engel die het geheven slachtmes tegenhoudt en een ram aanwijst die met zijn horens vastzit in een doornstruik.

Tada.

De grauwe, vreugdeloze dominee uit zijn kindertijd kon geen genoeg krijgen van dit verhaal. Abraham had het offer gebracht, galmde hij elk jaar wel een keer, Abraham! Isaak meende maar enkele ogenblikken dat hij zou sterven en dat was zelfs nog onterecht, maar Abraham, Abraham wist al dagenlang wat hij moest doen en zou de rest van zijn leven lijden. Zelfs als het allemaal goed zou komen, zou zijn geweten hem nog blijven martelen. Hij wist wat hij van plan was geweest. Niet Isaak, Abraham was het slachtoffer! En zo werd hij 'vader des geloofs', want dit was waar geloof, het mensenleven lager achten dan de wil van God, en zó toch moesten wij leven, geliefde broeders en zusters, in diepe verachting van dit aardse leven, dat toch niets anders is dan een voortdurend sterven.

Waarom herhalen we elke keer de geschiedenis? Wanneer houdt het eens op? Je was een zoon voor me, Kait!

Hij staart met natte ogen door een van de buitenramen van de supermarkt. Boven de grote sticker met het winkellogo kan hij de hogere verdiepingen van het kantoor aan de overkant zien. Hij knippert tot hij scherp ziet. Dat is inderdaad de beruchte zwarte vlag met witte Arabische lettertekens in het midden. Onwillekeurig beweegt zijn ene hand richting zijn dienstpistool onder zijn colbert.

Nu al. Hier al.

II

Dounya

Dit lijkt wel een slachthuis, denkt ze als ze de kille ruimte binnenstappen. De chique, goudkleurige letters boven de ingang vertelden dat ze in het Eerste Forensisch Instituut van Rome zijn. Maar het doet haar denken aan de horrorachtige plek waar ze met haar moeder ooit het lamsvlees haalden voor het Offerfeest – eens, maar nooit weer. Hard tl-licht, witte tegels op de vloer, dof metalen bureau met een rij vreemde mesjes. En in het midden een snijtafel, waarover een wit plastic zeil hangt met monsterlijke deuken en bulten waarin je onmogelijk een mens kunt herkennen.

Blower en zijzelf lopen achteraan, Keffer duwt voor hen Kait in zijn onderrug naar voren. Hij blijft overeind, natuurlijk, ze heeft hem volgespoten, maar zijn benen staan nog schever dan normaal. Toen de helikopter landde, op een omheind basketbalpleintje midden in een woonwijk, waar net de spelende jongens vanaf waren gevlucht, maakte hij enorm stennis omdat hij niet het trapje af durfde – veel te diep. Maar ze had hem gewiegd als een baby, en hij was meegegaan.

Hoe geflipt die Kait ook is, zij is hier voor hem. Hij is haar cliënt. En als het moet, zal ze hem verdedigen. Fysiek.

Bij de snijtafel wacht een mannetje in een lichtblauw schort, die voortdurend nerveus zijn lippen likt, boven het mondkapje dat om zijn kin hangt. Zijn nek lijkt in zijn borstkas gezakt, zijn vingers stomp. Als ze tot een meter of twee zijn genaderd, houdt hij zijn geknotte handje plechtig omhoog. Ze staan stil, maar Kait sjokt gedachteloos door, tot Keffer hem aan de achterkant van zijn blouse vasthoudt.

Het doktertje, veel te klein voor de tafel, begint het zeil naar zich toe te trekken, tergend traag, als een goochelaar in slow motion. Ze wil niet kijken, maar kijkt toch. Eerst worden aan de andere kant van de tafel twee opgezwollen handen zichtbaar, de palmen omhoog, geklauwd, onregelmatig diep paars verkleurd, bijna zwart. De lichter paars gevlekte armen volgen, die boven aan die koepel naar beneden hingen en nu plat op het koude metaal liggen. De bulten in het kleed doen vermoeden dat straks de voeten komen, ongeveer een halve meter boven de borstkas. Die jongen hing daar dubbelgeklapt tot een V, blijkbaar zijn z'n spieren verstijfd.

Het kleed glijdt verder. *Hier krijg je nachtmerries van, Doenie. Dit krijg je nooit meer uit je kop.* Maar ze kijkt toch.

Dat gezicht... Opgepompt, wijnrood met zwarte vlekken die aan brandplekken doen denken. Zijn hele lijf lijkt een grote bloeduitstorting. Rossig haar met een pluizig sikje. Jaar of twintig. Zijn ogen puilen uit, ook wijnrood. Zijn mond staat wijd open, de lippen opgetrokken, de tanden zichtbaar, een bevroren schreeuw. Alsof een waanzinnige dat wanhopige schilderij *De schreeuw* met een brander en een mes bewerkt heeft.

Haar maag trekt samen, haar schouders schieten naar voren, ze kan haar ontbijt net binnen houden. God, denkt ze, wees die arme knul een beetje genadig... Dit verdient niemand.

Het doktertje laat het zeil los. De buik hoeven ze niet te zien.

'Rome doet alles met mensen,' fluistert hij in gebroken Engels. 'Maar zoiets heb ik nog nooit gezien.'

Hij geeft twee foto's aan Keffer, die ze kort met Blower bekijkt, afgeschermd voor Kait en haar. Ze knikken. Het doktertje knikt terug.

'We zullen nog het gebit controleren,' begrijpt ze uit zijn gehakkel.

'Uw assistent heeft net de gegevens gekregen,' meldt Blower.

‘De spieren worden vanzelf zachter,’ lijkt het doktertje uit te leggen. ‘Een uur of achttien nog, dan kan ik hem strekken. Met enkele gerichte incisies nemen die zwellingen af. De kleur, daar kan ik zelf niets aan doen, maar we hebben make-upspecialisten, die verrichten wonderen.’

‘Een paar wonderen zouden de komende tijd wel handig zijn, ja,’ snerpt Keffer, terwijl hij op zijn telefoon iets zoekt.

‘We laten hem zo snel mogelijk naar Nederland transporteren,’ zegt Blower, wat diplomatieker. ‘We hebben contact met zijn ouders en militaire vluchten zijn nog toegestaan. In Nederland hebben we genoeg specialisten om –’

Keffer laat hem zijn schermpje zien. In een flits ziet ze zo’n typische bebaarde geloofsgenoot op het scherm. *Nee, het zal toch niet wéér…*

Blower kucht. ‘Nou, misschien moet u maar gewoon uw eigen make-upteam bellen, ja. Uitstekend idee.’ En hij richt zich op Kait. ‘Meneer Van Dam, zegt u het maar.’

Bedoelt hij nu dat ze hier niet meer zomaar weg komen? Ze zet zich schrap. Haar cliënt heeft er al die tijd met een hangend hoofd bij gestaan. Nu moet ze er voor hem zijn.

‘Wat?’ brengt hij flauwtjes uit.

‘Jemig, Kait, waarom zouden wij nou toch hier als een idioot naartoe zijn gevlogen? *Kijk.* Ken je hem?’

Hij heft zijn hoofd eindelijk op, eventjes. ‘Wanneer gaan we terug?’

‘Als jij antwoord hebt gegeven.’

‘Met de helikopter?’

‘Wat doet dat er nou toe? Je kunt toch gewoon antwoord geven?’

Kait haalt zijn schouders op.

Keffer neemt het over en zucht diep. ‘Wat heb jij in vredesnaam nou in Nederland, man?’

‘Mijn geheugen werkt in Nederland veel beter.’

‘Lul niet.’

Ze heeft geen zin meer om zich in te houden. 'Zullen we nou weer even relaxed doen, jongens?' En dan op haar liefste toon, alsof ze tegen een kind praat: 'Werk nou even mee, Cyborg.'

Hij reageert niet.

'Jij wil snel terug, toch?' vraagt Blower, bijna even zalvend als zijzelf. 'Hoe snel?'

'Met de helikopter. Meteen.'

'Over twee uur vertrekken we.'

'Over een uur.'

'Deal,' zegt Blower, iets te happig. 'En nu weer kijken.' Hij knikt richting het zeil. 'Ooit tegengekomen, waar dan ook?'

Zij wringt zich er weer tussen: 'Waar zou híj iemand moeten tegenko-'

Keffer houdt een opgestoken wijsvinger voor zijn mond.

'Aan de deur misschien, meneer Van Dam,' vervolgt Blower, 'als er een paar van die kratjes werden bezorgd? Of in je vorige leven...' Hij wacht. 'Bij je groep?'

'Groep?' mompelt Kait.

'Ik ken je dossier.'

'Mijn geheugen werkt in Nederland –'

'De Dovemansgroep.'

Kait zucht diep. 'Nee. Niet gezien. Nooit.'

'Zeker weten?'

Hij kijkt zijn ondervrager voor het eerst recht aan. 'Ik weet het plotseling weer als ik in een helikopter zit die de Nederlandse bodem raakt. Heel apart, dat geheugen van mij.'

Keffer wenkt en neemt haar samen met Blower apart.

'Hoe gaat die kerel praten?' fluistert hij. 'Jij kent hem het beste.'

Ze aarzelt. 'Geduld?'

'We hebben geen tijd.'

'Humor dan? Een beetje lief zijn?' Ze glimlacht gespannen.

Keffer knikt naar achteren, naar de snijtafel, waar het doktertje werkeloos wacht en met zijn stompjes op het glimmende metaal roffelt. ‘Dit is niet de laatste.’ Hij fluistert nog steeds. ‘Er gaan meer Bennen volgen. Veel meer.’

‘Ik ben van de thuiszorg. Ik kan zijn billen wassen, als dat nodig is, maar niet vaker dan dat, want het blijft een goor klusje. Ik kan hem platspuiten, als het echt, écht nodig is. Ik ben geen, weet ik veel – spion? Wat zijn júllie eigenlijk?’

Ze blijven haar onbewogen aanstaren. ‘En nu, meneer Van Dam,’ zegt Blower uiteindelijk hardop en gemoedelijk, terwijl hij zich omdraait, ‘ga je de dader zien.’

Het doktertje heeft een hand voor zijn mond geslagen en wijst met een stompe vinger naar de deur. Keffer kijkt jachtig rond. ‘Waar is ie?’

12

Susy

Van haar kledingassistent kreeg ze een tomaatrood mantelpak toegestopt en verkleedde zich, terwijl op de speaker haar favoriete pastor haar persoonlijk bemoedigende woorden toesprak. Hij was, naast haar drie exen, de enige die haar Susy mocht noemen. Ze ving iets op over genade en vrede en ze wurmde zich net in twee nieuwe glimmend rode hakken, toen ze merkte dat het verdacht stil was geworden in haar werkkamer. Alle assistenten staarden met grote ogen naar hun smartphones.

'Wat?' vroeg ze.

'Niks voor nu,' werd er gezegd.

'Eerst even...' begon een ander.

'... deze beslissing,' vulde een derde aan. 'Doen we die veertig miljoen of niet?'

Ze wilde met haar vinger op het papier prikken om iet-wiet-waai te doen, maar ze bleef met een ernstig gezicht dwars door het A4'tje met de negen bulletpoints kijken. Dit was de afspraak. Zij namen de beslissingen, terwijl zijzelf dan ernstig keek en deed alsof zij ze nam.

'We gaan door,' zei ze vastberaden.

'Uitstekend besluit, mevrouw de president,' zei een medewerker.

'Hard, maar eerlijk,' vond een ander.

'Wijs ook,' besloot een derde en vervolgde direct met: 'Dan een puntje van urgentie. In het Vaticaan...'

Het drong nauwelijks tot haar door. Ze zag alleen haar vaste speechschrijver weglopen, terwijl hij zei: 'Ik begin alvast.'

De persconferentie was in de privé-slaapkamer van haar derde ex-man, nu omgebouwd tot permanente studio, met lampen en camera's al in positie. Ze las de twintig zinnen van de verklaring in een keer voor, zonder te repeteren. In het begin keek ze net zo empathisch als haar favoriete pastor en toen de tekst begon over 'eenheid' en 'onze waarden' en 'vrijheid', duwde ze als een cowboy haar kin naar voren. Ze sloot af met haar bekende groet, een hoofdknik bij elk woord. *God. Bless. America. First.*

'Het staat!' klonk het achter de felle lampen.

'Prachtig!'

'Precies de juiste woorden.'

'Ik moet pissen.' Ze hield haar onderarm voor haar ogen en zocht haar weg naar buiten. Ze ging op de klep van de pot zitten en klauwde in haar haren.

'*Scallywag*,' zei ze zachtjes. 'Ik kan dit echt niet meer... Ik wil alleen maar bij jou zijn. Gewoon eens een keertje oppassen. Dat kan ik best wel.'

Na een kwartier stond ze op, veegde de tranen van haar wangen en stapte naar de golfkamer.

'Wat gaat u doen, mevrouw?' vroeg de beveiliger.

Ze reageerde niet en pakte vier clubs.

'Code valk, code valk,' hoorde ze de beveiliger zachtjes melden. 'Het is weer eens zover.'

Daar kwam het hoofd van de beveiliging al aangerend. 'Mevrouw de president?'

'Je moet naar je dochter, Tim, je dochter mist je.' Ze liep zonder hem aan te kijken verder de gang af. 'Ze is drie weken! Drie weken, man. Geniet van haar!'

'Het is nu niet zo verstandig om buiten te zijn, mevrouw de president.'

Ze minderde geen vaart. 'Het is héél verstandig. Mevrouw de president moet ook ontspannen.' En ze wilde een bitter betoog beginnen over pro life versus pro choice en hoe verrassend relevant voor haar eigen leven dat debat nu zomaar weer was geworden.

'We weten nog te weinig, mevrouw de president.'

Het hoofd van de beveiliging haalde haar in. Abrupt stond ze stil.

'Denk je nou echt dat ze míj...?'

'Bedankt, mevrouw de president.'

Ze balde haar vuisten. Ze begreep hoe dit zou aflopen. 'Oké, oké, ik ben al braaf.'

En ze draaide zich om, terug richting haar werkkamer.

'Code zeearend, code zeearend,' voorspelde ze narrig de melding van haar hoofdbewaker.

En toen zag ze haar vluchtplan helder voor zich. De afgelopen maanden was ze regelmatig op 'de plek' geweest, zoals ze dat voor zichzelf noemde. Ze was in een kamer, de lucht was vol van woorden en ze verdronk erin. Maar soms vond ze dan ergens in zichzelf een plek waar het rustig was. Al het geluid, al die pratende hoofden, leken ver weg. Daar was ze veilig. Vannacht had ze hierover voor het eerst verteld, tegen haar *scallywag*. Misschien was ze nog op tijd.

En terwijl om haar heen de adviseurs raasden en hun woorden stormden, was ze terug op die plek en wist ze wat ze zou doen. De komende uren heel meegaand zijn. Niets meer zeggen over golf. Niet eens naar buiten kijken. Gehoorzaam de stukken aftikken en de voorgekauwde beslissingen bevestigen. Haar danspasjes doen. Tim, het hoofd van de beveiliging, die zijn dochter verwaarloosde en zijn vrouw vergat, zou minder op zijn hoede zijn. En natuurlijk ook naar het toilet moeten. Dát was het moment om toe te slaan. Ze zou zeggen dat ze even alleen wilde zijn. Haar hoofd ordenen – die gruwelijke beelden van die Nederlandse jongen... Ze zou naar de trainingsruimte gaan, daar stak altijd een sleutel in de deur, ze zou die rothakken uitschoppen en naar buiten hollen. Een paar honderd meter zou wel lukken. Tim was de snelste bewaker, maar die moest zijn broek nog ophijsen. Ze zouden haar inhalen, maar ze konden haar moeilijk tegen de grond werken en terug naar de villa tillen. Ze zou beloven dat ze binnen een uur terug zou keren, als zij alleen maar eventjes haar clubs brachten. Ze moesten het risico maar nemen. Het was haar leven. Pro life of pro choice, wisten ze nog? Wat was zij ook al weer? Zo zou het gaan.

Het plan maakt de uren die volgen draaglijk. Ze moet zelfs een beslissing nemen over de humanitaire inzet van drones – hoe ironisch weer, en ze zet voor de miljoenste keer haar handtekening. Ze maakt zelfs haar oude grapje, of ze niet met een stempel kan ondertekenen, en een assistent zucht.

'Een robot dan?' probeert ze en er wordt niet eens meer gereageerd.

Ze legt het ondertekende vel opzij en kijkt op. Tim is nergens te bekennen.

Actie.

13
Dounya

Waar ís iedereen?

Ze staat verdwaasd in het slachthuis, maar Kait lijkt opgelost in de lucht en Keffer en Blower zijn meteen weggerend. Zeiden die nou net dat ze de dader hebben? Waarom rennen ze dan opeens weg? En haar hebben ze gewoon maar achtergelaten, met dat te heet gewassen doktertje in z'n slagersschort, die ook niet weet wat hij moet zeggen. Plus die monsterlijke bult onder dat zeil. Wat heeft ze zich in haar hoofd gehaald? Ze dacht dat ze ertoe deed, dat ze een rol kon spelen, maar ze is hun slaafje. Ze mag Kait platspuiten als dat haar bevolen wordt. Dat was dan haar grote avontuur. En daarna met hangende pootjes naar huis terug, de puinhoop opruimen. Geen werk, geen relatie, een hoop gezanik van d'r ouders...

Dit is geen wilde rivier. Dit is gewoon shit.

Als ze al terugkomt. Want als ze de hints goed begrijpt, mag er nu helemaal niet meer gevlogen worden. Ze gooien de wereld op slot.

'Loop jij stage?' zegt het mannetje achter haar in zijn onhandige Engels.

Dit dus. Wanneer nemen ze haar eens serieus? Waarom gebeurt alles haar maar gewoon? Janko heeft ze ook eindeloos laten doorzeuren... Vriendinnen vroegen er soms naar. Die jongen let helemaal niet op je en loopt altijd maar te preken. Je verdient toch beter. En dan ging ze het uitleggen. Dat hij twee jaar geleden echt heel leuk was. Hij kon toen ook wel doordraven over iets wat hij op internet had uitgeplozen, maar dan kon ze hem tenminste kietelen, ze rolden over dat ranzige matras in hun vorige flatje en hij klaarde op, elke keer weer.

Zullen wij eens even lekker gaan samenzweren, vroeg ze dan en ze trokken de deken over zich heen en gingen heerlijk een potje samenzweren.

Tot hij op een dag haar hand wegduwde. En daarna zelfs een keer wegsloeg. Sindsdien hoopt ze dat de oude Janko terugkomt. Dat die nog ergens verborgen ligt onder al die theorietjes, die hopelijk op een dag wegwaaien als dorre herfstbladeren, en dat het dan weer is als vroeger.

Maar is dat inderdaad haar reden? Is dat niet meer iets wat ze zichzelf vertelt, achteraf?

'Misschien moet je die straks af doen.' Het doktertje gebaart naar zijn eigen schedel. 'Het is onrustig op straat...'

Bedoelt hij serieus dat ze haar hidjab af moet doen? Deze ochtend heeft ze er nog over getwijfeld. Ze komt nooit meer in een moskee, ze weet niet eens of God bestaat. Maar er was een keer een bruiloft van een nichtje, en vijf familieleden belden haar achter elkaar of ze niet één dag 'normaal' wilde doen, het hele feest zou verpest worden als zij daar met die westerse haren kwam. Dus ze had er maar eentje gekocht, mopperend, nukkig. Maar op de bruiloft voelde het heerlijk. Alsof ze er helemaal bij hoorde en niets meer hoefde te bewijzen.

De dag erna droeg ze 'm ook op school. Nog lekkerder. Studenten uit andere jaren die haar opeens groetten. Docenten die haar eerst niet herkenden en zich toen uit het niets excuseerden. Groepjes waar ze opeens bij kon gaan zitten.

Ze voelde zich sterk. Zelfstandig. Eindelijk iets waarvoor ze echt had gekozen.

Als ze een therapeut had, zou die natuurlijk meteen beginnen over haar naam. Vertel, wie ben je? Die vrouw die bij Janko blijft, of de vrouw die zomaar in een militaire helikopter stapt en een paar uur later in Rome belandt? Die voor de lieve vrede een hidjab naar een bruiloft omdoet, of die ermee aankomt op school terwijl daar juist niemand dat verwacht?

Ben jij Dounya? Of ben jij De Vries?

Ze weet het niet. Ze is een rommeltje. Ze snapt niets meer van zichzelf. Weg hier. Meer weet ze niet. Dat enge doktertje, die gruwelijke bult op die snijtafel – wegwezen. Gang door, deur, nog een gang, deur, zithoek met designstoelen en een koffieapparaat – *waar was die uitgang?* Trap op, dat was het. Nee. Trap af dan. Deur, gang, gang, trap, gang.

Kak.

Een lege kamer met een betonnen vloer. In de hoek een klaptafeltje met een onaangebroken doos Kleenex. Een van de wanden bestaat uit drie lagen matmetalen lades. Ze wil er niet aan denken wat daar allemaal in zit. Die arme jongen past er in elk geval nog niet in, dubbelgeklapt en verstijfd. Maar hier is het tenminste stil. Even nadenken. Alleen zijn.

Nee, het is niet stil. Er klinkt een stem. Heel zacht.

Er is hier iemand.

Maar hier is verder niets om je achter te verstoppen. Haar spieren verkrampen. Haar schouders trekken omhoog. Haar handen klauwen. Piepend haalt ze adem.

Die nauwelijks hoorbare stem komt uit een van de lades. Daar links ergens. Hoe ze ook gruwelt, ze moet ernaartoe. Ze moet weten wat dit is. Stapje voor stapje. Nee, verder naar links. Op kniehoogte is het. Deze la.

Haar hand beweegt naar het stalen handvat.

Niet doen, Doenie. Niet doen.

14
Kait

Toen hij Lotte voor het eerst zag, begreep hij meteen dat zij zijn sollicitatiebrief werd. Hij had maanden langs alle mogelijke industrieterreinen door het land getoerd, op zoek naar de gebouwen omringd door hoge hekken en tientallen beveiligingscamera's die volgens Google Maps een of ander keurig administratiekantoor waren. Hij vond er vijf. In drie werden dierproeven gehouden volgens online forums van veganisten, maar bij eentje werkte een vertaler Farsi en een winnaar van een jeugdwedstrijd hacken – hij wist genoeg. Voortaan zat hij elke vrijdagmiddag in het hippe *fusion* eettentje om de hoek en inderdaad, standaard hielden daar een paar werknemers hun vrijdagmiddagborrel: vier houterige, bleke nerds – en Lotte. Met haar eigenwijze wipneus, gemillimeterde haren, een rijtje ringetjes door haar linkeroor en die priemende ogen, waarachter je een hele wereld vermoedt, eindeloos veel verhalen, die je allemaal wilt horen, allemaal.

Ze reisde per fiets, dus hij ketende haar voorwiel vast aan een ander. Toen ze het ontdekte – het miezerde en schemerde al – stond hij heel toevallig net buiten een peuk te roken.

'Neem de mijne maar.' Hij reikte een sleutel aan.

Ze keek hem schuin aan. 'Is dit...' Ze haperde, rechtte haar rug toen en wees naar het slot. 'Heb jij dit gedaan?'

Hij schaterde. Wat was zij snel. Hij stopte de sleutel weg. 'Ik ga je niet sméken of je mijn fiets wilt lenen... Dit is jouw eerste keer, begrijp ik?'

Ze knikte stuurs.

'Iedereen die hier komt heeft dit al eens meegemaakt. Het is niet persoonlijk. Misschien een rare fetish van iemand.'

Ze belde een paar collega's of ze een lift kon krijgen, maar die waren al thuis, aan het koken. Ze raakten aan de praat en zoveel uur later had ze hem een kelder van een kraakpand in gekregen, alles wazig door de wietdampen, voorin een punkbandje dat brulde in goedkope microfoons, een stuk of twintig studenten brulden mee – jongens langharig, meiden gemillimeterd, zwart gekleed en Dr. Martens: 'Regering, regering, krijg de te-e-ering!'

Haar ogen gleden langs zijn blauw-zilveren trainingspak. 'Dat ze jou hebben binnengelaten… Nergens zulke strikte kledingcodes als onder anarchisten.'

Met haar eigen zwarte jeans en getondeusde koppie ging ze in deze omgeving op. Op dat moment kwam er een jongen tegen haar aanhangen en lalde iets in haar oor. Hij droeg een verwassen zwart-rood CCCP-shirt en verlangde blijkbaar enorm terug naar de Siberische strafkampen. Kait stond direct op scherp. Hij herkende de blik. Hij had die duizenden keren gezien. Veel te vaak voor een kind. En inderdaad, daar ging een hand achterlangs in haar broek. Lotte fronste, maakte een snelle beweging en draaide zich nonchalant weg. De hand gleed eruit, de jongen wankelde – de muziek was dof geworden, ver weg, zijn benen slap. Het duurde zeker een halve minuut voor hij weer een teug lucht hapte, als een drenkeling die net boven water kwam.

'Hé, hier ben ik.' Ze knipte met haar vingers voor zijn gezicht. 'Het is maar huid, hè. Mijn kont is niet mijn ziel of zo.'

Zonder te reageren drong hij zich naar buiten. De hele week kon hij nauwelijks slapen. Hij had niets gedaan. Alweer.

Een week later glipte hij weer het kraakpand binnen, ditmaal met passende klederdracht – ongewassen haar, zwarte skinny jeans, legerkistjes – en een tube gemalen Madame Jeanettepepers. Hij zocht Lottes gezicht, daar stond ze, ze had hem nog niet gezien.

Daar was de CCCP-fan met zijn nieuwsgierige vingers, hossend op een diepzinnig punkliedje: 'Schijt, schijt, schijt aan de o-ver-heid, schijt, schijt, schijt aan de dwang-ar-beid.' Kait stapte in het gedrang, brulde, hoste, pakte intussen de tube en draaide de dop eraf. Hij was vlak achter de CCCP-fan, het refrein werd ingezet en de lijven pogoden tegen elkaar. Hij trok van achteren de skinny jeans van de jongen open, spoot in dezelfde beweging de tube leeg in de geopenbaarde bilspleet, en beukte opzij, weg uit het gehos.

Na ongeveer tien seconden, toen Kait al rustig tegen de wand met posters hing, was het alsof er een hand in een aquarium gestoken werd: mensen schoten uiteen, de jongen bleef in het midden achter en sloeg wild tegen zijn achterwerk, zijn mond wijd open zonder dat er geluid uitkwam. Hij klauwde achterlangs in zijn broek, haalde een klodder gele smurrie uit zijn bilspleet, rukte zijn broek omlaag, zwiepte zijn handen tegen zijn ogen, tegen zijn verschrompelde piemel, zijn strakke broek hing bij zijn knieën, hij verloor zijn evenwicht, kronkelde over de grond alsof hij werd geëlektrocuteerd, alsof er een alien uit zijn lijf moest kruipen. De muziek viel stil, de punks achter de microfoons stonden verstijfd en nog steeds deed niemand iets. 'Water!' krijste de jongen, 'water', en daar kwam iemand aangerend met een schuimblusser en veranderde hem in een hopsende berg wit schuim, waaruit alleen nog twee schokkende Martens en twee gesperde handen staken.

Toen kruiste Kaits blik met Lotte. Ze keek hem vragend aan, hij hief zijn handen verontschuldigend op, zij sloeg haar handen voor haar mond en krulde toen een vinger – kom hier, kom hier jij, nobele ridder.

'Het is maar huid, niet zijn ziel,' zei hij en ergens rond drie uur die nacht klapte zij haar slaapbank uit, duwde hem erop en ging over hem heen zitten.

'Wat heb jij meegemaakt dat je dit flikte?' vroeg ze.

Hij grinnikte en bedacht ter plekke het verhaal dat hij ooit op de middelbare school bij gym jeukpoeder door de talk had gedaan, waardoor de hele klas begon te dansen en onder de douches vluchtte.

‘Het is dus een gewoonte, bedoel je? Het is niet dat je mij wil beschermen of zo?’

‘Wil je dan beschermd worden?’

Ze haalde haar schouders op, friemelde aan de ringetjes in haar ene oor en hij keek lang in haar ogen. Wie ben jij, dacht hij. Junior bij de AIVD, die in de weekenden voor haar lol naar krakersfeestjes gaat... Zij was alleen zijn toegangsbewijs, hij moest haar gebruiken, niets meer. Maar nu wilde hij haar echt beschermen. Alles wat hij de afgelopen twintig jaar had nagelaten, zou hij vergoeden. Hij moest zich inhouden haar niet meteen, daar onder haar op die slaapbank, ten huwelijk te vragen.

Het zijn deze beelden die hij voor zich ziet – haar blik als ze het vreemde slot om haar voorwiel ontdekt, die kronkelende anarchist op de dansvloer, haar vinger die hem lokt – op de meest macabere plek waar hij ooit is geweest, de enige plek waar hij haar veilig kan bellen, om haar te vertellen dat ze voor niemand open moet doen, echt niemand, alleen voor hem, als hij het haalt, als hij haar komt beschermen, haar en hun kindje – deze keer wel.

15
Schouten

Hij heeft net op zijn gps het adres van zijn dochter ingevoerd als De Bruijn weer belt voor een update. Hij staat geparkeerd naast een supermarkt in Nieuwegein, zijn kofferbak vol blikvoer. Domweg het hele schap in zijn wagentje geschoven, niemand die hem tegenhield en bij de zelfscankassa werd hij niet eens gecontroleerd. Hier wonen weinig collega's, zoveel is duidelijk. Alles is nog kalm hier.

'Peter hier, we zijn binnen,' meldt zijn collega vanuit de Korf. Hij klinkt schor.

'Binnen, De Bruijn?'

'Kunt u vrijuit spreken?'

'Ja, je bedoelt het dark web.' Dat soort termen blijven onhandig klinken uit zijn mond.

'Precies, en daar is het dus hetzelfde liedje als toen met Oekraïne – je kunt bieden, in een soort webwinkels. De teller voor een president staat op drie ton.'

Hij tuit zijn lippen. 'Niet genoeg. Als je een president wilt pakken, had je dat al gedaan en anders gaat drie ton je echt niet over de streep helpen. Dan wil je voor altijd kunnen verdwijnen. Wacht maar tot de sjeiks mee gaan bieden...'

'Sommige bieders zijn al te linken aan de Emiraten en Saoedi-Arabië.'

'Dan gaan de cijfers wel naar de zeven *digits*.'

'Inderdaad, en voor een paar miljoen kun je best ergens een aardig team organiseren. Maar het meeste aanbod blijft nog bescheiden. Een geestelijke vangt vijf-, zesduizend momenteel, voor armere landen is dat genoeg. Daar kan het binnenkort wel hard gaan. Een molotovcocktail in een heilig huis – tweeduizend, geen gek bedrag als dat je jaarinkomen is. Een brand in een "afwijkende uitgaansgelegenheid", zoals er dan staat...'

Daar gaan de homobars.

'Tweeduizend ook. Auto in brand, waar dan ook, van wie dan ook – als je het kunt aantonen met een filmpje, dan cash je zomaar twee-, driehonderd. Daar zijn zelfs een paar jongeren in ons land wel voor te porren. Als het eenmaal gaat lopen en de eerste resultaten verschijnen op de reguliere social media, dan wordt dit groot, schatten we hier in. Elke minuut komen er nieuwe advertenties bij, voor zo veel mogelijk schade met zo weinig mogelijk middelen – draden over fietspaden, metaalschilfers in babyvoeding, punaises in zandbakken, brandende aanmaakblokjes door brievenbussen, bovenleidingen doorknippen... Intussen hebben we nog geen aanwijzingen dat er al aanslagen gepleegd zijn en...'

'In Oekraïne ging het wel hard op een gegeven moment, De Bruijn. Een paar duizend aanslagen zijn zo geritseld.'

'Dat had toen een aanloop nodig. Weken. Misschien slagen we erin, met hulp van onze internationale collega's, de servers op tijd plat te gooien, voor het serieus wordt. Op dit moment is het allemaal nog dark web. En dat is echt iets voor de nerds. Uw kinderen – had u nou kinderen?'

'Ga door.'

'Nou ja, als u kinderen hebt – wat ik bedoel te zeggen, gewone kinderen komen daar niet. Hier denken ze nog dat we het vuurtje kunnen doven, als we goed samenwerken met de verschillende diensten. En we gaan geruchten verspreiden over *false flags*.'

Hij drukt zijn collega geërgerd weg en rijdt schokkerig de parkeerplaats af. Die gestudeerde types tegenwoordig. False flags. Maar hij heeft gelijk. Dit is inderdaad hét moment om aanslagen op te eisen voor de tegenpartij. Alles om je eigen groep te motiveren. En wat wekt meer woede op dan slachtofferschap? Maar daar zit een limiet aan. Als het te vaak gebeurt – of als meldingen over de false flags zelf weer vals blijken, gefabriceerd om verwarring te wekken – dan wordt geen enkele claim meer geloofd en heeft het geen zin meer om nog iets op te eisen. Dan wordt de aanslag in Rome een vonk in een nat kruitvat...

En De Bruijn, met al z'n diploma's en certificaten, denkt natuurlijk weer geen seconde aan Threehouse.

Hij vertelt het al twintig jaar aan elke nieuwe lichting jonkies, bij die ene presentatie die hij nog mag geven op de interne opleiding. Het Recept Voor De Derde Wereldoorlog, zo werd hij vorig jaar aangekondigd, en dat was natuurlijk ironisch – zelfs in de Korf durven ze er niet aan.

Op de eerste slide laat hij een zwart-witfoto van een zonnig dorpje zien, er fietst een bakkersjongen, broden in zijn mand, hij zwaait naar de camera. 'Dit is 1 juni 1973, Threehouse Village, Oost-Texas,' zegt hij. Dan toont hij de tweede slide. Een zwart-witfoto van dezelfde straat, waar nu drie mensen voorover liggen, met donkere plassen bij hun buiken. 'En dit is 3 juni 1973. De enige levende wezens in Threehouse zijn op dat moment nog de dieren, en een kleuter, verstopt onder een hooibaal. Geachte aspiranten, wat is er gebeurd tussen 1 en 3 juni 1973, in Threehouse Village, Oost-Texas?'

En dan vertelt hij over de oude spanningen tussen de drie families daar, een ongewenste zwangerschap die na een vechtpartij eindigde in een miskraam, de dalende graanprijzen die de mannen wanhopig maakte, de dalende jeneverprijzen die de wanhoop tijdelijk verdreef, een ongeluk met een tractor, bestuurd door net de verkeerde persoon waarbij net de verkeerde persoon gewond raakte – het is inmiddels 1 juni 1973 – een kogel die alleen als bedreiging was bedoeld, een tweede kogel als reactie daarop, een derde, een vierde – en Threehouse Village is op 3 juni 1973 wereldnieuws.

Hij kijkt de broekies in het lokaal aan en vraagt hun wat dit verklaart. Ze komen met allerlei factoren, boekenwijsheden, maar hij vat alle ervaring die hij in al die jaren heeft opgedaan, in twee woorden voor ze samen: 'Mogelijkheden – elk huis had een wapen. En urgentie – de sheriff naderde rap.'

Want toen eenmaal de eerste dode was gevallen, begreep iedereen dat ze nooit meer zouden samenleven en slechts een van de clans kon blijven. Maar ze leefden hier al sinds mensenheugenis en hun afgelegen landerijen waren onverkoopbaar. Dus ze moesten de andere clans voor zijn. En toen de getuigen doden. En toen de lijken opruimen die de anderen juist als bewijs wilden bewaren. Want de sheriff naderde. Voor het eerst in die streken niet op zijn paard, maar met een auto – geprezen zij de technologische vooruitgang. Nu hadden ze opeens maar één dag. De laatste persoon, een oude vrouw, pleegde zelfmoord toen hij op het dorpsplein parkeerde.

'Alles wijst erop dat de bewoners van Threehouse normale mensen waren,' besluit hij zijn presentatie. '56 normale mensen. Geen genetische afwijkingen. Niets geks in het water. Blijkbaar zijn er omstandigheden die 56 normale mensen ertoe brengen elkaar binnen één dag volledig uit te roeien. Mogelijkheden plus urgentie. Een gemiddeld dorp, met z'n gebruikelijke oude pijn, roddels, geschiedenis, een heel gewoon dorp dus, kan binnen één dag zichzelf vernietigen.'

Ten slotte buigt hij deftig, er volgt een laf applausje en dan voegt hij zijn laatste zin toe: 'En jullie kennen de gevleugelde uitdrukking: de wereld is een dorp.'

Daar de vierde IS-vlag, achter een raam. Zijn telefoon ligt in zijn schoot en hij zoekt, al slingerend, naar het laatste nieuws. Nee, de journalisten hebben de vlaggen nog niet door. Lang zal dat niet meer duren. Hun berichtgevingen zijn een essentieel onderdeel van de gifbeker die nu over de wereld wordt vergoten. Net als die biedingen. Online een aanslag verkopen, zoals dat voor het eerst vanuit Syrië gebeurde, waar IS-strijders aanslagen begonnen aan te bieden, een paar zijn er stinkend rijk mee geworden. En later massaal in Oekraïne – duizenden Russische soldaten werden met de simpelste drones omgebracht.

Mogelijkheid plus urgentie. De wereld is Threehouse geworden.

Op een brug waar hij onderdoor rijdt, staat een silhouet, onherkenbaar door het tegenlicht. Maar er is iets vreemds aan de houding, alle spieren lijken gespannen. Sjouwt die figuur iets?

En zoals dat voortdurend gaat, is hij in gedachten vijf jaar terug, op de Roestbrug, zoals ze hem noemden. Een soort omgevallen Eiffeltoren, zo'n industrieel gevaarte met eindeloze rijen klinknagels en roestige druipers. Daar stond hij halverwege, met zijn pupil, zijn zoon – bijna-zoon. Ze staarden over de rivier onder hen, waar een paar zeemeeuwen dobberden en soms een binnenvaartschip langs gleed. Vreemdelingen zagen ze hier van verre aankomen en richtmicrofoons konden door de wind niets beginnen, zelfs de zendmasten hadden hier geen bereik. Dit was een digitaal zwart gat. Hier konden ze alles bespreken. Urenlang.

Die kale omgeving was op een vreemde manier intiem. Veel intiemer werd zijn werk niet.

Gelukkig is Kait niet hier. Mijn zoon. Mijn wonderkind.

Hij belt De Bruijn terug.

'Ja?' vraagt die, nog steeds braaf in de Korf. Die heeft geen gezin – of binnenkort niet meer.

'Wordt er ook geboden op tegels gooien op auto's?'

16

Dounya

Het metaal van de lade is dof. Ze ziet zichzelf als wazige kleurvlekken. *Er wordt in die lade gepraat.* Ze klemt het handvat, dat ijzig koud is, steviger vast.

En zij wenste dat de rivier woester werd...

Insjallah.

Ze stapt opzij, geeft tegelijk de lade een ruk en daar, op de matte metalen plaat, ligt Kait. Hij krimpt in een foetushouding ineen, geluidloos. Zijn ene hand maakt een vuist om die roestige sleutel van hem. In zijn andere hand klauwt hij een telefoon – haar telefoon.

'Wat doe jij...' kan ze uiteindelijk uitbrengen.

Zijn lijf ontspant iets, zijn benen zakken langzaam terug. De hand om de sleutel glijdt weg, alsof die er niet was, alsof die sleutel niets betekent. Hij ziet lijkbleek. Zijn ademhaling maakt wolkjes. Dit had niet veel langer moeten duren. Dan houdt hij haar telefoon iets omhoog, terwijl hij blijft wegkijken. 'Ik moet...'

'Maar je vriest dood hier, Kait.' Ze aarzelt. Ze wil een gok maken, een grote gok waarmee ze veel kan verknallen, maar ze moet het zeggen. En dan zegt ze het: 'Noa heeft niets aan een dode vader.'

Hij rilt voortdurend en zijn tanden klapperen. 'We... zitten... vast.'

Ze knikt. Ook hij beseft dat ze hier niet zomaar weg zijn.

'Kom eruit, dit kan echt niet.'

Hij klemt zich aan de lade vast.

'Werk nou mee, Cyborg. Ze vinden je toch.'

'Ik moet... haar waarschuwen.' Hij wacht en zegt dan weer de naam: 'Noa.'

Ze doet haar armen over elkaar. 'Ik ben Dounya. De Vries. Ik heb toch al zeker duizend keer je billen gewassen.'

Hij blijft wegkijken.

'Hoe kom je aan mijn telefoon?' probeert ze dan maar.

Hij haalt zijn schouders op. 'Wil je me laten?'

'Was het bij de helikopter, toen je die stennis schopte, hoogtevrees en zo?'

Hij grinnikt heel kort. Weer een puzzelstukje over zijn verleden: hij is vingervlug.

'En je had mijn wachtwoord gezien?'

Ze ziet zichzelf zo staan, in zijn kale flatje, hij op die bank, zij even tussendoor iets regelen op haar telefoon.

'Ik heb haar beloofd dat ik er morgen ben, half vier.'

'Bij Noa.'

Hij knikt.

'We zitten in Italië, Kait.'

Hij reageert niet eens.

'Waarom morgen half vier?'

Hij knijpt zijn ogen samen. 'Dan is de eerste dag van de hadj op z'n hoogtepunt. Later kan echt niet... Maar wil je de lade weer dichtdoen?'

De hadj, inderdaad. Maar hoe weet een witte jongen zonder internet zoiets?

'Nee. Echt niet. Je moet eruit.'

'Please. Ik moet nog een paar dingen inspreken. Dounya.' Hij spreekt haar naam uit als een woord uit een vreemde taal. En kijkt haar nu voor het eerst aan. 'Als het mijn tijd is, sta ik op uit de doden.'

17
Kait

'Dus...' begint hij. 'Jullie hebben de dader?'

Ze zitten in een zwarte SUV met geblindeerde ruiten – een opgepompte Audi, een soort springkussen op wielen – van de Italiaanse rechercheurs die hen bij het mortuarium ontvingen. Een van hen is nu mee en chauffeert, ernaast op de bijrijdersstoel zit Dounya, die haar slapen masseert en haar schouders rolt. Zelf zit hij achterin tussen de twee *intervention operatives*, zoals hij aanneemt, twee Ivo's, zoals ze die vroeger noemden: de lange slungel links van hem, de korte pezige rechts, allebei stinkend naar zweet.

Ze heeft hem niet in die lade gelaten en het uitstappen deed verdomde pijn – de troep die ze hem gegeven had is aan het uitwerken – maar hij kreeg het voor elkaar. Ze liet hem achter bij de snijtafel, waar verder niemand meer was. Ook dat gekrompen doktertje en die dubbelgeklapte jongen waren verdwenen.

Daar vonden de Ivo's hem uiteindelijk, met hun rooie koppen, bezweet en volledig achter adem.

'Waarom renden jullie nou zo opeens weg?' vroeg hij.

Ze vloekten en sleepten hem ruw mee naar buiten, deze opgepompte Audi in. Over de helikopter op het basketbalveldje om de hoek repten ze niet meer. De sfeer is hier ijziger dan in de lade van het forensisch instituut.

'Hebben wij de dader?' vraagt de lange links, zijn tanden stijf op elkaar.

'Ik ben gewoon benieuwd. Jullie begonnen erover...'

De pezige Ivo haalt luidruchtig zijn neus op. 'Je bent helemaal niet benieuwd.'

Klopt, denkt hij. Toen hij vanochtend de tv aanzette, wist hij genoeg. Ze waren doorgegaan, zonder hem. Toen hij *dingdong* in de gang hoorde, was dat alleen een bevestiging. Die twee Ivo's zouden niet voor zijn deur hebben gestaan als ze niet aan dezelfde daders dachten. En toen hij het balkon op vluchtte, wisten zij ook dat hij het wist, anders was hij niet gevlucht.

Wie hield hij voor de gek? Kon hij niet beter gewoon meewerken?

Nee, Noa, ik mag je niet opgeven. Niet na vijf jaar wachten.

Met grote snelheid rijden ze over een van de buitenringen van Rome. Slalommend tussen het verkeer door, een blauw alarmlicht op hun dak gemagneet, zonder sirene. De stad fonkelt in de avond. Een soort ingezakte kerstboom, zoals zijn moeder vroeger optuigde, dat vonden haar klanten zo gezellig, dan voelde het nog een beetje als thuis. Overal vlaggen hier: een geel naast een wit vlak, twee sleutels erin, was dat van het Vaticaan? Soms van stof, meestal geprinte A4'tjes, achter ramen van woonhuizen, op autoruiten, een kindje wappert ermee. *We are Ben*, staat tientallen keren op spandoeken en printjes – die arme jongen aan de drone is eventjes een held geworden – en vaker nog: *Sono papa*. Papa, was dat niet de paus? Die fragiele, gebogen man op het lege plein heeft zichzelf onsterfelijk gemaakt.

'Zag je dat?' vraagt de korte Ivo en wijst achterwaarts naar een flat. 'De vlag van IS.'

Dounya voorin draait zich om. 'Doe normaal. Waarom zou... Wie is er nog vóór IS?'

'Het is andersom – ze zijn bang.'

'Bang? Maar waarom hang je dan zo'n vlag op?'

De lange links, met zijn zangerige toontje, is nog steeds nukkig: 'Er is veel gebeurd sinds we uit Nederland vertrokken.'

'En als ik nou gewoon mijn telefoon had...' Ze laat niet merken dat ze weet van zijn vingervlugheid.

'Onthoud de datum: 10-21. Dat wordt de nieuwe 9-11. Vertel het later aan je kinderen.'

'Als die nog geboren worden,' bromt de korte rechts.

Hoor je dat, Noa?

'Je weet het wel te brengen...' Dounya slikt. 'Maar jullie hebben gelukkig de dader.'

'Hebben wij...'

'Dat zei je, in dat snijhok.'

'Ik zei dat ik de dader zou laten zien. De aanslag is opgeëist.'

De lange houdt een telefoon voor hem en klikt een filmpje aan. Van die Arabische muziek. Er wappert een zwarte vlag in beeld met zwierige, witte tekens. De vlag van IS, de gevallen vlag van IS. Want IS is dood. Niemand wil nog bij ze horen.

Dounya kruipt achterstevoren op haar stoel, de riem ligt in haar knieholtes en over haar rug. Haar spijkerstoffen hidjab, die toch al losjes zat, zakt nu op haar schouders. Lichtbruine krulletjes springen tevoorschijn, maar ze trekt de stof niet terug.

'Ik wil meekijken.'

De lange draait de telefoon voor haar bij. De vlag vloeit over in een bleke man van een jaar of veertig, voor een anonieme muur. Een zware, gehoornde bril. Een losjes geknoopte tulband. Een lange, adellijke neus. En natuurlijk een enorme baard, waarvan de onderste helft koperbruin is geverfd. Schouten heeft hem talloze van dit soort filmpjes laten zien, vaak doorsneden met stockbeelden van vlammen, langs zwevende, fonkelende koranpassages en schokkerige fragmenten van jongens die trainen in een woestijn. Een heel subgenre is gewijd aan de gruwelijkheden, het onthoofden, het villen, het spietsen, vaak in dezelfde opbouw: als eerste overspelige lokale vrouwen die worden gestenigd of levend achter auto's gesleept tot er nog maar een helft over is, en als climax enkele Amerikaanse soldaten en journalisten, hun tenen en vingers afgeknipt – telkens dezelfde beelden, want veel hadden ze er niet, maar het was hun grootste trofee.

Nooit naar kijken, Noa. Echt. Krijg je nooit uit je kop. Word je gek van.

De figuur op het filmpje begint te praten, met een hese, bijna zwoele stem, Engels met een knauwerig accent. 'Broeders en zusters van alle volken, van alle naties, van alle kleuren.'

Hij herkent iets... Hij knijpt zijn ogen samen en ontspant ze direct om niets te laten merken. Ergens zijn een paar neuronen wakker geworden. Maar die mond, zijn lippen bewegen niet natuurlijk, overdreven, te los van de wangen.

'Vandaag is het begonnen,' gaat het filmpje plechtig verder. 'Iedereen zal deze dag herinneren. Alle eeuwen hierna zal deze dag onderwezen worden.'

Deze dag. De video is eerder opgenomen, toen die tulband nog niet de datum wist. Hij voelt de ogen van de lange links, die hem op z'n gemak bestudeert, en concentreert zich op de bovenkant van het gezicht om die vreemde lippen te negeren. Nee, hij heeft deze figuur nog nooit gezien.

Maar hij kent hem.

'We weten dat de dag des oordeels nadert. De Mahdi komt. De tekenen zijn onweerlegbaar, gelovigen van alle landen zien het – zélfs de Amerikanen!'

'Dit geloven wij niet allemaal, hè,' zegt Dounya, omgekeerd op haar stoel.

'Geen probleem,' sust de lange, die inmiddels wat ontdooit.

'Dit is niet het ware geloof, dat is wel het ware geloof,' schraapt de korte. 'Die gelijkhebberij, dat is precies het probleem.'

Ze is zo verstandig niet te reageren.

De tulband begint aan zijn lijst aanwijzingen, de klassieke tekens die al eeuwen worden genoemd om de dag des oordeels te signaleren. Het gesjoemel in het zakenleven en de fraude op de beurzen. De pandemieën, vogelgriep, covid. De seksuele 'afwijkingen' die leiden tot allerlei nieuwe geslachtsziekten. De regens die afnemen door de opwarming van de aarde. De popmuziek die overal zomaar brutaalweg klinkt. De zionisten – wie kon ze vergeten – die uiteraard overal stiekem aan de touwtjes trekken. Het staat, aldus de tulband, kraakhelder in de Hadith voorspeld en nu zien we het gebeuren, eindelijk.

Hij kan er onmogelijk zijn gedachten bij houden. Het is knip-en-plakwerk van de gebruikelijke theorieën die je overal kan vinden. Bij de Dovemansgroep vraten ze dat, avond na avond. De tulband verwoordt het soepel, maar hij hoort niets nieuws.

Ook de lange lijkt zich te vervelen en begint erdoorheen te praten: 'Deze video dook vlak na de aanslag op, op een van die gezellige krochten van het internet, 8kun. Zelfs daar zijn moderators, maar die weigeren momenteel nog de post te verwijderen. Iets met vrijheid van meningsuiting – geweldige uitvinding. We weten dat het al honderden keren is gedownload, via Telegram wordt het gewoon rondgestuurd, misschien ook al via WhatsApp. Het is een kwestie van tijd voordat iedereen dit ziet. Facebook, Instagram, TikTok, die censureren het nog wel, maar er verschijnen natuurlijk binnenkort opgeknipte versies die net wél mogen en dan is er geen houden meer aan. De gewone televisiestations, die durven eerst nog niet, maar die vinden wel een smoes om toch gedeeltes uit te zenden, iets met vrijheid van pers – ook een dijk van een uitvinding.' En hij vervolgt: 'Ik weet wat jouw rol is geweest, vijf, zes jaar terug en...'

Hij schudt traag nee.

'Klopt, je kent 'm niet.'

Schamper kijkt hij opzij.

'Dus waarom vraag ik het je dan?' is de lange hem voor. 'Weet je, doe je ogen eens dicht.'

Hij zucht.

'Doe nou maar.'

Hij sluit zijn ogen. Het valt hem nu pas op hoe blikkerig en kaal het geluid is. De stem lijkt iets vervormd, maar weer dat schokje van herkenning, sterker nu.

'Je ziet Abu Khalein nog wat. Hoog op de lijst van meest gezochte terroristen. Plaatselijk beroemd om zijn creatieve, innovatieve methodes om te spietsen. Op lantarenpalen, op vlaggenmasten, op kerktorens. We weten vrijwel zeker dat hij bij een bombardement is omgekomen, maar het gezicht was nogal verminkt en we hebben geen familieleden voor DNA-matches, dus hij is op de lijst blijven staan, voor alle zekerheid. En om zijn collega's onrustig te houden. In elk geval, onze technici hebben het net bevestigd: dat koppie is *deep fake*, zo'n animatie op basis van oude foto's. Met gratis apps kun je tegenwoordig de doden laten opstaan.'

Daarom bewegen die lippen zo onnatuurlijk. Alleen de stem is van de echte dader.

'Concentreer je,' zegt de lange.

Hij sluit nogmaals zijn ogen en probeert de buigingen van de woorden te volgen. Engels is niet de moedertaal, de echte spreker is Duits, Scandinavisch, Nederlands misschien wel. Ze denken natuurlijk Nederlands, anders zat hij hier niet. Misschien wel iemand uit de Dovemansgroep.

'Nee,' zegt hij ten slotte en hij kijkt de lange zo oprecht mogelijk aan.

Die haalt zijn schouders op en pauzeert het filmpje. 'Die Abu Khalein enzovoorts was nog extremer dan IS en hij is de laatste twee jaar weer populair geworden. IS neemt niemand meer serieus, maar er zijn tienduizenden die voor hen gevochten hebben, vooral jonge mannen uiteraard, miljoenen die met hen sympathiseerden. Die moeten nu iets. Hoe kan het dat IS verloren heeft? Waarom is het zo misgegaan? Sommigen grijpen dan naar de verklaring die fanatici zo vaak geven als ze geen succes hebben: ze waren blijkbaar niet fanatiek genoeg.'

Die heeft hij inderdaad vaak gehoord. En gebruikt. Het was zijn succesformule. Maar er is een ondergrens. Het is lastig voor te stellen hoe je nog fanatieker kunt zijn dan IS.

Dan bromt de korte, tegen niemand in het bijzonder lijkt

het: ‘De route is niet logisch. We gaan om.’

‘Zeker weten?’ vraagt de lange, al even nonchalant.

‘Nee.’ Hij houdt zijn telefoon omhoog. ‘Maar mijn routeplanner wil heel anders.’

De lange vervolgt onaangedaan: ‘Die Abu Khalein was een ambitieus manneke. Wilde dat IS internationaal ging, want waarom zo beperkt denken? Waarom alleen Syrië en Irak, denk outside the box! Al die geradicaliseerde jongelui moesten eerst een eind reizen en dat is een serieuze drempel. Extreme dingen, die denken we allemaal weleens, maar om dan tickets te regelen, smokkelroutes te vinden en met wapens te oefenen, daarbij vallen elke keer heel veel mogelijke soldaten af. Tussen droom en daad staan praktische bezwaren... Hoe langer de routes, hoe traceerbaarder je wordt en hoe meer afvallers. IS is weg omdat we ze konden vinden. Er waren slagvelden die we konden bombarderen, er waren toevoerroutes die we konden afknijpen.’

Hij pauzeert even en vervolgt. ‘Maar wat als de rekruten niet naar de strijd hoeven, maar de strijd naar de rekruten komt? Dat is nog eens service!’

En kansberekening, denkt Kait. Met een paar miljoen radicalen wereldwijd, en dat zijn de magere schattingen, heb je er uiteindelijk tienduizend in Syrië. Maar als je de routes inkort... Khalein wil jou zo min mogelijk laten lopen voordat je een bomgordel om hebt.

De korte buigt naar voren en houdt zijn telefoon voor het gezicht van de chauffeur: een hoekige kerel, als uit een antiek computerspelletje, met een bronzen huid en volstrekt uitdrukkingsloos. ‘Dit is een betere route,’ schraapt hij in het Engels. ‘Straks rechts, die afslag.’

De man zoekt naar woorden en komt uiteindelijk op: ‘Weg niet.’

‘Google houdt de afzettingen voortdurend bij.’

‘Rome ingewikkeld, internet ook.’ En dan afgemeten: ‘*Fiducia, per favore.*’

De lange zucht: 'Dit gaat interessant worden, jongens.' En dan weer tegen Kait: 'Doe je ogen maar weer dicht.'

Het bebaarde gezicht met de onnatuurlijke lippen begint weer en vraagt zich af waarom IS zo'n mislukking is geworden: 'Omdat ze een lánd nastreefden, een eigen staat. Met een grens! Maar hoe kan het ware geloof nu begrensd zijn? Is de hemel begrensd? Is het heilige boek begrensd? De profeet, vrede zij met hem, trok de wereld over en niemand hield hem tegen.'

'Herken je iets? Vaag?' dringt de lange aan.

Hij maakt met gesloten ogen een afwerend gebaar en luistert verder.

'IS was laf. Abu Bakr al-Baghdadi' – het gezicht spuugt de naam van de voormalige IS-leider uit – 'dacht klein, hij bleef in zijn comfortzone, bij wat hij kende en vertrouwde. Abu Bakr was een kafir, Abu Bakr was een...' Het gezicht zoekt naar woorden en gebruikt een houterige uitspraak voor het woord *chocolate muslim*.

'Het is *vanilla muslim* in het Engels,' vindt de lange.

Dat woord, hoe dat wordt uitgesproken, *sjjjocolade* en *mozzzliem*, met een zuidelijke zweem...

'Jij herkent iemand uit de Dovemansgroep,' raadt de lange. 'Charif, zou ik zeggen.'

Kait haalt zijn schouders op. 'Spoel anders even iets terug?'

'Onze gastheer rijdt verkeerd,' bijt de korte.

Het fragment speelt opnieuw af. Weer komen de beelden terug die hij al jaren probeert weg te drinken. Met z'n zessen in een kringetje, in een doorrookte kamer, de opa hoofdschuddend op de achtergrond, soms met een vlek in zijn broek. Zij bij de schetterende tv, met eindeloos die buigende mannen in moskeeën. En maar discussiëren. Ahmad het luidruchtigste. Kleine en lange Mo. Het zusje. En dan de leider, de zwijgzame, met zijn adellijke neus, z'n priemende ogen, zijn naar achteren gestreken haren, z'n ingevallen wangen.

Die stem. Het is Charif.

18
Dounya

'Ik ken hem niet,' zegt Kait.

Ja hoor. Ene Charif kent hij zogenaamd niet. Zij kent er zelf zeker drie en die Kait, dat kan niet anders, moet er in zijn mysterieuze verleden ook een stuk of wat zijn tegenkomen. Hij weet zelfs dat het morgen de hadj is.

Haar kreupele cliënt kent iemand die nogal bedreven is in mensen spietsen.

Nou, de rivier is wild geworden. Mijn God.

Toen die Arabische muziek begon op het filmpje, kromp haar maag ineen. Dus toch. Haar mensen. Of zo voelt het in elk geval, als haar mensen, haar groep. Terwijl ze niet eens zeker weet of het echt haar groep is. Maar anderen zullen dat zeker dénken, en dan voelt het toch zo. Die hidjab van haar ook... Het voelt stoer als ze 'm omknoopt, elke keer weer. Alsof ze een tattoo neemt. Alsof ze een veiligheidsspeld door haar oor drukt.

Maar nu schaamt ze zich kapot. Die Charif gebruikte woorden die zij zo vaak heeft gebeden, en die klinken nu opeens vies. De katholieken kunnen waarschijnlijk nooit meer aan het Vaticaan denken zonder die arme jongen voor zich te zien – misschien zelfs nooit meer naar een crucifix kijken zonder daaraan te denken. Elke keer als zij haar *salah* bidt, zal zij dat videootje voor zich zien. Haar heilige woorden zijn besmeurd.

Kan zij ooit nog aan God denken, zonder het beeld van die gespietste jongen?

En dan, tussen al dat gepieker door, is er nog die donkerblauwe Mercedes die hen al een kwartier volgt. Ze zit achterstevoren in haar stoel voorin – als een mislukte boeienkoning vast in haar riem – en kan makkelijk door de achterruit kijken. Ze duiken zelf in alle lege plekken tussen de auto's en dan valt een auto die ook zo slalomt, twintig meter achter hen, nogal op.

Ze begint op het niets-aan-de-hand-toontje dat ze ook gebruikt als ze doorligplekken moet verbinden. 'Heren, er zit al een tijdje dezelfde auto achter ons en...'

'Niet het merk noemen,' zegt Keffer direct.

'Donkerblauw, van dat Duitse merk met dat wieltje, zeg maar.'

Intussen is het gezicht van die massamoordenaar op het schermpje alweer verder met zijn betoog. 'We zullen als melk schiften en dan wordt duidelijk wie we wezenlijk zijn: wie de ware gelovigen en wie de *chocolate muslims*' – nu wel met een Engelse uitspraak. Die term kent ze wel, van vriendinnen. Ze vond het zelf eigenlijk wel smakelijk klinken, maar hij spuugt het woord bijna uit, hij vindt het blijkbaar iets smerigs.

'En hij gaat die dag des oordeels dan een handje helpen,' verzucht Blower. 'Altijd hetzelfde liedje. Je weet van die gigantische aanslag in Mekka, jaren zeventig? Ze probeerden die heilige steen daar te vernietigen, want dat was ook een teken van de eindtijd. Honderden mensen dood, want de Mahdi zou komen en die kon het dan blijkbaar niet alleen af.'

En morgen begint de hadj, denkt ze weer. Maar wat een Mahdi is, weet ze niet meer. Een soort Messias, lijkt het, maar dan van háár geloof. Iets in dat toontje van die engerd op het filmpje doet haar aan Janko denken – die was ook alleen maar aan het waarschuwen geweest, en net zo gretig, bijna verlekkerd. Jummie, de wereld vergaat. Hij had het dan over de Boogaloo, die de rechtsextremisten aankondigen: ergens rondschieten, in een bioscoop bijvoorbeeld, en dan moet alle onderhuidse spanning tot een uitbarsting komen en zou iedereen zo boos worden dat de wereld ontploft, iedereen tegen iedereen – maar de goeien winnen natuurlijk. Anders Breivik, die allemaal arme kids op een eiland een voor een afschoot, wilde zoiets ontketenen. Net als Charles Manson, herinnert ze zich nog van school, maar die noemde het dan Helter Skelter.

'Ik snap die lui niet,' zegt ze. 'Als je god zo groot en machtig is, waarom moet je hem dan helpen?' Ze grinnikt even. 'Mijn teammanager bepaalt mijn eindtijd. Ik neem aan dat de grote eindbaas wel zijn eigen eindtijd kan regelen.'

Kait knikt. 'Terroristen zijn de kleinste gelovigen van allemaal.'

Waar heeft hij die wijsheid nou weer vandaan? Intussen blijft die donkerblauwe Mercedes hen volgen. 'Die volger zit er nog steeds. En we rijden dus een verkeerde route?'

'*Per favore!* Ik weet, doe ik,' valt de chauffeur met zijn blokkerige Minecraft-hoofd uit, die blijkbaar iets van haar verstaat.

Ze zwijgen een tijdje, terwijl het bebaarde gezicht op het filmpje doorpreekt: 'Vandaag hebben wij een grote daad gesteld. Wij hebben het katholieke hart doorstoken. En jullie god deed niets. De hele wereld zag dat jullie god niets deed. Hij liet zich besmeuren en bevuilen – wat is dat voor een god? Kom naar ons toe, arresteer ons, vernietig ons! Wij hebben jullie god tot in het diepst van zijn ziel gekrenkt – elke god zou nu terugslaan. Zolang wij er nog zijn, kan jullie god niet bestaan.'

'Theologisch verpissen,' zucht Blower.

'Dus kom maar,' gaat het filmpje verder. 'Dood ons. Pak ons op. Maar ik zeg je: wij zijn overal. Wij zijn de bakker bij je om de hoek, wij zijn de pakjesbezorger aan je deur, wij zijn de nanny van je kind. Wij zitten in jullie parlementen, wij patrouilleren door jullie straten, wij verzorgen jullie wonden. Wij zijn overal. Wij hebben elke kleur. Wij hebben baarden, wij hebben vrouwenkinnen, wij dragen de hidjab en de nikab – of niet. Wij zijn overal.'

Ze wordt hier zo moedeloos van.

'Broeders en zusters, van elke kleur, van elke natie, van elk volk! Bewijs dat jullie broeders en zusters zijn. De geschriften zijn er duidelijk over: iedereen is een kafir die niet de voorschriften eerbiedigt en iedere kafir moet worden gedood.' *Kafir, waren dat nou de ongelovigen?* 'Wie de kafir niet doodt, is óók een kafir. Veel geleerden durfden het niet aan. Ze wisten het wel, maar ze moffelden het weg. Of ze zeiden het wel, maar begroeven de boodschap in het kerkhof van de nuances. Maar het is duidelijk. En je weet het zelf ook, je kent de teksten. Je hebt de plicht, de heilige plicht, om alle ongelovigen te doden. Wij zijn begonnen en hun god deed niets. Nu is het aan jullie. Doe jullie plicht.'

'Hij rijdt er nog steeds,' zegt ze, onderdrukt nonchalant. 'Nu al vier afslagen.'

'Zet je maar schrap,' zucht Keffer.

Intussen gaat het gezicht verder over al het onrecht dat de ware gelovigen is aangedaan. De kruisvaarders – *wat? zijn we opeens in de Middeleeuwen?* – hebben hun bodems leeggeroofd, hun vrouwen onteerd, hun mannen afgeslacht. En alle ongelovigen zijn daaraan medeplichtig, want zij hebben zelf hun leiders gekozen, belasting aan hen betaald en niet serieus geprotesteerd. En wie zwijgt, stemt toe. Wie neutraal blijft tegenover de onderdrukkers, is zelf een onderdrukker. En waar die ongelovigen hun duizenden metalen insecten hebben gestuurd, die complete onschuldige families vernietigden, hebben zij als gelovigen slechts een enkele Malak al-Maut – *hun wát?* – gestuurd om zich te wreken op slechts één enkele ongelovige, wat een genade.

'Maar wij zijn met miljoenen. Wij vormen samen een leger dat niemand kan weerstaan. Zij zijn verweekt. Zij verschuilen zich achter hun generaals en hun wetten en hun drones – zij hebben maar een enkel leven en sidderen om dat te verliezen. Wij weten dat dit leven niets waard is en dat straks het paradijs wacht. Voeg je bij ons leger van miljoenen. Laat die ongelovigen nergens meer veilig zijn. De Mahdi komt, het is voorzegd en alle tekenen bewijzen het. Wees niet degene die de lieve vrede wilde bewaren, want dat is de wrede vrede. Wees niet degene die de vijand zijn rug heeft gemasseerd, waar die zijn nek had moeten doorklieven. Wees niet de lakei van de vijand, wees zijn Doodsengel, zijn Malak al-Maut. Strijd, strijd, strijd!'

Keffer pulkt aan zijn nagels. 'Die arme jongen boven op die basiliek, dat is hun startsein. En nu moeten we allemaal heel erg boos worden op elkaar. De hele wereld moet een groot Twitter worden, dat is het plan.'

'En, lukt dat al een beetje?' vraagt ze. Ze probeert cool te doen, net als die heren hier, maar ze voelt haar hart bonzen.

'Nog niet, maar er wordt geboden.'

'Geboden?'

Blower begint een betoog over de 'gamificatie van terreur'. In Syrië hadden ze de eerste pogingen gedaan, pas bij de oorlog in Oekraïne liep het echt lekker, toen werd er op het dark web wereldwijd geboden op aanslagen. Iedere Oekraïense huisvrouw met een handig neefje kon online adverteren voor een aanslag. Vijfduizend dollar aan bitcoins voor één Russische soldaat, vijfentwintigduizend voor een tank. Als het bedrag binnen was, vlogen ze erheen met een huis-tuin-en-keukendrone, alles intussen livestreamend met de camera – je laat een molotovcocktail vallen, een handgranaat als je die hebt, en als het resultaat naar tevredenheid is, kun je cashen. Duizenden Russische soldaten zijn op deze manier gedood en onze media hebben gejuicht, want het was zo innovatief. David tegen Goliath, als haar dat wat zegt.

Maar ja, wat de goeieriken kunnen, kunnen de slechteriken ook.

Keffer neemt het betoog over: 'Honderden aanbiedingen zijn de afgelopen uren geplaatst, van over de hele wereld. Vooral voor aanslagen met drones waarmee geknutseld is – met wat ducttape en kabelbindertjes kom je een heel eind. Kun je ergens een echt wapen regelen, dan heb je pas spektakel. Al tien jaar staan de instructievideo's daarvoor op YouTube, voor iedereen zichtbaar. De veiligheidsdiensten houden het in de gaten, wij zitten natuurlijk ook undercover op al die forums, maar veel kunnen we niet doen. Het dark web kun je nauwelijks platgooien, alleen gedeeltelijk, alleen tijdelijk. Het is een kwestie van tijd tot de eerste streams verschijnen.'

Zo wordt de wereld dus een Twitter, denkt ze. Gewoon veilig digitaal blijven, achter hun schermpjes en toetsenborden. Dat moet prettig zijn aan een drone: het blijft abstract, ver weg, alles via een schermpje.

'Maar nu de twist, moet je luisteren.'

Intussen remt hun auto af. Keffer ziet iets voor hen, wat buiten haar blikveld valt, omdat ze nog steeds achterstevoren in haar veiligheidsriemen hangt. Hij knijpt zijn mond samen, zoals je een ballon opblaast.

19
Kait

De wereld explodeert, Noa. Wat is er gebeurd? Wat hebben we gedaan?

Online is de Apocalyps begonnen. Daar is er al heel lang niets meer nodig of de boel ontploft. Digitaal wordt iedereen bij het minste afgemaakt. Elkaar afslachten, dat kunnen we, we bewijzen het dagelijks. Het enige wat er nog moest gebeuren, is de stap naar het echte doden.

De halve wereld heeft de eerste vonk gezien, die jongen stierf live voor al die ogen, en nu is het verder kansberekening. De halve wereld gaat dit filmpje van Charif zien, een deel daarvan voelt zich aangesproken en weer een deel van hen heeft de benodigde wapens al liggen. Ze hoeven geen pistool meer te regelen, geen ticket meer te kopen en via schimmige smokkelroutes naar een of andere zweterige woestijn af te reizen. Iedereen kan een molotovcocktail maken. De *Anarchist Cookbook* is overal te downloaden. Iedereen kent iemand met een drone. En de vijand, dat is de buurman, letterlijk.

Wat zei die lange ook maar weer? Als de strijders niet naar het slagveld komen, dan komt het slagveld wel naar de strijders.

'Nou, daar komt ie.' De lange Ivo knikt naar zijn telefoontje.

'Wij hebben één eis. Het is een eenvoudige eis, maar een harde en deze geldt voor iedereen. Wie deze niet inwilligt, wordt onherroepelijk gedood. Onze strijd is overal, want wij zijn overal. Dus luister...'

Hij voelt wat er komen gaat.

'Hang de heilige vlag op. Als jullie de heilige vlag op je kleding dragen, op je huis hangen, op je autoramen plakken, dán zullen we je sparen. Het bewijst dat je geen verzet toont en buigt. Wie zwijgt stemt toe! Of je eerder vroom was of niet, dat doet er niet toe – de heilige vlag bewijst het. In het paradijs zullen jullie onze slaven zijn, maar je zult in elk geval niet in de hel verteren.' En daar komt de zwarte IS-vlag in beeld. Charif gaat nog een tijdje door met Arabische teksten, maar het belangrijkste lijkt gezegd.

'Aardige twist, vind je niet?' zegt de lange. 'Dat ze toch weer die vlag adopteren – alsof ze de nieuwe IS zijn, de ware IS natuurlijk. Pokémon GO, kennen jullie dat nog?'

Dounya zucht. 'Zag je opeens overal buiten groepjes mensen bij elkaar staan die iets mysterieus op hun telefoontje deden.'

'Eén miljard keer gedownload. Eén miljard. Meer dan er spelcomputers op de hele planeet zijn. Nou, die vlaggen, dat is zoiets, maar dan met iets dat veel meer motiveert – doodsangst. We hebben onderweg al gezien dat het opgepikt wordt. Maar waar die Charif niet over rept, is dat hele bieden. Dat lijkt hij niet te hebben voorzien en het is een onvoorspelbare factor die er nog bij komt. Er verschijnen nu al advertentie om juist te mikken op die vlaggen. Wat de ene partij kan, kan de andere ook. Tienduizend dollar in crypto voor wie zo'n huis in de brand steekt. Crowdfunding haalt dagelijks miljoenen op. Wat gaat er gebeuren als je je eigen wereldoorlog kunt crowdfunden? Iedereen heeft belang, iedereen loopt gevaar, iedereen kan meebetalen.'

De lange met zijn zangerige toon kijkt weemoedig naar buiten. 'De eerste aanslagen zijn al geweest. De grote socialmediaplatforms weten de livestreams af te breken, daardoor weet het grote publiek het nog niet, maar je kunt die streams ook appen of op het dark web plaatsen.' Hij trekt zijn telefoon nerveus naar zich toe. 'De bedragen stijgen rap. Vijftigduizend voor een vlag. Honderdduizend voor een kerk. Of een moskee. Of een synagoge natuurlijk. Nu gaat het snel, let maar op.'

En wij gaan traag. Voor hen staan enige tientallen auto's op beide rijstroken stil. Tussen de glimmende autolak flikkeren lichtjes. De chauffeur met z'n blokhoofd is niet op hun hand. En achter hen zit nog steeds die Mercedes.

20

Schouten

'Peter hier, kunt u vrijuit spreken?'

'Ja, De Bruijn.'

'Over een kwartier wordt Karl Penny ingezworen.'

Het is nacht. Hij zit in zijn auto, de lichten uit, op de parkeerplaats naast de flat waar zijn enige nakomelingen wonen. Die hoeven er niets van te merken, maar hier kan hij wachten.

Kait vluchtte uit zijn flat toen ze aanbelden. Mijn wonderkind is iets van plan. Als hij ergens naartoe gaat, dan hier.

Er hangt een IS-vlag op de portiekdeur. Een van de bewoners heeft meteen maar voorzorgsmaatregelen genomen voor de hele flat. Het is na tweeën, maar in zeker de helft van de huizen brandt nog licht. En daar, die twee schaduwen onder die boom, buiten het licht van de lantarenpalen, die hangen daar al minuten. Soms lichten hun gespannen gezichten op, ze rommelen met een mobieltje. Ze zijn iets van plan.

'Hoe is het gebeurd?'

'We krijgen nog weinig informatie, maar ze was in Florida, weer eens aan het golfen. Ze hebben daar op dat ressort natuurlijk een hele collectie radars en sensoren om vliegende objecten te detecteren, maar ik begrijp dat er veel maïsvelden omheen liggen, daar lopen paden in en met wat oefening kun je daar prima een drone doorheen leiden, die tot op het laatst ongedetecteerd blijft. En als die eindelijk op de schermen verschijnt – er waren ongetwijfeld scherpschutters op het dak, maar zo'n ding raak je niet zomaar, zeker niet als die laag vliegt en je bent zuinig op de levens van alle mensen die daar verder rondlopen, zoals de president zelf...'

Hij knijpt zijn ogen dicht. Waarom hebben ze in de Korf altijd zo lacherig gedaan over zijn waarschuwingen? Hij heeft ze alles uitgelegd. Iedereen in Threehouse had een wapen. En tegenwoordig heeft de hele wereld een wapen, of anders de buurman wel – we hadden het alleen nog niet door. Mogelijkheden plus urgentie. In 1973 naderde de sheriff in zijn nieuwe auto, dus de dorpelingen hadden geen tijd meer om af te koelen en gingen meteen in de aanval. Nu er is weer zo'n acute druk. En die vicepresident Penny is een hardliner, de aanval is de beste verdediging, zo'n figuur. Die gaat straks zweren op de dikste bijbel die ze in de gauwigheid kunnen vinden en in zijn eerste toespraak gebruikt hij in elke zin het woord God.

Is er een gevaarlijker woord dan God? God is de atoombom onder de woorden.

'Spannende beroepskeuze, president van Amerika zijn,' zegt hij zo kalm mogelijk. Met zijn zakdoek wrijft hij het zweet van zijn voorhoofd.

'32 aanslagen op in totaal 45 Amerikaanse presidenten, en vele malen meer voorkomen.'

'Dat weet jij dan weer.'

De twee figuren stappen uit de schaduw van de boom en worden verlicht door de straatlantaarns. Twee jongens zijn het, jaar of zestien, met hoodies over hun hoofden getrokken. Eentje houdt een telefoon naast zijn heup – die filmt hen zonder dat hun gezicht in beeld komt.

'Kans van één op elf dat je als president van Amerika in het harnas sterft, en dat in een werkperiode van gemiddeld vijf jaar.'

Wijsneus. De laatste collega die nog echt wat kon, was zijn wonderkind. Toen die voor het eerst binnenkwam in de Korf, op zijn sneakers, in zijn trainingspak, met zijn pokdalige huid, keek de hele afdeling op. En toen naar elkaar. Want hoe wijsneuzerig ook, zelfs zij begrepen het. Dit is er een. Eindelijk iemand die de straat echt kent en niet alleen maar heel veel studies over terroristen heeft gelezen. En de cao, niet te vergeten. Want we gaan wel keurig om vijf uur op huis aan, de kinderen willen ook worden voorgelezen. *Wat doen die twee daar?* Ze staan bij een auto, achteraan en…

'De Bruijn, blijf hangen.'

Hij stopt zijn telefoon in zijn colbert. Hij duwt zachtjes de autodeur open, stapt uit en sluit de deur niet. Kalm loopt hij op de jongens af, die half gebukt bij het rechterachterwiel van een grijze stationcar staan. Op twee meter afstand wacht hij. Warrige haren en Dr. Martens. Steenrijke ouders natuurlijk, vol schuldgevoel, gaan straks in Amsterdam iets zinloos studeren, heel veel graffiti spuiten en alle weekenden demonstreren, en dan opeens hebben ze een sjiek baantje en een hypotheek en zijn ze alles vergeten. Eentje probeert met een aansteker een aanmaakblokje aan te krijgen, maar brandt z'n vingers en laat het vallen. De ander stopt met filmen en samen kruipen ze over de tegels.

'Je hebt twee blokjes nodig. Een is te weinig bij moderne auto's.'

Twee verbijsterde gezichten staren hem aan.

'En een iPhone' – hij wijst naar de telefoon – 'laat een digitale handtekening achter op elke filmpje.'

De jongens, nog steeds op handen en voeten, bewegen niet.

'En die handtekening is te koppelen aan een locatie.'

De ogen worden iets groter.

'Dus we kunnen wel concluderen dat ik jullie toekomst heb gered. Geen dank. En nu wegwezen.'

Geen beweging.

'Boe!'

De jongens springen op, buitelen over elkaar en verdwijnen in de donkere nacht. Hoofdschuddend loopt hij terug naar zijn auto en gaat daar weer zitten.

'Een op de elf Amerikaanse presidenten sterft in het harnas, daar was je.'

De Bruijn doet alsof hij niets heeft gehoord: 'Zeker, en ik las net een bericht, nog onbevestigd, dat suggereert dat alleen haar hond is beschoten, maar dat zij elders op het golfterrein wegvluchtte en een hartaanval kreeg.'

'Was er op die hond geboden?'

'Dank u wel, dat gaan we checken.'

'En geen andere aanslagen nog?'

'De wereldwijde stand is nu vijf moskeeën, twee tempels, achttien synagogen, zeven gaybars, twee nachtclubs, twee tv-studio's, drie krantenredacties, ongeveer honderd auto's.'

'En die cijfers zijn officieel?'

'Nee, dit zijn de opgeëiste aanslagen, maar de geplaatste video's kunnen ook oud zijn – we analyseren het nog. Het zou makkelijk cashen zijn, een van de zwaktes van dat hele biedsysteem. Maar het is blijkbaar niet een kwestie van weken.'

Nee, in Threehouse was het ook in een dag gebeurd.

'En nog iets, meneer Schouten. De CIA heeft aan bevriende diensten nog haar laatste woorden meegegeven. Haar hoofdbewaker was bovenop haar gesprongen, om haar met zijn lichaam te beschermen en hij hoorde toen een paar woorden, die een code lijken te bevatten, maar die ze nog niet kunnen kraken. Daarom informeren ze hun partners erover: "*I am in that place Scallyw...*", de rest is onverstaanbaar. Er zijn wel een paar dorpjes in Schotland die beginnen met 'scally', maar daar heeft ze geen enkele link mee.'

Het is een tijdje stil. Hij denkt aan het woord dat Kait uitbracht, toen ze allebei zeker wisten dat het zijn laatste was. Je denkt niet na over je laatste woorden. Je brein controleert niet meer wat je zegt, er is geen filter meer, voor het eerst in je leven is er geen filter.

Je laatste woorden zijn je eerste ware woorden. Wat moet dat heerlijk zijn.

'Waar bent u eigenlijk?' klinkt het plotseling.

'Onderzoek naar een oude rat.'

‘Op dit moment? Ik hoop niet –’

Hij lacht bitter. ‘De Bruijn,’ zegt hij stellig, ‘ik ben niet mijn gezin aan het redden, zoals onze collega’s. Ik doe mijn vak, naar eer en geweten. Bij de debriefings hoor je wel wat precies.’

‘Ik bedoelde ook niet –’

‘Uiteraard niet, dankjewel.’

Het is een tijdje stil. Dan kucht De Bruijn. ‘Over dat tegels gooien van viaducten – we konden niet vinden dat daarop werd geboden, ik neem aan dat dit spontane acties zijn, zonder financieel motief.’

‘Het gaat niet om geld, De Bruijn. Nooit. Ging het in Threehouse om geld? Dat bieden is alleen het eerste zetje, tijdens de eerste ronde. Het laat de anderen zien dat die aanslagen breed gedragen worden, dat ze geen eenlingen zijn. Er zijn nu al duizenden biedingen, toch? Zo ging dat in Oekraïne en dat was nog een beperkt oorlogsgebied. Zo ontstaat er een algemeen gevoel van dreiging. Het moest een hype worden en dat lukt nu. Als er duizenden het Capitool in kunnen stormen…’

‘…dan zullen er wel minstens zo veel op dit moment thuis aan het knutselen zijn met een drone…’

Dit is de oorlog van allen tegen allen, denkt hij voor de zoveelste keer vandaag. De Kladderadatsch, zoals ze dat spottend noemden in de Korf, in de tijd dat grapjes nog gepast waren – lang geleden voelt dat. De Boogaloo, waar de rechtsextremisten naar hunkeren. Hun Ragnarök, de godenstrijd uit de Noorse mythen. Helter Skelter, Frashokereti, Kali Yuga. Er is zo veel woede opgebouwd, zo veel rancune, zo veel onbegrip, dat het een kwestie van tijd was. Al die mythen, al die boeken, al die games vertelden het. We werden geboren met het besef dat we eens alles zouden verliezen. Het kon niet altijd zo blijven gaan. En hier is het dan.

Hij voelt in zijn broekzak zijn tweede telefoontje, een eenvoudige Nokia met druktoetsen. Ja, en daar zit nog de controller.

Gelukkig ben jij daar, Kait. Mijn wonderkind. Mijn tovenaarsleerling. Blijf daar, alsjeblieft. Misschien komt het dan nog allemaal goed...

21

Dounya

'We wachten op een stoet,' lijkt de chauffeur in zijn brabbel-Engels uit te drukken. *'Ferrie terriewol.'* En hij zucht er omstandig bij.

Ze heeft zich teruggedraaid op haar voorstoel. Voor hen, tussen de stilstaande auto's door, schuifelen honderden mensen traag voorbij. Ze houden allerhande lichtjes omhoog in de nacht: zaklampen, aanstekers, heuse kaarsen, en vooral hun telefoons, een paar zelfs met een filmpje van een kaars erop. Tijdens de rit passeerden ze tientallen groepjes met een priester of een hemelsblauw geklede non erbij. Ze zingen, de tonen volgen elkaar kalm op. Het klinkt een beetje buitenaards, met vreemde buigingen. Engelachtig.

Keffer achterin meldt, nog steeds op het nonchalante toontje: 'Ja hoor, in die Duitse bak achter ons gaan de deuren open. Twee stappen uit – nee, vier.'

'Dounya,' zegt Blower, voor het eerst niet meer luchtig. 'Even zo blijven zitten, oké? Niet weer omdraaien.'

'Ze wachten nog,' volgens Keffer. 'Geen mensen van hier, als je het mij vraagt. Te bleek, te lang.'

Ze kunnen niet opzij, de stoeprand is ongewoon hoog en er lopen veel mensen.

'Dounya, ik wil je vragen heel goed te luisteren. Onze deuren zitten op kinderslot en dat is niet heel handig gezien de situatie. De knop daarvoor zit midden op het dashboard, dat blauwe ronde dingetje. Zie je het?'

Ze knikt.

'Ze komen in beweging,' meldt Keffer.

'Dounya, over een paar seconde, als ik het zeg, druk jij dat knopje in en je zorgt dat de chauffeur er dan niet meer bij kan.'

Ze hoort alle woorden, maar ze begrijpt ze niet.

'Dounya? Indrukken en je handen eroverheen. Nu.'

Zonder verder na te denken drukt ze op het blauwe knopje en bolt haar beide handen er tegelijk overheen, alsof ze het water van een losgeschoten leiding moet tegenhouden. En dan gebeurt er veel tegelijk. De veiligheidsriem van de chauffeur naast haar schiet los – dat moet iemand achterin hebben gedaan. Intussen ziet ze Blower achter de chauffeur uitstappen, zuchtend als een kind dat z'n kamer op moet ruimen, vol gespeelde tegenzin, hij slaat zijn deur meteen weer dicht en rukt tegelijkertijd de voordeur van de chauffeur open, grijpt het jasje van de chauffeur met beide handen en smijt hem zonder te aarzelen op het asfalt. Vervolgens glijdt hij met zijn lange lijf soepel op de vrijgekomen stoel, trekt in eenzelfde beweging de voordeur dicht en geeft gas.

'*Per fa-*,' klinkt er nog buiten.

Al claxonnerend en met felle schokken krijgt Blower de auto de hoge stoeprand op. Enkele wandelaars stappen opzij, eentje laat van schrik een enorme beige kaars vallen, anderen kijken verstoord, een oudere man slaat met zijn wandelstok op hun achterruit en vloekt. Nu pas beseft ze dat ze haar handen van het blauwe knopje weg kunnen.

Hun auto glijdt stapvoets over het trottoir. Een jonge macho met strak achterovergekamd haar en een snorretje blijft voor hen staan, de armen uitdagend over elkaar. Maar de auto vertraagt niet en als de bumper zijn onderbenen raakt, springt hij hoog gillend opzij.

'Ze houden afstand,' zegt Keffer, blijkbaar over de achtervolgers.

Ze kijkt achterom, op een meter of tien steken inderdaad

vier hoofden boven de autodaken uit. De langste en bleekste heeft gemillimeterd rood haar, hij bukt zich, ongeveer op de plek waar ze hun chauffeur hebben achtergelaten. Gaan ze hem nou helpen? Kénnen ze hem?

Ze drukken zich de stoet in, die zich als water om hen heen sluit. Voor, achter, overal is nu het engelachtige gezang.

Dit zou Janko moeten zien. Mensen kunnen ook best lief zijn. Alleen massa's lynchen, daar had hij het vaak over, maar ook alleen massa's kunnen zo prachtig zingen.

'We zijn ze kwij...' zegt Keffer aarzelend en meteen daarna: 'Nee, ze bukten, nu komen ze – tempo!'

Telkens als ze iets van grip op de situatie krijgt, glipt alles weg.

'Ze gaan de ruiten intikken,' deelt Blower tamelijk kalm mee.

'Niet kotsen,' hoort ze achter haar zeggen en meteen begint de auto te schudden.

'*Stronzo!*' hoort ze om hen heen.

Ze wiegen. Twee van de lange, bleke achtervolgers duwen links en rechts tegen het dak. Twee anderen, waaronder de roodharige, zijn met grote gebaren in gesprek met omstanders. Ze hebben alle vier blauwe spijkerbroeken, zwarte coltruien en zonnebrillen, wat op zichzelf niet zou opvallen, maar vier keer hetzelfde is belachelijk. En het is nacht.

Meer mensen in de optocht bemoeien zich ermee. Het zingen om hen heen wordt afgebroken. Twee oudere heren met platte hoeden bonzen ritmisch met hun vuisten op de motorkap. De auto schudt wilder en wilder. Ze kijkt jachtig om zich heen, Kait drukt zijn armen naast zich in de bank om niet opzij te klappen.

'Door!' roept Keffer – er klinkt voor het eerst angst.

In kleine schokjes blijven ze nog vooruitkomen. Een pafferig mannetje bij de motorkap valt achterover en wordt vanuit de auto onzichtbaar.

'Shit.'

Anderen bukken en verdwijnen ook achter de voorkant. Maar Blower blijft doorrijden, uiterst traag. Een gok, beseft ze. Ook stilstaan is geen optie. Maar hoe kan de massa dit pikken? Ze heeft op het nieuws vaak genoeg gezien hoe demonstraties plotseling omslaan. Alle verontwaardiging die is opgebouwd, de vernedering van de stad, de ontheiliging van hun religie, die eerder nog kon wegvloeien in dat engelachtige lied, richt zich nu op hen. Dit lijkt een nieuwe brute poging tot moord, terwijl ze net die van vanochtend aan het herdenken zijn. Horen zij bij de terroristen? Willen zij Rome nogmaals onteren? Is dit de volgende aanslag die iedereen verwacht?

Overal gebons op de ruiten. De achtervolgers, alle vier tegelijk, met hun coltruien en belachelijke zonnebrillen, doen mee. Smartphones worden omhoog gehouden. Het pafferige mannetje dat achter de motorkap is verdwenen, verschijnt daar weer, alsof hij uit een zwembad opduikt, aan beide oksels omhoog gehouden door omstanders. Er slaat metaal tegen de ruit linksvoor. Een akelig gekras opzij, als een heks uit een tekenfilm – ze trekken sleutels over de lak. Plotseling springt de ruit linksvoor, duizend lijntjes verspreiden zich door het glas. Een elleboog in zwart leer ramt ertegenaan, de ruit duikt naar binnen, nog een klap en er komt een wak in, de elleboog schiet naar binnen.

Blower heeft zijn gordel al losgemaakt en haakt zich met zijn arm in de arm van de binnendringer, zodat die vastklemt. Intussen geeft hij in kleine schokjes gas, zodat de auto in beweging blijft en hun belager wordt meegesleurd. Er springen twee jongens op de motorkap die op de voorruit gaan trappen. De ruit rechtsachter bij Keffer barst ook, armen graaien naar binnen, ontgrendelen de deur, die vliegt open. Met beide armen klemt hij zich om haar hoofdsteun en trapt intussen naar buiten, naar de graaiende handen. Een jongeman duikt op zijn benen, alsof hij een zwijntje moet vangen, maar wordt weg gekatapulteerd. Twee anderen duiken nu op Keffers trappende benen, die trekt zijn knieën op en strekt zich dan met al zijn kracht – de twee jongemannen schieten de auto uit, maar laten de benen niet los.

Er wordt op het dak gestampt. Ook de ruit naast haar springt, armen schieten naar binnen, krioelend als een slangennest, ze trekken aan haar hidjab, ze klemt de stof vast.

'Afblijven,' gilt ze in het Nederlands en daarna: '*No, no, no!*'

Haar knieën raken al het asfalt, maar ze hangt nog in haar veiligheidsgordel. Een mes schittert, snijdt in de riem. Die schiet los. Ze grijpt achterwaarts met beide handen haar hoofdsteun vast, ze spartelt wild met haar benen, maar centimeter voor centimeter verdwijnt ze in de brullende massa buiten.

De auto wordt, als in een kolkende school piranha's, in enkele minuten kaalgevreten.

22

Romario

Romario de Souza knijpt met zijn grijper in een colablikje en laat het in de blauwe vuilniszak vallen. De wind trekt aan het plastic en doet het klapperen. De zon staat op zijn hoogst en de hemel is wolkeloos, maar hier op de heuvel is het fris.

Nog een blikje.

Nog een leeg sigarettenpakje.

Een groep Aziatische toeristen passeert, vrolijk kwetterend, nog niet in de eerbiedige pose waarin ze straks verzinken. Eentje gooit een snoeppapiertje voor zijn grijper. *Ja hoor, dat ruimt uw nederige slaaf wel op.*

Filho da puta.

Hij kijkt schuin naar het immense beeld dat over de stad uitkijkt. Dertig meter hoog zal het geval zijn. Lichtgrijs steen in statige, strakke vormen. Christus, met zijn lange haren en neutrale blik, spreidt zijn armen, de handen open naar voren, met in beide palmen een gat. Het staat helemaal in de steigers. Want dit is het hoogste punt van de stad, dus jaarlijks slaat de bliksem in. Dan heeft Christus een verkoolde haarbos of mist Christus een vinger en moet Christus worden gerepareerd.

En ja, daar gaat het volgende blikje. Dus je komt helemaal uit China naar Rio de Janeiro voor dat beroemde beeld, waar je dan heel vroom en reuze diepzinnig gaat nadenken over al die zorgzaamheid die dat beeld uitstraalt, hoe jouw Christus alles ziet, elke steeg in deze stad, elke vervloekte steeg in elke vervloekte *favela* – en dan gooi je zelf achteloos je snoeppapiertje weg. Hij heeft het duizenden keren gedacht. Al die blikjes hier, die pakjes sigaretten, die snoeppapiertjes bewijzen hoe hypocriet gelovigen zijn. Zij beweren dat hun Christus alwetend is, maar vlak voor de neus van hun alwetende Christus gooien ze hun snoeppapiertjes op de grond.

En dat zijn de vromen. De klassen vol tieners die hier verplicht komen, houden een dameshandtasje net zo voor de camera dat de Christus die lijkt te dragen. Of ze brengen voor de foto een sigaret bij zijn lippen. Of natuurlijk, het is te verwachten, ze steken een vinger net zo tussen zijn benen op dat de Christus enthousiast met beide armen wijd uit elkaar lijkt te streaken.

Hoe zei die witte priester het vroeger ook maar weer? Hij heeft al je haren geteld. Klinkt mooi, maar als die Christus van ze nou eens begint met de snoeppapiertjes en de colablikjes...

Of liever eerst met Pedro. Dat zou een stuk nuttiger zijn dan daar maar een beetje barmhartig staan te wezen. Hij, Romario, doet tenminste iets. Zijn botten hebben hem al 73 jaar gedragen, bij elke stap schuurt er tegenwoordig zand in zijn knieën, maar hij haalt nog elke dag elf real binnen. En elke week stopt hij zijn buurjongen 77 real toe, onderhands, buiten het zicht van zijn moeder, die er meteen mee naar de illegale stoker zou rennen.

'Je weet wel,' zegt hij dan.

'Dank u wel, *paizinho*,' reageert de jongen, beschaamd, bedeesd.

'Mag ik hem zien?' vraagt hij vervolgens, elke keer weer.

'Beter van niet, *paizinho*,' komt dan telkens hetzelfde antwoord.

Want volgens zijn buurvrouw hebben ze geen problemen. Zij drinkt niet, nooit gedaan ook, geen druppel. En haar man Pedro is kerngezond. En die onbetaalbare medicijnen voor zijn niet-bestaande ziekte betalen ze zelf wel.

Woede ontploft in zijn borstkas. Onwillekeurig slaat hij met zijn grijper op het asfalt van het pelgrimspad. Hij schrikt er zelf van en kijkt om zich heen. Natuurlijk heeft niemand het gezien, hij is onzichtbaar. Maar hij ziet hen wel. Een pelgrim, een immense Afrikaanse man met een geelgroen geruit pak en een gouden horloge, houdt een blikje omgekeerd boven zijn open mond. De laatste druppels. En dan, hup, met een sierlijk boogje de struiken in.

Soms probeert hij zichzelf te kalmeren door zich te herinneren dat hij die elf real verdient aan hun luiheid. Met de hypocrisie van de pelgrims redt hij Pedro. En dan kan hij daar zelfs een of andere kosmische rechtvaardigheid in zien. Een soort poëzie. Ook de rottigste gebeurtenissen herbergen nog een schoonheid.

Maar vandaag werkt dat niet. Juist jij zou toch beter moeten weten, denkt hij. Met je gouden horloge. Met dat ene vervloekte horloge kunnen wel tien Pedro's worden genezen.

En hij stormt op de man af, zijn grijper recht naar voren en roept: 'Raap dat op! Raap op!'

De man kijkt hem met grote ogen aan. Met zijn grijper duwt Romario tegen de geelgroen geruite jas. 'Jij! Raap op, dat blikje! Christus ziet alles, dat weet je toch?' En hij priemt zijn grijper naar het beeld hoog boven hen. 'Christus ziet alles, *filho da puta.* Ook dat blikje van jou! In de hel zul jij in alle eeuwigheden blikjes rapen.' Hij prikt zijn grijper in de glimmende, felgroene blouse onder het pak en knijpt.

De man gilt, zangerig hoog, als bij een operette, en klauwt naar zijn buik – hij trekt zijn grijper net op tijd weg. Even staan de mannen zwijgend tegenover elkaar. Dan breekt het gezicht van de pelgrim open, een onmogelijk brede glimlach verschijnt en hij spreidt zijn armen, net als dat beeld boven hen.

Wat wil die engerd? Hij doet een stap naar achteren, prikt zijn wapen weer naar voren en knijpt nogmaals in die dikke pens.

Er klinkt een benauwd piepje uit de keel van de man, de glimlach trilt maar blijft even breed. Hij zegt iets, onverstaanbaar, maar het klinkt hartelijk en warm.

Hij knijpt hem weer. Op z'n hardst. De ogen van de man worden groter, het geluid lijkt op een schorre ezel, maar hij herstelt zich snel. Hij doet een stap naar voren, de grijper valt en de man slaat zijn armen stevig om hem heen.

Wat is hij warm, denkt hij. En groot. En zacht. Het kost moeite om te ademen, zo stevig wordt hij omhelsd. Maar het kan hem niet schelen en hij legt zijn hoofd tegen de schouder van de man. Die zegt weer iets in een vreemde taal, iets dat gul klinkt, gemoedelijk. En plotseling lijkt er iets uit zijn eigen buik naar boven te stuwen, zijn ogen door – hij huilt.

'Pedro,' fluistert hij. 'Pedro, *amigo, meu unico amigo.* Blijf toch bij ons... Ik kan je niet missen, dat kán niet...'

Al een tijdje, ongeveer een minuut, klinkt er achter hen een hoog, fel gezoem. Het is nauwelijks tot hem doorgedrongen. Hij hoort nu wel een paar harde klappen, maar dagelijks zijn er zo veel gevechten tussen de bendes en de politie. Dan slaat er iets tegen zijn onderrug, vlak naast zijn wervels. Het voelt als een harde schop, zoals vroeger kon gebeuren, als ze voetbalden met de grotere jongens.

Maar alles is goed op dit moment. Die immense, warme man met zijn absurde geelgroene pak houdt hem vast. Hem kan niets gebeuren. Ongeveer tien seconden is alles goed. Dan bereikt een allesverterende steek zijn brein.

23
Kait

In de stoet blijven. De stoet is je huid. Met de stroom meebewegen. Niet ertegenin, niet naar links of rechts, dan wijkt de massa en krijg je opstoppingen, die zie je van ver. Het is nacht, dat helpt, in het gelige lantaarnlicht lijken alle kleuren op elkaar.

Hij is de auto uit, maar begrijpt niet hoe dat is gelukt. Hij zag vlekken, strepen, lichtflitsen. Iemand hield hem onder zijn linkeroksel omhoog. Er werd water in zijn gezicht gesmeten. Met de grootste moeite hief hij zijn hoofd iets op. Een wazige huidkleurige vlek omringd door lichtblauw – vast zo'n non. Ze sloeg hem met vlakke hand op zijn wang. Zijn hoofd klapte opzij. Weer probeerde hij zijn nekspieren aan te spannen, dat hoofd van hem moest omhoog.

'*Let me go*,' probeerde hij, '*please*.'

Niet achterom kijken nu. Je bent een van hen. Er is niets aan de hand.

Hij grist een rood petje van een kind dat stilstaat. Hij telt tot tien en zet het op. Alles in hem wil weg, deze massa uit, een steeg in, maar hij moet hier blijven, in deze stroom van verbijsterde mensen. Overal led-kaarsjes, zaklampen, mobieltjes met het lampje aan. Om hem heen klinken wisselend leuzen of worden liederen gezongen, soms engelachtige vrouwenstemmen, dan weer plechtige mannenstemmen, alles door elkaar, de hele stad lijkt op een radio naar een zender te zoeken.

De omhooggestoken mobieltjes zakken plotseling, de gezichten lichten op. '*Presidente americano*,' klinkt er, '*guerra mondiale*', een ander begint te scanderen dat hij geen Derde Wereldoorlog wil en omstanders haken aan: '*terza guerra mondiale – NO!*'

Het dringt nauwelijks tot hem door. Hij laat de rode kinderpet achteloos vallen en vist soepel, alsof hij naar zijn eigen kapstok reikt, een bruine alpinopet van een kromgegroeid vrouwtje. Als niemand achter hem lijkt te reageren, zelfs geen oude-vrouwtjesstem, zet hij hem op. Door-door-door. Deze stad uit.

Ik maak weer een kans, Noa. Half vier!

Hij schiet een zijsteeg in, stikdonker is het, smijt de alpinopet weg en strompelt verder. Dan zwelt het geluid aan en wordt het lichter: hier is weer straatverlichting. Hij heft zijn hand op naar een taxi, zo zelfverzekerd mogelijk, alsof alles normaal is, alles onder controle.

'Waarheen?' vraagt de chauffeur door het geopende raampje. Het is een piepjonge Afrikaanse man, eigenlijk een jongen nog, en graatmager. Eerst stelt hij zijn vraag in het Italiaans, dan in het Engels, en als Kait hem schaapachtig blijft aanstaren, in het Duits.

'*My hotel*,' reageert hij eindelijk, terwijl hij de achterdeur opentrekt en instapt.

'Wélk hotel, meneer?' zegt de jongen, overdreven geduldig.

'*Sun*,' antwoordt hij, zonder te weten waarom.

De jongen zoekt onhandig op zijn navigatiesysteem. 'Bedoelt u Hotel Verloren Zoon? Of Giabetti en Zonen? Of Espresso en Zonen of –'

'Ja, die.'

'Welke, meneer?'

'Verloren Zoon. *Let's go*.'

De vingers van de jongen trillen – wat heeft die allemaal al meegemaakt – en hij moet de naam opnieuw invoeren.

'Het is daar, die kant op.' Kait wijst naar voren. '*Let's go*.'

'Oké, *sir*,' zegt de jongen, maar hij blijft rommelen met het navigatiesysteem.

Hij zakt onderuit op de bank. Een van de mannen met de zonnebril verschijnt uit dezelfde steeg, de langste, met het rode gemillimeterde haar.

'*Please?*'

De jongen draait de sleutel om, de startmotor jankt, maar de motor pakt niet. Hij probeert het nogmaals, zonder succes.

In zijn ooghoeken nadert de roodharige man – hij heeft nu een flodderig Hawaii-shirt aan, die zat blijkbaar onder de coltrui. Kaken strak op elkaar, litteken op zijn linkerwang, elke spier gespannen in zijn afgetrainde lijf. Een luipaard, klaar om te springen.

'Ik ga even slapen,' zegt hij zo kalm mogelijk en laat zich opzij vallen.

Niet kijken nu, niet kijken.

Eindelijk pakt de motor.

'*Let's go,*' zegt de jongen, duidelijk opgelucht. 'En nu ben ik Max Verstappen.'

Hij wil iets bemoedigends zeggen, maar de woorden stokken in zijn keel. Achter de zijraampjes beweegt de roodharige man – hij schokt langs, want de auto komt met horten en stoten op gang. De man kijkt een ogenblik naar binnen, maar reageert niet. Misschien is het te donker binnen en spiegelen de ruiten, die belachelijke zonnebril werkt sowieso niet mee.

Half vier, straks – ik heb het beloofd. Het kan nog! En dit ga ik je ook vertellen. Er is zo veel te vertellen!

24
Schouten

'Bent u dat?'

Zijn dochter klinkt slaperig en afwezig, maar haar stem lijkt niets veranderd. Er brandt nergens licht, verderop in de donkere gang onderscheidt hij alleen een vage schim. Donkerblauw, vast in haar pyjama, zij is natuurlijk gewoon gaan slapen.

'Ja, Lotte.'

Hij spreekt gedempt. Hij staat op de galerij voor haar voordeur. Ongemakkelijk zwaait hij in het glas met stermotief. De donkerblauwe schim achterin de gang nadert niet.

'Dit is een raar moment om aan te bellen.'

Hij probeert zo kalm mogelijk over te komen. 'Of het meest logische moment. Je hebt vast het nieuws gezien.'

En Kait is ontsnapt. De vader van je kind. Onderweg hiernaartoe.

'We redden het wel. We redden het al vijf jaar zonder jou.'

Hij zucht. 'Lotte, wil je me binnenlaten?'

De donkerblauwe schim komt nu toch iets dichterbij, hij kan de huidkleurige vlek van haar gezicht onderscheiden. Ze staat een meter achter de deur stil.

'Waarom?'

Een verre herinnering: in de dierentuin, bij de olifanten was het, hij werd weer eens gebeld. Eerder zou ze hebben geprotesteerd, zijn been huilend omkneld. Nu holde hij weg, bellend stapte hij de auto in en pas toen hij in een lift van de Korf stond, besefte hij dat hij zijn vrouw en hun dochter niet eens had gegroet – en zij hem ook niet. Niet eens een protest. Alsof hij nooit erbij was geweest in die dierentuin. En daar in die lift, terwijl zijn telefoon alweer overging, luchtte hem dat op.

Geen schuldgevoel meer. Ze waren er eindelijk aan gewend. Hij kon zich volledig wijden aan het land.

'Ik heb *inside* informatie, Lotte.' Hij schudt zijn hoofd. 'Het wordt erg.'

En Kait komt.

'Gaan ze bommen gooien?'

'Niets zou me meer verbazen.'

'Maar als ze bommen gaan gooien, wat helpt het dan dat u hier bent?'

Hij slikt. 'Dan bén ik er in elk geval en...'

'Dat pistool van u houdt geen bommen tegen.'

Haar stem is toch wel veranderd. Lager. Steviger. Ze is allang zijn kleine meid niet meer.

'Ik heb niet...'

'Vast wel.'

Hij zucht. 'Maar het houdt wel plunderaars tegen, Lotte.'

'Wat zouden die hier moeten zoeken?'

'Over een dag of twee zoeken die overal. Als er maar genoeg schaarste is.'

'Ik heb de films gezien.'

'En waarom vertellen we die verhalen? Alsjeblieft, Lotte, geef me een kans.'

'Wat zal er anders gaan dan?'

Hij weet het niet. Maar juist dan doet ze nog een stap naar voren en staat ze vlak achter het halfdoorzichtige glas. Het licht van de galerij schijnt nu ook op haar. Daar is de mistige versie van haar gezicht, vervormd door de stervormen in het glas, zo vlakbij, op armlengte afstand. Haar prachtige gezicht. Die eigenwijze wipneus van d'r. Die spitse kin. Haar zwarte haar, gelukkig niet meer getondeusd. Als kind leek ze al op de jonge Mies Bouwman, maar dat heeft hij nooit gezegd.

Zoals ik zo veel niet heb gezegd.

'Misschien is er al wel een sterke man in huis die mij kan redden,' zegt ze.

Hij zoekt naar woorden.

'Nee, dat weet u al. Inderdaad, alleen twee kwetsbare vrouwen hier die moeten worden gered.'

'Je bent de sterkste vrouw die ik ken.'

'Dan kent u weinig vrouwen.'

Hij zwijgt en brengt ten slotte uit: 'Lotte, wil je me een kans geven?'

'Er klopt iets niet.'

'Er klopt nergens meer wat van.'

Haar neus drukt tegen het matglas, het puntje is plat en helder van kleur. 'Wordt het dan niet eens tijd dat u het allemaal gaat vertellen?'

Zeker. Daarvoor ben ik hier.

Het neuspuntje tegen het matglas wordt iets groter. Bij haar mond vormt zich een dampvlek.

'Wat wil je weten?'

Ik kan je bijna aanraken. Heb ik je ooit omhelsd?

'Wat denkt u?'

'Ik kan maar weinig vertellen over – ik heb nooit – veel is geclassificeerd...'

'Houd toch op.'

'Ja, Lotte.'

'U weet waar ik het over heb. En dat 'geclassificeerd' kan me even geen reet schelen.'

Hij schrikt. Ergens is ze nog steeds dat kleine meisje van hem.

'Moet ik het voor u spellen?'

En natuurlijk, op dat moment trilt zijn telefoon. Zijn hand schiet in een reflex richting de binnenzak van zijn colbert, maar halverwege bedwingt hij zichzelf. In nachtelijke stilte klinkt de trilling als een drilboor. De neus van zijn dochter is weg van het glas. Hij mag de telefoon niet pakken. Toen in de dierentuin draaide ze weg van hem, alsof het allemaal niets meer uitmaakte, papa gaat altijd weg als het net leuk is – voordat het leuk is. Er zijn veel momenten geweest dat hij zijn dochter verloor, toen was het eerste. Maar nu, als hij zijn hand weet te beheersen… Als de drilboor zwijgt, heeft hij zijn dochter terug.

'Het spijt me zo,' zegt hij, met de telefoon toch op de een of andere manier in zijn hand.

De schim achter het glas deinst terug, alsof hij haar in het gezicht heeft geslagen.

'Peter hier, kunt u vrijuit spreken?' klinkt het bij zijn oor.

'Nee.'

'Er waren ook ET's bij betrokken.'

'Shit.'

De verrekte Amerikanen zitten ook overal en zijn er telkens als eerste bij.

De Bruijn klinkt geamuseerd. 'Dat is zeker shit, meneer Schouten.'

'Is er al contact?'

'Nee, daar zijn we mee bezig.'

'Zodra je de gegevens hebt, stuur je die.'

'Doen we.'

'En hebben ze hem?'

'Nee, maar het hele land is straks op zoek.'

Kait, jongen toch, wat ben je aan het doen? Blijf daar nou… Ik heb het toch allemaal uitgelegd?

Hij kijkt op. Er is geen silhouet meer te onderscheiden achter het glas van de deur.

25
Kait

Moeizaam komt hij achterin de taxi overeind. Hij streelt de oude sleutel bij zijn borstbeen. Ook hier overal plukjes mensen op straat, met hun lampjes, hun vlaggen, soms eerbiedig zwijgend, soms hevig gebarend met elkaar in gesprek. Hij wil op de navigatie ontdekken wanneer ze bij dat hotel arriveren waarvan hij de naam alweer vergeten is, maar het apparaat blijkt uit te staan. Hij wil ernaar vragen, maar de lippen van de graatmagere Afrikaanse jongen knijpen gespannen samen, dat is zelfs van achteren te zien. *Er is iets.* Het oogwit van de jongen flitst in de binnenspiegel, hij lijkt zich betrapt te voelen. En ja hoor, de taxi remt af, zomaar midden op een ringweg.

'Een band,' probeert de jongen hees.

'Och, ik heb de tijd.'

Ze staan stil in de berm, een onbestemd strookje kale grond, met een paar distels. Even terug stond *Sud* op een bord – in het zuiden van Rome zijn ze dus niet en dit hier is ook geen centrum, maar verder heeft hij geen enkel aanknopingspunt.

De jongen heeft zijn handen nog op het stuur. Ze trillen – hij legt ze onhandig in zijn schoot. Die denkt natuurlijk dat hij een of andere psychopaat in de auto heeft. De moordenaar van Ben. Heeft hij alles meegemaakt om hier te komen, moet hij zo eindigen.

De jongen haalt diep adem en stapt uit. Hij loopt naar achteren, rechtsachter bukt hij en verdwijnt uit het zicht, om daar naar een ongetwijfeld prachtig gevulde band te staren. Kait voelt aan de deurhendel – kinderslot. Hij begint zich naar voren te wurmen. De pijn vlamt in zijn heupen, daar zijn de duizend naalden weer, geduldig dringen ze zich naar binnen, allemaal tegelijk, kalm, toegewijd. Zijn benen klemmen tussen beide voorstoelen, zijn hoofd hangt tegen het stuurwiel, hij trekt aan de hendel van de voordeur, die klikt open. Hij krijgt zijn benen los en vloekend zakt hij op het asfalt. Een auto flitst langs en mist ternauwernood zijn schedel, de claxon verdwijnt in de nacht.

Op handen en voeten kruipt hij naar achteren. Daar ligt de jongen, ineengedoken, in foetushouding in de berm, murmelend over Maria en Antonius en Felicia.

'Sleutel,' krijgt Kait eruit.

De jongen heeft zijn armen over zijn hoofd geslagen en grijpt zo zijn nek vast. Petrus en Paulus en Haile Selassie en Bob Marley en *mama mia, mama mia, mama mia*. Kait vist de autosleutel uit zijn broekzak en de telefoon uit zijn binnenzak, peutert die open, stopt de simkaart in zijn eigen zak en legt het apparaatje terug naast de bevende jongen op het asfalt.

'Sorry, Max Verstappen.'

Hij sleept zich terug naar de chauffeursstoel. Het lijkt erop dat de locatie van deze taxi niet vanaf de centrale is te volgen, anders hadden ze hen vast in een wegafzetting laten rijden. Als hij nu een onverwachte route neemt, heeft hij misschien een half uur.

Noa, ik kom eraan. Het is onmogelijk, maar ik doe het. Het is al zo belachelijk dat ik dit heb gehaald, dat ik hier nu ben – de rest moet nu toch ook kunnen...

26
Ahmad

Hij bungelt in een hangmat. Het is diep in de nacht, maar ze zijn klaarwakker en de temperatuur buiten is nog aangenaam. Hij wordt van opzij beschenen door het gele licht uit een raampje van het ruwstenen vakantiehuisje, verder is alles donkerblauw om hen heen.

'*Wollah*, we zijn gewoon al in het paradijs,' roept hij voor de tiende keer. Binnen klettert iets van metaal op de tegels en wordt gevloekt.

Later zal zijn verhaal worden verteld. Duizenden klasjes zullen ademloos luisteren naar de details, zoals hij zelf ademloos geluisterd heeft naar de verhalen van de imam. Een gewone jongen, van wie niemand iets verwachtte, zijn eigen ouders al helemaal niet, had God ingezet voor grootse daden: de Malak al-Maut, die de kafir hadden gebouwd en die hun vrome vrouwen hadden gedood, hun kinderen, hun vaders, hun moeders – deze ene strijder had deze Doodsengel naar hen teruggestuurd, naar het centrum van hun macht, naar het hart van hun waanzin, en de dag des oordeels ingeluid.

Was Charif hier maar!

Hij heeft zijn shirt omhoog geschoven en zet zijn mobieltje voor de duizendste keer op zijn navel. Als hij die precies in die ene plooi daar zet én zijn bleke buik precies goed intrekt én hij beweegt verder niet én de wind trekt niet aan zijn hangmat, blijft het apparaatje balanceren.

38, 39, 40 – plof.

Bijna een record.

Daar verschijnt het silhouet van Ismail in de deuropening, met iets in zijn hand.

'Die achterlijke Italiano's hebben niet eens een gewoon koffiezetapparaat,' klinkt er uit het silhouet.

Hij plaatst het mobieltje weer in de huidplooi. Shit, twee tellen maar.

'*Kill*, hebben ze niet een cafetière?'

'Een wat?'

Hij zucht. 'Zo'n glazen kan met een metalen filter, Ismail.'

'Zoiets heb ik wel gezien, maar dat is toch geen koffiezetapparaat?'

Hij bestudeert het magere silhouet in de deuropening. 'En nu? Wat zit er in die mok?'

'Gewoon, water en koffie, door elkaar.'

'Serieus? Warm water, mag ik hopen?'

Ismail blijft stil.

'Kóúd?' Hij wijst naar een terra bloempot op het terras. 'Da's voor die avocado. Goeie mest.'

Gedwee gehoorzaamt Ismail – die ooit Jaap heette, Kleine Japie voor zijn vrienden, maar nu voor iedereen die hem nog wil spreken Ismail. Bij iedereen die hem ooit als Kleine Japie kende, heeft hij rekeningen uitstaan. Ze hadden uiteindelijk allemaal aan hem gevraagd hoe vaak z'n moeder wel niet haar huis uit werd gezet en hoe vaak hij niet een verlovingsring voor z'n liefje moest kopen – hoe heette ze eigenlijk? Niemand geloofde zijn verhalen, nooit echt, maar Kleine Japie was charmant, Kleine Japie had van die puppyogen, en als je toch al een paar honderd van hem tegoed had, wat maakte een tientje meer dan nog uit? De grote dag dat hij die paar honderd kon terugbetalen, kon hij ook dat tientje extra terugbetalen. Tot iedereen begreep, zelfs zijn eigen moeder, dat Kleine Japie nooit iets terug zou betalen en dat Kleine Japie al vijf dagen niet gegeten had.

Hij was eenzaam door de weilanden naar een winkelcentrum gelopen waar hij nooit kwam. Hij wankelde bij de schuifdeuren, kon nauwelijks nog overeind staan, fluisterde hees om geld, één eurootje maar, please, en iedereen negeerde hem, behalve Ahmad. Die had een broodje voor hem, zalm met knapperige sla en van die roomkaas. En een cursus. Iets met God, zou hij vast interessant vinden.

Kleine Japie heette binnen twee maanden Ismail, was hem eeuwig dankbaar en zou alles voor hem doen.

'En nu de cafetière zoeken, kill. Kijk er goed naar, dan snap zelfs jij hoe zo'n ding werkt.'

Ismail verdwijnt het huisje in en opnieuw klettert er metaal op de tegels. Hij schrikt er toch nog weer van en zijn mobieltje valt voor de duizendste keer op zijn buik. Nu kan hij zich niet meer beheersen. Hij vist de batterij uit zijn broekzak, peutert de behuizing open en plaatst de batterij terug. Je kunt ook overdrijven met je veiligheidsmaatregelen. Niemand kan dit apparaat aan hem koppelen, niemand verdenkt hem sowieso, en het is maar voor een paar minuten.

En God is met mij, die heeft me nu al zo veel tekens gegeven. Alles is gelukt. Alles.

Het apparaatje vindt een signaal en hij opent direct Al-Jazeera. Dat zijn allemaal chocolademoslims, ze krijgen dikke donaties van de foutste sjeiks en zelfs van een paar Saoedische prinsen, maar kafir zijn het niet en hij begrijpt de koppen tenminste:

live BLOG – 51 aanslagen

Aanslag Vaticaan: Hart van kerk doorstoken

Video – Nieuwe president VS Karl Penny beëdigd

Hashtag FALSEFLAG trending

2 doden in Rio de Janeiro

Metro in Moskou vol rook, oorzaak onbekend

Drone vliegt trein in Zuid-Afrika in met molotovcocktail

Een eindeloze lijst. Zijn hart bonst zo hevig dat het pijn doet. Bevend klikt hij een kop aan, nog een, nog een.

Het is nog groter dan ze hebben voorzien. Dít had Charif nooit genoemd. De wereld had echt maar een klein zetje nodig. Alsof iedereen hier op zat te wachten. Alsof overal mensen waren verborgen, op zolderkamertjes, in theehuizen, in vrachtwagens, die verteerden van de woede en maar een enkele hint nodig hadden om eindelijk te kunnen ontploffen.

En dan is in Mekka zojuist de hadj begonnen. Over een uur of tien op het hoogtepunt.

Hij, Ahmad ben Saad, heeft het allemaal in werking gezet. Hij hoefde alleen maar het eerste dominosteentje om te duwen en daar gingen ze omver, allemaal.

Zijn middenrif trilt. Hij begrijpt zelf niet wat het is. Er komt een vreemde hinnik uit zijn mond. En dan beseft hij dat hij lacht. Zijn hele lijf lacht. Hij trekt zijn benen omhoog, zwaait zijn armen opzij, knijpt zijn ogen dicht, en plotseling roteert de hangmat razendsnel en klettert hij op de bakstenen tegels.

'Gelukt,' klinkt het boven hem. 'Wel koud, maar dat hoort zo hier, met die zon. Overdag dan.'

Hij krabbelt overeind en wurmt zich weer de hangmat in. De koffie is mierzoet en ijskoud, maar hij zet door en krijgt het weg. Dan scrolt hij verder.

Live BLOG – 53 aanslagen

Alle luchtruimen gesloten

NAVO in spoedvergadering, nucleaire dreiging op agenda

Video: De aanslag op de Sint-Pietersbasiliek

Die klikt hij aan, natuurlijk, en de video begint met een man in een lichtblauw pak en een charmante hoed, een burgemeester of zoiets, die vooraan een nachtelijke stoet loopt. 'Nu zien wij hoeveel troost onze religie kan bieden,' meldt hij volgens de voice-over. '*Sono papa*,' klinkt er uit de massa achter hem, '*Sono Ben!*' Zijn ogen zijn nat van de tranen en hij loopt met de armen gehaakt tussen vijf van die kafir met wit-rode pijen en rode keppeltjes. Hij klikt ongeduldig naar een minuut verder. 'Wij laten ons niet provoceren,' is die kerel nog steeds bezig. 'Wij blijven waardig. Deze aanslag zal het beste van ons tonen.' Jaja – minuut verder. 'Zij willen onze wraak, zij krijgen onze *pax romana*. Zij willen onze woede, zij krijgen onze liefde!' Wat een geouwehoer – minuut verder.

Nog steeds geen beelden van de basiliek en zijn meesterwerk daar, maar een woedende massa ergens in Rome. Twee jongens dansen op het dak van een dure SUV, een lange slungel wordt door een ingeslagen ruit gesleurd, een zuster met een afgezakte hidjab van spijkerstof wordt uit een geopende deur getrokken, iemand wordt door een oudere man onder z'n oksels omhoog gehouden, zijn hoofd wiegt – een schokje van herkenning, Ahmad knijpt zijn oogleden samen – een non mikt water in het gezicht, de jongeman heft zijn hoofd iets op en is nu duidelijk zichtbaar.

Het is Chris. Chris Edens. De Shaitan zelf. Op de onwaarschijnlijkste plek van allemaal.

27

Kait

Hij slaat de eerste de beste zijweg in. Weg van de straatverlichting, de nacht in. Misschien zijn ze maar één, twee minuten achter hem. Hij neemt willekeurige afslagen, kriskras een wijk door waar hij nooit geweest is en nooit meer zal komen. Hij slipt door de bochten, bij elke kuil of bult in de weg exploderen zijn heupen en krimpt hij ineen.

Daar is het donkerder, daar moet hij heen.

Over de radio klinken voortdurend berichten, ijzingwekkend kalm, robotachtig – alle taxi's van Rome zijn naar hem op zoek. *Weg hier.* Maar lopen kan hij nauwelijks. En hij weet niet eens in welke richting. *Ik ben een idioot, Noa, ik kan niets.* Hij moet die navigatie inschakelen, hoe krijg je zo'n ding aan?

Nu 'Nederland' intoetsen, gewoon de N, ja zo, dan de E – *daar rijdt een auto, die pak ik.*

Hij haalt het Daihatsu'tje in, er zit een vrouw in van middelbare leeftijd met een Beatrixkapsel dat tegen het plafond drukt. Hij remt slippend af en rijdt haar klem tegen de stoeprand. Kreunend stapt hij uit, de Beatrix staart hem met kogelronde ogen aan.

'Ik wil u niet pijn doen,' zegt hij in het Engels, terwijl hij haar portier opentrekt en bijna zijn evenwichtig verliest.

Zij opent haar mond en pas twee seconden later komt er een snerpende gil uit. Maria en San Pedro en alle heiligen komen weer langs. Kait pakt haar roze jas met witte dotjes en rukt eraan, maar ze zit vast aan haar riem. O ja.

'Los,' gebiedt hij, maar haar jammerklacht is nog niet beëindigd.

Hij bukt over haar langs om haar veiligheidsgordel los te klikken, zij begint met platte handen op zijn hoofd te petsen, snel en ritmisch, alsof ze een djembé bewerkt. Met gesloten ogen werpt hij zich dieper haar auto in, klem tussen haar deinende boezem en het stuur, de claxon jankt, zij roffelt nu op zijn rug. Hij zoekt blind naar de sluiting, Beatrix krabt met haar lange nagels in zijn wang, zijn huid splijt. Hij slaat achterwaarts, maar zij schermt zich met haar ellebogen af als een bokser, en als hij even pauzeert om weer de juiste sluiting te zoeken, krabt ze in zijn oogleden.

Weg hier, dat mens is knettergek. Hij duwt zich af tegen de bijrijdersstoel, naar achteren, eindelijk stopt het claxonneren, hij rolt de straatstenen op. Hoe geparfumeerd en bepoederd ook, deze Beatrix trekt direct haar deur dicht. Hij rukt machteloos aan de deurhendel en bonst op de ruit.

'*Stronzo*!' wordt er geroepen aan de andere kant van de straat.

Hij sleept zich terug naar de oude taxi, met het nummerbord dat nu iedere andere taxichauffeur in Rome kent en waar duizenden woedende ogen naar zoeken. Hij zakt kreunend op de stoel, de motor draait nog. Met slippende banden schiet hij vooruit, de zijdeur slaat vanzelf dicht.

Daar – er draait een auto de stoep op om in een garage te parkeren, de vierkante geribbelde garagedeur kantelt al omhoog. Hij ramt het achterwiel, de grijze Alfa Romeo hupst, zijn voorhoofd klapt op zijn stuur. Hij stapt uit, alles duizelt.

'Sorry, sorry.' Hij probeert te glimlachen. 'Laten we het regelen.'

De jongeman in de Alfa Romeo staart hem verbijsterd aan. Zijn haar zit in een strakke scheiding, hij draagt een net bloesetje en een dun brilletje. Iemand die nooit iets heeft meegemaakt in het leven en aanneemt dat hij overal recht op heeft.

‘*What the fuck* wás dat?’ klinkt er van achter het glas, bekakt.

‘Zeker, zeker, het spijt me verschrikkelijk – we regelen het.’

Dat verwende joch moet eruit.

‘Kom.’

Hij wordt ingeschat, krijgt een minachtende blik – *jazeker, ik kan niks beginnen, alles is veilig* – en dan stapt de jongeman eindelijk uit.

‘Op je sleutel staat het serienummer.’

De jongeman kijkt naar zijn contactsleutel alsof die is getransformeerd in een drol. ‘Serienummer?’

‘Ja, aan de zijkant, wacht, ik laat het je zien.’

Hij strekt zijn hand uit en automatisch geeft de jongeman de sleutel.

‘Ik ga even zitten, dan test ik het.’

En hij laat zich op de stoel van de Alfa Romeo vallen. Die naalden weer, die naalden…

‘Testen?’

‘Precies,’ perst hij eruit. ‘Dan weten we het zeker.’

‘Wát weten we –’

En de jongeman begint in alle kleuren te vloeken, grijpt de zijspiegel van de Alfa Romeo terwijl die naar achteren rijdt en de verlaten taxi wegduwt – de banden gillen op het asfalt. De zijspiegel blijft achter in zijn hand, als een druipend ijsje in de knuist van een beteuterd kind.

28

Dounya

Haar oogleden lijken met secondelijm aan elkaar geplakt. Hoe krijgt ze die ooit open? Hoe doe je dat ook al weer? Maar opeens zijn ze van elkaar. Witte, wazige vormen. *Langzaam, Doenie, langzaam...* Daar iemand in het wit – is dit... Nee, doe normaal, dit is niet het paradijs. Is dit een ziekenhuis? Haar onderarm jeukt, ze krabt en voelt een plakpleister en een glad buisje. Naast haar hangt een zak met een kleurloze vloeistof. Het duurt even voor ze op de letters kan scherpstellen, maar dan herkent ze 'Hartmann' en '0,45%'.

Ze grinnikt. In het paradijs hebben ze vast geen fysiologisch zout nodig. Maar waar is Kait? Die arme jongen heeft niet eens zijn krukken bij zich.

Ze trekt voorzichtig het infuus uit haar arm, waarop iets bij haar hoofdeinde begint te piepen. Een knop, waar is de knop – oké, de stekker er maar uit. Ze laat zich van het bed glijden, haar benen lijken nat wasgoed en ze zakt in elkaar op de vloer. Een verpleegkundige ratelt boven haar in het Italiaans en tilt haar terug op het bed. Ze laat het gedwee gebeuren, maar als de vrouw bukt om de stekker terug in het stopcontact te drukken, staat ze alweer naast het bed. Haar benen houden het. De kamer tolt, maar ze zet de ene voet voor de ander, naar het kastje naast haar bed, la open, niets erin, volgende la, ook niets – waar hebben ze haar spullen gelaten?

Naar het licht van de gang. Het getetter van de verpleegkundige achter haar verstomt. Artsen passeren rennend. Brancards suizen langs. Overal alarmerende piepjes. Gaat dit altijd zo in Italiaanse ziekenhuizen? Het doet haar denken aan rampenfilms, als de eerste golf slachtoffers binnenkomt en de ziekenhuizen volstromen.

Daar een lift. In de spiegel binnen ziet ze de plukken haar, schots en scheef als een dot gemaaid gras. Geen hidjab. Haar ogen zijn hol. Ze draagt een lichtblauwe, egale nachtjapon, daaronder haar blote benen en voeten. Ze ziet eruit als een ontsnapte waanzinnige. Ze steekt haar hand tussen de sluitende liftdeuren en schiet een willekeurige gang in en daar de eerste kamer. Ze let niet op wie hier ligt, rommelt meteen in de lades naast de kraan. Tramadol 500 mg – bingo, dat moest Kait in het begin ook. Daar ligt een opgevouwen jurk, beige met mosterdgele bladeren. Ze trekt die over haar pyjama. Veel te groot. Daar, plakpleisters. Ze knipt twee flinke stroken af en drukt die onhandig achterlangs op haar rug, zodat de soepjurk iets minder een omagordijn lijkt dat toevallig tegen haar aan is gewaaid. Achter haar klinkt onverstaanbaar gemompel, alsof iemand met een kussen wordt gesmoord. Dat is vast de eigenaresse van de soepjurk die protesteert – wegwezen.

Terug de lift in, nog steeds op haar blote voeten, naar nul, de deuren openen – ja, een lobby. Tientallen mensen staan in een halve cirkel en staren toegewijd omhoog, de Mahdi lijkt in eigen persoon te verschijnen, maar het is een tv-scherm aan een pilaar. *President VS vermoord* meldt CNN. Onderin beeld glijdt een citaat van de ingezworen vicepresident voorbij: 'Wij jagen op jullie in de velden, wij roken jullie uit je holen, wij schudden jullie uit de bomen.'

Dan volgt er een chaotische collage aan beelden: woedende menigtes vertrappen Amerikaanse vlaggen, een verkoolde moskeetoren, een babypop met een wit keppeltje waar met schoenzolen op wordt gemept, auto's met gebarsten ruiten, een travestiet wordt belaagd, een IS-vlag op een kerk, een IS-vlag op een ziekenhuis, een IS-vlag op een elektriciteitsmast, een IS-vlag op een luchtballon, een drone met een automatisch geweer eronder, een drone met een molotovcocktail eraan, een doorzeefde dikke zwarte man ligt op de grond, hij omhelst nog een kleinere man met een afvalknijper in zijn handen, twee jongens springen bovenop een zwarte Audi – *is dat onze auto? is dat schoppende been van mij?* – een brandende boeddhistische tempel, marcherende soldaten, wegafzettingen, een propvol vliegveld, een eindeloze file waar mensen langs de weg barbecueën, een auto op z'n kop met een IS-vlag achter de ruit, een uitgebrande auto met een IS-vlag, een ingegooid raam met een IS-vlag – weg hier, weg, weg.

Ze is de uitgang door, met haar blote voeten op de ijzige tegels. Nacht is het nog steeds, lang kan ze niet *out* zijn geweest. Iemand stoot tegen haar aan, ze springt opzij, botst tegen een ander op, wankelt richting een rij fietsen en scooters.

Rust.

De wereld is gek geworden. Totaal doorgedraaid. Ze voelt een steek in haar buik. *Janko.* Ze mist gewoon Janko. Automatisch voelt ze bij haar dij om haar telefoontje te pakken, maar o ja, niets daar. Wat wilde ze nu graag gewoon even haar hoofd op die schouder van hem leggen. Ook al trilde die schouder constant omdat hij moest blijven typen op die rottige laptop van hem. Meteen voelt ze weer haar weerzin. Altijd die theorieën maar, allemaal in zijn hoofd. Maar zij is hier. Weet zij veel waar hier is, maar het is een echte plek, met echte mensen en echte angst. En daar liggen twee echte witte Crocs.

Ze stapt erin. Wat is dit nou weer? Het voelt bijna te toevallig. Alsof iemand wist dat ze eraan kwam en ze daar voor haar heeft neergelegd. Is dit wat die gelovige nichtjes van haar met 'tekens' bedoelen? Dat je het gevoel krijgt dat iemand meekijkt?

Ze passeert een motor, die nogal willekeurig op de stoep staat geparkeerd. De warmte straalt nog tegen haar benen. Een Kawasaki, een 400 cc. Fijn modelletje, lijkt op die waarmee ze is afgereden. De metallic-blauwe helm hangt aan het stuur. Dan begint ze uit het niets keihard te lachen.

Ik weet niet waar jij bent, Kait. Ik weet zelfs niet waar ik ben. Maar jij bent niet zomaar verdwenen en ze zitten niet zomaar achter je aan.

Ze gaat op het zadel zitten, trekt de helm over haar warrige haarbos, en draait het achtergelaten contactsleuteltje om.

Ik ga je vinden, vriend. En dan gaan we je dochtertje vinden. Insjallah.

29
Kait

Welke opties heeft hij nog? Bussen rijden op dit tijdstip nauwelijks. Een lift vragen – wie neemt een man mee die er zo verlopen uitziet, met die krassen in zijn wangen, zonder tas, zonder wat dan ook? En de plaatselijke radiozenders zullen nu al voor hem waarschuwen, met signalement en al.

Hij heeft de navigatie van de Alfa Romeo niet aangekregen, te veel knopjes, een gekmakend menu. Zijn enige richtingsgevoel is donkerder, donkerder. En niet op volle kracht, om minder op te vallen. Hij schiet een industrieterrein door, een groep oude huisjes, nog een industrieterrein, en telkens wordt het iets leger, is alles iets ruimer opgezet, zijn er meer onbestemde bermen en half voltooide panden. Die graatmagere taxi-jongen, die Beatrix die zijn wangen openkraste, de kakker van deze Alfa, ze hebben allang de politie gebeld. Overal wordt nu gepatrouilleerd. Alle taxi's jagen op hem. En dan zijn er nog die bleke figuren met hun zonnebrillen. En die Ivo's die hem uit zijn flatje hebben gesleurd.

Hij moet een parkeerplaats hebben. Een speciale, ver van de woonhuizen. Zonder straatverlichting. Met verdacht veel geparkeerde auto's. En in die auto's nerveuze schimmen.

Vijf jaar geleden was alles al op. Niets hoefde meer. Alleen wachten, tot die ene dag kwam, tot vandaag kwam.

Daar is een geschikte parkeerplaats.

Hij draait de schijnbaar verlaten vlakte op. Aan de randen, richting het struikgewas, moeten de auto's met hun schimmen staan. Hij zet zijn lichten uit en laat zijn ogen wennen aan het duister. Drie auto's.

Dan zucht hij diep, hij stapt uit, verbijt de scheurende pijn, en beweegt houterig richting de struiken. Voor de eerste langs. Het vale licht van de maan schijnt naar binnen en toont de donkerbruine gelaatstrekken van een jongeman. Niet meteen toehappen.

In de tweede auto zit een oudere man, met een cowboyhoed, van middelbare leeftijd. In de derde duikt het gezicht weg. Terug naar de tweede.

Kait streelt zijn gulp. De hoed knikt, nauwelijks merkbaar.

Schouten, zijn wijze mentor, heeft wel over dit soort plekken verteld. Soms reden ze daar na een zware nachtdienst of een gruwelijke moord langs, stonden een tijdje op een afstand stil en deden dan opeens de zwaailichten aan. Overal, plop-plop-plop, blauw flakkerende hoofden. 'Als van die stokstaartjes,' grinnikte een collega. 'Disco-stokstaartjes!' Lijven die uit auto's rolden. Broeken die al rennend werden opgetrokken. Schimmen die zich achter te smalle boomstammen probeerden te verstoppen. 'Je denkt dat er niets gebeurt, het lijkt allemaal zo vredig en onschuldig,' schaterlachte een collega, 'maar als je de lichten aandoet, wordt het alsof...' En hij zocht naar een vergelijking: 'Alsof je heet water in een mierenhoop giet.' En dan kalmpjes wegrijden, elke keer weer, alsof ze niets gezien hadden. Dat vonden ze nog het meest hilarisch.

Hij opent de deur aan de bijrijderskant en bukt. De chauffeur heeft een dikke zwarte snor en ongeschoren wangen. Hij draagt een strakgespannen houthakkersblouse met bretels. Zijn propperige vingers glijden onder zijn uitpuilende buik.

'*Wait*,' zegt Kait.

De cowboy snapt hem niet.

'Niet hier.'

'Waar dan?'

Kait laat zijn hoofd opzij hangen, knippert met zijn ogen en duwt met zijn wijsvinger zijn onderlip pruilend omlaag.

'Jij...' zegt hij met zijn zoetste, verleidelijkste stem, 'gaat mij ontvoeren.'

30
Schouten

'Wie is de vader van mijn kind?'

Ze heeft hem binnengelaten. Hij zit op de bank in haar huiskamer, bovenop een wollen deken, mosgroen met franjes – is die van vroeger? Heeft ze hier ooit zelf onder gelegen, als kind? Heeft zijn eigen moeder hem hier nog onder ingestopt?

Hier zal ik wachten. Dan kan ik alles rechtzetten.

De zitting zakt diep door, zijn geplooide broek trekt op, zijn handen houdt hij nerveus gevouwen tussen zijn opstaande knieën. Er brandt geen lamp, ze worden slechts flauw beschenen door de straatverlichting. Daar staat ze, hoog boven hem. Zijn prachtige dochter, met haar eigenwijze koppie en korte haar. Nog maar twee ringetjes in haar linkeroor, met daarboven een rijtje bleke littekens. Ze heeft een slobberige kabeltrui aangeschoten over haar donkerblauwe pyjama.

'Mag ik Noa zien?' vraagt hij, zo nederig als hij kan. Daar, die deur in de gang, daarachter moet ze liggen. Hij kan er gewoon naartoe lopen, ze zal hem niet tegenhouden. Maar dan zou hij alles verpesten.

Ze kijkt hem strak aan. 'Wie is haar vader?'

'Ik heb nergens recht op, dat weet ik, maar...'

'Ik heb wel ergens recht op.'

'Dat is correct.'

'Dus. Er is véél te vertellen. Het kan me niet schelen of het *classified* is of hoe dat ook heet. En als ik u geloof, als ik u heel misschien geloof, dan mag u blijven en nog meer vertellen en dan nog meer. En uiteindelijk is Noa misschien uit zichzelf wakker geworden en dán mag u haar zien. Nu eerst: wie is haar vader?'

Ja, ik moet het vertellen. Hij komt eraan.

En hij begint bij de eerste keer dat hij hem zag. Een collega had hem gealarmeerd, er waren problemen met een stagiaire, die hij toevallig wel kende. Dus was hij, zomaar heel spontaan, bij haar studentenhuis verschenen met een bloemetje van het tankstation. Vijf keer heel lang aanbellen en toen ging de deur dan toch open. Stond Kait daar, met zo'n alleszeggend bezweet gezicht en z'n shirt half in z'n broek gepropt. Een halve kop kleiner dan hij, met een pokdalig gezicht en een brutale blik in zijn ogen. Wat een schoffie.

'Je weet wat ze zeggen over dochters van agenten?' had hij gevraagd.

'Dat ze knap zijn?' was zijn antwoord.

Eenmaal binnen had Lotte, toen nog gemillimeterd, haar vader direct de smerige keuken in getrokken. 'U gaat hem níet doorlichten,' siste ze. 'Géén troep op zijn telefoontje. Géén heel toevallige boetes.'

'Maar dat is toch allemaal illegaal,' grinnikte hij.

'Ik kén u.'

'Ik nog niet,' zei Kait opgeruimd, die er plotseling bij stond. En voor ze het wisten, waren ze in een intens gesprek verwikkeld over massasurveillance en volksspionage, en stond Lotte er steeds geïrriteerder bij.

'Anders duiken júllie zo lekker met elkaar in bed,' mompelde ze uiteindelijk en stampvoette de keuken uit.

'Is wel zo'n beetje uitgekomen,' zegt ze nu, nukkig.

Inderdaad, na een paar weken al nodigde hij Kait uit voor een informele sollicitatie in de Korf. En twee maanden later werd hij gearresteerd wegens brandstichting en verdween hij uit haar leven.

'En zat ik daar dus, in mijn eentje op mijn studentenkamer, met zo'n zwangerschapstest met twee streepjes.'

Hij knikt kort.

'Wacht even – dat wist u?'

Hij haalt ongemakkelijk zijn schouders op.

'Dat wíst u?'

'Ze hadden in je afval gerommeld.'

Haar hoofd klapt opzij, weer, alsof hij haar slaat. Ze herstelt zich direct, recht haar rug en zet haar handen in haar zij.

Wat een vrouw is ze geworden.

'Maar ik vroeg dus waar hij gebleven is. Of hij überhaupt nog leeft. Hij is de vader van mijn kind. De vader van uw kleinkind. Wat is er gebeurd? Wie is hij? Wie is hij echt?'

31
Dounya

De kiestoon gaat over, dat is al heel wat...

Ze staat naast haar geleende motor bij een benzinepomp, diep in de nacht, op haar Crocs, rillend van de kou in haar belachelijke soepjurk – de pleisters zijn losgeschoten en ze heeft op haar rug in de stof een paar knopen gelegd. Iets verderop zit een heuse Hell's Angel op een stoeprand, verpakt in het bekende zwarte leer vol verchroomde studs, maar met een nogal verrassende inhoud: een schriel, bejaard vrouwtje.

Ze heeft haar net ontmoet bij het tanken. Wat een verhaal moet dat vrouwtje hebben. Haar leeftijdgenoten wassen hun eigen billen niet eens meer en zij gaat gewoon in haar eentje, diep in de nacht, over het platteland van Italië scheuren. En ze had toevallig ook een mobieltje waarmee Dounya best even mocht bellen: 'En ik ga niet vragen wie jouw telefoon heeft, *honey*.'

Er wordt opgenomen! Gekraak.

'Kait, ben jij daar?'

Iets dat klinkt als een hum.

'Ben jij dat? Ik ben het, Dounya.'

Gekraak en geruis, maar toch weer een hum.

'Wat is er aan de hand, ik versta je niet...'

Hum.

Ze slikt. 'Is daar iemand bij je?'

Hum.

'Kak... Zit je in grote problemen?'

Humhum.

'Oké, één keer hum is ja en twee keer hum is nee, toch?'

Hum.

Maar stel dat het andersom is, dan betekent één hum nee en dan bedoelt hij juist dat... Ze raakt in de knoop. Maar ze moet door. Ja-of-nee-vragen, meer heeft ze niet. Net als dat spelletje vroeger, waarbij je een post-it op je voorhoofd geplakt krijgt en moet raden of je Brat Pitt bent of een zingende zaag.

'Heb je iets voor je mond of in je mond?'

Humhum.

'Maar je kunt niet hardop spreken?'

Hum.

'En waar ben je, ik bedoel – weet je waar je bent?'

Humhum.

'Maar wel in Italië nog?'

Hum.

'Ik hoor steeds geruis – ben je in, nee, je bent niet in de helikopter?'

Humhum.

'Een auto?'

Hum.

'Politie?'

Humhum.

'Vrienden?'

Humhum.

'Dit gaat eeuwen duren, Kait! Ik heb dit telefoontje geleend, kun je niet even wat gewoon zeggen?'

Humhum.

'Ben je gepakt dan?'

Humhum.

'Nee? Je bent vrij?'

Humhum.

'Wat bedoel je? Ben je nou wel of niet vrij?'

Het blijft maar kraken en ruisen. Beeldt ze zich die hums niet in? Is dit niet gewoon zo'n broekzaktelefoontje, dat je iemand belt en dat apparaat toevallig ergens tegenaan drukt en daardoor opneemt en je alles kunt meeluisteren?

'Ben jij dit echt, Kait, praat ik niet tegen lucht?'

Hum.

'Dit werkt niet, Cyborg...'

Ze heeft een paar keer geprobeerd te bidden, voorovergebogen op haar kamertje. Van alles zenden en er kwam niks terug. Bidden is een broekzaktelefoontje, dacht ze toen. Het Hell's Angeltje kijkt haar vragend aan. Als antwoord steekt ze haar duim op en glimlacht zo dankbaar mogelijk.

'Je zit dus in een auto. Oké, rijd je zelf?'

Humhum.

'Iemand anders rijdt?'

Hum.

'Met hoeveel ben je? Twee? Dr...'

Hum.

'Oké, met twee. En je bent niet vrij.'

Hum.

'Is die ander van de regering, ik bedoel, een officieel iemand?'

Humhum.

'Kak, het klinkt alsof je bent ontvoerd, Kait.'

Hum.

'Ben je ontvoerd? Wat is dit nou weer!'

Hum.

'Is dat de reden dat je niet vrijuit kan spreken?'

Hum.

'Maar ze hebben niet door dat je zit te hummen?' Opeens ziet ze het voor zich. 'Kait, zit je in de kofferbak?'

Hum.

Janko zat eens zijn zoveelste hysterische docu te kijken: beelden van een dashboardcamera op een snelweg, alledaags, nietsvermoedend – gaat bij de auto ervoor plotseling de achterklep open en verschijnt daar het gezicht van een wanhopig meisje, bebloed, vermagerd.

'Er moet daar zo'n haak zijn, Kait, daarmee kun je de klep van binnenuit openen.'

Hum.

'Heb je hem gevonden?'

Humhum.

'Ik moet weten waar je bent, Kait. Ben je op een snelweg?'

Huuum...

'Je weet niet waar je bent? Je weet niet of je op een snelweg bent? Of niet wélke snelweg?'

Niks. Het kan nog steeds een broekzaktelefoontje zijn. Er is zoveel ruis, vult ze dat gehum niet allemaal zelf in? Zoals je ook van een paar noten meteen een melodie maakt. Wat heeft ze zich ook in haar hoofd gehaald... Waarom ligt ze niet gewoon in haar bed thuis, warm – veilig?

'Oké, te veel vragen. Ben je op een snelweg?'

Hum.

Het Hell's Angeltje tikt op haar pols, alsof daar een horloge zit. Dounya knijpt iets onzichtbaars tussen haar vingers om aan te geven dat het nog maar kort duurt. Het ruisen op de lijn is zachter, stemmen op de achtergrond.

'Staan jullie stil?'

Niks.

'Oké, ik wacht.'

Het kan een roadblock zijn. Het afgelopen uur heeft ze in de verte een paar keer zwaailichten gezien, stilstaand en schuin op de weg, maar op de plattelandsweggetjes werd ze niet tegengehouden. En maar goed ook, met haar gestolen motor, opbollende soepjurk en zonder enige identificatie, laat staan een rijbewijs of zelfs maar geld. Maar wat moet ze nu hopen – dat ze die achterklep openen? Of juist niet? Want waarom bonst hij niet gewoon, roept hij niet om hulp? Of wordt hij onder schot gehouden? Wat is hier gaande? Is er wel iets gaande – een broekzaktelefoontje kan nog steeds...

Een motor lijkt te starten. Als het ruisen weer voluit klinkt, vraagt ze: 'Was dat een wegafzetting?'

Hum.

Het Hell's Angeltje staat nu vlak achter haar. '*Honey*, ik moet ervandoor. Ik wil niet op een tankstation zijn als de wereld vergaat.' En ze houdt haar hand op.

'Eén minuutje?' smeekt ze.

'Een halve minuut.'

'Dank u! Kait, Kait, ga jij proberen te ontsnappen?'

Hum.

'Wees zuinig op jezelf. Ik bel zo snel mogelijk weer, als ik weer een telefoontje kan regelen. Ik ben op een motor, ik kom naar je toe.'

Humhum.

'Nee? Wil je niet dat ik je help?'

Humhum.

'Ik moet je wél helpen? Maar niet binnen een half uur?'

Hum.

'Een uur?'

Hum.

Het Hell's Angeltje, hoe iel ook, grist de telefoon uit haar hand.

'Sorry, mevrouw,' zegt ze zachtjes.

'Nooit te veel vragen, honey.'

'Mag ik toch nog één ding, één klein dingetje...'

Het vrouwtje zucht.

'Echt alleen maar uit interesse, puur in het algemeen hoor...'

Ja, haar ogen schitteren, dit vindt ze leuk.

'Wat gebeurt er eigenlijk als je hier zonder te betalen wegrijdt? Gaan ze meteen achter je aan of...'

Ergens in al het geruis moet er een aanwijzing zijn geweest, waarmee ze haar cliënt kan vinden en naar zijn dochtertje kan brengen. Maar waar?

32
Ahmad

Daar is Chris. Verbijsterd staart hij naar zijn schermpje. Zo ongeveer de Shaitan zelf wordt daar op de beelden uit een of andere dikke bak gesleurd. Ze hoeven hem niet eens in zijn rottige flatje op te zoeken, hij komt gewoon zelf naar hen toe.

Alles, alles had hij kapotgemaakt. Hun groep was uiteengeslagen en jaren zagen ze elkaar niet meer. Langzaam durfden ze weer bij elkaar te komen, ditmaal zonder microfoontjes in de stopcontacten en achter de hanglamp – vertrouwen herstellen, de geschriften bestuderen, de geleerden raadplegen. Chris moesten ze laten, voorlopig, elke wraak op hem zou de autoriteiten alarmeren en hun nieuwe plannen verknallen. Na eindeloos puzzelen en discussiëren maakten ze uiteindelijk een studiereis naar Rome. Daarna nog een en toen nog een. Met z'n drieën, de laatste drie die trouw gebleven waren, hingen ze in een studentenflat daar, waar in de zomermaanden de studenten uit trokken en dan toeristen in werden gepropt. Via een opengebroken luik konden ze het platte dak op, vol met lege flesjes bier. Charif wees trots de stad over naar een immens gebouw en legde uit wat ze allemaal al wisten: 'Dat is de Sint-Pieter, jongens. Na de Rotskoepelmoskee de beroemdste koepel ter aarde. Daar gaat het gebeuren.'

Vervolgens begonnen ze hun Malak al-Maut te regelen. Er waren niet veel drones geschikt, de techniek vorderde maar traag, maar na een paar dagen googelen wisten ze dat de Moxie 300 hun beste kans was. Alleen kostte die twee ton. Maar er werden overal in Europa demonstratievluchten aangekondigd, de brandweerkorpsen waren trots op hun nieuwste speeltje, de techniek stond weer eens voor niets, er waren al tientallen besteld. In een afgelegen dorpje in Oostenrijk waren ze er vroeg bij: dit zou hen helpen bij lawines, ze konden bij de meest afgelegen plekken komen, op zoek naar verdwaalde toeristen, hen voedsel en medicijnen bezorgen in afwachting van de reddingsploeg, berichten op papier afleveren, zelfs voorgelezen op een speaker, en het zou uiteindelijk, als de mensen er een beetje aan wenden, zelfs mogelijk worden een gewonde in een tuig mee terug te nemen.

Met Ismail had hij een hotel geboekt in een naburig dorp. De eerste dag hadden ze een paar keer rond de kazerne gewandeld, er hing alleen een roestig, verouderd alarm. Die nacht lieten ze motorolie op een theedoek druipen, legden die op een ruitje, die ze met een hamer intikten. Op de tweede verdieping stond die dan: ruim twee meter breed, matzwart, pontificaal midden in de werkkamer van de commandant, met op zijn bureau de controller, de handleiding nog opengeslagen. En twee sleuteltjes.

Dit was gewoon te makkelijk. Er hingen nog net geen pijlen met discolichtjes omheen. 'Weer een teken, Ismail, alweer. Zie je nou!'

Het apparaat bleek verrassend licht. Onderaan de trap keken ze elkaar onnozel aan, ze waren domweg vergeten te bedenken hoe ze het geval de deur door kregen. Uiteindelijk openden ze brutaalweg het rolluik voor de blusauto, krompen ineen bij elke tik van de geleiders tegen de rails en zetten lijkbleek de Moxie 300 in hun busje – schuin paste het net. Een poezelige dame begluurde hen vanachter een gordijntje, Ahmad stak zijn duim op, grijnsde wanhopig en in de auto siste hij: 'Oké, we zijn gezien. Rijd kálm weg. Kalm, *fokking* kalm, kálm!' En ze waren zonder pauze in één ruk terug geracet, zoveel mogelijk via binnenweggetjes. Niemand hield hen tegen. Eenmaal Oostenrijk uit vervingen ze hun nummerborden en tegen de avond arriveerden ze voor de flat van Charifs opa.

Toen pas merkte hij dat zijn vingers bloedden. Hij overwoog of hij ze aan het glas van de kazerne had beschadigd, maar nee, hij had aan zijn nagels gekloven, voor het eerst in zijn leven, alle tien, tot de huid eronder scheurde.

Ze oefenden regelmatig in verlaten duingebieden, telkens een ander terrein, geen boswachter of opzichter betrapte hen. Hun Doodsengel bleek nog eenvoudiger te bedienen dan de kleine drone'tjes waarmee ze eerder hadden getraind. Een teken van God! En toen ze een paar maanden later een berichtje aantroffen dat er vaker Moxie 300's waren gestolen, maar dat die allemaal waren teruggevonden omdat de exemplaren hun locatie in real time doorgaven aan de eigenaars, wisten ze zeker dat God met hun was, want blijkbaar was die van hen nooit aangemeld.

God zelf had ervoor gezorgd dat dit nu hun Malak was. Hun plan zou doorgaan. God stelde nooit teleur. Zij zouden winnen.

Ahmad had geoefend met diverse soorten haken om talloze voorwerpen op te tillen. Uiteindelijk bleek een eenvoudige zelfaantrekkende driepuntsklem het betrouwbaarst. Ismail liet zich eenmaal overtuigen vrijwilliger te zijn. Hij schreeuwde om zijn vader, Ahmad tilde hem hoger, hij schreeuwde om zijn moeder, Ahmad liet hem tollen.

'Stop nou maar,' mompelde Charif naast hem.

Hij liet Ismail schommelen, hoger en hoger. 'Dat was een *headflip*, zag je dat?' grinnikte hij. 'En daar bijna een *toprock*...'

Hij was nog nooit zo helder geweest. Alles klopte, hiervoor was hij geboren.

'Naar beneden, Ahmad!' gebood Charif. 'Morgen weer.'

En eindelijk liet hij Ismail dalen, die op het zand door zijn benen zakte en krijste dat hij hem zou vermoorden, hem en zijn moeder en zijn zusje, allemaal tegelijk, maar hij kwam niet van zijn plek. Toen ze in de auto terug zaten, spuugde hij nog duinzand.

Ismail zou geen vrijwilliger meer zijn, dat begreep Ahmad ook wel, en hij werd ongeduldig. Ze moesten terug naar Rome. Dat was altijd de plek geweest. Ze hadden er al zo vaak over gepraat en gewichtig over gedaan, studiereis dit, masterplan dat. Nu was het tijd voor actie. In Rome zou hij zijn Malak al-Maut laten dansen, een zwierige dodendans, en deze keer zou de hele wereld het zien, hij zou doen waarvoor hij geboren was en alles zou kloppen. Dat gevoel zou zich zo diep in zijn ziel branden, dat hij altijd rust zou hebben. Zijn taak zou erop zitten, niets zou er nog toe doen.

En Charif belde, altijd precies op het juiste moment, alsof hij wist dat ze hem nodig hadden. Ja, Charif, we zijn er. Nu gaat het gebeuren. Ik houd me vast aan de tekens. De tekens zijn ondubbelzinnig.

Hooguit vijf minuten had hij om zijn danser te kiezen. Ze hadden niet kunnen achterhalen welke systemen Rome gebruikte voor hun luchtruimdefensie, maar er gingen geruchten dat alle miljoenensteden inmiddels laagteradars hadden functioneren als een van hun dronewerende maatregelen, en Ahmad gokte erop dat er niet permanent sluipschutters actief zouden zijn die specifiek getraind waren in drones.

Dit was het moment. Morgen begon de hadj. Er was precies genoeg tijd om het lont aan te steken en binnen een dag zou de wereld ontploffen.

Hun Malak al-Maut steeg van het dak van de verlaten studentenflat op, Ismail wachtte in hun verroestte busje een paar straten verderop, Ahmad was met de controller in hun appartementje halverwege de flat. Hij zoomde in op het plein, een dikkige jongen met een felroze rugzak viel nogal op. Perfect voor de driepuntsklem. Hij had zijn danser. Hij zwierde, hij speelde, hij sarde, hij daagde uit. Maar het voelde niet zoals bij Ismail. Misschien had hij er te veel van verwacht, misschien deed hij toch iets verkeerd, misschien had hij een ander moeten hebben... Hij was in de war, alles ging zoals gepland, hij deed precies met die jongen wat hij zich al honderden keren had voorgesteld, maar het klopte niet.

Concentreer je op het schermpje, herhaalde hij. Het is een kafir. Het doet er niet toe wat hij voelt. Zijn moeder is een kech en zijn oma is een kech en zijn zusje is een kech, ze branden in de hel. Zij hebben miljoenen van jou vermoord, met precies dit soort apparaten, onschuldigen, kinderen, maagden, in hun slaap. Dit is zijn verdiende loon. Dit is nodig voor de strijd. Al die zieke kafir van over de hele wereld, die kinderverkrachters, die kindermoordenaars, ze zullen wraak willen en de oorlog beginnen, de grote oorlog voor de dag des oordeels. En jij ontketent die, wollah, jij zet die hoogstpersoonlijk in gang, jij bent geen chocolademoslim, jij bent vroom, jij kunt dit, jij gaat door – dat daar op je schermpje is maar een ongelovige. Doorzetten, Ahmad, doorzetten, die vetklep moet springen, laten hem *dancen* in zijn laatste tellen en nu, nú laat je hem los – wees geen chocolademoslim, Ahmad, wees dapper, hiervoor ben je geboren, het zal heerlijk voelen als je dit eindelijk hebt gedaan, glorieus, alles zal kloppen, je zult je nooit meer schamen, niemand zal je ooit nog uitlachen, *niets zal jou nog raken* – laat hem los, loslaten nu, alleen die knop indrukken, een paar spieren zijn dat maar, een enkele beweging van je duim, dat heb je al zo vaak gedaan, die duim moet jou gehoorzamen, sukkel, loser, naar voren-voren-voren met die duim!

33
Kait

Hij ligt achterin, voor de tweede keer vannacht in een soort doodskist, nu met zijn knieën hoog opgetrokken in een foetushouding. De pijn is nog draaglijk. Als hij maar nooit meer geboren wordt en zijn benen moet strekken.

Door een paar kiertjes in de achterbank flitste het licht van de straatlantaarns, nu vertraagt het ritme en het motorgeluid zakt. Weer een wegafzetting? Ze hebben er al twee gehad. Beide keren hoefde de cowboy alleen zijn rijbewijs te laten zien, begreep hij uit de geluiden, daarna mochten ze alweer door. Zijn ontvoerder moest nog opgeluchter zijn dan hijzelf, want hoe kon hij een man in zijn achterbak uitleggen? Hij had dan een spannend avontuurtje gewild, maar met die roadblocks overal opeens kon hij toch gaan vermoeden dat de persoon die gezocht werd – ongetwijfeld een van de terroristen van vanmiddag – juist bij hem in de achterbak zat.

Ze staan stil, de cowboy stapt uit. Kait heeft de ontvoerdershaak in zijn hand, waar Dounya terecht over begon. Wat een volkomen onzinnige uitvinding. Echte ontvoerders saboteren zo'n geval. In feite beleeft hij nu de enige situatie waarin zo'n haak van pas komt: een nepontvoering.

Geen voetstappen meer, de cowboy moet bij de klep staan. Kait trekt aan de haak. Klik. Tergend langzaam draait de achterklep open. Daar verschijnt de onderzijde van de pens, die de houthakkersblouse uiteen trekt zodat er ruitvormige stukken vet zichtbaar worden. Daar het uitpuilende borsthaar, de stoppels op de kin, de roodbehuilde ogen. En daar eindelijk de cowboyhoed.

'Ik kan dit niet.' De cowboy barst in snikken uit.

'Help me even.' Kait reikt zijn arm naar buiten.

'Ik ben niet zo... Niet zó...'

'Helemaal prima, help me.'

'Ik doe dit normaal nooit.'

'Hélp me.'

'Ik heb gewoon een vrouw en-en-en...'

'*Dude*, ik kom uit Nederland, wij zeuren nergens over.'

'Ik ben echt wel een man en...'

'Help me! Nu.'

En eindelijk pakt de cowboy zijn uitgestrekte hand. Zijn benen lijken uiteengerukt te worden, alsof een troep leeuwen elke vezel van zijn botten scheuren, maar dan staat hij toch naast de auto.

'Ook geen anonieme tips, cowboy... Ik weet je nummerbord – als ik hang, hang jij.'

Maar de man slaat zijn deur al dicht en scheurt met piepende banden weg. Kait kijkt om zich heen. Daar is een tankstation, scherpe vormen en kleuren in een wolk van licht, omgeven door het zwart van de nacht. Hij beseft hoe hij overkomt. Zijn stramme lijf, kromgebogen om de pijn te dempen, geen jas, geen tas, nat van het zweet, de wonden in zijn wang, het bloed op zijn mouw. Niemand gaat hem meenemen. Hij heeft niets om te betalen. Zelfs niets om te dreigen.

Hij is een kat in een dichtgeknoopte vuilniszak, die ternauwernood een gat in het plastic heeft kunnen krabben en nu proestend boven water komt.

34
Schouten

Als kind al, vertelt hij aan zijn dochter, wilde Kait 'spion' worden. Zo noemde hij dat toen nog, typisch zo'n woord uit de Koude Oorlog, in de Korf neemt niemand je meer serieus als je dat gebruikt. Thuis kwamen er af en aan mannen, hij begreep niets van de geluiden die uit de slaapkamer kwamen. Werd mama nu geslagen of moest ze lachen? Moest mama huilen of werd ze gekieteld? Maar hij kon tenminste lezen, het liefst op de wc, die kon op slot. Een stapel vergeelde 007's was het enige wat z'n naamloze vader had achtergelaten, en hem natuurlijk, dus las hij die boekjes en als hij de stapel uit had, begon hij overnieuw.

Zijn dochter, in haar pyjama en slobbertrui, stamelt. De kamer blijft zwak verlicht, zoals hij haar gevraagd heeft, dat is veiliger. Uiteindelijk brengt ze uit: 'Zegt u... beweert u... Begon het bij hém?'

Ja, ik moet het vertellen. Want hij komt eraan. Het is totaal onmogelijk, maar zo ken ik hem. Niemand gaat mijn wonderkind tegenhouden.

En hij vervolgt hoe Kait op zijn dertiende bij zijn moeder vertrok, overal en nergens logeerde, wel de hersenen had om te studeren maar niet het geld, en uiteindelijk open sollicitaties naar de Korf begon te schrijven. Die strandden al bij de spellingsfouten – en het woord spion – waarop hij brutaalweg ging posten bij de bushalte voor het hoofdgebouw in Zoetermeer. Zo volgde hij tientallen medewerkers tot hun thuisadres, tapte hun wifi af, wist eentje zelfs tijdens een affaire te fotograferen, maar hij bleek niet de enige – de Russen en Chinezen kennen ook al hun thuisadressen – en hij bedacht iets zeldzamers. Systematisch reed hij alle industriegebieden in Nederland langs. Hij kon eenvoudig herleiden waar hun geheime afdelingen zaten – Schouten heeft zo vaak gewaarschuwd voor te anonieme gebouwen, die opvallen omdat ze proberen niet op te vallen – hij probeerde er schoonmaker te worden, werd vervolgens pakketbezorger in de buurt, maar uiteindelijk was...

'De vrijdagmiddagborrel.'

Hij knikt langzaam. 'Een paar weken later lag er een ronkende envelop op mijn bureau met een usb-stick vol bestanden.'

'Van mijn laptop.'

Zal ze me ooit nog vertrouwen?

En hij probeert zijn dochter uit te leggen dat er een smalle marge van gestoordheid is die precies juist is. Als je werkt in de uitzonderingen, krijg je uitzonderlijke figuren en gaan de sollicitatieprocedures niet altijd volgens het boekje.

'Noem je onze relatie een sollicitatieprocedure?' Ze slaat haar armen over elkaar, alsof ze het plotseling koud krijgt.

'Nee, nee! Maar er vallen doden als we altijd de protocollen volgen. Véél doden. De terroristen werken niet volgens het boekje. Wees niet al te rechtvaardig, zei de directeur Operatiën.'

'Onze relatie was niet-al-te-rechtvaardig?'

'Toe nou, Lotte... Ik heb hem nergens toe aangezet, hij heeft alles zelf gedaan – met een beetje hulp van jou. Zonder opleiding, met zo'n achtergrond – hij had het in zijn hoofd gehaald dat hij anders geen kans maakte en daarmee had hij wel een punt. Hij dacht dat hij zich naar binnen moest bluffen.'

'En ik was gecompromitteerd.'

Ja, zijn enige dochter, die nota bene een collega begon te worden, met wie hij nu net een beetje contact begon te krijgen, voor het eerst in hun leven... *Ik heb je zo gemist, Lotte. Ik heb je zo verschrikkelijk gemist.*

'Ik verwijt het jou niet,' probeert hij. 'Jij liep stage en het wereldje was überhaupt niks voor je, jij tussen die nerds... Maar vrijdagmiddagborrels in het eettentje om de hoek...'

'Hoe naïef kun je zijn.'

Hij blijft naar zijn handen staren. Haar gezicht kan hij niet verdragen, haar prachtige gezicht, als de jonge Mies Bouwman.

Uiteindelijk perst hij het eruit: 'Dus ik zocht alles over hem uit en stond op die avond bij jouw studentenkamer. Om het initiatief te houden. En het klikte nogal met hem, zoals je merkte. Ik liep terug en begreep dat...'

Hij had een zoon gevonden. Maar dat kan hij tegen iedereen zeggen, behalve tegen zijn dochter.

'Hij had een...' Hij wil branie zeggen, maar is dat nog een woord? Bravoure, zeggen ze dat nog?

Maar ze is hem voor: 'Hij paste niet in één leven.'

Even kijken ze elkaar aan. Ja, ze snapt hem. Kait had zo veel in te halen van zijn jeugd, zo veel terug te winnen.

Hij kucht en probeert zijn verhaal te herpakken. Want Kait wilde natuurlijk het echte werk, en in de Korf houden ze een paar honderd zelfbedachte socialmedia-accounts bij: Facebook, TikTok, hoe noem je het allemaal. Veel verhaallijnen – *stories* volgens de jonkies – waren van witte jongens die opeens gingen posten dat we respect moeten hebben voor alle religies, even later dat er best verstandige dingen in de Koran staan en vervolgens dat het Westen verdorven is en hoognodig gelouterd moet worden. En dan gebeurt er een klein wonder. Een of ander algoritme krijgt de bekering door en begint de fake accounts te koppelen aan radicale types die echt bestaan. Ze krijgen vriendschapsverzoeken, worden uitgenodigd voor discussiegroepen. Natuurlijk nog niet de radicaalste, de uitspraken worden gewogen. Online ontmoetingen worden uiteindelijk fysiek, dat is een kwestie van volhouden en geen fouten maken, maar ook weer niet te perfect zijn.

Lotte trekt haar armen strakker over haar borsten. 'Het vak is meedoen, zei u weleens.'

Hij denkt aan een andere medewerker, lang niet zo getalenteerd als Kait, die zich bij een groep naar binnen werkte en een van de aanwezigen hoorde fluisteren dat ze nu met genoeg waren, eindelijk. Vijf was te weinig, maar met deze nieuweling kon het lukken. Zeker, zijn collega's waren er ditmaal op tijd bij, het voorbereiden van een aanslag is genoeg voor een arrestatiebevel. Maar alleen al de aanwezigheid van een infiltrant, zonder iets te zeggen, kan dus ellende in gang zetten. Aanwas van je groep bewijst de waarheid van je ideeën. Je voelt je sterker met iedere bekeerling. Blijkbaar zijn je argumenten overtuigend.

'Wat gaat te ver, Lotte? Ik vind persoonlijk dat terroristen te ver gaan.'

'Jaja. Uitlokking, zo noemen ze dat toch?'

De IRT-affaire, midden jaren negentig. De vernedering, de totale vernedering! Alles wat ze hadden opgebouwd, klapte in elkaar. Wat hadden ze met elkaar wat afgevloekt in de Korf. Er moest zelfs een parlementaire enquête van komen, die aasgieren van de pers hadden nooit genoeg. Al hun methodes te grabbel. Voortaan waren hun handen gebonden, alles moest via commissie dit en protocol zo. En intussen moest het land ook nog veilig worden. Of dat eventjes voortaan allebei tegelijk kon, alstublieft dankuwel.

'Ons hele werk ís uitlokking. Buitenstaanders willen dat het netjes blijft, maar je komt in een vieze wereld en dus maak je vieze handen.'

'There is no decent place in a massacre.'

'Leonard Cohen,' zegt hij, en ze kijken elkaar weer even aan. Zijn dochter noemde precies het zinnetje waar hij zelf aan dacht! Snappen ze dan toch iets van elkaar? In een slachting kan niemand schoon blijven. Vies worden je handen, elke dag. Het is niet eens de vraag of ze té vies worden – dat worden ze.

Kait, jongen, we wachten op je, wij twee. Kom hier, kom snel!

35
Dounya

Wie is ze? Het was gewoon nog deze ochtend dat ze wakker werd naast een stinkende Janko, die natuurlijk pas 's middags wakker zou worden, maar het was tenminste háár stinkende Janko en ze werd altijd naast hem wakker. En ze was op haar eigen vertrouwde motortje naar haar gebruikelijke ochtendadresjes getuft, en toen moest ze wel even zijn vervelende appjes van zich af slaan, als wespen bij de frisdrank, maar ze had nog gewoon haar telefoon en ze waste de bekende oudjes – zelfs billen kunnen vertrouwd zijn – ze zette de insulineprikken en kletste over koetjes en kalfjes.

En nu. Ze is net uit een of ander ziekenhuis gevlucht in de soepjurk van een ander. Zij, Dounya de Vries. Zij heeft de eerste de beste motor gestolen. Zij is zonder te betalen weggereden van het tankstation. Zij, Dounya de Vries. Het ruigste wat ze ooit had gedaan was een hidjab vastspelden. Maar toen ze eenmaal de eerste grens over was, die drempel vanochtend, naar Kaits balkon – waarom dan niet iets verder gaan, en nog iets en...

Ze is sowieso alles kwijt. Wat maakt het dan bijvoorbeeld nog uit of ze een complete vrachtwagen plus oplegger steelt?

Kait zit tegenover haar, aan een tafeltje in het restaurant bij een tankstation. *Arezzo 5km* heeft ze onderweg gezien, blijkbaar een stad waar ze dichtbij zijn, maar het zegt haar niets. Ze moeten ergens boven Rome zijn, veel meer weet ze niet. Hij ziet er als een zwerver uit. Zijzelf als een weggelopen waanzinnige, met haar ongewassen haren, geplet door de motorhelm, en dat stuk gordijn om haar lijf, haar Crocs, en door en door verkleumd van de nachtelijke kou. Ze zijn nogal een plaatje samen.

Maar niemand let erop – het beeldscherm onder het plafond is veel interessanter. Net als in het ziekenhuis staart iedereen naar de potpourri van beelden, blikken omhoog, verstild, de monden opengevallen, alsof de Mahdi zelf verschijnt. De paus bukt voorover op dat verlaten plein, de drone laat die arme jongen vallen, klimmers vol touwen rondom een gouden bol maken hem los – *nee, ze knippen hem los.* Dan de nieuwe Amerikaanse president die zweert op een extreem dikke bijbel, veel brandende auto's, veel IS-vlaggen, computerschermen met dollartekens, het zwarte geraamte van een moskeetoren, een rokende kerktoren, een drone met een handgranaat eronder – en daar die bebaarde schriftgeleerde, Abu Khalein-nog-wat. Blower liet hem al zien op zijn telefoontje, met de stem van een ander eronder, Charif was het, een of ander type uit het vorige leven van Kait... Blijkbaar is dat filmpje nu het dark web uit en alle media zijn er bovenop gesprongen. Gratis propaganda voor die rotzakken.

Nog geen half uur geleden kreeg ze weer een telefoontje te leen en Kait kon uitleggen waar hij was gestrand, zonder onbegrijpelijk gehum dit keer. Zij was in de buurt, zoveel wegen leiden nu ook weer niet naar Rome. Hier moeten ze overstappen, dat begrijpt zij ook. Ze kan niet lang meer met haar motor door, de eigenaar heeft natuurlijk zijn kenteken al doorgegeven, het is bovendien veel te koud, en dan nog die Kait met zijn benen vol metaal, bij haar achterop, helemaal naar Nederland... Er is net een potige vrouw binnengestapt, Oost-Europees lijkt ze, met van die brede jukbeenderen. Ze draagt een donkergroene overall, met daaronder westernlaarzen met metalen punten en zelfs heuse glanzende sporen. Ze liep zo wijdbeens dat ze leek op een kind dat een ongelukje heeft gehad. De groeven rond haar ogen deden vermoeden dat het erger was.

En nu gaat zij, Dounya de Vries, tot voor kort eerzame medewerker van zorgteam West, daar nog iets aan toevoegen.

'*Go*,' zegt Kait.

De vrouw is opgestaan en verdwijnt richting de toiletten. Wijdbeens, haar laarzen tikken hard op de tegels.

'Maar is dat echt haar wagen?'

'Ik zag haar eruit komen.'

'Nee, je zag haar achterlangs lopen.'

'Dounya...'

Hij zet ruw een halveliterblik huismerkbier op hun tafeltje. Er kruipt schuim uit. Zijn derde alweer. Die heeft wat in te halen.

'En wat als ze te snel terugkomt?'

'Dan zeg je sorry en ga je bij een ander tafeltje zitten.'

'Maar ze heeft ons toch samen gezien?'

'Dit hebben we besproken. Niemand let hier op elkaar.'

'En hoe rijden we dan in een vrachtwagen? Wie doet wat? Jij met je kapotte benen, ik met mijn korte pootjes.'

'Dounya, *please*.'

En ze gaat. Ze zet zich aan het tafeltje waar de vrouw net is opgestaan, met de vijf pillen Tramadol al in haar hand. Ze loert niet om zich heen, volgens de uitdrukkelijke instructie van Kait, maar legt even haar hand op de kartonnen beker met koffie, alsof ze zich eraan wil warmen. Ze haalt haar hand weg en ziet de laatste pil kopje-onder gaan.

Net op tijd. De vrouw ploft, zonder commentaar, op haar oude plek. Op haar overall staat in goudkleurige gotische letters SKUGG. Dounya wil zich excuseren, voor dat ze hier zit, dat ze zo gemeen doet, voor alles wat straks gaat gebeuren, dat ze überhaupt bestaat, maar er komt geen woord uit haar mond. Dit kan ze aan niemand uitleggen. En toch zit ze hier. Want misschien, heel misschien doet ze nu wel iets nobels. Zij kent het grote verhaal niet. Zij begrijpt niets van wat er allemaal speelt. Misschien is dit wel precies wat er moet gebeuren. Een vader terugbrengen naar zijn dochter. Een kreupele vader met een roestige sleutel. Iemand, ergens, zal haar toch wel begrijpen?

Toch?

De vrouw neemt een slok. Dounya durft nauwelijks te kijken. De vrouw kijkt smerig.

'Dit lijkt wel pis,' zegt ze in het Engels, met een dik accent – '*dies siems pies*' – maar ze giechelt er kameraadschappelijk bij.

'O nee!' reageert ze. 'Ja, tankstations...'

'Ze hebben de koffie met de olie verwisseld, dat is het.'

Ze doet een giechel, die door de zenuwen spastisch omhoog uithaalt. De vrouw lijkt het niet te merken.

'Je moet wel wakker blijven 's nachts,' probeert ze aan te moedigen.

De vrouw bromt en neemt nog een slok. '*Rielie*, wat een *pies*. Vorige week was het hier nog prima. Nieuwe manager natuurlijk. Iedereen bezuinigt.'

Ze moet haar laten kletsen, dan proeft ze het niet zo. Maar ze is zo aardig. Ze kijkt zo lief.

'Onderweg naar huis?'

De vrouw bromt weer.

'Materiaal afgeleverd?'

Weer een brom.

'Is het nog ver?'

De vrouw is net bezig met een slok, stopt halverwege en kijkt haar boven de kartonnen beker aan. Hangen haar bovenste oogleden al? Kijkt ze nu vermoeider?

'Wat boeit jou dat nou allemaal?'

'Ik bedoel, gewoon, ik wilde een praatje maken, het spijt me, sorry.'

'Als je iets van me moet, hoor ik het graag *dierèklie*.'

'Niks, echt niet, mevrouw.'

Buiten klinkt geschreeuw. Twee mannen draaien om elkaar heen, als twee straatkatten, de een met een honkbalknuppel, de ander alleen met vuisten. Achter hem een geparkeerde vrachtwagen met een versplinterde voorruit, door het gat wappert de bekende zwarte vlag met de witte Arabische tekens. De een priemt zijn knuppel naar voren. De ander pakt de bolle voorkant vast en stoot die naar voren, tegen het gebit van de knuppelaar.

'En het antwoord op je vraag is: nee,' gaat de vrouw verder en ze draait zich terug. 'Ik neem geen lifters mee. Mag niet van de baas, kan ik velllder niks aan doen.' Ze lijkt met volle mond te praten, haar oogleden hangen echt lager. Ze neemt nog een slok.

'Dat is goed, mevrouw. Ik lift nooit.'

De vrouw heft haar hoofd en kijkt haar verdrietig aan. 'Je dlllaait...'

'Het spijt me...'

'Wat... spijllll...' En dan met een verschrikte blik en plotseling wijdopen ogen: 'Zeg tegen Pjotr dalllik vannem houlll... Pjolll, hijs allles, alll...'

36
Chantal

Klaarwakker ligt ze in haar appartementje in Bethlehem. Ze woelt en draait en kan onmogelijk stilliggen. Zelfs het zoemen van de waaier aan het plafond kan haar niet kalmeren. Ze heeft natuurlijk van de types gehoord en al haar ervaren collega's hebben ze zelf in een groep meegemaakt, meer dan eens, maar zijzelf in haar achttien jaar aan rondleidingen nog nooit.

'Ik ben zó'n heidense heiden,' grapte ze soms, 'dat elke godsdienstwaan in mijn omgeving verdampt.'

Maar heimelijk was ze jaloers. Ze wilde ook weleens een sappige anekdote en deze hoorde gewoon bij het repertoire. Soms als ze tegen elkaar opschepten, op een van hun weinige vrije avonden in een café, voelde het weer als op de universiteit in Lyon, wanneer iedereen na het weekend met geile verhalen terugkwam en zij nog steeds de enige maagd bleek te zijn.

Nu had ze eindelijk een onvervalst exemplaar in haar groep. *Li Kung* stond er op de lijst, tussen veertien andere niet te onderscheiden Koreaanse namen. De eerste dagen was ze teruggetrokken, in Tel Aviv en Galilea had ze geen enkele vraag gesteld, maar het was haar beroepseer om iedereen aandacht te geven, niet alleen de betweters, de hypochonders en de leuksten thuis. Tussen de ruïnes van Massada was ze even naast Li gaan wandelen en werd zij plotseling openhartig, ongemakkelijk openhartig.

'Ik heb een keer niet opgelet, één keertje,' vertelde ze uit het niets, 'maar hij wist toen wel een adresje.'

Ze was blijkbaar ongewenst zwanger geraakt en had een abortus ondergaan, in het conservatieve Korea misschien wel illegaal. Uit de paar zinnen die ze nog uitwisselden, bleek dat Li hoopte dat de grond van dit heilige land haar zou zuiveren. Toen begon verderop een van de hypochonders rondjes te rennen, krijsend over een '*killer bee*'.

Ze zouden daarna drie dagen in Jeruzalem verblijven en meteen de eerste avond daar deed Li iets opvallends: terwijl het diner werd geserveerd, stond ze op en begon ongevraagd aan het gebed. Bidden deden deze gasten om de haverklap, maar Li had nog niets hardop in de groep gezegd en haar gebed duurde vervelend lang. De volgende ochtend bij het verzamelen bleek ze opeens te missen, niemand wist waar ze was of had haar zien vertrekken. Ze wachtte nog tien minuten, instrueerde de receptie en toen stapten ze in het busje voor de wandeltocht door de Oude Stad, met als gebruikelijk hoogtepunt de Klaagmuur; in dit soort groepen was niemand geïnteresseerd in de islamitische heiligdommen. Toen ze na alle benauwde steegjes vol middeleeuwse stenen eindelijk bij de Tempelberg arriveerden, legde ze uit: 'Ook tweeduizend jaar geleden kwamen er al toeristen van over de hele wereld voor de Joodse tempel. Het was een wereldwonder. Tot de Romeinse generaal Titus het hart van hun geloof vernietigde. Alleen dit stukje muur hebben latere bewoners niet gerecycled als bouwmateriaal.' En ze splitste de groep en liep met de vrouwen mee naar de rechterzijde.

Daar zag een van hen Li voorover geknield bidden. Dit was het moment dat Chantal zich voor het eerst zorgen begon te maken.

Die avond in het hotel kwam Li volkomen in het wit gekleed naar het diner en nam vrijwel direct het woord. Ze begon langdurig uit haar bijbeltje voor te lezen, ergens op de laatste bladzijden. Na enkele minuten geduldig luisteren werd de groep onrustig, men begon te fluisteren, uiteindelijk hardop te praten, de eerste borden werden geserveerd en men begon zonder scrupules te eten, terwijl Li nog steeds onverstoorbaar voorlas. Iedereen leek te hebben besloten dat dit kennelijk normaal was.

Ik heb er eentje, dacht ze. Ze voelde opwinding en toen medelijden. En meteen daarna teleurstelling, want ze besefte dat ze om Li later onmogelijk smakelijk kon lachen. Aan het einde van de maaltijd was haar bijbeltje kennelijk nog niet uit en begonnen haar groepsgenoten alweer op te stappen.

'Li,' zei ze, 'schat... Het is zo wel genoeg. Ga maar zitten en eet iets.'

Li keek haar verbouwereerd aan, maar deed toen haar bijbeltje dicht, ging eindelijk zitten en begon aan haar koud geworden maaltijd.

'Breng maar hier,' zei Ziv Rothstein die avond aan de telefoon, hoofdbehandelaar van het Yoram Ziekenhuis, dat een speciale afdeling had ingericht voor patiënten met het zogeheten Jeruzalem Syndroom. 'Zeg maar dat ik zeer geïnteresseerd ben in haar verhaal. Ik wil alles horen. Dan komt ze wel vrijwillig.'

Inderdaad stapte Li de volgende ochtend gretig de taxi in. Hoewel ze de hele nacht in de hotellobby uit haar bijbeltje had voorgelezen, voornamelijk aan de stoelen en de tafels, zag ze er niet vermoeid uit.

'Die Rothstein, is hij gelovig?' vroeg Li toen ze bij het ziekenhuis uitstapten.

'Zeer,' zei Chantal, want in een online interview stond dat hij nu al honderden patiënten had behandeld, maar soms toch nog onwillekeurig dacht: zou dit 'm dan zijn, de Messias? Hoeveel waanzin hij ook had behandeld, soms had iemand zoveel charisma dat zelfs Rothstein een moment werd meegesleept. 'Het zou toch mooi zijn, een echte profeet in mijn ziekenhuis,' probeerde hij zichzelf te begrijpen. 'De oude profeten werden ook voor gek verklaard. En misschien waren ze dat wel. Maar waarom zou het of-of zijn?' En hij gaf toe aan de journalist dat hij sommige visioenen noteerde, want een ware profeet kun je alleen achteraf herkennen, als de voorspellingen zijn uitgekomen. De tijd was de enige test. Als wetenschapper kon hij niets uitsluiten.

Ze mocht in het ziekenhuis niet meelopen naar de zaal en vertelde later niets aan haar collega's. Ze had iets in Li's radeloosheid herkend. Op de eenzame avonden, als weer een groep was vertrokken, kon zij zich zelden bedwingen om de social media van haar oude studiegenoten langs te gaan, haar familie ver weg in Lyon, en vooral die van Michèl Colle. Vorig jaar was hij getrouwd. Met een bibliothecaresse met een paardengebit en een pens alsof ze een basketbal had ingeslikt – maar nee, ze was hoogzwanger. Op de foto's gierden ze van het hysterische geluk, je hoorde haar bijna hinniken. Terwijl ze hadden afgesproken dat ze nooit iemand zouden hebben dan elkaar. Tussen hen werkte het toen niet, achttien jaar terug, maar dan zou het met niemand werken. Ze wist hoe kinderachtig het was, maar zij had deze belofte onthouden. *Als ik terugkom uit Israël, misschien zijn we vijftig, misschien tachtig, maar dan is Michèl er nog en gaan we bij elkaar wonen. En dat wordt lastig, want we zijn allebei lastig, maar hoe ver we ook van elkaar verwijderd zijn, wij horen bij elkaar.*

Ze kon niet om Li lachen. Li uitlachen was zichzelf uitlachen.

32 dagen gingen voorbij. Er kwamen nieuwe groepen, er gingen nieuwe groepen, en ze dacht steeds minder aan Li. Tot ze iets leek te herkennen in een voorovergebogen, tengere gestalte bij het vrouwengedeelte voor de Klaagmuur. 'De vijfde bazuin,' klonk er van onder de hoofddoek, 'de derde oorlog. Alles zal branden, branden, bránden, alles...'

'Ze is hier al drie keer gebracht,' vertelde dokter Rothstein aan de telefoon, 'maar ik kan haar niet opsluiten. Niet zonder toestemming van haar familie en die reageert niet.'

'Maar ze verhongert,' protesteerde ze zachtjes. Li's bleke, kinderlijke gezichtje zakte diep weg in de bank van het hotel. Haar oogleden waren grauw, haar haren dor, haar huid als karton.

'Wat bijna alle patiënten helpt, is ze buiten Jeruzalem te brengen. De visioenen stoppen dan meestal acuut. De grond van deze stad...' Hij maakte zijn zin niet af.

'En hoe krijg ik haar mee?'

'Spreek haar niet tegen. Luister. En stel dan voor om samen naar een of ander heiligdom buiten de stad te gaan. Het zal haar niet interesseren, maar zeg dat het jouw geloof versterkt en dat je haar nodig hebt. Iedereen wil helpen. Daar logeer je samen enkele dagen, ze zal door een paar depressies gaan, maar dan zal ze wel weer nuchter zijn en kun je haar misschien overtuigen een ticket terug naar huis te boeken. Korea was het toch? Er zijn fondsen voor dit soort gevallen, je hoeft het niet zelf te betalen.'

Ze meldde zich ziek, voor het eerst in achttien jaar, en een uur later reed een taxi hen richting Gilead.

'Dankjewel,' fluisterde Li nauwelijks verstaanbaar. 'Rothstein was de eerste die me geloofde.'

'Eet je wel?'

'Wie kan eten als je weet wat ik weet? Stel dat de muur valt omdat ik gegeten heb – dat ik net die ene zondaar te veel was...'

In het hotel in Gilead gaf de bevriende eigenaar hen gratis een kamer. Li wilde alleen water drinken en wekte om drie uur 's nachts Chantal uit haar slaap. 'We moeten terug,' siste ze. 'We moeten ze waarschuwen.'

Rothstein had uitgelegd dat vertrouwen het allerbelangrijkste was en ze vroeg waarvoor ze dan moesten waarschuwen.

'De sprinkhanen van ijzer,' zei Li, 'de sprinkhanen met harnassen.'

En er volgde een warrig betoog over schalen die werden leeggegoten over de aarde en bazuinen in de hemel die werden geblazen, sprinkhanen die staken als schorpioenen en het geluid als vele wagens die ratelden en de tempel die eindelijk kon worden herbouwd. 'Want als de tempel niet eerst volledig vernietigd is,' was een zin die ze vaak herhaalde, 'dan kan de tempel niet worden herbouwd.'

'Bedoel je dat de Klaagmuur zal instorten?'

Li keek haar met grote ogen aan. 'Jij weet het, jij weet het ook!' Ze begon te huilen en schudde haar hoofd. 'De sprinkhanen komen, de sprinkhanen met ijzeren pantsers, en het geluid zal zijn als het geratel van vele wagens, wagens gereed voor de strijd, de grote strijd.'

Toen Li lang stil bleef, googelde ze uit verveling op haar telefoon naar 'sprinkhanen bijbel profetie'. Het bleek te gaan om een passage uit het laatste bijbelboek Openbaring, die een plaag van bizarre sprinkhanen aankondigt, die de mensen steken als schorpioenen, maar de planten en bomen ongemoeid laten, onschuldig immers. 'Dan zullen de mensen de dood zoeken, maar niet vinden. Ze zullen ernaar verlangen, maar de dood vlucht van hen weg,' stond er, en de sprinkhanen zagen eruit als 'paarden die waren toegerust voor de strijd. Hun borst leek een pantser van ijzer. Hun vleugels maakten een geluid als het geratel van talloze wagens die ten strijde trekken. Verder hadden ze een staart met een angel, waarmee ze de mensen pijnigden, vijf maanden lang.'

Een soort vliegende aanvalswapens, concludeerde ze. Een vroege vorm van sciencefiction.

'Nog acht dagen,' fluisterde Li, nog steeds bijna onverstaanbaar. 'Acht.'

De volgende ochtend was Li verdwenen uit hun hotel in Gilead en niemand had haar gezien. Een uur lang had ze met een taxi naar Li gezocht, maar uiteindelijk was ze teruggegaan naar Jeruzalem. Omdat ze zich ziek had gemeld op een gewone werkdag, waren er geen collega's om koffie mee te drinken, laat staan wijn, en ze besloot gewoon eens door de stad te dwalen. Ze zou sowieso iets nieuws ontdekken. Jeruzalem is de stad van een miljoen verhalen, zei ze vaak tegen haar groepen. Elke steen is een verhaal en daaronder vind je nog een steen met een verhaal en daaronder nog een. Elke steen is ook bebloed geweest, dacht ze dan intussen, maar dat zei ze nooit.

Wat hoorde ze daar?

Ze draaide zich om. Daar stond een pafferige Amerikaan met een beginnend baardje, oververmoeide ogen, een wit laken om zich heen geknoopt, een bezemsteel zonder borstel in de hand. Hij zocht meteen oogcontact, waarop zij hevig interesse toonde in de dadels van het dichtstbijzijnde kraampje. Zei hij nou *seven days*?

'Vrouw! Vrouw!' ging hij door. 'Nog zeven dagen en dan komen de sprinkhanen. Het is voorzegd! Het vijfde zegel, de derde oorlog.'

Nee, dit is toeval, dacht ze en ze liep verder. Er zijn er hier zo veel en ze roepen van alles, natuurlijk komt er weleens iets overeen.

'De sprinkhanen komen!' schreeuwde een donkere vrouw in een bloemige Afrikaanse jurk. 'De sprinkhanen die steken als schorpioenen! De sprinkhanen in harnassen.'

Van een afstandje, om oogcontact te vermijden, bestudeerde ze haar. Wat wás dit? Het leek bijna zo'n verborgen-cameraprogramma. Dat van die sprinkhanen was vast een populaire profetie. Lekker eng, dan luistert er misschien nog iemand. Nogal psychotisch ook, sprinkhanen als paarden en met angels, je ziet vast allerlei rare dingen in een manie. En misschien imiteerden die twee vandaag allebei Li, dat kon ook nog. Of Li een van hen. Of weer iemand anders, een vierde psychoot, die misschien hersteld was en in het vliegtuig naar huis overpeinsde welke steekhoudende verklaring er thuis te geven was voor deze lange afwezigheid.

Nee, het is niets. Het kán niets zijn.

37
Kait

Waarom doet ze nou opeens zo lastig?

Hij kijkt Dounya strak aan. Haar ogen zijn vochtig en ze kijkt weg. In zijn hand bungelt een onbedrukt plastic tasje met tien halveliterblikken. Ze staan op de parkeerplaats van het tankstation, in de diepe nacht, net buiten de straatverlichting, bij een grote vrachtwagen: een Volvo met een donkergroene SKUGG-container erachter. De chauffeur is net voorover gezakt op haar tafeltje in het restaurant.

'Dit kan toch niet goed zijn...' probeert ze.

Hij bijt op zijn lip. 'Je staat op de camera's. Het is niet echt alsof je terug kunt naar Nederland en dat alles dan weer gezellig is.'

'Jaja.' Ze trekt geïrriteerd met haar mond. 'Maar ze kan stikken.'

'Een mens stikt niet zomaar.'

'Maar als het personeel haar overeind zet en haar hoofd klapt achterover en haar tong zakt in haar keel en-en-en...'

'Als, als – dat personeel heeft het veel te druk.'

'Maar een klant, iemand die aardig wil zijn en...' Ze grijpt met beide handen haar nek.

'Dounya, hou op.'

En hij vist uit zijn achterzak een wit plastic mesje met een kartelrand, dat in het restaurant op hun tafeltje lag, en zet dat tegen haar keel. Ze deinst naar achteren, hij verliest bijna zijn evenwicht, samen wankelen ze, maar het mesje blijft tegen haar keel.

‘Stap in.’

‘*What the heck*, Kait. Ik heb jaren je gat zitten schoonmaken en nu dit?’

‘Stap ín.’

‘Ik zat je te helpen, de hele tijd.’

Hij kijkt weg, maar houdt het mesje op z’n plek.

‘Ik ben zelf naar je toe gekomen, weet je nog, dat had ik niet echt hoeven doen, hè? Ik heb die pillen voor je gestolen. En dit gordijn. En die motor. En toen heb ik je zelf gebeld. Waarom zou je mij bedreigen? Ik ben de enige die je nog hebt!’

Hij duwt het mesje steviger in haar huid. ‘Stap nou toch gewoon in.’

‘En dan laten we die vrouw gewoon daar liggen?’

‘Had je dat niet ietsjepietsje eerder moeten bedenken?’

Verder op de parkeerplaats klinkt gehuil, ze zijn allebei afgeleid. Daar staat de vrachtwagen met de ingeslagen voorruit waarachter een half gescheurde IS-vlag hangt. De twee chauffeurs, waarvan de een nog zojuist de ander met een honkbalknuppel bedreigde, die hij vervolgens zelf tegen zijn tanden kreeg geduwd – ze omhelzen elkaar, beiden met bebloede mond, beiden in tranen. Het duurt lang, ongemakkelijk lang, en uiteindelijk is de betovering verbroken en laten ze elkaar los, beschaamd, als twee jonge verliefden die worden betrapt. Ze kijken elkaar niet meer aan, maar de een klautert zijn vrachtwagen in en trekt de vlag weg, terwijl de ander op z’n knieën stuk voor stuk glassplintertjes in zijn hand legt.

Het mesje is nog steeds tegen haar keel gedrukt, maar het is alsof een hele zaal hem nu verbijsterd aanstaart. Hij kucht en trekt zijn arm terug.

‘Je hebt veel uit te leggen,’ zegt ze. ‘Binnen een paar uur worden we gepakt, dat sowieso. Hoelang denk je dat dit door kan gaan? Het slaat al nergens op dat we hier zijn. Hoe zijn we ooit Rome uit gekomen? En waarom…’ Ze wacht. ‘Waarom, Kait, waarom zijn we überhaupt náár Rome gegaan?’

Dodelijk vermoeid haalt hij zijn schouders op.

Ik heb het verkloot, Noa.

Hij heeft er zo lang over nagedacht. Al die eenzame dagen op zijn bank, in die kale flat, met zijn halveliterblikken. Alle scenario's kwamen langs, alle hoofdwegen en zijwegen, alle mogelijkheden en onmogelijkheden, en dit was uiteindelijk zijn conclusie. Hun aanslag was het startsein. Eerder kon hij niet naar haar toe. Ze zouden hem dan kunnen volgen, ze zouden hem met haar kunnen chanteren en zij zou gevaar lopen. Noa was zijn enige kwetsbaarheid – die mochten ze niet ontdekken. Maar als hun plan was gelukt, dán moest hij meteen aan de slag. Dat was de dag, de enige dag, dat hij die sleutel kon gebruiken en zijn dochtertje kon redden. Hij wachtte en wachtte, opgesloten in zijn flat. Hij was een cicade, heeft hij vaak gedacht, zo'n mot die jaren onder de grond verborgen is, niet te onderscheiden van dood, en dan plotseling uit de grond kruipt, niemand begrijpt wanneer, en een dag lang met al zijn soortgenoten de hemel vult.

Maar toen stond de politie voor de deur en een paar uur later waren ze in Rome – en dat was in al die scenario's die hij in al die jaren had bedacht niet voorgekomen. Juist in Rome, waar Charif zich nu natuurlijk ergens verstopt, en Joessoef, een van de Mo's, misschien zelfs zijn zusje Fadilah. In het hol van de leeuw.

Inderdaad, hoe irritant ook, ze heeft gelijk – het klopt niet. Dat identificeren van die arme jongen had ook per videoverbinding gekund. Waarom is hij hier?

Ze kijkt hem schuin aan. 'Ja?'

Hij schudt zijn hoofd. 'Niets.'

'Jij hebt een of ander heel ingewikkeld, heel geheim verleden.'

'Denk je?'

'En daar mag de persoon die zo ongeveer je leven zit te redden, de enige die op dit moment iets om je geeft, niks van weten.'

Hij kijkt weg.

'Net als met die sleutel.'

Ze priemt richting zijn borstbeen. In een reflex grijpt hij ernaar.

'Geef me een reden om mee te gaan, Kait. Eén reden.'

Hij houdt het mesje omhoog en glimlacht flauwtjes. 'Ik hoopte dat dit genoeg reden was.'

'Waarom zouden we ons niet aangeven? We worden toch gepakt, waarom al die moeite? Als we ons zelf melden, krijgen we misschien nog wat korting bij de rechtbank.'

'Jij denkt dat je nog wat te verliezen hebt.'

'Jij ook.' En ze knikt richting zijn borstbeen en weer die beschermende reflex.

Hij zoekt naar woorden en hakkelend brengt hij uiteindelijk uit: 'Noa... Zij weet niks van dit alles.' Hij wijst naar de vrachtwagen met de gebroken ruit, waar een van de chauffeurs een veegblik vol glasscherven in een plastic zak giet die de ander vasthoudt. 'Zij weet niks van religies. Al helemaal niets van IS en die Ali-nog-wat. Misschien weet ze iets van God, alle kinderen geloven in een soort God, heb jij weleens gezegd. Maar zij is onschuldig, zij heeft niets gedaan, zij mag toch niet...' Hij maakt zijn zin niet af. 'Waarom denk je dat ik het volhield, al die dagen, al die eindeloze dagen? Minuten duurden uren daar in die verschrikkelijke flat... Alles voel je. Alles. Stilte kan martelen, Dounya, stilte is erger dan waterboarden, niemand houdt dat vol.'

Ze knikt. 'Dat niemand op je zit te wachten. Dat je er niet toe doet. Dat je eigenlijk niet bestaat. Maar Noa...'

'Ja...' Hij kijkt haar ontroerd aan. 'Zij hield me in leven. Ik kende haar niet, ik wist niets van haar, zij vast ook niets van mij – misschien was haar wel nooit over me verteld, maar ooit, ergens, zou ze toch vragen gaan stellen en...' Hij aarzelt.

'Je had die sleutel.'

'Ja.'

'Waarover je niks wil vertellen.'

'Sorry.'

38
Schouten

'Hij kwam zélf met het idee van die branden, Lotte. Win-win-win noemde hij dat.'

Ze moet me geloven. Straks komt Kait.

'Win-win-win?' Ze klinkt weer ijzig. Haar armen blijven over elkaar. Zo keek ze ook steeds toen ze nog met gemillimeterd haar rondliep. 'Heeft u enig idee hoe ik me voelde toen mijn vriendje, van wie ik nét zwanger was, opeens een pyromaan bleek? Hoezo win-win-win? Ik verloor mijn vriendje, ik verloor de vader van mijn kind, ik verloor mijn eigen vader.' Ze wacht. 'Verlies-verlies-verlies, dat was het.'

Even, éven was er contact. Ze had zomaar Leonard Cohen geciteerd. Ze had begrepen dat je altijd vieze handen maakt. En nu zijn ze weer eindeloos van elkaar verwijderd.

Ik ben hier niet de slechterik, Lotte. Ik niet. Luister nou. Toe...

Zijn telefoon trilt. Hij heeft hier alweer een paar keer opgenomen en zoals ze toen keek, afwezig – telkens waren ze terug in die dierentuin, bij de olifanten...

De Bruijn wacht maar.

'Kait zat er echt enorm mee. Maar zo'n klus valt niet te combineren met een relatie.'

'Het is gewoon protocol.'

Hij probeert te glimlachen.

'Dát protocol hielden jullie dan weer wel.'

Eindelijk, dat stomme ding houdt op.

En hij probeert het haar uit te leggen. Want wat als de

groepsleden waar Kait bij infiltreerde, hem volgden en ontdekten dat hij sliep met een medewerkster van de Korf, een dochter van een hoge ome daar nota bene? Dan was het einde verhaal, sterker: dan liep ook zij levensgevaar. En zelf zou zij toch ook vragen gaan stellen? Zij zag haar vriendje opeens met haar vader aanpappen en ze kon zelf in de Korf de geruchten opvangen, een paar collega's konden het er zomaar uitflappen. Kait moest echt verdwijnen. Maar die wilde koste wat kost haar niet verliezen.

'Hij wilde mij niet verliezen? En dus die bránden?'

Hij weet het nog precies. Ze stonden weer op de Roestbrug, met al die klinknagels, hoog boven het water, in de wind, buiten alle zenders en masten. En Kait had diep nagedacht. Wat als ze nu iets deden met die pyromaan bij hen in de polder? Als hij de komende weken regelmatig op vreemde tijden verdween en dan bij Lotte terugkwam met een rooklucht in zijn kleren. En als hij dan ook een paar brandjes aanstak, allemaal nette brandjes, in leegstaande panden en schuurtjes en zo, maar de plaatselijke sufferdjes zouden ze vermelden. Dan kon Schouten uiteindelijk een paar collega's sturen en Kait met haar erbij ondervragen en dan zou hij na wat sputteren doorslaan.

Ja, hij was de pyromaan, het speet hem vreselijk, neem me maar mee voor nader verhoor...

'Dat was het ergste uur van mijn leven.' Haar stem slaat over.

'Ja.' Hij kan haar niet aankijken.

'Dat was erger dan bevallen.'

Na een lange stilte probeert hij het toch maar. 'Hij zou een jaar zogenaamd in de bak verdwijnen. Maar pyromanie zou jij hem kunnen vergeven. Er was niemand doodgegaan, alleen een paar kippen verbrand. Na een jaar of zo zou hij kunnen terugkeren.'

'Dat is nog win-win.'

'Ja, maar de echte pyromaan had nu een soort uitweg en zou waarschijnlijk stoppen. En dat gebeurde ook. Win-win-win.'

Mijn tovenaarsleerling. Mijn wonderkind.

Ze blijft daar maar staan in haar pyjama, stug haar armen over elkaar, slechts verlicht door de lantaarns van buiten.

'Behalve dat uiteindelijk alles verlies-verlies-verlies werd.'

Hij schudt mismoedig zijn hoofd.

'Was hij een thrillseeker? Hield hij iets te veel van adrenaline?'

Nee, ik was een vader voor hem. Je doet alles voor je vader. En je moeder. Alles om dat onbegrijpelijke gillen in de slaapkamer maar te stoppen.

'Infiltratie is de gevaarlijkste baan van ons land, tenminste, waarbij je op een legale loonlijst staat. Maar het is meestal doodsaai. Hij zou honderden onverstaanbare preken moeten uitzitten, eindeloze religieuze discussies over komma's en spaties. Thrillseekers houden dit vak niet lang vol. Het is vooral een innerlijk gevecht, een innerlijke *jihad* zo je wilt.'

Het is weer lang stil en dan zegt ze opeens, uit het niets: 'Papa.'

Hoe lang is het geleden dat ze dat gezegd heeft? Wat komt er nu?

'Wist hij van Noa?'

En hij denkt aan een andere keer op de Roestbrug, nog tijdens de opleiding, toen hij Kait vroeg om zich voor te stellen dat hij moest vluchten en nooit meer in Nederland kon komen. Dat hij Lotte niet zou terugkrijgen. Dat Lotte met een ander kreeg. Dat Lotte verongelukte. Al die mogelijkheden moest hij nauwkeurig visualiseren en als zijn lichaam reageerde, als hij begon te zweten, als zijn buik samentrok, dan gingen ze daar juist op door, want daar was dan een zwakke plek. En ergens in het rijtje drama's, op precies dezelfde toon, had hij ook opeens gevraagd zich voor te stellen dat Lotte zwanger was. Want – dat vertelde hij er niet bij – ze hadden drie zwangerschapstests met twee streepjes in de afvalzak voor haar huis gevonden. En toen hij daarover begon, voelde hij Kaits ogen priemen. 'Visualiseer het weer,' beval hij en Kait stelde voor door te gaan, gespeeld nonchalant.

'Nee, lieverd,' zegt hij nu. 'Hij wist niet van Noa.'

'Ben ik uw lieverd?'

'Ja! Ik zou alles voor je doen. Ik heb alles voor je gedaan.'

'Echt?'

'Je wilt de waarheid toch weten? Ik hoopte op een kans, nu alles zo totaal...' Hij wijst vaag naar buiten.

Kait komt eraan.

'Vertel dan.'

En hij vertelt over Kaits plan om in de groep te komen. Geen enkel vakblad had nog een dergelijke methode beschreven, maar het klopte. De jongens en meiden van de Hofstadgroep – weet ze dat nog van de opleiding, een van hen vermoordde later Theo van Gogh – die hadden elkaar nog via via leren kennen, in de moskee, op het schoolplein, bij een feestje. Je mopperde wat, je schold wat, je voelde een connectie, je werd op besloten meetings uitgenodigd, je zei de juiste woorden en was vooral strenger dan de rest – en je was binnen. Wat infiltratie in die tijd zo makkelijk maakte, is dat ze dol waren op bekeerlingen. Een bekeerling bewijst je gelijk veel meer dan wie ermee is opgevoed. Zo iemand moet wel louter overtuigd zijn door de kracht van het geloof zelf. Pas als iemand anders jouw woorden gelooft, geloof je ze zelf.

Maar een jaar of tien terug begon een nieuwe trend op te vallen. Op de discussiefora werd steeds vaker gewaarschuwd voor bekeerlingen: er waren nu vier groepen ontmanteld en het gerucht ging dat telkens juist zij de verraders waren geweest. De bekeerlingen waren de djinns die zich kleedden als dronken maagden, je haalde ze binnen met gejuich en ze sneden in je slaap je keel open. Dus moesten nieuwelingen eerst maar eens een paar lange soera's uit het hoofd leren, vijftig lessen Arabisch volgen, een pistool ritselen, een partijtje coke bezorgen... En de extremistische groepjes wierven niet meer in de moskeeen, maar onder jonge crimineeltjes. Die konden vaak al werken met kleine wapens, Telegram, het dark web, en ze hadden die jongens op de straathoeken zien hangen, een neefje had bij ze in de klas gezeten, een broer was met ze bevriend. En vooral, dit nieuwe slag rekruten was gretig. Ze hadden nauwelijks werkervaring en een slechte naam. Hun mogelijke huwelijkskandidaten werden vaak via via gewaarschuwd en haakten af. God is dan een prachtige oplossing. Eindelijk kun je je zuiveren.

Hoe moest Kait daar binnenkomen? Hij stond er zelf op dat ze hem het profiel gaven van ene Chris Edens, die sinds kort online tekeerging als islam-basher, non-stop atheïstische posts likete, sadistische cartoons over boerka's plaatste en lid was van een discussiegroep 'ter bevordering van de de-islamisering'. Hij typte meteen een felle aanklacht over vrouwenbesnijdenis, begon stelselmatig de posts van de plaatselijke moslimpartij te trollen, zorgde dat hij snel bij alle mogelijke moslimgroepen werd geblokkeerd en plaatste screenshots van die meldingen dan weer trots op zijn eigen pagina. Binnen enkele weken had hij honderden vrienden verzameld met Nederlandse vlaggetjes op hun profielfoto. Zodra zijn nieuwe appartement klaar was, verhuisde hij en bezocht de volgende avond – zo was hij toen, alles bruiste aan hem – een meeting van de lokale extreemrechtse partij en liep een week later voor ze te flyeren bij het winkelcentrum.

Dat is geen gewilde klus onder de vrijwilligers van deze partijen; online krijg je tenminste geen klap voor je kop. En hij ging natuurlijk stoken, duwde Noord-Afrikaanse jongens zijn foldertjes in de hand, riep ze na als ze die op de straat gooiden, en bij de tweede keer flyeren was het al raak. Hij stuurde een selfie met zijn blauwe oog: 'Ik ben nu een martelaar!' Smiley. Ze wisten allebei dat zijn ster binnen de anti-islamgemeenschap snel zou rijzen, nog even en hij was een heilige.

De Dovemansgroep was toen een los-vast vriendengroepje waar niet zo veel gebeurde, maar ze hadden twee jaar eerder intensief contact gehad met een jonge student die plotseling naar Syrië was vertrokken om daar mee te vechten voor de laatste flinters van IS – en toen was hij verdwenen. Nu kwamen ze een paar keer per week bij elkaar in de huiskamer van de stokdove opa van de oudste jongen, ene Charif Alaoui. In de drie plafondlampen was een muis gehangen – 'pardon, een microfoontje' – maar ze zetten daar voortdurend de televisie veel te hard aan. Dat was in de briefings naar de directeur Operatiën een belangrijk argument om de vloer op te gaan, zoals dat heet. De Dovemansgroep had iets te verbergen en de taps waren nutteloos.

Kait flanste met veel genoegen eigen foldertjes in elkaar met slogans als 'Nikab = onderdrukking', '23 argumenten tegen de islam' en 'Propvol = propvol'. Al snel herkende hij bij het flyeren voor de Albert Heijn een van de groepsleden, Ahmad ben Saad: Algerijnse vader, Nederlandse moeder, afgebroken studie rechten, waarschijnlijk hoogbegaafd en nogal kwabbig. Michelin was zijn bijnaam. Zijn vlassige baardje had hij met henna roestrood gekleurd, wat de profeet volgens een overlevering gewoon was te doen. Kait sprak hem niet direct aan. De keer erna riep hij nog wat harder dat Mohammed een leugenaar was, en toen hapte Ahmad. Hij beende naar hem toe, priemde zijn vinger in zijn gezicht en riep iets Arabisch.

'Een doodsbedreiging! In Nederland!' jubelde Kait. 'Ze willen de sharia invoeren – kijk, hier ziet u het, hier gebeurt het!'

Weer iets Arabisch, veel minder luid nu.

'Houd op met dat gerochel, we zijn hier in Nederland.'

Ahmad kneep zijn ogen samen.

'Je durft het niet te vertalen, hè. Je durft het alleen te zeggen zodat je vriendjes het verstaan, maar hardop – néé. Misschien neem ik het wel op. Misschien kom je wel op tv.'

Ahmad hapte naar adem.

'Als jij niet normaal praat, weet ik niet wat je hebt gezegd en ga ik gewoon door.' En hij keerde zich opgewekt tot een voorbijganger: 'Foldertje, mevrouw?'

Ahmad, nu in het Nederlands: 'Jij weet niets van de islam, niets!'

‘Ik ken de islam beter dan jij, vriend. Vertel, wat staat er in soera 115?’

‘Ik ben je vriend niet.’

‘Wat staat er in soera 115?’

‘Doet er niet toe.’

‘Je weet het niet.’

‘Wollah, ik weet het precies.’

‘Bewijs het.’

Stilte.

‘Ken je écht soera 115 niet?’

Iets Arabisch dat klonk als een verwensing.

‘Citeer het dan.’

Ahmad stampvoette weg.

‘Soera 115 bestaat niet, slimmerik!’ riep Kait hem na. ‘Het zijn er 114.’

39
Ahmad

Ze razen in hun roestige bestelbus over de snelweg. 'Een donkergroene vrachtwagen met SKUGG erop,' herhaalt hij tegen de telefoon aan zijn oor. En hij knikt hevig als een headbanger, bedankt, bedankt nogmaals – zeker, God is groot, God is barmhartig, God is overvloedig – en hangt op.

'Dat weet ie snel,' vindt de chauffeur, Ismail.

'Charif weet alles als eerste.'

Ismail kijkt hem bewonderend aan met zijn puppyogen. 'Donkergroen met...'

Hij spelt de bedrijfsnaam en priemt dan opeens zijn vinger omhoog. 'Wollah, die zijn we gepasseerd!'

'En nu?'

'De eerste afslag.'

Ahmad bijt op een volledig afgekloven nagel en zijn tanden glippen weg. Hij had zo zijn best gedaan. Geoefend, getraind, zo veel gegeven – alles gegeven. En eindelijk leek het te werken, was hij meer dan lucht, kéék er eens iemand naar hem. En toen ging alles verloren. Jaren had hij in gedachten Chris verrot gescholden, hij had hem alles gezegd wat hij had te zeggen, elk uur van elke dag. Niets, niets kon zijn verraad vergoeden en zulke leugens rechtvaardigen. Chris gaat eraan, had hij gezworen, tientallen keren had hij het hardop geroepen, *ik scheur hem in stukken,* maar elke keer hadden Charif en Ismail hem uitgelegd: 'Nee, we moeten wachten. Hij zit daar weg te teren in zijn flatje, hij kan niets met die benen van hem. Als hij nu verdwijnt – wie zou hem meer dood willen dan wij? Dan hebben we meteen de *cops* hier en mislukt alles. Heb geduld, Ahmad. Jouw moment komt.'

En zijn moment is gekomen. De hele wereld zag het. En de hele fokking wereld is aan het ontploffen. *Kijk, daar weer zo'n vlag!*

En toen was Chris daar ook nog eens op die beelden, in een woedende massa, zo ongeveer om de hoek, zijn hoofd bungelde, een non mikte water in zijn gezicht. *Dit is een teken.* God had Chris hier gebracht, kant-en-klaar, op een bordje, op zijn tafel. De profeet, vrede zij met hem, had voor hem gebeden, dat moest wel. De dag dat Chris eindelijk vogelvrij was en ze hem voor het eerst in al die jaren konden doden, omdat er toch niets meer te verliezen viel, omdat ze alles al gewonnen hadden, precies die dag verscheen hij op alle schermen. Hoe duidelijk moest God spreken?

Het zou ongeloof zijn om dit teken te negeren. Hij heeft het moordwapen al gereed. Ze weten hoe ze hem moeten doden. Ze hebben er zo vaak mee geoefend, Chris zelf was er nog bij geweest, er was een kans dat ie het ooit zelf had bedacht...

Dat zou rechtvaardig zijn, poëtisch, hem te doden met zijn eigen bedenksel.

Straks gaat hij in zijn ogen kijken, die ogen waar het leven uit wegglipt, zijn ledematen die stoppen met spartelen en hij hoeft niets meer uit te leggen, Chris zal hem herkennen en alles begrijpen. En het wordt eindelijk rustig in zijn hoofd. Als het leven uit de ogen van die kafir is, dan worden zijn eigen gedachten eindelijk vredig.

'Deze, kill,' commandeert hij, en hun busje schuift krakend de afslag op.

'En dan gaan we vliegen,' begrijpt Ismail.

40
Dounya

Ze snapt zo weinig meer van zichzelf, dat het ergens ook weer logisch wordt. Ze heeft zelfs nog nooit in een vrachtwagen gezeten, en alles voelt logger en trager, alsof ze door zand rijden. Maar het is te doen. Ook, tot haar verbazing, omdat het stuur zo breed is. Met haar armen wijd voelt ze zich sterker.

Ze rijden nu een uur aan een stuk door, niet harder dan negentig, om niet op te vallen. Ze zijn tientallen brandende en uitgebrande auto's gepasseerd, meestal op parkeerplaatsen, een paar op vluchtstroken, schots en scheef neergezet, in alle haast verlaten – wordt er brandende troep van de viaducten gegooid, molotovcocktails misschien wel? Twee kerktorens in de verte leken eerst nog brandende fakkels, in de nacht kunnen ze nauwelijks afstanden inschatten. Een stuk of vijf huizen werden geblust.

In gedachten hoort ze Janko mopperen. *Zie je nou wel. Waarom luisterde je nou nooit. Ik wilde mijn laatste momenten met jou doorbrengen...* Die zit z'n gelijk te halen, online met al die andere eenzame jongens van hem, van wie hij alleen de aliassen kent. En toch mist ze hem. Zelfs dat obsessieve. Hoe irritant ook, het was tegelijk aandoenlijk. Een last, maar ze voelde zich er ook sterk bij. Ze wist dat ze hem aankon. Bij hem wist ze tenminste dat ze hem aankon.

Ooit.

Verschrikkelijk lang geleden.

Zal ze Kait vragen om haar telefoon? Hij zit naast haar op de bijrijdersstoel, zijn ogen dicht, maar hij slaapt niet, vermoedt ze. Dat ding barst natuurlijk van de appjes. En daar moet ze dan weer wat mee, terwijl haar hoofd al zo vol zit. Er is de afgelopen uren meer gebeurd dan ze in een jaar nog niet meemaakt.

Ze moet rijden, dat is alles.

Ergens is een meisje van vijf dat onschuldig is. Misschien, heel misschien kan ik wat voor haar betekenen.

Ze klikt de radio aan, maar vindt slechts één gruizige zender in het Engels. Een stem die deskundig klinkt – hij pauzeert niet, eh't niet en zegt geen misschien – meldt dat er momenteel online tienduizend advertenties voor aanslagen rouleren, van allerlei partijen, op alle denkbare doelen. Een deel daarvan komt nu buiten het dark web en wordt nog niet gecensureerd door de grote social media. Zouden ze ook al aanslagen aanbieden op Marktplaats, vraagt ze zich af, tussen de gestolen fietsen en de dozen Lego?

'Dit is de oorlog van allen tegen allen,' meldt de deskundige plechtig. 'Zoals het vroeger was, zoals de mensheid begonnen is, zo is het nu weer geworden.'

Een andere deskundige wordt ingebeld, die een uitvoerige vergelijking maakt met een dijkdoorbraak. Eerst lekt het, je merkt niets, je meent dat het water nog best wat hoger kan, maar dan opeens breekt alles open. De geschiedenis kent talloze dergelijke doorbraken. Begon de Eerste Wereldoorlog ook niet met een aanslag, een enkele moord, veel eenvoudiger uitgevoerd dan die vanochtend op Ben Kuijteboer? Maar alles stond op scherp en toen was dat ene zetje genoeg. En hoe anders was de geschiedenis verlopen als Hitler net een maandje eerder Stalingrad had aangevallen, vóór de winter, of als hij zijn atoomgeleerden niet had laten ontsnappen naar Amerika? Een studie had aangetoond dat als Hitler drie weken eerder Engeland had aangevallen – drie weken maar – hij had gewonnen. Had het Derde Rijk zich dan kunnen vestigen en waren we nu allemaal nazi geweest? Het zijn de kleinste details die de geschiedenis bepalen. Die terrorist die Franz Ferdinand vermoordde, had 's ochtends slecht ontbeten en net een broodje gekocht, toen Ferdinand toevallig die bakkerij passeerde, ontdekte dat hij verkeerd gereden was en probeerde te keren... En Hitler was in de weken voor zijn aanval op Engeland grieperig en kwam daardoor domweg niet toe aan een besluit – wat als die paar bacillen nét niet zijn neusvleugels hadden bereikt en –

Ze klikt de radio uit.

'Aan!'

Haar hand hangt nog bij de radio. Met haar andere hand stuurt ze intussen om een grijze Toyota heen, wat gaat dat oude brik sloom. Heeft ze die zojuist nu ook al ingehaald? Maar hoe cool dat ze met één hand een hele vrachtwagen kan besturen...

'We moeten toch weten wat we onderweg allemaal tegenkomen?' dringt hij aan.

'Stalingrad en Hitler in elk geval niet...'

Aan dan maar – de presentator is net bezig met een lijstje. Dertig miljoen drones zijn er wereldwijd, waarvan twee miljoen zo groot als waarmee de president van Amerika was aangevallen en negenduizend zo krachtig dat ze een persoon kunnen optillen. Vrijwel geen enkele is geregistreerd.

De eerste deskundige, in de studio zelf, legt als vanzelfsprekend uit dat ook terreur een markt is. Terroristen wegen kosten en baten af, zoals wij allemaal, en wat is er nu zo kosteneffectief aan een drone? Wist de presentator dat misschien? Je hoeft geen zelfmoord te plegen! Het is zolderkamerterrorisme. Je moeder komt je avondeten brengen en als ze weg is, klik je je scherm weer aan en ga je verder met je aanslag op – misschien wel de president van Amerika. Zo'n bedieningspaneel, dat is net een Nintendo, je tuurt op een schermpje en beseft niet eens dat je iemand in de realiteit doodt. Terroristen zijn *digital natives*, vanaf hun peutertijd werden ze met computerspelletjes stilgehouden, duizenden, duizenden uren hebben ze hun geest afgestompt – Ben Kuijteboer, de president, al die anderen, dat is gewoon een volgend level, klik hier, klik daar, ze doen al jaren niets anders.

'En die vlaggen dan?' vraagt de presentator. 'Dat is een innovatie, nietwaar? En dat online bieden? Volgens die video krijg je bescherming als je hun vlag ophangt.'

De ingebelde deskundige weet te melden dat destijds duizenden Oekraïners al Russische doelen aanboden. En dat met die vlaggen was eerder al langs de grenzen van het IS-kalifaat standaard geweest – de juiste vlag ophangen betekende dat je dochter niet verkracht werd en je zoon niet vermoord. Het deed denken aan dat oude verhaal uit de Bijbel, dat de Doodsengel rondging en slechts die huizen spaarde die hun posten met bloed hadden ingesmeerd. De combinatie van factoren maakt het nu zo explosief. Al die drones, die biedingen, die brandende gebouwen, die eenzame jongemannen. Plus dat de techniek alweer een stuk verder is. En dat allemaal onder tijdsdruk – wat als de ander eerst bij ons is, wat als we ons dan niet meer kunnen verdedigen, is de aanval niet de beste verdediging? En dan begint vandaag ook nog de hadj...

'Mag ie uit?' smeekt ze, maar allebei bewegen ze niet naar de knop.

Er start een opname van een eerder gesprek met een derde deskundige, over de deepfake van die Abu ben-bar-of-zoiets – in de hectiek struikelt iedereen over de naam. Wereldwijd hangen er nu twee miljoen van die vlaggen, wordt geschat, maar het kunnen er ook zomaar één miljoen of tien miljoen zijn, elk uur verdubbelen in elk geval de schattingen. Je kunt het vergelijken met een pandemie. Het coronavirus bleef ook lange tijd ondergronds, hier en daar kuchte iemand, er waren een paar ziekenhuisopnames, maar toen plotseling kreeg de statistiek een dramatische knik omhoog en overstroomden de ziekenhuizen. Zo is het met deze vlaggen. Als de mensen straks massaal wakker worden – in het Midden-Oosten is de zon nu al op – dan zien ze bij hun buren die vlag hangen, op een kantoor, op een gebedshuis, op een bus. Wat denk je dan? Stel dat er net toevallig een molotovcocktail of iets anders in de buurt is, dan loop jij, zonder zo'n vlag, meer risico, toch? Moet je dan niet toch ook maar? Als je buurman er eentje ophangt, en die wordt er niet om gelyncht, waarom zou jij dan niet het zekere voor het onzekere nemen? En voor je het weet heeft Abu-weet-ik-veel gelijk en is het kalifaat inderdaad wereldwijd geworden.

'Uit?' smeekt Kait nu ook.

Hij kan met zijn benen zelf nauwelijks voorover bukken, dus zij draait de knop om. Intussen kijkt ze, onder een lagere hoek, in de zijspiegel aan zijn kant. Haar lippen spannen samen alsof ze wil fluiten.

'Er hangt iets in de lucht,' zegt ze. 'Achter ons. Ik snap niet wat het is.'

41
Kait

'Daar.' Ze wijst naar de zijspiegel aan zijn kant.

Hij drukt zich in de zitting, alsof hij erin wil verdwijnen. Zijn hart probeert door zijn ribben naar buiten te stoten.

Ze hebben me gevonden.

'Zwart, hoekig,' legt ze uit, terwijl ze voorover helt om het in zijn spiegel te kunnen volgen. 'Een drone? Maar de vorm is raar.' Ze kijkt weer. 'Het nadert.'

Het is alsof ze onder water zakken, dieper, dieper.

'Zal ik 'm maar stilzetten? We kunnen niets tegen zo'n controle.'

Ik ben zo'n loser, Noa.

Hij wist het al die tijd al – als ze hun aanslag eenmaal hebben gepleegd, wat het ook wordt, waar dan ook, dan is hij de volgende. Ze hoeven zich eindelijk niet meer koest te houden en kunnen hem opruimen, meteen. Ze hebben hem in leven gelaten, als een cicade onder de grond, zodat de diensten niet aan hen dachten en er niet ergens een stoffig dossier in de Korf werd geopend dat naar de Dovemansgroep wees, die ergens, ooit bestond. Al die jaren kon hij niet naar Noa, omdat ze nog niet van haar wisten en zouden begrijpen dat er blijkbaar toch iemand was om wie hij gaf. Ze zouden onderaan haar flat hem opwachten. De sleutel zou waardeloos zijn. Maar nu...

Nu is het juist een eer als zij worden gelinkt aan die aanslag. Het zou hun handtekening zijn. Zij, die de komst van de Mahdi hebben afgedwongen en de eindtijd hebben ingeluid, met naam en toenaam voor de hele wereld bekend.

Ik had moeten springen, Noa. Vijf jaar geleden, zodra ik het ziekenhuis uit was. Dan was jij vrij geweest.

'Er hangt iets onder,' zegt ze, terwijl de motor steeds lager klinkt. 'Een camera?'

Je zult nooit iets over me horen. Je zult nooit weten wat ik geprobeerd heb...

'Nee, het is toch geen camera – ik kan het niet goed zien. Maar stop ik nou?'

Hij veert overeind. 'Nee, nee!' roept hij. 'Rijden!'

'Maar ze hebben ons, ze gaan echt niet –'

'Zo hard je kunt! Dat is niet de politie.'

'Natuurlijk wel, ze –'

'Dat is geen politie! Die zouden op afstand blijven en dan zaten we nu al vast in een roadblock.'

'Maar wie zijn het dan?'

En hij denkt aan de nachten buiten, met Charif en de anderen, bij het Poeltje, onder de sterrenhemel. Ze hebben het geperfectioneerd. Ze zijn bij het oude plan gebleven. Na vijf jaar was het tijd, was de techniek zover, waren zij zover.

'Rijden,' roept hij. 'Alsjeblieft. Zo hard je kunt.'

42
Schouten

'En intussen zat ik thuis mijn zoveelste zwangerschapstest te doen.'

Hij knikt. Zijn dochter blijft maar staan, torent boven hem uit, nog steeds in haar pyjama met een flodderige kabeltrui erover, armen over elkaar.

Kalm aan. Geen trots laten blijken. Ik moet hier blijven wachten.

'Vertel verder.'

Hij vertelt hoe Kait ze had uitgedaagd in het winkelcentrum, en toen voorstelde een debat te houden, een religiedebat, zoals overal op YouTube, over de waarheid van hun geloof. Charif stond erbij en kneep zijn ogen samen, toen trok er een grijns over zijn gezicht – Kait had het gedetailleerd via Telegram verteld – en stemde in. Het werd een reeks intensieve gesprekken, in wisselende samenstellingen, in een zaaltje van de moskee, waarin Kait voornamelijk sneerde en klierde. Hoe kon de Koran waar zijn, als die pas een eeuw ná de profeet was geschreven? Wat was eigenlijk het harde, fysieke bewijs dat er überhaupt enige profeet was geweest? Hij betoogde zelfs dat de profeet – als die bestaan had – in wezen een kafir was geweest, omdat hij met geweld zijn ideeën had verspreid, hele veldslagen had hij nodig gevonden, en zoiets doe je alleen als je zelf niet overtuigd bent van de kracht van je ideeën...

Met elke ontmoeting liep de spanning op, vooral als er extreemrechtse partijleden bij waren, die de argumenten niet altijd volgden, maar het wel onmogelijk maakten voor Charif en vooral Ahmad om iets toe te geven. Uiteindelijk deed Kait zijn meesterzet. Bekeerlingen waren immers verdacht geworden, er waren te veel succesvolle infiltraties geweest, niemand vertrouwde ze nog. Daarom, had hij bedacht, moest hij de meest onwillige, tegenspartelende bekeerling ooit worden. Dus toen er op een avond een paar leden van de Dovemansgroep woedend waren weggelopen, ging hij nog iets verder en pochte dat hij binnen vijf minuten een gedicht kon schrijven dat mooier was dan de mooiste tekst uit de Koran – als dát geen bewijs was dat dit boek geen enkele goddelijke inspiratie kon hebben...

Charif accepteerde de uitdaging. Hij was van het stel de kalmste, de oudste ook, de natuurlijke leider. Meestal gekleed in een djellaba, horloge om de rechterpols, een broek die zijn enkels bloot liet en daaronder dure sportschoenen. Hij had een strak baardje, een adellijke neus en kaarsrechte, geëpileerde wenkbrauwen. Hij droeg de soera over de dag des oordeels voor, Schouten weet de eerste zin nog ongeveer: 'Als de hemel valt en de graven zich openen, dan herinnert de ziel zich wat zij heeft gedaan en wat zij heeft nagelaten.'

Zo ging de cadans – mysterieus, dreigend. Je kon je voorstellen dat de massa's daarvoor vallen.

Toen stond Kait op, tussen drie van zijn extreemrechtse vriendjes en zeven jongens in djellaba, plus het springerige zusje van Charif in haar zwarte nikab. Trots keek hij rond, volkomen zelfverzekerd. Hij zou de Koran wegvagen, eens en voor altijd bewijzen dat er niets goddelijks aan was, dat iedereen in een paar minuten zelfs de mooiste passage kon overtreffen. En hij droeg statig voor: 'Waar moet ik beginnen? De logica zal winnen. Geloven is voor dwazen, niet voor bazen. Wetenschappers vermoorden geen ketters met hun letters.'

En terwijl Schouten die laatste zinnen aanhaalt, beseft hij dat hij een fout maakt. Hij is weer te gretig, te trots.

'Waar was u toen, p...'

Wilde ze weer papa zeggen?

Ze antwoordt zelf: 'In de Korf, natuurlijk.'

Niet thuis in elk geval.

Hij kijkt weg. 'We hadden zijn telefoon geprepareerd. We konden alles horen. Vandaar dat ik...'

Ze gaat me wegsturen. Dat kan niet anders. Alles is verloren.

43
Dounya

De motor begint te brullen, de snelheidsmeter kruipt verder en blijft dan iets voor de 110 hangen.

'Je kunt niet harder.'

Ze reageert niet, ze moet een vrachtwagen inhalen. Het afgelopen uur heeft hij zijn ogen dicht gehad, uitgeput als hij was, maar hij zal toch ook weten dat de glooiingen van het landschap toenemen. Ze moeten bijna in de Alpen zijn.

'Daar is de daling,' zegt hij. 'Ga zo hard je kunt.'

'Er zijn bochten.'

'Zo hard je kúnt.'

Acht poten, ziet ze in zijn zijspiegel. *Had die drone op tv er ook zoveel? En hing daar ook iets hoekigs onder?*

'Hoe dichtbij is ie?' Hij zoekt in zijn zijspiegel, maar lijkt niets te zien.

'Dertig meter?'

'Ze houden ons bij.'

De daling is begonnen. De snelheidsmeter passeert de 120. De cabine is gevuld met geraas. In de zijramen schieten auto's langs die claxonneren, in allerlei verschillende tonen, het geluid suist telkens achter hen weg en lost op in het grommen van hun banden. Dounya houdt haar armen gestrekt tegen het stuurwiel en drukt zich in haar stoel. Ze naderen de 140. Weer een vrachtwagen die woedend claxonneert en achter hen verdwijnt. Ze zitten over de 140 – verder gaan de aanduidingen niet. Nu ramt zij zelf op de claxon, de personenwagen voor hen komt razendsnel dichterbij, maar duikt net op tijd naar de rechterbaan.

Kait graait met zijn handen achterwaarts. Wat moet hij daar? *Hij heeft geen veiligheidsgordel om.* Als we verongelukken, wordt hij de cabine uit gelanceerd. Hij zal verpulveren als een meringue.

Voor hen duiken de achterzijdes van personenwagens op, telkens nieuwe – of nee, een oude verroeste Toyota, deze heeft ze al eens gehad – als in een computerspelletje, om telkens net op tijd naar de andere baan te vluchten. De teller zit ver over de 140 en wordt tegengehouden door een palletje. De cabine stampt en brult. Een bocht daar, ze moeten opzij, nu meteen, en ze trekt het stuur naar rechts, hoort hoe Kaits hoofd tegen zijn raam bonst, de cabine helt naar links, steeds schuiner, de banden gillen. Als de oplegger achter hen maar niet gaat stuiteren – *dan worden we een kronkelende worm, een hysterische patiënt die uit de dwangbuis probeert te komen, we dansen zo de vangrail over.*

Dan neemt het stampen toch licht af, het gillen van de banden wordt grommen. De teller komt iets los van het palletje en zakt richting de 140. Eronder. Ze inhaleert alsof ze minutenlang haar adem heeft ingehouden. Ze permitteert het zich zelfs om even in zijn zijspiegel te kijken. 'Ik zie 'm niet!'

'Is het dal lang?'

Heeft hij nou al die tijd zijn ogen dicht gehad?

'We gaan alweer bijna omhoog...'

Onder de 130 nu, dat voelt bijna normaal.

'Hoe hard kun je dan, denk je?'

'Dat weet ik toch niet! Ga je nog vertellen wie dat zijn?'

Ze drukt weer een personenwagen opzij, die verontwaardigd claxonneert.

'Niet de politie, Dounya.'

Hij blijft er maar omheen draaien.

'Het zijn toch dezelfde als bij het Vaticaan?'

‘Ik had je niet hierin moeten meesleuren,’ mompelt hij, lijkt het tenminste, want het geruis overstemt hem.

Zij kijkt voortdurend onrustig rond, door de zijramen, door de zijspiegels. 110 gaan ze.

‘Ik heb niets aan sorry,’ zegt ze.

De weg vlakte af, maar lijkt nu weer flauw omhoog te buigen. Wat doet ze hier? Zij wil gewoon naar huis. Nu. In haar bed, voor haar part naast haar stinkende Janko. Dit gaat al lang veel en veel te ver. *Met sorry kom ik niet thuis.*

Hij gaat er niet op in. ‘Je ziet ook niets in jouw spiegels?’

Ze schudt nee. ‘Dat ding kon zeker honderd, die haalt ons zo weer in. We gaan het niet redden.’

‘De accu’s gaan een keer op.’

‘En wat zit hierin? Diesel?’

‘Ze kunnen zo’n ding niet eindeloos volhangen met accu’s, daar verbruikt ie alleen maar meer van. Onze enige kans is dat we het langer volhouden.’

‘En anders? Wat kan zo’n drone nou tegen ons beginnen?’

‘Dat heb je al geraden, Dounya.’ Hij steekt zijn middelvinger en wijsvinger naar voren. ‘Poef. Net als bij de president.’

Ze bijt op haar lippen. ‘Ik ga er niet op gokken dat die accu’s toevallig over een paar minuten nét op zijn.’

Ze zwijgen. De teller staat op 80. Ze zijn nog lang niet bij de top. Ze kijkt in haar zijspiegel en zucht: ‘Nu al.’ Ze tikt haar hoofd opzij. ‘Aan deze kant dit keer.’ Haar knokkels worden weer wit. ‘Had jij toevallig nog ergens een oplossing?’

44
Kait

'Dat kloteding komt dichterbij. En steeds lager. We redden dit niet.' Ze slaat wanhopig op het stuur.

'Hoe laag?'

'Vijf meter, vier, zoiets.'

Ze maken zich klaar. Met elk schot zal de drone zwabberen, nauwkeurig zijn die dingen niet, ze moeten dichtbij komen om hen te raken. Misschien maken ze toch nog een kans... Hij kijkt om, daar is het slaapgedeelte, ter hoogte van zijn hoofdsteun. Hij draait zijn lijf mee, tot hij op zijn knieën achterwaarts op de stoel zit. De pijnstillers en de halveliterblikken helpen, maar evengoed zijn de duizend naalden er weer. Hij pakt het oranje-bruine vintage dekbedovertrek dat hier ligt, keurig opgevouwen, en wurmt het dekbed eruit.

'Ze gaan harder dan wij, Kait.'

Hij reikt haar het overtrek aan. 'Kun je dit gooien?'

Ze kijkt hem even verbijsterd aan en klaart dan op. Ze opent haar deurraam en tuurt door haar zijspiegel.

'Nog even... Nog éven...'

Zonder te kijken pakt ze het overtrek aan en legt dat op haar schoot.

'Insjallah!'

En ze slingert het overtrek haar raam uit, recht omhoog, de tegenwind trekt het direct naar achteren. Ze blijft in de zijspiegel kijken en slaat vrijwel meteen haar hoofd naar achteren.

'Kak!'

Ze zijn het verrassingseffect kwijt. Hij zit nog gehurkt en achterstevoren op de bijrijdersstoel en geeft haar het dekbed. 'Deze dan.'

'Uit beeld.'

Ze hangen achter de container. 'Die komen wel weer.'

'Of ze schieten de banden lek.'

Hij vloekt, maar bedenkt zich. 'Het is lastig mikken met zo'n ding. Ze moeten alles vanaf een schermpje doen, ergens in een rijdende auto, denk ik. En ze willen kogels sparen.'

'Dáár!' Ze wijst naar zijn zijspiegel.

'Shit!'

Ze laat zijn raampje zakken. 'Nu jij!'

Het asfalt jaagt onder hen langs tot een donkergrijze waas, zijn borst perst ineen alsof er een sloopkogel tegenaan slaat. Hij klemt zich vast aan het matras achter hen, dat meteen verschuift, hij verliest zijn evenwicht en wankelt tegen haar hoofdsteun.

Het is te hoog.

'Gooi!'

Als een babyaapje omklemt hij zijn hoofdsteun.

'Ze zijn halverwege de container, góói nou!'

Maar ze grist het dekbed van hem weg, gaat schuin op zijn zitting hangen en smijt het er bijna recht omhoog uit. Terwijl ze zich weer opheft, wordt er achter hen woedend geclaxonneerd – ze rijden op twee rijbanen tegelijk. Ze rukt aan het stuurwiel, de cabine slingert, de oplegger stuitert, ze remt paniekerig af.

'Ik zie 'm niet meer! Pak meer.'

Hij blijft de hoofdsteun omknellen.

'Spullen! Dat kreng komt terug.' Ze controleert weer de spiegels. 'Ja hoor, nu mijn kant. Spullen, íets, nú!'

Een beige waterkoker is tussen hun stoelen gevallen. 'Hier.'

Ze kijkt geconcentreerd in haar linkerzijspiegel, haar mond lijkt te tellen en bij de drie mikt ze de waterkoker schuin omhoog door haar raampje.

‘Yes! Losers!’

‘Is er iets kapot?’

‘Weet ik niet, ik raakte zo’n arm. Iets groters nu.’

Hij hoeft nu alleen naar binnen te kijken, niet die peilloze diepte in van het wegdek, en hij kan zich enigszins concentreren. Hij duwt zich omhoog op de stoel en trekt met zijn andere hand een kleine magnetron los.

‘Waar komt ie?’

‘Ze zitten weer achter de container en…’ Ze vloekt. ‘Dat ik daar niet aan gedacht heb.’

Hij durft achter zich te kijken, naar het dashboard, waar zij net een zwart-witschermpje aanzet, waarop een weg naar boven raast, blijkbaar bedoeld voor achteruitparkeren, met enkele voorzijdes van auto’s in beeld – en in de rechterbovenhoek drie armen van de drone.

‘Mijn kant!’ roept hij.

‘Deze keer gooi jij, niet zeiken nu.’

‘Jaja.’

‘Uit beeld, hij moet iets boven de container zijn, jouw kant.’

Achterstevoren op zijn stoel hangt hij, op zijn knieën, de magnetron bij zijn buik, zijn ogen stijf dicht.

‘Ze komen. Als ze bij de cabine zijn, zeg ik ja en dan gooi je. Bijna…’

Hij probeert zich de raamopening voor te stellen.

‘Bij… na…’

Hoe hoog heeft ze gezegd dat ie vloog?

‘Nu!’

Hij keert zich naar het raam, houdt zijn ogen gesloten en zwiept met beide armen de magnetron zo hoog mogelijk. Hij wankelt mee naar voren, maar zijn hoofd klapt tegen de bovenrand van de deur. Hij kermt van angst, slingert zich naar achteren, zijn rug tegen zijn stoel, hij wil erin verdwijnen.

‘Raak! Hij tolt! Nieuwe spullen. Groter!’

Als ze de top van deze heuvel halen, kunnen ze weer vaart

maken en als het dal dan maar uitgestrekt genoeg is, raken die accu's misschien op en...

'Waar zijn ze?' roept ze. 'Ik zie ze achter niet meer, maar ook niet opzij.'

Hij tuurt in beide zijspiegels en dan, alsof dat doorzichtig is, naar het plafond. 'Boven!'

'Daar kunnen we ze niet raken...' Ze balt gefrustreerd haar vuisten. 'En jij durft niet uit het raam te hangen.'

'Ik kan het stuur...'

'Serieus?'

'Oké, als jij opzij stuurt, precies terwijl ik gooi...'

'Maar dan wel nu, echt nú, ze moeten er al bijna zijn.'

Hij trekt het dunne schuimrubberen matras achter hun stoelen onhandig tussen hen in en propt het uiteinde door zijn raam, dat meteen begint te klapperen.

'Verder.'

Hij duwt, het matras golft wild.

'Houd je vast – bij ja gooi je...'

Ze stuurt direct fel naar rechts, hij klapt meteen tegen haar aan.

'Nu!' roept ze, en terwijl hij zich overeind hijst, propt hij het matras naar buiten, dat meteen verdwijnt.

Op het monitortje is geen matras te zien. Ze wijst naar haar zijspiegel. 'Hier! Dat matras zit ertegenaan, tussen twee van die poten, ze verliezen hoogte!'

De drone verschijnt nu ook op de monitor, het matras vast tussen twee armen, het apparaat wankelt en tolt – en dan schiet het matras los, het kronkelt en stuitert de weg op, als een paniekerige vis op het droge, tot het plotseling midden op het asfalt plat blijft liggen. Meteen schiet de drone omhoog en verdwijnt bovenaan uit beeld – ze vliegen weer boven hen.

'Gooien, idioot, gooien, alles! We zijn de heuvel over, we gaan alweer sneller.'

Hij grijpt het koffieapparaat, perst zijn ogen dicht, strekt zijn arm zo ver mogelijk naar buiten en zwiept het apparaat boven de container.

'Door nu, Kait!'

Drie truien smijt hij een voor een omhoog.

Zij blijft voortdurend de monitor en de spiegels controleren. 'Misschien hebben we raak, ik zie ze nergens meer.'

Ze ontwijkt een zoveelste vrachtwagen die woedend toetert en seint.

'We gaan 80, de daling is begonnen. 81... 82...'

'Ze verbergen zich nog steeds boven ons, Dounya.'

'83... 84...'

'Ze kunnen boven de honderd, ze wachten op iets...'

'Gooi jij nou maar. We rijden 86...'

'Ze hangen gewoon tien meter of zo boven ons.'

'90, bijna 90!'

'Zij zijn niet gek. Ze laten ons lekker smijten, terwijl zij hun tijd nemen – ze hebben ons.'

'92, we gaan dit –'

Dan verschijnt de drone. Twintig meter voor hen en ongeveer even hoog, net boven de gloed van de straatverlichting, maar de contouren lichten op. Acht lange poten. *Ja, dit is dezelfde als op de beelden. Daar ben je dan eindelijk, Charif. Salaam.* Eronder hangt een geweer, semiautomatisch, vermoedt hij. Twintig, dertig kogels in het magazijn, misschien meer, misschien is het magazijn verlengd. Van deze afstand kan hij niet zien hoe het is gemonteerd, maar veel meer dan wat kabelbinders en ducttape is niet nodig – hij heeft het vroeger uitvoerig met hen uitgezocht. De loop, die niet kan bewegen, richt nu nog ver boven hen, maar het ding zakt langzaam.

'Nee...' zegt ze vermoeid.

'Daar is ie dan.'

'Ik ga 93...'

'Ze kunnen harder.'

De drone blijft zakken, tot ongeveer tien meter voor hen en even ver boven hen.

'Messen! Zijn er geen messen?' mompelt ze.

'Je wilt bestek gooien? Dat ding tilt ménsen.'

De drone daalt verder, vijf meter voor hen nu, tot aan de bovenzijde van de cabine. Maar door zijn hoge snelheid kantelt hij sterk achterwaarts en is de vaste loop nog steeds boven de cabine gericht.

'Als ze gaan schieten, moet je bukken,' zegt hij, nu plotseling kalm. 'En zigzaggen. Dan komen de kogels –'

De drone zakt, tot vlak boven het wegoppervlak. De loop richt precies op hun voorruit. Kait laat zich in de beenruimte voor zijn stoel zakken, dwars door alle steken heen, zij valt opzij op zijn zitting, terwijl ze met haar linkerhand het stuur blijft vasthouden. Hij hoort doffe klappen, het doet denken aan oudejaarsdag, en de cabine vult zich met een waas van glassplinters.

45
Schouten

'Waarom bent u hier? En nu echt.'

Nee, ze stuurt me niet weg. Ik zit hier nog. Ik heb nog een kans.

Hij kijkt haar eventjes aan, vreest haar blik. Waarom herinnert hij zich zo weinig? Er schiet een flard door zijn hoofd van een vakantie, blijkbaar nam hij toch weleens vrij. Ze proberen samen een vuurtje aan te krijgen. Zij wrijft haar handjes tegen elkaar, daartussen rolt een stokje. Het rookt al een beetje. Haar wangen zijn rood, ze doet zo haar best. Hij moedigt haar aan. Vertelt dat er een dag zal komen dat het gas uitvalt, dat de stroom het niet meer doet, dat er geen water meer is – hiermee kan ze overleven. Ze heeft tranen in haar ogen. Van de rook, denkt hij. Of is hij te streng?

Ik wilde je voorbereiden op... Op nu.

'Kom op,' dringt ze aan.

Nog een flard, tiener is ze, met een slungelig hertenlijf. Avondeten, met z'n drieën aan tafel, dat kwam vrijwel nooit voor. Ze houdt een of ander betoog tegen de doodstraf, wat zijn ze in Amerika toch achterlijk. Hij kijkt haar schamper aan. Zonder Amerika was Hitler hier nog de baas, wist ze dat? En die doodstraf – stel nou dat die zo sterk afschrikt dat je daarmee vijf levens redt, wat dan? Stel dat jij daar de president bent en je schaft het af, wat ga jij dan uitleggen aan al die ouders, al die kinderen, al die vrienden van al die extra vermoorde mensen? Dat je heel principieel was, dat principieel zijn heel lekker voelt en dat hun geliefden dan maar moesten betalen voor dat lekkere gevoel van de president?

'Ik was vroeger zo'n drammer,' zegt hij nu.

'Klopt.'

Hij ziet zichzelf zitten op de rand van haar bed. Zeven, acht is ze. Ver na twaalven is hij thuisgekomen, zoals gewoonlijk. Ze ademt rustig, haar ogen gesloten. En hij vertelt haar alles van die dag. Soms wel een uur lang. Ook de staatsgeheimen. Nadat alles eruit is, drukt hij een kus op haar voorhoofd. Hij ruikt haar geur, loom, iets zurig. 'Met jou kan ik praten,' zegt hij bij de deur en hij sloft naar zijn eigen slaapkamer, waar haar moeder allang slaapt, met haar oordoppen in en slaapmasker op, onbenaderbaar.

'Vroeger, als je al lang sliep, dan kwam ik...'

Haar ogen worden vochtig.

'Je sliep niet...'

Ze schudt nee.

'Nooit?'

Ze haalt haar neus op. 'Soms.'

Hij knikt.

'Hoe wist ik dat zinnetje van Cohen anders?'

Maar we hadden elkaar toch begrepen...

'U noemde het soms als ik deed alsof ik sliep.'

Hij durft haar niet aan te kijken.

'Waarom denkt u dat ik heb geprobeerd bij de Korf te werken, ook al was ik totaal ongeschikt?'

Nu krijgt ook hij natte ogen.

'Vaak probeerde ik mezelf uren wakker te houden, door te blijven lezen, stiekem onder de deken, in mezelf liedjes zingen, rondjes lopen op mijn kamer... Meestal viel ik toch nog uitgeput in slaap, maar soms hoorde ik de voordeur en dan deed ik alsof. En dan kwam u. Met uw verhalen.'

'Dat was het enige moment dat je een vader had.'

46
Dounya

'Gás!'

Kait ligt in foetushouding gekruld op de vloer voor zijn stoel, maar probeert toch nog te commanderen. Er zijn twee salvo's geweest, iets van vijf, zes, zeven kogels per keer, ze kon het nauwelijks bijhouden. De voorruit is vrijwel verdwenen, de wind raast door de cabine en overal liggen glasscherfjes, honderden glinsterende veelhoekjes, over haar armen, in haar huid gedrukt, met kleine rode bolletjes en streepjes. Haar gezicht brandt, ze schudt haar hoofd en er vallen tientallen scherfjes uit haar haren. Zij hangt op zijn zitting en trekt met haar linkerarm aan het stuur. Via zijn zijspiegel probeert ze hun positie op de rijbanen in te schatten.

Dan een doffe klap laag voor hen, gillende banden, krijsend metaal. Ze duwt zich half overeind, de wind klapt in haar gezicht, onder hen schudt de motorkap van een donkerblauwe personenauto, die hen blijkbaar niet van achteren heeft zien naderen of niet kon uitwijken en nu in paniek vol remt. Ze laat zich terug op Kaits zitting vallen en stuurt in paniek opzij, *die auto moet weg, weg.* Het gekrijs schiet naar zijn kant en verdwijnt met felle, onregelmatige klappen naar achteren.

'Sorrysorrysorry.'

De auto moet hebben geschud en getold als een rammelaar. Maar die voorstelling wordt meteen verdrongen door een metalig krijsen aan haar eigen kant. Vonken springen langs het zijraam omhoog. Ze schuren tegen de vangrail.

'Kak!'

Ze trekt ruw aan het stuur, te ruw, en binnen enkele tellen is het snerpende gillen aan Kaits zijde, met vonken die tot boven de cabine uit sproeien.

'Ze zijn toch weg?' roept hij, boven het geraas uit, opgerold in de beenruimte.

Ze drukt zich omhoog, houdt zich klem aan het stuur en draait haar hoofd schuin. De wind trekt aan de scherfjes in haar gezichtshuid, het bijt gemeen. De drone is inderdaad nergens meer. De vrachtwagen heeft ze weer onder controle. Ze tuit haar lippen en blaast. Dan lacht ze opeens uitbundig, bijna manisch.

'Ik ben Dounya de Vries! Dounya! De Vries!'

Uiteindelijk kalmeert ze en checkt haar zijspiegels en de monitor. 'Ze zijn echt weg.'

Kait kruipt, vloekend en kreunend, uit de beenruimte tevoorschijn. 'Misschien zijn de accu's op.'

'Precies op dit moment?'

Hij zit eindelijk.

'Waarom zijn ze nu opeens weg?' dringt ze aan.

'Zoveel kogels hebben ze niet. Op die snelheid is mikken lastig. Ze komen terug.'

De wind klapt tegen haar lijf, haar kleren wapperen, haar huid trekt naar achteren, de scherfjes steken overal. Straks waait er nog een scherf in haar oog, ze moet van dat glas af.

'Is er plakband ergens?' vraagt ze.

'Wat?'

'Toe nou.'

Hij rommelt in het slaapgedeelte achter hen en vindt een rol ducttape.

'Nu een van grootmoeders tips...' Ze probeert monter te doen, zoals vroeger, ooit, bij haar cliënten.

Hij lijkt het al te begrijpen en vult meteen aan: 'Mocht je toevallig eens aangevallen zijn door een drone met een semiautomatisch wapen...'

'En helemaal onder het glas zitten...'

'Pak dan ducttape en...'

Kait scheurt een stuk af en legt dat voorzichtig op haar rechteronderarm. Hij drukt het een beetje aan. Het voelt alsof hij er een gasbrander op heeft gezet.

'Niet kijken, Dounya.'

Millimeter voor millimeter trekt hij de tape weer los.

'Dat is nummer één,' zegt hij en gooit het resultaat voor zich neer.

Ze weigert naar de plek te kijken, maar voelt wel dat de steken afnemen.

'Nog twintig te gaan,' zegt ze, lachend en met tranen in haar ogen.

Als hij met de volgende bezig is, vraagt ze: 'Ik zit al de hele tijd te denken. Iets klopt er niet.'

'Niets klopt er.'

Ze knikt. 'Maar hiermee kun je me wel helpen. Die drone, hier... Waarom? Waarom ben jij zo'n big deal voor ze?'

47
Kait

Hij drukt zachtjes op de reep ducttape. Eventjes rust had hij, een beetje lol hadden ze zelfs samen, en nu komt ze met die vraag.

Wat moet hij zeggen? Het is misgegaan, ontzettend misgegaan, natuurlijk, en flarden ervan weet hij nog. Charif die wankelt, zijn armen wijd, *zzzoef* gaat er iets, *zzzoef.* Water kolkt zijn mond in, alles wordt zwart. Op het grote moment, toen alles bij elkaar moest komen, al het werk bij zijn groep, van Schouten, van al die collega's – juist toen heeft hij alles verkloot en hij weet er nauwelijks meer iets van. Maar niemand zou daar nog iets vanaf weten, de biologie is genadig – als ons lichaam gesloopt wordt, geeft ook de geest het op. Maar hoe de details ook waren, de Dovemansgroep was jaren buitenspel, koest, braaf, en hij strompelt voor de rest van zijn miserabele leven, doodsbang om zelfs maar op een keukentrappetje te staan. Ja, hij kan raden, hij heeft de afgelopen vijf jaar veel geraden. Van een simpel vechtpartijtje word je niet zó. Hij vermoedt waar ze zijn geweest en hij kan ook wel invullen hoe op zo'n plek benen in puin raken.

Maar dat ga ik niemand vertellen, Noa. Nooit.

'Waarom moeten ze jou hebben?' dringt Dounya aan.

'Verleden. Vroeger,' mompelt hij.

'Kom op, Cyborg. Ik zit mijn leven voor je te wagen.'

Hij zwijgt.

'Dus.'

'We kennen elkaar. Kenden. Ooit.' Hij kijkt stuurs weg.

'Ik moet het echt uit je sleuren, of niet?'

Hij haalt zijn neus op.

'Het is wraak?'

Hij drukt zijn lippen op elkaar.

'Nee?' Ze raadt verder. 'Je kunt ze verraden?'

Zijn onderlip trilt, hij kan het niet voorkomen.

'Ja? Jij weet te veel van ze?'

Ze heeft het gezien.

Hij is lang stil. Uiteindelijk vraagt ze timide: 'Gaan ze opgeven?'

Hij schudt zijn hoofd. Het klopt niet. Iets klopt er niet. Jaren geleden, in het revalidatiecentrum al, had hij geconcludeerd dat ze hem voorlopig zouden sparen, omdat anders de diensten zouden beseffen dat ze geen slapende cel meer waren. Maar als ze zich uiteindelijk herpakten en in staat waren een aanslag te plegen, dan zou hij direct vogelvrij zijn en had hij niet lang meer. Ze zouden hem genadeloos terugpakken. *Daarom heb ik je beloofd dat ik er straks ben. Half vier.* Dat heeft hij zich altijd voorgesteld – binnen een dag naar zijn dochtertje, met zijn sleutel, dan was zij veilig – en dan zelf terug naar zijn flatje, wachten op wat komen zou. Ze zouden gewoon aanbellen, hij zou opendoen en een minuut later onderaan de flat liggen. Maar wat er nu gebeurt, deze achtervolging – ze nemen zo veel risico. Een beetje terrorist zou zich even stilhouden, de situatie onderzoeken en dan pas toeslaan. Maar dit... Hij kent Charif en dit is paniek. *Alsof ik hun hele plan kan vernietigen.*

'Zij denken dat ik iets weet – maar ik weet niets,' zegt hij.

Ze kijkt hem schamper aan. 'En dat ga je ze rustig en kalm uitleggen?'

Hij zucht.

'Dus ze blijven jagen. Want jij weet te veel. Maar je weet het niet.'

'Precies.'

Ze bijt op haar lip. 'We moeten sneller. Sowieso.'

'Kan dat ding eraf?' Hij knikt met zijn hoofd naar achteren.

'De aanhanger of hoe noem je dat?'

'Ik bedoel al rijdend.'

Ze schatert plotseling: 'Zoals in een actiefilm!'

'Ja, precies. We kunnen geen tijd verliezen.'

Ze sluit haar mond. 'Oh, je bent serieus.'

Hij wijst naar voren. 'Daar is de volgende klim, dan begint alles overnieuw.'

De eerste vormen van het landschap worden zichtbaar, zwarte contouren tegen een donkerblauwe lucht. Ze rijden tussen een brede wig, uitgehouwen in donkergrijze rotsen, met aan weerszijden flathoge wanden. Voor hen steken hoekige bergen tegen de hemel af, met oplichtende toppen, eeuwige sneeuw moet dat zijn, het laatste restje van toen we nog onschuldig waren en dachten dat de wereld niet kon vergaan. De Alpen. Hier hoog boven vlogen ze gisteren nog. Hoe komen ze hier ooit doorheen?

'Ga nou gewoon verder met die tape...' Ze steekt haar arm uit.

Hij drukt er geen nieuw stuk op. 'Heb jij een beter idee om dit te overleven dan?'

Ze kijkt weg, terwijl haar haren wild wapperen en haar kleren tegen haar huid klapperen.

'En waarom zou ik je er niet gewoon uit zetten? Of waarom zou ik niet zelf uitstappen? Mij moeten ze niet hebben, Kait.'

Zijn mond wordt droog. 'Afremmen, stilstaan, optrekken, weet je hoeveel tijd je dan verliest?'

Ze knijpt in het stuur. Overal over haar gezicht en haar ontblote armen druipen straaltjes bloed. 'We zitten met elkaar opgescheept, bedoel je?'

'Ja, en we moeten harder. Maar die motor kan niet harder, dus de enige oplossing is dat we gewicht verliezen. En we kunnen niet uitgebreid ergens gaan parkeren en daar gaan klussen. Dus. Nou ja. Die container moet eraf. Rijdend.'

48
Schouten

En dan, net als ze hem een beetje lijkt te vertrouwen, uiteraard juist dan, trilt zijn telefoontje weer in zijn binnenzak.

'Is dit de tiende keer?' Ze draait zich gefrustreerd weg.

Zijn hand reikt nog niet naar zijn binnenzak.

'Pak hem nou maar.'

'Hoe kan ik je ervan overtuigen...'

'Pak gewoon, dat wilt u toch.'

En hij doet het.

'Mekka...' begint De Bruijn, nog steeds in de Korf en zonder inleiding. 'De zon is daar al op. Straks gaan ze met z'n allen rond die zwarte tempel cirkelen. Dan is er zomaar paniek. Er worden daar sowieso elk jaar honderden mensen onder de voet gelopen, soms duizenden. Er blijft niet veel van je over als...'

'Ze hebben hun maatregelen.'

'Zeker, daar geven ze miljarden aan uit, er lopen daar honderdduizend beveiligers rond, lees ik net, ongekende aantallen. En toch elk jaar...'

Hij denkt aan 1979, zaterdag 20 november was het – op de interne opleiding, toen hij daar nog gewenst was, noemde hij het elke keer, want niemand weet het meer, zeker die jonkies niet. Vijftigduizend pelgrims waren bijeengepakt in de Grote Moskee, op het hoogtepunt van de hadj. De gijzelnemers hoefden alleen maar de deuren af te sluiten, ze schoten in de lucht, hun leider pakte de microfoon af van de dienstdoende imam en riep: 'De Mahdi is verschenen, eindelijk! Zweer trouw aan de

Mahdi!' En ene Al-Qahtani stapte naar voren, geheel volgens de profetieën: hij stond op de correcte plek, vlak bij de Zwarte Steen, hij kwam uit de juiste stam, het was de eerste dag van het islamitische jaar 1400 – de dag des oordeels was gekomen. Maar twee weken later, twee volle weken van de grootste gijzeling ooit, hadden Franse sluipschutters hem gedood en klopte er opeens niets meer, want echte messiassen gaan niet dood, zeker niet door de hand van een ongelovige *haloef.* Sindsdien zijn er elk jaar wel pogingen, sommige lekken uit, de meeste niet. Dan heet een bomaanslag plotseling een bouwincident, een zelfmoordaanslag wordt een verkeersongeluk. Er is geen land dat de extremisten zozeer haten als hun heiligste land, het decadente koningshuis daar bezoedelt alles wat hun dierbaar is. Als er één plek is die de extremisten willen zuiveren, is het Mekka en als er één moment is dat ze zullen kiezen, is het de dag die inmiddels is aangebroken.

'Er is daar één beveiligingsbeambte op de twintig pelgrims, geen land is zo dichtgetimmerd als...' Hij kijkt naar zijn dochter. '... dat land. Vergeet niet hoeveel voorbereiding een enkele poging al kost, hoeveel geluk je daarbij moet hebben, in elk stadium kunnen er duizend dingen misgaan. Het is nu nodig ons hoofd koel te houden. Waarom begin je er nu over?'

Het is stil aan de andere kant.

'Je hebt de hele nacht doorgewerkt.'

'Ja,' klinkt het bedeesd.

'Pak wat slaap. Je gaat het nodig hebben. Wij hebben jou nodig. Wij hebben jou niet-hysterisch nodig.'

En hij hangt abrupt op, zoals gebruikelijk, en stopt zijn telefoon terug.

'U ging iets relevants aan mij vertellen.'

Ik mag blijven...

En hakkelend begint hij over die religiedebatten. Kait werd na zijn belachelijke gedichtje natuurlijk weggekeken bij zijn extreemrechtse vriendjes, die bovendien veel stiller waren geworden online – win-win-win, vond hij dat. En een week later verscheen hij bij de moskee. Hij werd genegeerd, iemand liep zogenaamd per ongeluk tegen hem aan, maar toen kwam Ahmad aangehold die hem op z'n vriendelijkst welkom heette en na de preek vroeg Kait of hij niet een soort cursus had of zo, iets over God.

'Vanaf toen ging het snel. Binnen twee weken werd hij uitgenodigd voor die avonden bij Charifs opa, met die knetterende televisie op de achter-'

'Iets relevants. Toe. Al die omwegen.'

'Maar...' Hij slikt. 'Oké.'

En met horten en stoten begint hij over een melding die hij kreeg in die periode. Op zijn laptop zag hij een pulserend rood stipje in een rechte lijn naar het noorden schuiven. Kait zat in de trein, begreep hij – was hij aan het vluchten? Nee, dit was richting haar flat. Maar hij wist toch dat hij getrackt werd? Waarom had hij zijn telefoon niet gewoon thuisgelaten?

'Hij wilde er iets mee zeggen.'

'Ja, Lotte, dat denk ik ook. Ik moest weten dat hij je niet vergeten was. Dat hij je miste. Meer dan alles. Alsof...'

Ze kijkt alsof ze de woorden uit hem wil trekken.

'Alsof hij de wereld niet begreep zonder jou.'

Het rode stipje stond een half uur lang stil voor haar flat. Na een half uur bewoog het naar de achterzijde, waar het drie uur lang op dezelfde plek bleef. Hij zal via de regenpijpen omhoog zijn geklommen.

'Waar mijn slaapkamer was. Dat is nogal creepy.'

'Het was Kait, lieverd.'

'Waarom liet hij niets achter?' Ze balt haar vuisten. 'Waarom geen enkel signaal? Een of ander geheim teken of zo. Ik moest alles alleen doen!'

Ze spraken elkaar pas drie maanden later weer live, op de Roestbrug. Ze omhelsden elkaar zeker vijf minuten, zwijgend. Hij klopte zijn wonderkind op de rug om af te ronden, een paar keer, maar kwam niet los. Infiltratie is loodzwaar, maar voor Kait kwam er nog het gemis van Lotte bij en haar beginnende buikje, het grote mysterie daarin. En dan nergens het achterste van je tong kunnen laten zien, een deel van je ziel meedragen dat je nooit kunt delen en dat bij niemand hoort...

'De grootste kwaliteit van een infiltrant, Lotte, is de eenzaamheid kunnen verdragen. Dat is ook de grootste kwaliteit van een terrorist. Als we iets delen, is het dat. De meeste plannen voor aanslagen mislukken niet door onze kundigheid, maar door hun loslippigheid. Zielen zoeken andere zielen. Wat heeft het voor zin gehad als niemand ervan weet? Je komt dan wel in het paradijs, maar dat heb je nooit gezien en niemand is daarvan teruggekeerd. Een ziel alleen gaat spoken, Lotte. Daarom is ons belangrijkste werk tijd rekken. Hoe langer het duurt om een terreurdaad te plegen, hoe eenzamer die zielen worden en hoe meer kans er is dat ze gaan praten. De meeste oorlogen zijn gewonnen omdat een van de partijen hoopte dat de oorlog al over was. Het ongeduld van onze vijand is onze grootste vriend.'

Uiteindelijk liet Kait hem los. Ze hadden allebei natte ogen. Schouten grapte dat hij wortel had geschoten en trok theatraal zijn voeten omhoog om de wortels uit de brug te trekken. Kaits wangen waren ingevallen en zijn broek hing losjes, zag hij nu.

'Wedstrijdje vasten,' verklaarde hij.

49
Kait

Ze zitten tegen elkaar aan gedrukt op de chauffeursstoel en houden samen hun beide handen aan het stuur. Hij heeft met tape de meeste scherfjes uit haar huid getrokken. Dat was het minste wat hij kon doen. Ze rijden 110.

'En nu neem jij het gaspedaal over,' zegt Dounya en ze haalt haar voet er voorzichtig vanaf. De vrachtwagen mindert even vaart, maar hij drukt zijn voet erop – gelukkig heeft hij extra Tramadol genomen.

'Duwen, tot de vloer.'

Ooit, heel lang geleden, heeft hij wel auto gereden, ergens weet hij hoe dit moet.

Ze laat het stuur los. 'Ik weet niet wat ik moet doen, Kait, straks, daarachter.'

'Ik ook niet.'

Hij ziet voor zich hoe haar kleine lijf onder de oplegger wordt getrokken, tussen de wielen verdwijnt, willoos heen en weer klappert. Waar heeft hij haar in meegesleurd? Wat heeft hij haar gevraagd? Maar ze heeft haar gordel al los en staat tegen haar zijraam.

'Insjallah,' hoort hij haar zeggen en ze opent het portier, die door de snelheid meteen weer dichtwaait.

'Kak.'

Met beide handen duwt ze tegen haar zijraam en wringt haar bovenlijf naar buiten. Haar haren en kleding klapperen wild. Ze schuift verder, trekt haar benen langs het portier, dat direct dichtklapt. Hij drukt zich in de stoel.

Alleen maar voet plat en stuur klem. Niets doen verder. Zij heeft de grote klus hier, zij is de held, jij hebt niets te klagen, niets.

Daar nadert een auto. *Aan de kant, idioot!* Op het dashboard knippert een rood lampje van een stekker, er begint een schelle piep. Heeft ze nu al iets ontkoppeld? Ze moet de achterkant van de cabine bereikt hebben. Door de eerdere piep heen begint een lage, pulserende zoem en daar knippert nog een rood lampje, met het symbool van een gloeilamp. Weer iets los! Ze is er nog, ze is er niet vanaf geschud, ze hangt niet ergens over de vangrail geklapt. Nu het moeilijkste. Hij weet niets van vrachtwagens, maar er zit achterop een soort draaischijf en daar gaat het allemaal om – ze moet bukken, onder de oplegger reiken, God weet hoe ver, terwijl alles schudt en beukt en als ze ook maar even haar evenwicht verliest...

Opeens schiet de cabine vooruit en gaat er nóg een alarm janken, hoog golvend, door de eerdere geluiden en al het geraas van de wind en de motor heen. Hij slaagt erin zijn ogen van het asfalt voor hem af te krijgen en dwingt zichzelf in zijn zijspiegel te turen. Daar is de oplegger, steeds schuiner op de rijbaan. De auto die hij net heeft ingehaald drukt zich tegen de vangrail – een vonkenregen, de oplegger kantelt en kiept om, rolt door en schuift op de kop verder. Hij blokkeert beide rijbanen plus de vluchtstrook.

Gerommel bij het portier, Dounya trekt aan de klink. *Maar ik moet sturen, ik kan nu toch niet...* Het portier gaat iets open en slaat meteen door de luchtdruk dicht. Ze probeert het nogmaals, ook dat mislukt. Zijn linkerhand moet van het stuur af. Hij sleurt zijn hand los, trekt aan de hendel, zet zijn linkervoet onderaan tussen de deur en duwt zijn knie opzij. Hij schreeuwt het uit van de pijn. De druk op zijn voet vermindert iets, zij wurmt een hand naar binnen, een schouder, haar hoofd.

‘Superheld!’ wil hij roepen, maar voordat hij iets kan zeggen, gilt ze: ‘Handen aan het stuur!’

Hij trekt de wagen naar rechts, ze missen de vangrail ternauwernood.

‘Voor je!’

Daar is de drone.

50
Ahmad

Zijn vingers zijn verkrampt. Hun witte busje rammelt en trilt over het wegdek. Hij knijpt in de controller tot het plastic kraakt. Honderden keren hebben ze geoefend, lange avonden bij het Poeltje, lachen, ouwehoeren, maar een achtervolging hebben ze niet eens overwogen. Zij zouden hooguit zelf achtervolgd worden.

'Maar hoe hard...' jammert Ismail die rijdt.

'Stil.'

'En welke afsl...'

'Stil!'

Elke hersencel moet hij wijden aan het besturen van de drone, zeker toen ze opeens met allerlei troep begonnen te smijten, maar hij kon het meeste ontwijken, nét, vooral door hoger boven de wagen te hangen. Eindelijk lukte het hem ze in te halen, maar bij het oefenen was mikken al lastig en nu met deze snelheden helemaal. De Doodsengel schudt en zwalkt, de bediening hapert – ze zijn op zeker vijf kilometer afstand en de bergwanden lijken de signalen te blokkeren. Hij moet kogels sparen. De accu's kunnen nog maar een kwartier. Eerst dichterbij komen en dan weer toeslaan.

Hij jaagt de drone over de bossen. De weg slingert, hij kan een stuk afsnijden. Even ontspant hij iets en hoeft hij zich niet volledig te concentreren op de bediening. Daar, daar kan hij zijn Doodsengel rustig laten hangen.

Meteen komen de beelden van die jongen terug, boven het

grote plein. Daar tolt hij als een *headspin*. Daar gaat hij als een *windmill*. De *zuluspin*. De *toprock*. Ahmad schudt zijn hoofd en grinnikt. Tot hij beseft dat hij geluid maakt en hij gluurt opzij naar Ismail. Was Charif er maar, belde Charif maar – en natuurlijk, hij wist het, daar belt Charif. De enige die hem echt begrijpt. De laatste die hem echt begrijpt.

Hij lacht hardop in de telefoon: 'Dus jij vond ook al dat het een battle was? Ja, het was *dancen*, man, dat –'

Zijn stem stokt. Op de controller ziet hij de vrachtwagen razendsnel naderen. Zonder oplegger.

51
Kait

Een paar honderd meter voor hen hangt de drone boven de weg, kalm. In de cabine janken vier alarmgeluiden door elkaar, als een doorgedraaide robot uit een oude film.

'Wijk op het laatste moment uit,' roept hij, terwijl hij weer in de beenruimte voor zijn stoel duikt.

'Dat verwachten ze.'

'Links of rechts weten ze niet, fiftyfifty is ook een kans!'

De drone begint te schudden, er verschijnen stofwolkjes in het asfalt die razendsnel naderen. Dounya trekt met al haar kracht aan het stuur, ze schreeuwt het uit. De cabine helt naar rechts – ze rijden op de linkerwielen. Ze klapt tegen haar zijraam en probeert intussen het stuur terug te rukken, maar het werkt niet, het stuur geeft niet mee. Twee, drie harde tikken laag voor, de kogels raken de motor. Onder hen klinkt een hysterisch snerpen, als duizend vingers over een schoolbord, met tussendoor felle tikken alsof de vingers stuk voor stuk breken. De cabine schudt hevig en ploft dan opeens terug op het wegdek. *We zijn van de vangrail af.* Zij hervindt haar evenwicht, zoekt het gaspedaal – ze stonden bijna stil, ze moeten vaart maken.

Felle tikken achter hen in de cabine, een hamer lijkt op het metaal te slaan. Ze worden van achteren beschoten.

'Kom nou, kom nou,' roept ze tegen de brullende motor.

'Opzij!' roept hij.

De drone hangt plotseling links naast haar zijraampje.

Dit is het. We gaan eraan. De wagen slaat over de kop, ik vlieg door de ruit, ik schraap over het asfalt.

De drone draait, de loop richt op Dounya. Zij duwt plotseling het stuurwiel naar links, een van de rotorarmen slaat tegen hun dak, de drone tolt onbeheersbaar. Weer rijden ze op hun zijwielen, de rechter ditmaal, maar zij slaagt erin de vangrails te ontwijken en ze ploffen terug op het wegdek. Ze slingeren wild na, maar winnen snelheid. Geen kogels meer. Aan de toonhoogte van de motor kan Kait, nog steeds weggedoken, raden welke vaart ze hebben – 90 moet het nu zijn. De drone krijgt al moeite hen bij te houden, het schieten wordt chaotischer – ze zullen weer proberen de weg af te snijden om voor hen te komen. Hebben ze het gered? Zou het?

Hij durft zijn ogen te openen en kijkt recht in een dieprode vlek op Dounya's buik.

52
Dounya

Eerst voelt ze niks. Het is alsof ze een schop heeft gekregen, in de buurt van haar lever. Terwijl ze het stuur vastklemt, omgeven door de razende wind, ziet ze in een flits een gaatje in haar gestolen soepjurk, tussen de mosterdgele bladeren. Alles suist en piept en stampt om haar heen. Ze kijkt nog een keer, heel even, er zit nu een rode vlek en dan begint het ook te branden. Ze wil erbij weg, weg bij die rode vlek, weg bij de pijn, maar het zit aan haar vast – alsof er een gloeiende pook in haar buik wordt geduwd, rondgedraaid, steeds dieper, met elke beweging dieper. Ze kan nauwelijks meer ademhalen, wat is dat gepiep? Het klinkt zo dichtbij, waar komt dat vandaan?

'Druk op de wond!' hoort ze. 'Niet wegvallen!'

Het is haar eigen ademhaling. Haar hoofd wiegt naar voren. Opzij beweegt iets – Kait kruipt uit de beenruimte, wringt zich naast haar op haar stoel. Haar handen vallen van het stuurt, ze zakt slap naar achteren, dan tegen de zijruit.

'Op die plek drukken!' klinkt het ver weg.

Beelden buitelen langs. De druipende kattenbak gisteren. Een appje met veel uitroeptekens. Haar moeder die haar een kopje thee geeft. Haar vader die haar knuffelt – de enige keer dat hij haar knuffelde, toen oma doodging. Janko, met z'n laptop voor hem. Janko, terwijl ze elkaar kietelen. Kait, op het balkon, met die boor. De Alpen, van boven. Die gruwelijke bulten onder dat zeil.

'Dounya, wakker blijven!'

Er komen geen woorden uit mijn mond.

'Ik kan je nu niet helpen, Dounya. Druk op die plek!'

Ik moet het zeggen, het moet.

'Blijf hier, Dounya, blijf bij me!'

Er komt alleen wat lucht uit haar keel. Alles is vaag om haar heen. Het geluid klinkt ver weg, alsof ze onder water is gezakt.

'Harder, Dounya, ik versta je niet.'

'Be...'

'Harder, alsjeblieft.'

'Be... zi...'

'Benzine? We kunnen niet tanken, Dounya.'

'Moet...' Het wijzertje stond al lang in het rode gebied, maar ze heeft het niet durven zeggen.

'Nee-nee-nee, dan zijn we een schietschijf!'

'Paar... kilo... me...'

Alles wordt zwart. *Ik kan niets meer zien, mama, mama – ik...* Dan dringt tot haar door dat ze in een tunnel rijden.

'Er... uit...'

'Eruit? Dan pakken ze ons, Dounya.'

'Stop...'

De gele lampen flitsen ritmisch langs, de vrachtwagen zwabbert voortdurend naar links en rechts, Kait heeft 'm nauwelijks onder controle.

'Stop, echt...'

'Dan zijn ze meteen bij ons, we mogen –'

Maar dan vertraagt hij toch. Begrijpt hij het nu ook?

Ze staan stil. Eindelijk is het alomvattende razen, beuken, suizen afgelopen. Haar wang drukt tegen het zijraam, ze probeert met alle macht haar oogleden van elkaar te krijgen. Ze staan vlakbij een metalen deur, met een mannetje erop die een vierkant in rent, de posten schuin zwart-geel gestreept. Daarachter moet een vluchttunnel zijn, tussen hun rijrichting en de tegengestelde.

'Vuur,' fluistert ze.

'Nee, we vliegen niet in brand – wat doe ik met die wond van je? Het ziet er echt lelijk uit, meid...'

'Vuur.'

Haar lever bonst, bij elke puls een scheurende pijn. Kait beweegt, een vage oranje vorm, een doek lijkt het, die nu op de wond drukt. *Ik mis Janko niet. Ik wil aan Janko denken, maar ik mis hem niet. Ik heb zo hard voor ons gewerkt, maar hij doet er niet meer toe.*

Ze kreunt als Kait harder drukt.

'Vuur,' herhaalt ze.

'Als ze iets geraakt hadden, waren we nu allang in de fik gevlogen.'

'Nee... moet...'

'Wat bedoel je?'

'Aan... ste...' Ze knikt naar het handschoenenvak.

'Om je wond dicht te – nee, shit, Dounya.'

'Auto...'

'Nee – of...'

Begrijpt hij het nou eindelijk? Het was altijd een warboel vanbinnen, duizenden gedachten tegelijk. Alles is nu zo helder opeens.

'Nog een doek,' hoort ze hem mompelen, verwoed zoekt hij achter hen in het slaapgedeelte. Intussen drukt ze zelf een oranje handdoek op de wond. Alsof iemand met een kartelmes in haar buik draait. Scheurende, misselijkmakende, totale pijn.

'Ja, hier,' klinkt het.

Ze wordt van de zijdeur weggetrokken en zakt tegen zijn stoel. Hij wurmt zich voor haar langs. Ze hoort hem vloeken als hij de deur opent – het is te hoog voor hem. Maar dan wordt er aan haar arm getrokken, willoos zakt ze terug naar de deuropening, daar wacht hij op haar en breekt haar val. Samen zakken ze in elkaar, ze briesen van de pijn, haar lever lijkt uit elkaar te worden gerukt, ze bonst op het asfalt.

'Er zijn geen auto's meer,' brengt hij ten slotte uit.

Ze reageert niet.

'Worden die tegengehouden?'

Hun oplegger, die tolde en stuiterde.

'Kom, meid.'

En ze wordt bij haar oksels gepakt, over het asfalt gesleept, bij de metalen vluchtdeur neergelegd. Ze hoort hem wegsloffen met zijn slepende benen, zonder krukken, de Tramadol doet blijkbaar nog iets. Gerommel bij de vrachtwagen. *Ja, hij heeft het begrepen, hij begrijpt het!* Een krassend geluid – hij steekt een lucifer af.

'Hocus pocus,' hoort ze – wát zegt hij? Gesis. Een geluid dat aan braken doet denken, een brakend monster. En dan wordt ze als een strandbal, licht, willoos, reddeloos – een reuzenhand van vuur smijt haar tegen de deur van de nooduitgang.

53
Kait

Hij zakt langs de betonnen wand omlaag, tot op zijn knieën. Hij hoort niets meer, zijn lijf trilt van de grommende vlammen achter hem, zijn kleding bijt in zijn rug van de hitte. Hij dwingt zijn benen zich te rechten, sleept zich tegen de wand richting Dounya, trekt haar aan beide oksels omhoog, duwt de nooddeur open en ze verdwijnen in een betonnen ronde buis, iets hoger dan een mens, die flauwtjes verlicht is. Hij duwt de nooddeur dicht en opeens is het kalm. Geen furieuze vlammen meer.

'Daar.'

Dounya wijst naar voren in de tunnel. Hij begrijpt haar plannen niet, maar sleept haar bij haar oksels in die richting. Slapjes duwt ze met haar voeten mee. Hij verliest voortdurend zijn evenwicht en wankelt tegen de gekromde wanden. Eindelijk, eindelijk is daar een nieuwe metalen nooddeur, met een wit-groen verlichte pijl erboven.

'Ver...' brengt ze uit.

Hij wil haar niet meer begrijpen, hij kan niet meer en opent de deur. Drie auto's staan schots en scheef op de twee rijbanen en de vluchtstrook. Ze worden van achteren verlicht, oranje flakkerend, zelfs hier is de hitte voelbaar. Een jonge vrouw met een mantelpakje is uitgestapt en staat met beide handen voor haar mond te kijken. Een bejaard echtpaar zit nog in hun auto, ze staren verstijfd als etalagepoppen voor zich uit. Achter hun motorkap duikt een lange man met roodharige stekeltjes weg, maar Kait let er niet op. Want bij de derde auto zit niemand.

'Daar.' Ook zij heeft het gezien.

'En jij blijft hier?'

Ze zegt niets, maar hij begrijpt genoeg en laat haar voorzichtig op het asfalt zakken. Hij strompelt naar de lege auto, een Porsche is het, een splinternieuwe, donkergrijze SUV. Hij trekt het achterportier open – een blond peutermeisje kijkt hem met nieuwsgierige ogen aan, ogen die iedereen vertrouwen en alles geloven, ogen die nog niets hebben meegemaakt. Hij deinst achteruit, maar veert dan meteen terug, bukt over haar roze pyjama heen, drukt haar veiligheidsgordel los en pakt haar op.

Noa, Noa, zo voel jij dus. Wat ben je licht. Wat ben je kwetsbaar.

'Geef...' Dounya hangt tegen de betonnen zijwand van de tunnel en strekt haar armen uit.

In een reflex draait hij het meisje van haar weg.

Dounya kijkt hem diep treurig aan. 'Pak ze...'

Hij blijft het meisje van haar weghouden. 'Nee, ik ga naar Noa. Dit is de enige keer dat ik iets voor haar kan doen.'

'Pák ze.'

Hij streelt de blonde krullen die niet van hem zijn.

'Jij weet iets...'

Hij schudt zijn hoofd. Nee, hij weet het werkelijk niet. Charif dénkt alleen maar dat hij iets weet en daarom jaagt hij hen op. Maar hij is alles kwijt.

Het meisje kijkt, nog steeds nieuwsgierig, wisselend naar hem en Dounya, die op de grond ligt. De schrammen, de wonden, de stank, het bloed, het valt haar niet op. Abrupt stapt hij naar voren en legt haar op Dounya's schoot. Zij omhelst de peuter met beide armen, automatisch, ze lijkt er niet bij na te denken.

Dankjewel dat je al die jaren gebleven bent. Dankjewel dat je me telkens hebt uitgelegd wat een kindje van zoveel maanden kan, van zoveel jaren. Dankjewel dat je zomaar met me die drempel over stapte, mijn balkon op. Zonder jou was ik al dood geweest.

Hij denkt het allemaal, maar het wil zijn mond niet uit. Zijn kaak lijkt vastgeschroefd.

Hij wankelt naar de Porsche. Een raam zoemt achter hem open.

'Die auto is niet van u,' wordt er gezegd, een oude mannenstem, in onhandig Engels. '*Sir*, de chauffeur probeert op dit moment uw auto te redden...'

Hij ploft op de stoel en draait gedachteloos de contactsleutel om die in het slot is achtergelaten.

54
Ahmad

Wanneer breekt een mens? Wanneer denkt iemand: ik heb hier altijd in geloofd, al mijn energie in gestopt, vrienden om verloren en vijanden mee gemaakt, maar nu geef ik het op?

Hij weet dat hij de laatste is. Als alle mensen God verlaten, blijft hij over. God wordt niet eenzaam, want Ahmad staat naast hem en wijkt niet van zijn zijde.

Hij was nog maar negen toen hij de jongens zag, in een niemandsland onder een viaduct, tussen het grauwe beton vol graffiti, het opschietende onkruid en de verroeste, achtergelaten winkelwagentjes. Vier jongens, veertien, vijftien jaar, en ze vlogen.

Met open mond bleef hij staan, op eerbiedige afstand. Hun lijven golfden, tolden, stuiterden, wiegden, bevroren. Dit was tovenarij. Hij fietste naar de bibliotheek, waar ze laatst met de klas waren geweest en vroeg of ze ook een boek hadden over op je hoofd dansen. 'Bedoel je breakdancen?' vroeg de hippie achter de balie, en hij haalde beschaamd zijn schouders op. Thuis opende hij het boek, omzichtig alsof het de Koran zelf was. Hij las de geheimtaal, *headspin, toprock, sixstep, airflow*, al die magische woorden leerde hij uit zijn hoofd en hij oefende en oefende, alleen op zijn kamer en in zijn pyjama, als zijn moeder aan het schoonmaken was in de Kentucky's.

Soms, als hij durfde, als hij zichzelf urenlang moed had ingesproken, bleef hij bij het elektriciteitskastje staan en tuurde hij naar de moves van het groepje onder het viaduct. Op z'n kamertje deed hij ze na, honderd keer, duizend keer. En hij stelde zich elke keer voor dat hij daar stond, onder dat viaduct, en dat de jongens klapten, dat ze juichten en dat hij de *headflip* deed, de *windmill*, de *flare*. 'Jij bent de man,' zeiden ze. 'Je vader gaat trots zijn op je. Je bent de held van je moeder.' En hij ging door, door, door, en ze bleven klappen en juichen, het leek een eeuwigheid, zo moest het paradijs zijn. Dan klonk de sleutel in het slot en dook hij onder de deken. Als zijn moeder hem een kus kwam geven, deed hij net alsof hij sliep.

Toen was hij dertien en hij werd opeens geroepen.

'Hé!'

Hij keek om zich heen.

'Jij!'

Ze konden het niet tegen hem hebben. Maar ze wenkten. En hij schuifelde naderbij.

'Wat kijk jij?'

'Niks.'

'Ben je homo of zo?'

Hij schudde hard van nee.

'Wat kijk je dan?'

'Tof...' piepte hij.

'Vind jij het tóf wat wij doen?'

De leider – de langste, de stoerste, de beste – grijnsde en de zes anderen schaterden. Het was zomer, maar ze hadden allemaal mutsen op tot over hun wenkbrauwen, en hun broeken zakten tot halverwege hun onderbroeken. 'Laat maar zien.'

Hij verroerde zich niet.

'Dus toch homo.' De leider bukte naar zijn gezicht en brulde: 'Dáns!'

Bevend zette hij één hand op de grond en probeerde zijn benen omhoog te schoppen, maar die waren tien keer zo zwaar geworden, olifantenpoten waren het, hij plakte aan de grond. *Maar ik kan dit. Ik heb dit duizend keer gedaan. Papa is trots op me, als hij komt, als hij terugkomt, ooit, want hij heeft nu belangrijke dingen te doen. Hij is geheim agent, hij is op een missie, maar daarna omhelst hij me, want ik ben zijn goede zoon. Ik heb alles goed gedaan, hij is niet om mij weggegaan en ik kan mama helpen, ik kan geld verdienen voor mama met mijn moves, en alles komt goed, alles wordt veilig, alles wordt normaal.* En hij schopte weer zijn benen in de lucht, maar zijn arm was een leeglopende ballon en hij zakte ineen, zijn kin tegen het beton.

Hij had nooit meer geoefend. Maar dat gaf niets. Want het had allemaal een bedoeling. Alles was nodig geweest om hem uiteindelijk bij God te brengen. Dat breakdancen was toch van de vervloekte Amerikanen, net als hun muziek en hun films. Alleen maar om je te verdoven, in slaap te wiegen en af te leiden van God.

Maar het was nuttig geweest. Hij had zijn ware karakter ontdekt. Hij was iemand die niet opgaf.

Juist op de momenten dat hij twijfelde, werd het overduidelijk. Het kon geen toeval zijn dat hij Charif had ontmoet. Dat die Chris erbij was gekomen. Dat hij twee jaar met die steunkraag had moeten lopen. Dat Chris uiteindelijk zijn ware aard had getoond en ze nog maar met drie over waren. Maar dat moest allemaal gebeuren, het had allemaal betekenis. Hij moest zich harden. Hij moest bewijzen dat hij de laatste was, Gods laatste man.

Want toen was er dat magazine, een willekeurig blaadje dat hij ooit gekocht had, dat toen hij binnenkwam openlag bij een razend interessant artikel over killerdrones. En een paar weken later vond hij een ander magazine opengeslagen op de bank, waarvan hij niet eens wist dat hij het had gekocht, juist bij een reportage over de Sint-Pieter. En kort daarna ontdekte hij onder zijn bed een splinternieuw blad met een verhaal over de nieuwste blusrobots bij de brandweer, met een kadertje over de Moxie 300. Terwijl Charif juist hierover had verteld, over een zware drone waarmee ze het hart van hun grootste vijand ongekend konden raken, hij werkte eraan, hij zou het laten weten wanneer hij meer praktische details had. Hier waren die praktische details!

Hoe kon zoiets niet een teken zijn?

En dan waren er de dromen, de oudste manier waarop God sprak tot zijn grote profeten. Hij droomde van naakte vrouwen, kronkelende, schokkende lijven, en hij schaamde zich ervoor, totdat hij inzag dat hij zo een blik in het paradijs kreeg. God bereidde hem voor op de grote dag dat hij martelaar werd en wilde slechts de begeerte in hem laten branden, zodat hij niet zou afzwakken en de zoveelste chocolademoslim werd met vanillegebeden en suikerwoorden. Hij droomde ook vaak over grote spinnen, maandenlang begreep hij niet waarom, ze kropen overal doorheen en sprongen overal overheen, soms werd hij gillend wakker. Tot hij het beschroomd vertelde aan Charif en Ismail, en ze na een lang gesprek concludeerden dat deze spinnen nog het meest leken op drones, achtarmige drones – precies als die Moxie, waarover hij net had gelezen in dat magazine dat hij zomaar onder zijn bed had gevonden. En had Ismail niet juist gedroomd over sprinkhanen, hele hordes sprinkhanen die het land leegvraten – die maakten precies dat geluid als van drones.

En de mails! Namen die hij niet herkende, vanaf accounts die hem nooit eerder iets hadden gestuurd. Eens in de paar weken kwamen ze, in verschillende talen, waarin ze telkens in andere bewoordingen toch ongeveer hetzelfde zeiden. Ze hadden in een droom zijn mailadres gezien, het mailadres van een nieuwe strijder, een groot strijder, iemand die de dag des oordeels zou ontketenen, hij zou de Mahdi aankondigen, de ware dit keer, hij was de vonk in het olievat, alles ging door hem branden, en ze mailden om hem aan te moedigen.

De tekens waren zo duidelijk. Hij moest niet opgeven, nooit, hij was Gods laatste man. Als iedereen God had verlaten, zou hij nog naast hem staan en nooit wijken.

Soms waren er linkjes bij de mails en hij wantrouwde die. De geheime diensten wilden natuurlijk spyware op zijn computer krijgen. Als hij bij de AIVD werkte, zou hij het zo aanpakken, eerst slijmen, likken, aanpappen, en dan proberen te phishen. Maar ze waren te nauwkeurig. De AIVD kon nooit weten dat hij dacht aan achtarmige drones en een van de mails sprak juist over 'achtarmige monsters'. De AIVD kon al helemaal niets weten van hun plannen met het Vaticaan, maar een van de mails vertelde over 'een plek waar alle wegen toe leiden' en een ander over 'een wond in het hart van onze grote vijand' en dat was ondubbelzinnig. Hij was een groot strijder, dat had hij altijd geweten. En misschien zou niemand ooit zijn naam kennen, maar dat deed er niet toe, want dat was al lang zo. Niemand had hem ooit zien staan, iedereen verachtte hem en kotste op hem – hij voelde het op straat, op school, online, overal. Maar hij wist wie hij werkelijk was en die onbekende broeders en zusters in die mailtjes wisten het.

Hij klemde zich vast aan hun woorden, ze sleepten hem de moeilijkste weken door, soms moest hij er maanden op teren voordat er een nieuwe mail kwam, maar ze kwamen uiteindelijk en deden hun werk.

Hij twijfelde niet. Zeker niet. Nooit.

Iedereen had hen verraden, alleen Charif en Ismail waren nog over. Twee keer had hij een kennis uitgenodigd voor hun bijeenkomsten. Die kon de vierde worden, aan wie ze in stapjes alle geheimen konden onthullen. Maar beide nieuwelingen haakten af; de een kreeg een vriendinnetje, de ander meende dat God vredelievend is, en daar zaten ze weer met z'n drieën. We kunnen het zo prima, zeiden ze dan, drie is zat, je kunt al een drone bedienen in je eentje, een vierde erbij vertraagt alleen maar, die moeten we alles weer uitleggen, een vierde is een zwakte, een kans op verraad – Ibrahim ging maar met twee de berg op, Abu Khalein al-Du had maar twee vrouwen – drie is zat, insjallah, meer dan genoeg, we kunnen dit, echt, insjallah.

En net toen hij op z'n diepst zat, was er een zwerver naar

hem toe gerend, hij probeerde weg te duiken, maar de verwilderde man pakte hem beet en vanachter zijn plukkerige baard, vol etensresten en kwijl, murmelde hij woorden die hij maar half verstond. Maar de boodschap kwam over. De zwerver, die hij wel vaker in de buurt van het winkelcentrum had gezien en die hem later leek te ontwijken, vertelde over een droom waarin Ahmad alweer de grote strijder was, de laatste man die standhield tegen een leger van varkens. Hij was, sproeide de man, de varkensssssslachterrrrr.

Zoiets mocht hij niet ontkennen. Dit ontkennen was een teken van God ontkennen. Hieraan twijfelen was aan God zelf twijfelen.

55
Kait

Even zijn ogen sluiten. Eventjes maar, dat kan toch geen kwaad. Zijn ogen barsten uit hun kassen en zijn hersenen weigeren nog iets te verwerken. Hij is met de gloednieuwe Porsche Cayenne de tunnel uit geracet, schrikt van het felle licht, maar dan zakt het laatste restje adrenaline weg uit zijn lijf. Uitgewrongen is hij. In de afgelopen vierentwintig uur heeft hij meer gedaan dan in de vijf jaar ervoor. Zijn hand glijdt van het stuur, hij hijst hem terug. Zijn voet glipt van het gaspedaal, hij sleept hem terug.

Tien tellen, tien tellen maar, Noa... Er kan gewoon niets meer bij... Eén. Twee. Drie. Zijn hoofd wankelt naar voren. *Vier. Vijf.* De motor zoemt geruststellend. Zo is het geluid in een baarmoeder, vertelde ooit de fysiotherapeute in het revalidatiecentrum. Zoemmm, zoemmm, zoemmm ging de hartslag van een moeder... *Vier, hij was bij de vier.*

Vijf.

Zes.

Nee, hij moet zijn oogleden openduwen, dit kan zo niet, hij moet sturen... Deze bak rijdt snel, hij weet niet hoe snel, de oranje tekentjes en lichtjes op het dashboard dwarrelen. *Ik moet mijn ogen openen, Noa, ik moet jou straks zien. Straks als ik mijn ogen open, zie ik jou.*

Zijn rechterhand hangt onderaan het stuur, er zit bloed op, wat is er gebeurd, is dat van Dounya... Er is iets gebeurd...

Twee...

Deze auto gaat zo snel, Noa. Ik kan het halen, ik kan het nog halen. Drie, vier... Ik hoef nu even niets meer, die auto rijdt zo heerlijk, zoemmmm, zoemmmm, net een baarmoeder... Vier... Ik moet slapen, eventjes maar, het kan niet anders, ik kan niets meer zien, er kan niets meer bij...

Twee...

Drie...

56
Schouten

Na drie maanden werd Kait – Chris dus – ongeduldig. Ze zaten een paar avonden per week in een kring bij Charifs opa, zelf stokdoof, maar tot diep in de nacht zat hij ertussen, breed grijnzend alsof hij in een eeuwige trip was beland, terwijl om hem heen de jongeren met grote gebaren elkaar de Koran uitlegden. Zes kernleden telde de Dovemansgroep: leider Charif, zijn tienerzusje Fadilah, Ahmad, en dan nog een Joessoef, die illegaal schoonmaker was en uit Tunesië kwam, en twee Mo's, een kale en een langharige, die elkaar kenden uit de Bijlmerbajes. Een paar geïnteresseerden schoven soms aan, Kait ontwikkelde zich tot het zevende kernlid.

Ze konden in de Korf toen net de servers van Telegram omleiden en de ongecodeerde inhoud analyseren, maar de leden van de Dovemansgroep gebruikten simpele Nokia'tjes zonder apps, zogeheten burners of *dumb phones*. De huiskamer van Charifs opa was een muizenhol, zoals ze dat noemen, volgehangen met microfoontjes, maar als de televisie keihard aanging, was niets meer te verstaan, ook niet via Kaits telefoon. Waar was die ruis voor nodig? En waarom die Nokia'tjes? Zoveel interessants werd er niet gezegd. Gebeurde het serieuze werk elders, buiten het gehoor van Kait, of... was het allemaal stoerdoenerij en was deze hele infiltratie nutteloos?

's Zomers gingen ze regelmatig naar 'het Poeltje', een meertje in de duinen dat ooit ontstaan was door een reeks gedumpte Britse bommen. Ze dipten hun tenen in het water, gilden bij de profeet dat het veel te koud was, en toen begon Fadilah haar zwarte nikab uit te trekken. De jongens hapten naar adem, maar daar verscheen een hippe boerkini – plons. Toen kon de rest niet achterblijven, ze spatten elkaar nat en duwden elkaar onder water, waterboarden noemden ze dat, ook Fadilah moest eraan geloven. Ze deden zelfs tikkertje en verstopten zich achter bomen. Uiteindelijk hingen ze voldaan tegen elkaar om zich in het zonnetje te laten drogen, een Red Bull in de ene hand, zonnebloempitten in de andere.

'Het leek net een reclame voor de Evangelische Omroep,' vertelde Kait. 'Of voor tandpasta.'

'Of het was gewoon echt,' zegt Lotte nu.

'Maar waarom dan die harde tv? En die *dumb phones*?' reageert hij. 'Let maar op hoe het afloopt. De afloop bewijst alles.'

En hij vertelt hoe Kait begon te vasten, zomaar halverwege het jaar, het was niet eens Ramadan. Zeker Ahmad was nogal verzot op de koekjes in de schaal – Michelin was zijn bijnaam, hij at ze met drie vingers, duim, wijsvinger en middelvinger, zoals was voorgeschreven. Maar Kait zette een soort wapenwedloop in. Een wapenwedloop in vroomheid. De Ramadan, dat deed iedereen, zelfs de meest hypocriete gelovigen, wat zei dat nu echt? Kait, de fanatieke bekeerling, wilde iets dat verderging, iets dat werkelijk wat betekende – geen suiker meer dus voor hem, nooit. Zeker niet die koekjes daar op tafel. Vooral Ahmad keek sip, maar niemand raakte die avond de schaal aan en de volgende avond stonden ze er niet meer.

'En nu werd het serieus, Lotte.'

De hadj is begonnen. Wordt het hier ook al lichter in de kamer?

'Bij het afscheid op de brug omhelsden we elkaar lang. Ik wist dat het eindeloos zou duren voordat ik hem weer zou zien.'

De blik van zijn dochter voelt zoals vroeger die van de juf – hij kan haar niet aankijken.

'Ik herinner me geen omhelzing van u.'

Ik ook niet.

En hij denkt weer aan Abraham en zijn zoon, die nooit hebben bestaan en nooit enige berg beklommen, er was geen offer en er was geen engel, want alle offers zijn gedoofd en alle engelen zijn gevallen, maar hij weet hoe zij zich voelden, daar onderaan de berg, vlak voordat zij aan hun klim begonnen.

'Het vasten deed iets. Het bewees dat ze meer waren dan de gewone gelovigen, dat ze bijzonder waren, dat het geloof werkelijk iets voor ze betekende. Maar het schiep ook achterdocht, want deed iedereen wel echt mee? Had iemand door dat jij stiekem had gesnoept? Konden ze dat aan je zien?'

En na een paar weken trappelen van ongeduld ging Kait een stap verder in zijn wapenwedloop. Hij vond het lastig om erover te praten, bekende hij aan de groep, eigenlijk schaamde hij zich. Je kunt alles met ons delen, was de reactie. Maar hij wilde ze er niet mee lastigvallen, aarzelde Kait, de studie was veel belangrijker, het was maar iets vaags, iets persoonlijks, en het ging toch om de eeuwige waarheid. Ze drongen aan en uiteindelijk liet hij zich ontvallen dat hij een droom had gehad. En al tegenspartelend liet hij de droom uit zich trekken.

Er werd aangebeld in zijn droom, hij deed open en daar stond een kubusvormig doosje op de stoep, helemaal zwart. Iets van een juwelier, dacht hij, er kon een ring in zitten. Hij pakte het op, maar zijn armen bewogen uiteen, wijder en wijder, en het pakje paste niet meer door de voordeur. Hij bukte om het terug te zetten, zijn armen bewogen terug naar elkaar en het doosje was weer klein. Hij pakte het nog een keer op, botste weer tegen de deurposten. Toen stond er plotseling, zoals dat gaat in dromen, een vrachtwagen in de straat en hij wilde het doosje erin laden, maar zelfs daar paste het niet in. Einde.

'Wollah, dromen zijn de plek waar God spreekt,' fluisterde Fadilah vol ontzag.

'Het is ook de plek van de djinns,' mopperde Ahmad.

'De zionisten dromen ook,' wist Joessoef.

'Mohammed, vrede zij met hem, heeft vele dromen gehad,' vond Fadilah en ze bladerde in haar koran.

'Maar wat betekent dit dan?' protesteerde Kait. 'Ik kan er echt geen touw aan vastknopen.'

'Begrijp je het écht niet?' Zij keek hem verontwaardigd aan. 'Een zwarte kubus. Hallo? Een. Zwarte. Kubus.'

'Denk je... Denken jullie...?'

'De Kaäba, man!'

Hij sputterde uiteraard omstandig tegen, maar een van de gasten kende de regels nog niet en had een smartphone mee, begon druk te zoeken en ontdekte dat God inderdaad regelmatig via dromen spreekt. Tegen het einde van de avond was de unanieme conclusie dat God Kait duidelijk probeerde te maken dat hij op hadj moest en de reis naar de Kaäba zelf moest maken.

'Het is een droom van God,' zei Charif, met een vaderlijke toon. 'Dat herken jij zelf nog niet, maar wij wel. Als je weer een droom hebt, kom naar ons.'

'Precies,' zei Ahmad, die alles beaamde wat de leider zei. 'Zo is het, kill. Je weet!'

Kait had al snel weer een droom, die hij pas na de nodige aarzelingen durfde te onthullen. Hij was zo onzeker over zichzelf. De groep was veel ervarener. Hij wist nog zo weinig. Was dit geen verleiding van Shaitan? Shaitan was toch een meester in bedrog? Hoe wisten we nu zeker dat die zijn dromen niet had ingegeven? En hoe zat het met de djinns? Geloofden we echt in dat soort geesten en konden die ook dromen ingeven?

Charif knikte naar de televisie, een van de leden zette die op standje oorverdovend. Ze bogen hun hoofden bij elkaar, terwijl de stokdove opa verheerlijkt grijnzend in zijn stoel wiegde, en Kait schreeuwde zijn droom, het resultaat van het brainstormen met Schouten via Telegram. Er hadden paarden aan de horizon gestaan met daarop ridders, met witte kleden en een soort rode tekens.

‘Kruisvaarders, die *haloef!*’ werd geroepen.

Kait keek hem verbijsterd aan. ‘Echt? Maar waarom zou ik dromen over kruisvaarders? Ik heb niks met…’

‘Ga door,’ drong Charif aan.

De ridders met hun rode kruizen waren naar hem toe gereden, dichterbij en dichterbij, ze wierpen hun speren, die doorboorden de vrouwen om hem heen, de kinderen, tsjak-tsjak-tsjak, verschrikkelijk. Toen kwam er een speer op hemzelf af, recht naar zijn hart, heel traag, als in slow motion, maar toen die eindelijk zijn borstkas raakte, voelde hij niets. En hij keek omlaag en zag waar de speer op was afgeketst – een boek.

‘De Koran!’ riep Fadilah meteen.

‘Maar…’ aarzelde Kait luidruchtig, ‘in mijn droom wist ik dat niet.’

‘Het kan niet anders.’

‘Door!’ vond Charif.

En Kait vertelde dat de ridders nog verder waren genaderd, ze hadden hem omsingeld, maar toen kromp hij en hij kroop in het boek – dat bleek van binnen een gigantische ruimte, met sterren aan het plafond en goud op de vloer.

‘Ik zei toch,’ riep Fadilah. ‘En kan die teringherrie uit?’

Het geluid van de tv werd zachter gedraaid.

‘Wat heb ik gedroomd?’ smeekte Kait in diepe wanhoop. ‘Wat was dit? Wat moet ik hier nou mee? Waarom gebeurt mij dit?’

De ware verleider laat zich verleiden. En tot diep in de nacht, met tussen hen in de grijnzende opa, bespraken ze alle theologische aspecten van dromen. Ahmad werd gedurende de avond stiller en stiller – de tweede man is de gevaarlijkste.

‘Mamá!’ klinkt het. Schouten en zijn dochter kijken tegelijk de gang in.

57
Chantal

De agente keek haar schuin aan vanachter het gewapende glas. Ze leek een pruik te dragen, alsof ze ultraorthodox was.

'Nee, ik ben er niet ook-zo-eentje,' zei ze gepikeerd in de toegangshal van het politiebureau.

'Maar wat wilt u, mevrouw?'

'Ik ben vaak in de stad, ik ben gids, dat zei ik u, en het is nog nooit zo erg geweest. Al die dwazen roepen hetzelfde, echt tientallen en het worden er steeds meer. Morgen is het al. Morgen zou er een ongekende aanval van...'

'Stalen sprinkhanen, ja, en dat zouden dan drones zijn.'

'Dat zeggen die wijsneuzen in mijn groep, die types die hun bijbel van a tot z kennen. Maar wat het ook is – er gaat iets verschrikkelijks gebeuren. Dat kán in elk geval.'

De agente schreef iets op een post-it en gaf het haar. 'Belt u dit.'

Ze herkende het nummer. 'Ik ken Rothstein.'

De agente trok langzaam haar wenkbrauwen op. 'U bent daar al geweest?'

'Ja, maar niet voor mijzelf, als u dat bedoelt.'

'Zeker, zeker, u bent helemaal gezond.' De agente glimlachte, maar haar ogen deden niet mee. 'Daar kunnen ze u verder helpen. Ze zullen goed naar uw verhaal luisteren. Ze zullen u geloven.'

Ze beet op haar lip. 'Mevrouw, ik bén gezond. Ik slaap goed, ik ben niet religieus, maar ik maak me zorgen over ánderen.'

'Zeker, zeker. En wat wilt u dat we doen? Er komen drones, zegt u. Welnu, we hebben onze radars, de dreiging van drones is niets nieuws. Moeten we nu de stad platgooien?'

'Maar we kunnen toch niet lijdzaam hier wachten?'

'Mevrouw...' De agente zuchtte. 'Bent u eenzaam?'

Ze keek haar verbijsterd aan. 'Wat doet dat er nu toe?'

'Als we veel alleen zijn, gaat ons hoofd rare dingen doen. Gedachtes moeten niet te veel opgesloten zijn, gedachtes zijn...' Ze zocht geërgerd naar een beeld. 'Als nat wasgoed. Dat moet je buiten hangen, anders gaat het stinken.'

Ze wilde iets zeggen, maar sloot haar mond weer.

'Praat erover.'

Chantal knikte langzaam.

'Dus.'

Ze bleef de balie vasthouden.

'De rij is lang, mevrouw.'

Ze schudde van nee.

'Het is beter dat u vertrekt.'

Ze staarde lang terug en zei toen ijzig: 'Wat als ik zeg dat er morgen een bom valt. Wat gebeurt er dan?'

Er trok een spasme over de wang van de agente. 'U beweert dat er morgen een bom valt.'

Haar arm verdween onder de balie, ze begreep wat dat betekende en begon te ratelen: 'Nee, stel, stél dat hier iemand kwam en die beweerde dat er een bom zou vallen – dat zou u toch serieus moeten nemen? U zou toch een melding moeten maken? Als je dat op het vliegveld zegt, gooien ze meteen alles plat.'

Verderop in het gebouw, achter haar, naderden rennende voeten.

'Mevrouw, heeft u informatie dat er morgen een bom valt?'

'Het zou kunnen, dát zeg ik.'

'U heeft kennis van de káns dat er morgen een bom valt.'

Het geklets in de wachtruimte achter haar was stilgevallen.

'Mevrouw?'

Ze deinsde achteruit. 'De kans, ja. De kans.'

De ogen van de agente flitsten even weg naar een gang achter haar. Ze merkte het op en rende naar de uitgang. 'Ik heb mensen gespróken, die weten het zeker,' riep ze intussen. 'Dat moet toch genoeg zijn?' De automatische deuren openden niet en ze botste tegen het glas aan. Ze wankelde, probeerde haar evenwicht te bewaren, wapperde met haar handen naar de sensor boven haar, maar de deuren bleven gesloten. Trage voetstappen achter haar.

'Mevrouw,' klonk het, 'blijf stilstaan...'

En toen lag ze in een kleine politiecel, op een harde plastic plaat, zonder deken. De wanden waren van glad beton, met een rond raampje van gewapend glas en een verankerde metalen koker als toilet. Ze droomde over Michèl, de jongen die ze achttien jaar geleden had verlaten en toen eeuwige trouw had beloofd. Hij rende over een strand, hij keek doodsbang achterom, een gigantische wolk sprinkhanen joeg hem op, het klonk als een grote storm, als duizend houten wielen die ratelden, de sprinkhanen vormden een kegel richting zijn nek, de voorste sprinkhanen hadden hem bijna ingehaald, ze lachten hysterisch met veel te lange tanden, als een paardenbek, net als die paardenbek van die zwangere vriendin van hem – en ze werd wakker.

Hoewel ze rilde van de kou, was haar rug doorweekt van het zweet. Was dit nu wat die profeten in de stad bedoelden met visioenen? Hadden zij ook allemaal dit soort dromen?

Ze bonsde op de mintgroene stalen deur. 'Ik moet iets vertellen!'

Na een half uur bonzen en gillen, kwam er een bewaker. Ze moest bij het raampje in de buitenwand staan en hij opende het luikje. 'Ja?'

Wat kon ze zeggen? Ze kon niet over die sprinkhanen beginnen, die bevestigden alleen maar dat ze gek was, maar ze kon ook niet plotseling ontkennen dat ze ooit iets gezien had, dat deed natuurlijk iedereen hier. *Ik moet Michèl bellen.* Hem mocht niets overkomen. Hoe klein de kans ook was, die dromen kónden iets betekenen. En wat als hij net op de verkeerde tijd op de verkeerde plek stond en zij hem had kunnen redden, maar dat niet had gedaan, gewoon omdat ze zo nodig kritisch en modern moest zijn...

'Ja?' herhaalde de bewaker.

'Vandaag is de dag,' zei ze.

'Welke dag?'

Ze zocht radeloos naar woorden. Elke optie klonk gestoord. De bewaker sloot het luikje alweer.

'Ik ben ongesteld,' riep ze toen, zonder er over na te denken, waarop hij een paar minuten later terugkwam met drie maandverbanden zo groot als iPads.

Ze werd opgehaald en naar een kaal verhoorkamertje gebracht. Twee vrouwen in militaire kleding ondervroegen haar langdurig en machinaal. Hoeveel uur ze werkte, hoe lang ze sliep, of ze ooit religieus was geweest, of ze weleens visioenen had, waar die 'profeten' dan stonden, of ze hen kon identificeren, wat ze precies zeiden... Ze werkte gehoorzaam mee. Als ik mak ben, heb ik de meeste kans om hier weg te komen, dacht ze. Nuchter overkomen, maar niet gevoelloos. Ontspannen, maar niet overdreven nonchalant. Want ik moet hier snel weg. Ik moet Michèl waarschuwen. Michèl is alles wat ik heb.

'Als we je vrijlaten, wat is dan het eerste wat je doet?' vroeg de bonkige van de twee, met een brede nek en kloppende slapen.

'Ik ga naar mijn kamer, ik bak een eitje en bel mijn baas om uit te leggen waarom ik weg was.'

De frêle, met ingevallen wangen en een grote hoornen bril, noteerde deze keer niets.

'Waarom heb je onze medewerker op het bureau bedreigd?'

Ze wilde zeggen dat ze haar niet bedreigd had, maar hield zich in. 'Ik probeerde haar te wijzen op – en dat deed ik wellicht wat onhandig – op het wonderbaarlijke, ik bedoel, het interessante fenomeen van die...' Ze aarzelde. 'Die types op straat, die allemaal ongeveer hetzelfde zeiden.'

De bonkige las voor: 'U zei: wat als er morgen een bom valt, wat dan.'

'Ik bedoelde het als gedachte-experiment.'

'Gedachte-experiment?'

'Stel dat iemand daar binnenkwam die wist van de kans dat er iets ergs zou gebeuren, dan moest ze toch reageren.'

'En waarom ondernam u dat gedachte-experiment? Het is daar geen sjoel, mevrouw De Fèvre.'

'Nee, maar al die types, dat kon toch iets betekenen?'

'Denkt u dat het iets betekent?'

De frêle was weer druk aan het schrijven. Als ze ja zei, dan was ze nu gek. Als ze nee zei, was ze toen gek. Ze trok haar schouders op.

'Wat bedoelt u met dat gebaar?'

Ze keek haar onbegrijpend aan.

'Die schouders.'

'Niets.'

'U trekt uw schouders op, maar u bedoelt er niets mee.'

'Ik weet het niet!'

'Dus u weet niet wat er gaat gebeuren en u loopt een politiebureau binnen en u gaat zeggen dat er een kans is op een gewelddadige aanval met drones.'

'Ik wist wel íets. Al die profeten op straat, die...'

'Profeten?'

'Die types, die gekken.'

'Gekken? Zijn het profeten of gekken?'

Ze kon wel huilen. 'Dat weet ik niet! Maar het kán toch! Het kan toch dat ze gelijk hebben?'

'Waarom zou u ze geloven?'

Ze wilde vertellen over haar eigen dromen, maar hield zich in. 'Ik vind, ik vond, dat we de mogelijkheid moesten onderzoeken.'

'Vond of vind?'

Ze schudt met haar hoofd.

'Vond of vind.'

'Vond.'

'Wat heeft u van gedachten doen veranderen? Dat we u opsloten?'

Ze keek weg.

'U vindt eigenlijk nog steeds dat we het moeten onderzoeken.'

Vaag knikte ze.

'En wat weet u dat wij niet weten?'

Ze haalde haar schouders op.

'Mevrouw De Fèvre.' De stevige vrouw verhief haar stem. 'Kent u mensen die van plan zijn een aanval met drones uit te voeren of heeft u iets over die plannen gehoord?'

'Nee,' piepte ze.

'Weet u wat ik denk... U heeft een vriendje of een familielid met dit soort plannen, maar u wilt hem niet verraden, dus komt u met zo'n absurd verhaal over profeten in de stad. Omdat u het toch ook te erg vindt dat er zo'n aanval komt.'

Nu barstte ze in snikken uit. 'Nee! Echt niet!' En toen ze gekalmeerd was: 'Ik mag toch één telefoontje plegen? Alstublieft? Ik moet iemand bellen.'

De twee ondervragers keken elkaar kort maar veelbetekenend aan. 'Schrijf hier de gegevens op. Wij doen ons uiterste best.'

Toen ze teruggebracht werd naar haar cel, passeerden ze onderweg een tv-schermpje, met honderden mensen in het wit, hun haren ongeknipt, de mannen met wilde baarden. Ze zongen. Daar, tussen de vrouwen achter het hek, een flits van herkenning. Was dat Li? De vrouwen strekten hun handen vooruit, richting de Klaagmuur. De mannen drukten hun ruggen tegen de immense stenen, de armen in elkaar gehaakt. Een rij politieagenten naderde.

Ze ging in foetushouding op het plastic bed in haar cel liggen. Als ze Michèl maar niets aandeden, als ze hem maar niet lastigvielen... Ze kneep haar ogen dicht. Het voelde belachelijk, maar ze moest haar gedachten aan hem overzenden. *Pas op, Michèl, pas op vandaag, zorg dat je in veiligheid bent. Voor mijn part ben je bij die paardenbek van je, maar kom niet buiten vandaag. De drones komen, de drones komen – alle gekken hier zeggen het. Hoor me, alsjeblieft – wij hadden toch zo'n band, een band die alle afstanden kon overbruggen – hoor me...*

Toen ze wakker werd, was ze opgelucht. Ze had geen explosies gehoord, niet tientallen sirenes, de ondervragers hadden niets gezegd – het was allemaal een fantasie. Een stel psychoten die elkaar hadden aangestoken, met misschien wel de kinderlijke Li als eerste. Ze zouden haar nu wel snel vrijlaten. Ze konden toch ook bij haar baas en haar collega's controleren dat ze altijd evenwichtig was geweest en nooit verontrustende dingen had uitgekraamd. Ze mochten haar hier niet eeuwig vasthouden, daar stond vast een maximaal aan uren op – 48 uur, had ze dat niet ergens gelezen?

Dan, om 11.31 plaatselijke tijd, hoort ze enkele geweerschoten, vrijwel direct gevolgd door een diepe grom, nog een en nog een, zes op een rij, als een oermonster uit de onderwereld dat zijn strot schraapt. Het gebouw trilt, te laag om te horen, als een koude rilling door haar lijf. Op de gang springt een alarm aan. De zwerver in de cel naast haar begint op de deur te rammen en gilt dat hij niet levend begraven wil worden. Overal in de stad springen autoalarmen aan, sirenen loeien, enkele tellen later ook de luchtalarmen. Ze heeft zich in een reflex tegen de muur aan gedrukt, ze wil in de stenen kruipen, in de stenen is het veilig. Verbijsterd kijkt ze door het ronde raampje met gewapend glas, waar onderaan een beige stofpluim zichtbaar wordt, steeds hoger en groter, tot er niets anders te zien is.

58
Schouten

Hij wacht, alleen, in de huiskamer die langzaam kleur krijgt. De bank zakt ver door, dat is een tweedehandsje – de mosgroene wollen deken waar hij op zit probeert ongetwijfeld de scheuren te verhullen. Op een kastje voor hem, Ikea lijkt het, staat iets in de vorm van een fontein, gemaakt van honderden aan elkaar geplakte schelpjes. Houdt ze van het strand? Zijn ze daar vroeger ooit naartoe geweest? Acht kindertekeningen aan de muur, de meeste met een groot en een klein figuurtje die elkaars hand vasthouden, een krans van hartjes eromheen – zijn dochter heeft momenteel geen vriend. Of die houdt ze nog op afstand van Noa.

Pas een paar maanden nadat ze was bevallen, drong tot hem door dat hij opa moest zijn. Hij was non-stop bezig geweest met Kait en toen dat zo afschuwelijk was misgelopen, bleef zijn hoofd malen. Zijn ex wees hem er fijntjes op: 'De wereld willen redden en niet eens een kaartje kunnen sturen?' Hij belde meteen Lotte, duizendmaal sorry, maar het bleef stil en toen hing ze op. Hij liet een gigantische bos bloemen bezorgen, de bloemist meldde dat deze was geweigerd. Hij pakte de duurste knuffel in, die kwam retour.

Drie keer had hij nog op een bankje in het park gezeten, vlak bij haar nieuwe flat, in een trainingspak en met een blonde pruik op. Ze liep eenmaal langs met de kinderwagen. Hij kon er niet in kijken. Hun ogen kruisten, ze knikte als groet, geen herkenning.

'Waarom mag ik niet...' klinkt nu een kinderstem in de gang. Bijna zingen lijkt het, glashelder. Een kind met zo'n stem moet engelachtig zijn. Goudblond haar, heeft hij zich al vaak voorgesteld, net als Lotte vroeger, met een lichte slag.

Gemompel als antwoord.

'Ik wil niet!' hoort hij en zelfs haar gedrein klinkt alsof ze tegelijk lacht.

Zou ze weleens huilen? Dan nog is ze vast prachtig.

De voordeur achterin de gang wordt geopend.

Nee! Laten ze hem hier achter?

Machteloos blijft hij op de ingezakte bank. De voordeur sluit, voetstappen in de gang, daar is Lotte weer. Die flits van Mies Bouwman. Ze heeft zich omgekleed, draagt nu een herenpantalon en een zwarte blouse. Stoer, haar punkverleden schijnt er nog in door, zoals het rijtje littekens aan haar oor van de ringetjes toen.

'Zo,' zegt ze. 'Je was aan het uitleggen.'

59
Zuha

'Mag ik u iets vragen?' begint ze aarzelend.

Het is nog rustig in de Grote Moskee. Er slenteren tientallen groepjes en eenlingen door een zuidelijke bijzaal, de mannen met twee witte doeken omkleed, de vrouwen in eenvoudige zwarte gewaden, hun gezicht onbedekt en – verrassend voor wie Mekka niet kent – niet afgescheiden van de mannen. Rangen en standen lijken te verdwijnen, alleen aan de schoenen kun je die nog herleiden of aan hoe zorgvuldig de wenkbrauwen zijn geëpileerd, soms aan het metaal van het brilmontuur. Een van de vele imams komt haar richting op gelopen, in een vlugge pas, zijn blik op de marmeren tegels gericht. Een jonge man is hij nog, met nauwelijks baardgroei, en Afrikaans.

Hij is net zo donker als ik, een van zijn voorouders was misschien een slaaf. Bij hem maak ik een kans.

Maar hij vertraagt zijn pas niet en zij buigt af om hem te volgen.

'Het gaat over de Zwarte Steen. Ik moet het weten.'

De imam reageert niet.

'Alstublieft, ik smeek het u.'

'Vraag het iemand anders,' mompelt hij nu en maakt een wegwerpgebaar.

'Niemand heeft tijd, u bent al de elfde.' Ze slikt om niet te huilen.

Een korte aarzeling in de benen van de imam, dus blijft ze achter hem aanlopen en stelt de vraag die ze de afgelopen dagen al zo vaak heeft gesteld: 'Is het waar dat de Zwarte Steen ogen en een mond krijgt op de Oordeelsdag? Er is een Hadith, maar is die betrouwbaar? U werkt hier en...'

Hij draait zijn hoofd even in haar richting.

'Ze zeggen dat de Zwarte Steen zal vertellen,' ratelt ze door, 'wie hem heeft gekust en voor hen pleit. Ze zeggen zelfs dat al hun zonden worden kwijtgescholden.'

Ze naderen het einde van de bijzaal, de imam vertraagt iets om een groepje Indonesische gelovigen te ontwijken, en stapt de volgende bijzaal in.

'Wilt u vertellen wat uw visie is? Alstublieft...'

Er zijn twee miljoen pelgrims in Mekka en de omliggende plaatsen, de hotels verhuren soms zelfs hun balkons, in de velden zijn immense tijdelijke tentenkampen ingericht. En van al die pelgrims zijn er maar weinig die zozeer naar de *tawaaf* snakken als zij. Als meisje, thuis in Jaipur, was er eens een collega van haar vader blijven eten en hij vertelde erover. Zeven keer om de Kaäba, op de eerste dag van de hadj, tegen de klok in, samen met bijna één miljoen medegelovigen. 'Alsof we één lichaam waren,' zei hij, dat herinnert ze zich nog letterlijk. En hoe haar moeder wegkeek, een blik die ze inmiddels als jaloezie begrijpt. Die collega gloeide, er was een zon in zijn binnenste.

Een paar jaar later schreef ze bij een gedichtenwedstrijd op school over deze tawaaf, die ze vergeleek met water dat draaiend in de gootsteen verdwijnt, want zo werden de gelovigen aangetrokken tot de Kaäba. In alle naties en alle volken baden ze in die richting, maar vlakbij werd de kracht zo onweerstaanbaar dat alle gelovigen gingen tollen, alsof ze een enkel lichaam waren, alsof ze water waren, draaiend in de tobbe. Normaal stotterde ze en was ze bedeesd, maar toen ze dit schreef, zweefde ze en de woorden kwamen vanzelf. Zo heeft die collega van papa zich gevoeld, dacht ze, daar in de Grote Moskee. Dit is het mooiste gevoel dat er bestaat en dit zijn de mooiste woorden die er zijn.

Ze kreeg een F wegens 'religieuze propaganda', zoals in rode letters dwars over de woorden stond. 'Doe dit nooit weer,' zei de meester toen hij de vellen uitdeelde in de klas. 'Je bent een schande voor India.'

Ging het over vriendjes, vroegen haar vriendinnen in de pauze samenzweerderig, waar ze in Bollywood over zingen, wat die vriendjes met je willen doen en wat ze eigenlijk niet mogen doen? Ja, zei ze. Ohòòh, perziken, ging het over perziken, over het eten van perziken, giechelden de meiden. Wat denk je, zei ze, bergen perziken. Ohòòh, jij bent echt een slet, sisten de meiden. Nee, geen bergen – *tien* perziken, dat bedoelde ik, probeerde ze haar fout te herstellen. Tien, herhaalden de meiden, nu weer bewonderend, tien, ohòòh... Tien leek het goede aantal en haar vriendinnen dwarrelden uiteen over het schoolplein, terwijl zij achterbleef en niets begreep van wat er zojuist was gebeurd.

Als twintiger zag ze talloze filmpjes van pelgrims, met hun telefoons in de massa, draaiend om de Kaäba. Het was bedwelmend, ze kon er uren naar kijken. Stiekem alleen op haar kamer, want haar moeder zou anders schelden over de corruptie van het Saoedische koningshuis en dat ze toch nooit werden uitgeloot, en haar vader zou huilen dat áls het lot al op hen viel, ze toch het geld nooit hadden voor de vliegtickets. Het was even bedwelmend als die ene nacht met Umar, haar collega van de vijfde verdieping, die daarna telkens iets belangrijks had te doen – toen eenmaal hun lichamen om elkaar heen cirkelden, door een magische kracht aangetrokken, en het was alsof zij water waren, kolkend water.

'Worden je zonden vergeven als je de Zwarte Steen kust?' vraagt ze nogmaals.

Nu staat de imam eindelijk stil, met een schok, maar hij draait zich niet om. Hij knikt langzaam. 'De Zwarte Steen,' spreekt hij uiteindelijk, vermoeid en terwijl hij voor zich uit blijft kijken, 'was oorspronkelijk een beschermengel. Maar toen

Adam de verboden vrucht at, lette hij niet op en als straf veranderde God hem in een edelsteen. Toen echter de profeet, vrede en genade zij met hem, de steen ontmoette, groette die hem verheugd en vol eerbied. De steen weet wie hem gekust heeft, de steen vergeet het niet, de steen zal voor u getuigen.'

En hij loopt verder.

'Duizendmaal dank!' Ze haast zich achter hem aan. 'Een laatste vraag, ik bid u om uw tijd, een paar tellen maar, ik smeek het u...'

De imam mindert geen vaart. Haar kansen zijn verkeken en ze blijft eindelijk staan, verloren in de grote zaal, tussen het gedempte gemompel van de pelgrims en het geklik van de schoenen op het kale marmer. Even dacht ze, een ogenblik maar, dat ze de vraag kon stellen die ze nog nooit heeft gesteld, maar die altijd in haar brandt: kunnen álle zonden vergeven worden, echt allemaal?

Beelden van gisteren flitsen langs. Die jongen, dubbelgeklapt over dat kruis. Die president met zijn hand op die absurd dikke bijbel. Die honderden wit geklede mensen die de Klaagmuur afschermen. Die IS-vlaggen, zelfs in het tentenkamp hingen ze overal. 'Ze gaan toch niet de tawaaf annuleren?' klonk het om haar heen. 'Dat hebben ze met corona ook gedaan,' werd gereageerd, 'maar toen zaten niet al twee miljoen pelgrims hier, die hun laatste geld aan de tickets hebben uitgegeven...' Inderdaad, begreep ze, als de autoriteiten de hele hadj nu opdoeken, hebben ze een massa van twee miljoen gelovigen tegenover zich die een jaarsalaris hebben betaald en pas over een paar weken weg kunnen. En inderdaad ging gisteravond het gerucht rond dat de Heilige Commissie van Ouderen had besloten niets te annuleren. Uit een gesprek in de tent naast haar begreep ze dat terroristen vanuit Jemen al jaren Saoedi-Arabië bestookten en enkele raketten waren toen ook dicht bij Mekka geland, maar ze hadden gezworen dat het vergissingen waren en dat ze nooit op de heiligdommen zouden richten.

'Ik heb sluipschutters gezien, die zijn speciaal getraind,' hoorde ze vanuit een andere tent, 'en er zijn laagteradars. Geen drone komt hier binnen...'

Ze hoopt vurig dat niet haar broeders en zusters hierachter zitten. Ze denkt aan haar meester en de rode krassen over de mooiste woorden die ze kon bedenken. Haar geloof is een schande voor India, dat is haar honderden keren verteld en vaker nog gesuggereerd, in een beschaamde stilte, als haar collega's nakletsten over een Hindoefestival dat ze bezocht hadden en zij toevallig langsliep. Ze negeerde het telkens, terwijl ze terug achter haar computer kroop en verder modelleerde aan een nieuw steentje voor BricKeys, het Indiase antwoord op Lego.

Eenmaal heeft ze gevraagd of ze mee mocht naar *holi*, waar iedereen in de kleurstoffen danst. 'Natuurlijk,' zeiden haar collega's, met een vage glimlach. 'Er zijn geen tickets, hoor, iedereen is welkom.' Ze had de kleurstoffen gekocht en alles gelezen over de betekenis van het feest, de glimlach was niet van haar gezicht te krijgen. Ze zou er eindelijk bij horen, eindelijk echt. 'Hoe weet ik waar jullie zijn?' vroeg ze op de grote dag, en haar collega's zeiden dat ze vanavond zouden appen, het kwam allemaal wel goed. En die avond wachtte ze verheugd op haar kinderkamer bij haar ouders. Het werd tien uur en ze hoorde ver in de binnenstad muziek en gejoel, maar er kwam geen appje. Misschien zijn ze het vergeten, dacht ze en ze appte een van haar collega's, toen een tweede, een derde, maar er kwam niets terug. Misschien herkennen ze mijn nummer niet, dacht ze, misschien staat de muziek te hard, misschien is er iets ergs gebeurd. Ze wachtte tot drie uur in de ochtend en er kwam geen appje.

Haar collega's kwamen de dag erna niet opdagen, het hele kantoor bleef leeg, zoals altijd na een festival. Zij zat weer als enige op de afdeling, alleen de schoonmaker passeerde en groette haar met 'salaam', maar zij groette niet terug.

'Het zijn de Amerikanen,' klonk het om haar heen op straat, toen ze zojuist naar de Grote Moskee liep. 'De zionisten doen dit, om ons te verzwakken,' hoorde ze. 'Juist nu, nu het bijna Offerfeest is.' En toen het filmpje met het gezicht van Abu Khalein al-Du wereldwijd werd uitgezonden, wist iedereen meteen: '*Fake*, dat zie je zo. Dat heeft een sjiiet ingesproken. Of de koning. Anders een djinn. Een echte broeder doet dit niet.'

Ze gelooft het niet. Ik ben dan bedeesd, denkt ze, en als ik iets begin te zeggen bij een vergadering praat er altijd iemand overheen, ik kom nooit aan het einde van mijn zinnen, maar in mijn gedachten ben ik vrij. Ik kan mijn eigen conclusies trekken. Zoals ik ook mijn eigen conclusies trok in die nacht van het holifestival, alleen op mijn kinderkamer, verlaten door mijn vrienden, en ik de zonde beging waarvan iedereen zegt dat die niet vergeven wordt en dat je de hel nooit kunt ontsnappen, behalve als je die ene steen weet te bereiken, de heiligste van alle stenen en die kust.

60
Schouten

Noa is weg. Maar Kait komt voor haar.

'Ze moet niet naar school vandaag, Lotte.'

'Dat bepaal ik wel.'

'Alsjebl-'

'Houd op! Ik ben haar moeder, ik zorg al die tijd voor haar, u laat intussen niets van u horen, het landsbelang is groter – alles was altijd groter dan ik – en nu opeens staat u voor de deur, midden in de nacht, en dan moet ik plotseling naar uw pijpen dansen?'

Wat kan hij zeggen?

'Vertel. U was aan het vertellen. En als de wereld echt vergaat, zou ik maar haast maken. Vandaag was de grote dag toch? Waar waren we?'

'Nou...' Hij hakkelt, alweer. 'Kait was dus binnen bij die groep. En ik probeerde hem een beetje bij te sturen. De scherpe randjes eraf.'

'Vertel.'

'Mijn begeleiding bestond vooral uit berichtjes via Telegram. Het meeste bedacht hij zelf. Ik gaf hem alleen zo nu en dan duwtjes.'

'U kon hem nog terugfluiten.'

Maar de ware verleider láát zich verleiden. Er is niets zo sterk als een gedachte waarvan je meent dat die van jezelf komt.

En dus remde hij zijn tovenaarsleerling vooral af. Kait hoefde echt de boel niet over te nemen, benadrukte hij telkens, gewoon groepslid zijn was genoeg. En drones, ach, die waren dan wel hip, maar wat kon je daar nou echt mee?

'Lotte, heb jij ooit een besluit genomen dat toen het beste leek, naar je beste kunnen, maar dat later rampzalig uitpakte? Je had er zorgvuldig over nagedacht, met alles wat je in je had, maar alles liep anders dan je had verwacht? En ben je daar dan schuldig aan? Dat vraag ik me voortdurend af.'

'Zoals dat ik met Kait een relatie begon? Zoals dat ik u hier binnen heb gelaten?'

'Toe nou...' Hij wringt in zijn handen. 'Het was allemaal kansberekening. En wat is dat niet? We kijken naar de toekomst, we hebben flarden informatie, we maken onze inschattingen, we kiezen met de beste bedoelingen... En dan zijn we in die toekomst en is alles anders gegaan. Kun je worden veroordeeld voor een verkeerde kansberekening? Met de beste bedoelingen heb ik dit land proberen te beschermen, je moeder, jou... Noa...'

'En kijk waar we nu zijn.'

Al tijdens Kaits opleiding was hij over die vervloekte IRT-affaire begonnen. Waarnemen mag, maar zelfs meelopen was sindsdien al discutabel. Waarop Kait natuurlijk vroeg wat 'actief meewerken' is, hoeveel procent aandeel is dat, exact? Zo min mogelijk, antwoordde Schouten, vermijd alle schijn. En Kait informeerde of de bleekneuzen die de wet schreven, toevallig ooit een gewoon gesprek hadden gevoerd. Want als je ergens aanwezig bent, zelfs als je zwijgt, héb je een aandeel. Een actief aandeel. Wie zwijgt stemt toe.

'Veel kansberekeningen waren juist, Lotte. Kait was met die dromen gekomen en we wisten zeker dat Ahmad nu zou gaan overbieden. Het was een wapenwedloop in vroomheid.'

En inderdaad, Ahmad begon nu ook over dromen te vertellen. Vaak warrige, complexe beelden, zonder duidelijk punt, de groep kwam er niet uit, maar in eentje kwamen bijen voor, een hele zwerm bijen die staken. En Kait suggereerde, bijzonder nederig, want hij was nog maar zo'n kleine gelovige, dat dit misschien drones waren, want die maakten toch ook zo'n zoemend geluid. Er werd langs gepraat, de groep hoorde het nauwelijks, maar Ahmad had het gehoord.

Op Telegram vroeg Kait of hij echt niet te ver ging. En Schouten vertelde over de video's op YouTube van Oostblokkers die allerlei wapens onder drones hingen. Een kalasjnikov, een handgranaat, zelfs een vlammenwerper. Allemaal legaal, de platforms filteren dat nog steeds niet. Zoek wat verder en je vindt de handleidingen, soms met Ikea-achtige plaatjes hoe je het bouwt. En het werkt allemaal prima, althans, op die video's. Het probleem is – en dat benadrukte hij meermalen tegen Kait – dat het in de praktijk nog knap lastig is zo'n wapen in elkaar te zetten. Een team had het getest. Drones raken gedesoriënteerd door het extra gewicht, zwabberen door de terugslag, de overbrenging naar de trekker bleek te zwak... De collega's probeerden er een handgranaat mee te droppen, maar die bleef hangen en toen, nou ja, moesten ze een nieuw apparaat laten bezorgen. Eenmaal sloeg de bediening op hol en kwam het kreng al schietend hun richting op.

'Dat is nogal Laurel en Hardy,' berichtte Kait.

Hij reageerde met een smiley die huilt van het lachen.

'Drones zijn in de praktijk ongevaarlijk.'

Duimpje.

'Dus is het heel nuttig als onze groep zich daarop richt.'

Duimpje.

'En belangrijk voor ze, symbolisch, omdat er zoveel vromen zijn gedood met die dingen.'

Duimpje.

'En het voorbereiden van een aanslag, hoe knullig ook, is genoeg om ze op te pakken. Met die drones en die handleidingen in huis hebben we altijd iets om ze uit te schakelen.'

Handen die applaudisseren.

'We hebben altijd de uitknop.'

Duimpje.

'Ik zal er wel weer over beginnen.'

'Zeker weten?'

'Ja, ik heb een plan. Als ik nou de leider word… Dan kan ik al onze energie richten op die drones – waar ze niets aan hebben. De Dovemansgroep wordt een afvoerput. Al het fanatisme stroomt weg in een groot niets. Maar zo nodig kunnen we ze altijd op dat niets pakken. We maken onze eigen uitknop.'

Win-win-win.

61
Kait

Zacht gezoem om hem heen. Zijn hoofd bungelt voorover, zijn nekspieren lijken te scheuren. Beelden van een gat in een beige jurk – een natte, donkerrode, uitdijende vlek. Hij opent traag zijn ogen, zijn handen liggen losjes in zijn schoot, een paar roodbruine vegen erop. Hij trekt zijn hoofd omhoog, voor hem dansen wazige oranje vlekken, die scherper worden en het getal 110 vormen. Verder omhoog is fel licht, hij knijpt zijn oogleden samen, kijkt weer voorzichtig.

Buiten zijn lage heuvels.

Wat doen zijn handen vreemd, ze zijn opeens geklauwd. *De bergen zijn weg.* Hij grijpt het stuur, er zijn auto's voor hem, hij is midden op een snelweg, waar is het gaspedaal, daar is het gaspedaal – de Alpen zijn verdwenen, hij heeft maar tot tien geteld, even rust, even z'n ogen sluiten en al die bergen zijn zomaar weg.

Een klok – daar op het dashboard – 10.45. Dat is onmogelijk. Het werd net licht toen die drone verscheen, ze waren een tunnel ingereden, hij is eruit gereden en nu zijn er een paar uur kwijt. Terwijl hij nauwelijks heeft gedronken.

Ik heb Dounya achtergelaten.

De enige persoon die nog om hem gaf. De enige die er de afgelopen jaren altijd was, betaald weliswaar, het was maar een baantje – maar alle anderen waren afgehaakt, ze hoefde het niet te doen. En zeker niet alles wat ze gisteren had gedaan. Wat was zij voor iemand? Wie deed zoiets? Ze had geen oogje op hem –

wie zou er verliefd worden op een vergruizeld, volgeschroefd halfmens als hij – maar ze betuttelde of bemoederde hem ook niet.

Sorry, Dounya. Ik weet dat je geen sorry wil horen, maar... Wat moet ik anders zeggen?

Zij heeft alles gegeven, beseft hij. Alles. Een groter offer bestaat niet. Nooit meer ademhalen, nooit meer denken, nooit meer liefhebben, en voor wie? Waarom?

Hij keert zich naar de achterbank – alleen een leeg kinderzitje. Intussen maakt het stuur een klein rukje naar links. Shit, wat gebeurt hier? Is dit ding op afstand bestuurbaar? Heeft ergens iemand zijn auto onder controle, is de boordcomputer gehackt? Weer maakt het stuur uit zichzelf een rukje, naar rechts nu. Hij ziet een scène van James Bond voor zich, thuis bij zijn moeder, verstopt op de wc, iets met een auto die zelfstandig kon rijden en op commando verscheen. Voorzichtig laat hij zijn handen los van het stuur, steeds verder, zoals hij ooit een vader zag doen die zijn kind leerde lopen. Weer zo'n subtiele beweging, naar rechts.

En hij begrijpt het eindelijk. Dit heeft hij ooit gezien op dat gammele tv'tje van hem. Dit moet een geavanceerde cruisecontrol zijn, die al een paar jaar standaard in de duurdere modellen wordt geïnstalleerd, een voorstadium van de volledig zelfrijdende auto.

Nog wantrouwig laat hij zijn handen boven het stuurwiel zweven, klaar om in te grijpen, maar de wagen blijft keurig binnen de lijnen. Langzaam legt hij zijn handen weer in zijn schoot en durft hij om zich heen te kijken. Glooiende heuvels met voornamelijk kale bebossing, loofbomen in de herfst. Veel IS-vlaggen, zeker een op de tien ramen heeft er eentje. Ze wapperen aan lantarenpalen, aan hekken van viaducten, bovenop kerktorens.

Noa, in wat voor wereld ben jij wakker geworden? Kunnen wij hier nog leven? Kun jij hier nog...

Een wit bord met zwarte letters: *Achtenheim*. Is dit Oostenrijk? Is hij al in Duitsland? Dit moet dezelfde snelweg zijn als toen hij in slaap sukkelde, misschien kan dit model al wel zelfstandig een afslag nemen, maar vast niet zonder gps aan. Voor hem haalt een vrachtwagen een andere vrachtwagen in en zijn Porsche – ook op de tweede baan – remt iets af, blijft erachter hangen en als er weer ruimte is, stijgt het geluid van de motor tot ze terug op de 110 zitten.

Hij grinnikt. Al die mensen onderweg die een auto met een knikkebollende bestuurder inhaalden, of erger nog, door hem zijn ingehaald... Hij is ongetwijfeld gefilmd en ooit, als de wereld weer tijd heeft om te mopperen en te lachen, wordt hij een online hitje. Maar dat zal hij niet meer meemaken. Hij niet.

En 110 is veel te traag.

Hij zoekt op de gps. De reistijd verschijnt: nog 811 kilometer. Aankomsttijd: 19.11.

Ik heb half vier beloofd, Noa. Half vier. Als de hadj op z'n hoogtepunt is.

Al die jaren heeft hij niets van zich laten horen en was hij dood voor hen. Dan spreekt hij plotseling een voicemail in, juist op de dag van een verschrikkelijke aanslag, vanuit een lade bij een forensisch instituut – als ze al op hem zullen wachten, als ze het al geloven, dan alleen om klokslag half vier. Als de wereld om je heen instort, ga je misschien nog een kwartier wachten, maar niet drie uur, wat de gps nu aankondigt, en *zeker niet op die plek.*

Hij voelt onwillekeurig aan de sleutel bij zijn borstbeen en drukt het gaspedaal in, tot die niet verder kan. Zijn schedel stuitert tegen de hoofdsteun en zijn borstkas wordt ineengedrukt. Geschrokken trekt hij zijn voet iets terug. Hij knijpt in het stuurwiel, hangt er bijna tegenaan, slalomt schokkerig om personenwagens heen. Op de navigatie zakt de geschatte aankomsttijd en blijft dan hangen op 15.54.

Ik kan dit halen. Als ik zes uur lang onafgebroken 200 rijd.

Ongeveer honderd meter voor hem rijdt een grijze Toyota, op dezelfde absurde snelheid als hijzelf. Het ding ziet er oud uit, een barrel uit de vorige eeuw – die heeft een zwangere vrouw achterin of zoiets. Maar hij laat zich niet verslaan door een Japans brik, geeft nog wat gas en loopt op de Toyota in. Dan vergroot hun afstand weer. De grijze wagen piept behendig via een gaatje op de tweede baan naar de eerste en dan in een enkele beweging terug naar de derde. *Het lijkt verdorie wel borduren.* Wie zit daarin? Een coureur met z'n zwangere vriendin? Hijzelf kan maar ternauwernood een wagen voor zich ontwijken en hapt naar adem. Hij zit nu klem achter een paar auto's en zijn snelheid zakt. Ook de Toyota lijkt wat te ontspannen en de afstand tussen hen wordt weer ongeveer honderd meter.

Waarom doet die coureur dat? Probeert hij met dat brik van 'm een Porsche te dissen? Of...

Wordt hij gevolgd, maar dan vóór hem?

Eindelijk is de derde baan vrij en hij schiet vooruit. Ook de Toyota versnelt. Hij kijkt in zijn spiegels. Geen auto's daar op zijn snelheid – nee, toch wel, een paar honderd meter achter hem, daar slalommen een donkergrijze en een donkerblauwe personenwagen, vlak bij elkaar, hij kan niet onderscheiden welke merken.

Na een paar minuten weet hij het zeker. Hij wordt omringd door drie auto's, eentje voor, twee achter. En hij durft nauwelijks sneller dan nu, hij heeft zojuist al een auto op een paar centimeter na geschampt en een ander bijna geramd, meer kunnen zijn hersenen niet verwerken. Drie auto's schudt hij niet af.

Dit is niet de Dovemansgroep. Dit zijn autoriteiten. Van welk land dan ook. Met welke functie dan ook. De eigenaar van deze Porsche heeft zijn kenteken doorgegeven. *Maar ze blijven op afstand.* Met drie auto's kunnen ze hem makkelijk klemrijden, dat hadden ze allang kunnen doen toen hij nog sliep. Ze hadden de snelweg kunnen afsluiten en een file veroorzaken. Waarom laten ze hem rijden?

Er is iets belangrijkers dan hem.

Meteen ziet hij Charif voor zich, met zijn adellijke neus, zijn kalme tred, die bijna galmende stem van hem op dat filmpje. De halve wereld jaagt momenteel op Charif. Ze laten hem hier in zijn Porsche alleen maar doorrijden, omdat die drone dan misschien weer verschijnt en ze de controller kunnen traceren. Charif is de grote vis. Al die tijd, al die eindeloze jaren in zijn flat tot op dit moment, is hij niets meer geweest dan een kronkelend wormpje aan een haak.

Een ringtoon. In het handschoenenvakje.

Maar hij heeft al zijn concentratie nodig voor de weg – hij heeft al jaren geen auto meer gereden en hij moet bij die 200 blijven. Daar helpen die drie auto's hem dan weer bij – als dat inderdaad de autoriteiten zijn, die hem als aas gebruiken voor Charif, dan zullen die ook wel de plaatselijke politie op afstand kunnen houden.

Hij probeert de toon te negeren. Die vlaggen overal lijken intussen minder officieel dan gisteren. Veel zien er geknutseld uit, de Arabische tekens doen vreemd aan, op veel staan westerse letters, maar ze zijn door zijn snelheid onleesbaar. Met elke vlag wordt de angst verspreid, beseft hij, want elke vlag zegt: ik geloof erin, ik geloof dat de terroristen het kunnen, mij doden, er is een kansje, hoe miniem ook. En daarmee worden de terroristen groter, raam voor raam. Ook de minder wankelmoedigen gaan twijfelen, want waarom zouden zij het eigenlijk zoveel beter weten dan hun buren? En het is toch knap lullig als er net een aanslag in jouw straat is en jij hebt moedig zitten doen, wilde niet meedoen met de rest, niet buigen voor de angst, maar die buren overleven de molotovcocktail en jij verbrandt levend. Hoeveel kiezen dan niet het zekere voor het onzekere, hangen toch ook maar die rotvlag op, vol walging, maar ja – dan maar wat minder dapper en wel langer leven.

De telefoon houdt niet op. Is dit de eigenaar? Een contact van de eigenaar? De politie? Het ding gaat telkens twaalf keer over, is dan even stil en geeft het signaal van een berichtje. Vervolgens begint het zonder pauze opnieuw. Iemand wil hem erg graag spreken.

Hij grijpt de telefoon uit het vak. 43 gemiste oproepen, waarvan de meeste tijdens de uren dat hij sliep, vrijwel allemaal van hetzelfde 'privénummer'.

Kan het kwaad op te nemen? Die telefoon was al die tijd al een tracker en seinde non-stop signalen naar de masten. En zonder het bewust te beslissen klikt hij op het groene icoontje.

Hij schrikt er zelf van en zegt niets. Aan de andere kant klinkt geruis en dan een bekende stem: 'Cyborg?'

62
Schouten

Om de nieuwe leider te worden moest Kait langs Ahmad. Die was gealarmeerd, dus moest eerst de spanning uit de lucht. In de maanden erna kreeg Schouten een monotone stroom berichtjes dat ze weer koranstudie hadden gedaan in het appartementje van de stokdove opa, met een uitdijende reeks slapende emoticons en smileys die zichzelf in het hoofd schieten.

Vertrouwen heeft tijd nodig, moedigde hij aan. Het idee van die drone is gezaaid, ze komen er vanzelf op terug. Als jij het maar niet doet. De ware verleider láát...

'Jajaja,' reageerde Kait. 'Ik zal een kopie van ze worden. Iedereen vertrouwt het meest zichzelf.'

Na een zoveelste eindeloze avond koranstudie zorgde hij ervoor gelijktijdig met Ahmad te vertrekken. Ze stonden zwijgend in de piepende lift en liepen naast elkaar de nacht in.

'Ik heb weer een droom gehad,' zei hij bij het fietsenrek.

Na een paar lange seconden reageerde Ahmad uiteindelijk: 'Niet hier.'

Samen fietsten ze weg. Kait hing een verhaal op over een fruitschaal, met bovenop een banaan, die langzaam verdorde en verschimmelde, maar een peper duwde zich omhoog, de banaan viel van de schaal af en de peper stond, tada, bovenop.

Ze begrepen er weinig van, maar toen ze elk een andere kant op moesten, was het laatste dat Ahmad zei: 'Als je weer iets droomt, beter dat jij het eerst mij vertelt, kill...'

Toevallig had hij de week erop weer gedroomd. Ze fietsten

naast elkaar de nacht door, het ging dit keer over auto's op een sloop. Een gigantische machine verbrijzelde ze, maar een paar raceten samen weg en ontsnapten. Een zwarte vooraan, nieuw en blinkend. Maar die stuurde de sloot in en toen nam een rode Mazda het over.

Ahmad bezwoer hem niets verder te vertellen. Hij moest die dromen altijd eerst aan hém vertellen, híj kon dan beslissen of het geschikt was om met de groep te delen. Nu was het alleen maar gênant, het leek wel een kinderfilm. Maar misschien werd het nog wat.

Dus volgde er een derde droom, ditmaal over een groep wilde dieren, omringd door hyena's. Een zwarte kat raakte gewond. Maar een jonge leeuw met vurige manen, vlammend als de zonsopgang, nam het over en beet de hyena's stuk voor stuk dood.

Ze fietsten lang naast elkaar zonder iets te zeggen. Toen hun route splitste – Ahmad woonde bij zijn ouders en nodigde nooit iemand thuis uit – besloot hij: 'Ik ben een uitleg op het spoor, Chris. Maar het ligt gevoelig. Zweer dat je al je dromen, allemaal, altijd eerst aan mij vertelt. Echt.'

In die periode begon Ahmad openlijk Charif uit te dagen. Eerst grapjes. Hier, de grote baas mag wel op lekkerste stoel. Hé, je opa kwijlt – oh, hij ziet de vrouwen op tv. En, Fadilah, hier een appel, dan praat je even niet.

Toen serieuzer. Charif noemde nu wel die geleerde, die Hadith, die fatwa, maar wat stond er écht? En waarom stonden die koekjes weer op tafel – ging het er niet om jezelf te beheersen en volledige overgave te betrachten? En ze moesten toch rein blijven, waarom stond die tv dan steeds op MTV, met al die varkens en die zionisten? En waarom praatte Fadilah eigenlijk alsof ze een geleerde was, waarom zat ze sowieso in de kring erbij, waarom – kijk, kijk, haar been raakte net het been van Joessoef!

Charif negeerde het meestal, voelde zich niet bedreigd, maar als het over zijn zusje ging, werd hij fel. Iedereen heeft zijn kwetsbare punt. Had hij haar niet onder controle? Was hij soms geen goede broer? Was zij, zijn eigen zusje, met wie hij was opgegroeid, die hij door en door kende, die hij zijn leven toevertrouwde, die hier erbij zat in een nikab, soms een *kech*?

Na deze confrontatie nam Ahmad eindelijk Kait in vertrouwen. Hij had hem op verholen momenten genoeg mee zien lachen met zijn grapjes. Ze fietsten weer door de nacht en hij kon zich nauwelijks beheersen.

'We moeten iets doen, echt, ik zeg het al jaren. De kafir blijven hun misdaden plegen, gisteren, zag je dat, die aanval op die markt, vijf vrouwen dood – onschuldige vrouwen, eentje was zwanger, ze was vijftien, haar buik lag open, haar kindje leefde nog, éven... Dat zal nooit stoppen als er niet iets gebeurt!'

Kait kon dat niet ontkennen.

'Praten is te weinig. Bij dat debat, weet je nog, toen jij nog een kafir was... Je zei dat Mohammed, vrede zij met hem, dat hij meer heeft gevochten dan gepreekt. Dat was de enige waarheid die je zei! Die vrouwen op die markt, die hadden niets aan woorden. Er bestaan geen woorden die een bom tegenhouden. Een kogel gaat zo,' – en hij prikte een denkbeeldige ballon door – 'door woorden heen. Maar daden...'

Ja, vertel...

'Kafir, díe praten. Als ze je eng vinden, willen ze met je praten. Als je cijfers niet goed zijn, komen ze praten. Als je je anders kleedt – praten, praten, praten. En ze lullen hele boeken vol met theorietjes over hoe zielig wij zijn en nooit verandert er iets. Wij blijven in hun ogen de achterlijke moslims, nooit zullen ze de waarheid zien.'

Geen twijfel over mogelijk.

En zo, stapje voor stapje, kwamen ze bij Kaits dromen. Ahmad was een overeenkomst opgevallen. Telkens was er een groep van iets, maar eentje verklootte het voor de rest en die had iets met zwart, maar dan nam een ander de leiding. En wat was telkens de eigenschap van die nieuwe leider?

Kait had geen idéé.

'Maar jij hebt het gedroomd! Beter ga jij denken!'

Kait hakkelde en stotterde, en Ahmad kon zich niet inhouden: 'Rood!'

Maar rood, hoezo rood? Wat betekent rood dan?

'Kill, snap je het nou echt niet?'

Extremisten doen niets zo graag als uitleggen. Wie uitlegt, overtuigt zichzelf. En langzaam begon het Kait nu toch iets te dagen. Hij wreef bij zijn kin over een denkbeeldige baard.

'Wollah.' En Ahmad trok aan zijn eigen, reële baardje, vlassig en met henna gekleurd.

Kait vond het allemaal maar heftig.

'Ja, ik heb nachten wakker gelegen, man, náchten! Dit is té heftig. Maar jouw dromen zeggen het. Charif blijft bij woorden. Hij neemt onze strijd niet serieus. En de roodharige heeft dat door.'

De volgende keer moest Ahmad de nieuwe droom uit Kait trekken, maar uiteindelijk vertelde hij met grote schroom toch maar over de gouden draagstoel, vijf mannen en een vrouw droegen die, en in die draagstoel zat een dunne man, in een zwart kleed, met een gekromd gouden zwaard. En toen knorde hij.

'Ik dacht het al!'

Kait begreep niet wat hij al dacht.

'Halloho! Met hoeveel zijn wij?'

O ja.

'Ging je droom nog verder?'

Nou, er was stomtoevallig ook een drager die het geknor hoorde en toen aan de neus van die strijder trok, hij scheurde zo de hele huid eraf en wat zat eronder?

'Een varken, een varken! En die ene drager had ook iets roods, toch?'

Ja, nu Ahmad het zei – als enige droeg deze opstandeling zo'n Arabisch kleed, een rode.

'Een keffiyeh! Hoe duidelijk moet het worden? En ík zeg dit niet, dit zeggen die dromen. Echt, dit is een opdracht, nee, niet eens een opdracht – een voorspelling! Dromen zijn een van de 46 eigenschappen van een profeet. Ik hoef niks te doen, dit gaat gewoon gebeuren. We mogen nu niet twijfelen. We moeten dit vasthouden. Jij bent zeker, toch? Toch? Tóch?'

Kait was zeker.

'Beter gaan wij sterk zijn. We hebben veel van Charif geleerd, maar nu moeten we verder. Hij houdt ons tegen voor de volgende stap. Hij wil woorden, wij willen daden. Hij wil ons in dat stinkhok van die opa van hem houden, maar wij moeten eruit. Chris, Chris...' Ahmad verslikte zich. 'Sta jij achter me?'

Dubbel en dwars.

'Zul je mij steunen?'

Hoe kon hij dat vragen?

'Vergeef het me, maar ik moet het vragen. Ga jij straks niet als een hond vluchten?'

Kait zou hem nooit laten stikken.

Stilte voor de storm. Ahmad en Kait kwamen keurig drie, vier keer per week opdagen. De frequentie van de koranstudie was verhoogd, ze stopten nooit meer voor middernacht, de koekjes verdwenen weer van tafel, de opa kroop voortaan in bed en soms hoorden ze hem dan huilen, en de tv stond tegenwoordig op een Arabische zender met non-stop knielende mannen.

Aan het oppervlak was alles normaal. Ze vertelden elkaar over de drones die onschuldige burgers levend verbrandden, de martelaars die zorgen dat de slachtoffers hun recht kregen, een briljante analyse in *Inspire*, de glossy van Al Qaida, een hilarisch lijstje in *Dabiq*, het magazine van IS, een confrontatie in een banlieue en een rel in Londen, gif in een zionistische shampoo, de wetgeving rondom solliciteren, een moslimhatende politicus die vreemdging, geruchten over een boerkaverbod, de aanwijzingen dat IS een zionistische samenzwering was. Ze reciteerden koranpassages, lazen complete soera's aan elkaar voor, hielpen elkaar deze te memoriseren en discussieerden over de uitleg. De ongeschreven regel was dat er altijd een conclusie moest zijn. De Koran was ondubbelzinnig, dus was er een conclusie. Ze gluurden schuin naar Charif. Als hij zuinig keek, groeven ze verder. Als hij tevreden knikte, konden ze naar de volgende passage.

Ahmad leverde telkens een extremere uitleg dan de anderen, Charif liet dat meestal toe, maar gaf soms tegenargumenten, nuances, andere visies, en Ahmad zocht dan direct oogcontact met Kait. Weer een bewijs.

De avond dat het uit de hand liep, begon heel gemoedelijk. Op een gegeven moment kwam het, zoals zo vaak, op de verraders van Saoedi-Arabië, het heilige land. Maar God is groot, zei iemand, we zullen winnen. God is groot, beaamde een ander, God is groot.

'En hoe dan?' vroeg Ahmad, toen nog vrij neutraal. 'Hóé gaan we winnen?'

'Hun koning sterft op een dag,' vond Charif.

'Zijn zoon is al net zo'n verrader. De Mossad heeft hem aan een halsbandje.' Ahmad deed een keffend hondje na. 'Ze chanteren hem met z'n kechs, iedereen weet dat.'

Charif haalde zijn schouders op. 'Máxima, je weet, dat is echt een kech, ik zag een filmpje, ze danste op een tafel.' Hij lachte onverwachts hard. 'De koningin van dit land is een hoer, echt, ik zweer – in wat voor land leven wij?'

De kring lachte mee, ook Fadilah, alleen Ahmad niet en toen ook opeens Kait niet meer.

'Ik kijk niet naar hoeren.'

'Westerse kechies! Zeg niet dat jij dat niet doet.'

'Ik doe dat niet.' Ahmad haalde zijn schouders op.

'Als zij geen hidjab willen...'

'Het is een test van de Shaitan. Die weersta ik.'

'Het is voor jou een test. Ik weet wat ik doe.' Charif keek de kring rond. 'Hoor ik opa nou weer huilen?'

'Ik kijk zo wel even,' zei Fadilah.

'Ga nu maar,' drong Charif aan. 'Laatst had hij z'n bed natgemaakt.'

En ze stond op en liep naar opa's slaapkamer. De stilte drukte en Ahmad zei opeens: 'Waarom begin je nou weer over iets anders?'

'Hoorde jij opa niet?'

'We hadden het over hoe we gaan winnen. Met gelul over kechies in elk geval niet.'

'Zeker, Ahmad. Waar waren we?' En hij pakte zijn koran.

'Bij hoe we gaan winnen.'

Charif begon te bladeren. 'Dat staat hier... Wacht...'

Ahmad onderbrak hem: 'Aboe Kirmoe zegt: wij bidden niet alleen, wij knielen. Wij denken niet alleen aan Mekka, wij gáán naar Mekka. Jihad is niet alleen de strijd in je hart, het is de strijd in de velden, in de bergen, op zee.'

Charif keek hem lang aan.

'Fantaseren over de hadj is niet de hadj doen.'

Charif knipperde niet.

'Praten over martelaars is niet een martelaar zijn.'

Ahmad zocht de ogen van Kait op, die bemoedigend knikte, en hij vervolgde: 'We komen hier maar bij elkaar en we doen geleerd, maar wat gebeurt er buiten dit hok? Is er íets aan dit land veranderd sinds wij hier bij elkaar zijn?'

'Je hart, hoop ik!' riep Fadilah vanuit opa's slaapkamer.

Charif hield zijn blik niet van Ahmad af.

'Er is níets veranderd in dit land,' vervolgde die. 'Woorden-woorden-woorden, maar wat doen woorden?'

'Zeg het maar.'

Ahmad zocht weer met zijn ogen Kait op. 'We moeten iets doen. Toch, Chris?'

'Misschien moet je vertellen,' reageerde Kait zacht, 'wie je denkt dat hier het probleem is.'

Ahmad knikte langzaam. 'Goed...' En hij haalde diep adem.

'Ik heb hier weken over nagedacht, ik heb vele nachten wakker gelegen, wollah, ik heb gebeden en gebeden. Want er is een probleem waardoor we maar niet verder komen, waardoor we maar blijven studeren en er niets gebéúrt. Ik ben erop gaan letten. Elke keer als we iets willen, is er één persoon die soft gaat doen, die zoete woordjes gaat zeggen, als een chocolademoslim. We veren op, we voelen het vuur, maar dan komt er weer zo'n chocoladesausje en alles stikt.'

'En wie,' vroeg Kait, 'wie is dat?'

Ahmad knikte richting Charif. 'Hij daar.'

'En wie moet op die plek zitten?'

Ahmad haalde diep adem. 'Degene die geen compromissen sluit.'

'En wie is dat?' vroeg Kait bedeesd.

'Ik.'

Kaits mond viel open. 'Weet je dit zeker?'

Ahmad knikte.

'Charif moet weg en jij wordt onze leider? Er is geen twijfel in je hart?'

'Wollah ma!'

Kait schudde zijn hoofd, hij had tranen in zijn ogen. 'Ahmad… wil jij… ga jij… Jij noemt Charif een chocolademoslim?'

'Zeker!'

'Zijn geest is een zwaard, hij snijdt overal doorheen. Zijn ziel is een toren, die niemand verovert. Hij weet diep van binnen feilloos wat halal is en wat haram. Charif wéét. Ahmad, wat zeg jij?'

Maanden later zag Fadilah hem voor het eerst weer, van een afstandje, in het winkelcentrum waar Kait ooit geflyerd had. Ze vertelde die avond aan de groep dat Ahmad had weggekeken, nog steeds de steunkraag droeg en slechter liep dan hun opa.

63
Kait

Hij hapt naar adem. 'Ben jij dat?'

'Jazeker.'

Dit lijkt echt Dounya's stem. Zijn snelheid daalt, blijkbaar is zijn voet van het pedaal gegleden, maar het interesseert hem niet. Ze was aan het sterven. Die kogel zat bij haar lever, een natte, donkerrode vlek in die omajurk. Hij moest haar die cabine uit laten vallen en over de grond meeslepen. En nu belt ze – op de een of andere manier heeft ze het nummer van dit telefoontje te pakken gekregen, en ze klinkt nog best monter ook.

'Hoe... hoe...'

'Nou, er waren twee aardige mannen in die tunnel, die hadden een soort spuitbusje bij zich, ik heb dat op de opleiding ook wel gehad – een soort lijm eigenlijk en toen stopte het bloeden. Die kogel zit er nog wel in, maar het is niet acuut meer. En ik zit propvol pillen natuurlijk. Maar het gaat.'

'Waar ben je?'

'Ergens in Duitsland? We scheuren keihard over een of andere snelweg – wacht, Achten-iets of zo zag ik net, Achtenheim misschien. Waar ben jij dan?'

Achtenheim klinkt wel bekend, maar meer ook niet. Hij weet alleen hoe licht hij zich plotseling voelt, alsof er een lawine van keien op hem heeft gelegen en hij daar nu eindelijk onderuit kan kruipen. Dounya, de enige die om hem geeft, die belt hem gewoon, hier, in deze gestolen auto op een gestolen telefoon.

'Hoe kom jij aan dit nummer?' vraagt hij.

'Nou, daar in die tunnel had jij je telefoon verloren, míjn telefoon dus die jij gejat had, maar die lag zo ongeveer naast mij, dus ik kon eindelijk weer bellen...'

Ja, toen hij haar die blonde peuter overhandigde, die hij uit deze Porsche had getild, dat meisje dat zo gruwelijk veel op Noa leek, op hoe hij haar zich voorstelde – misschien was toen haar telefoon gevallen.

'Maar dit nummer?'

'Die aardige mannen wisten het, ik weet ook niet hoe, bizar eigenlijk, ja – maar ik heb een vraag, Kait, ik heb nagedacht en...'

'Dounya, hoe komen ze aan dit nummer?'

'Wat maakt mij dat nou uit? Jij had toch weer een auto gestolen? Misschien hebben ze de eigenaar gesproken of zo, die zal daar in die tunnel wel hebben rondgelopen – maar Cyborg, ik had dus nagedacht en ik vroeg me af...'

'Wie zijn die mannen, die jou nu meenemen?'

'Weet ík veel! Maar luister nou even, daar gaat het dus even echt niet om, de wereld staat in brand, ik zie hier overal van die klotevlaggen, het schijnt dat er al duizenden aanslagen met drones en brandbommen en zo zijn gebeurd, er zitten heel veel presidenten heel zenuwachtig bij allemaal heel nare knoppen te wachten, de pleuris zit nogal uit te breken, oké, de pleuris waar die Janko van mij steeds over zat te janken, zeg maar, hij had dus toch wel een punt, vind je niet – en jij weet iets, dus...'

'Ik weet het niet!' barst hij uit.

Het is even stil en dan gaat ze verder op dezelfde toon: 'Ja, dat zei je eerder al, in de vrachtwagen, maar die slechteriken, die jij op de een of andere manier kent, die denken van wel, dus misschien weet jij toch wel iets, maar weet je niet wát!'

'En wat heb ik daar aan!'

'Nou, dus moeten we gaan bedenken wat die gasten die jou

opjagen – Charif heette die toch – wat zij dénken dat jij weet en dan weet je het misschien wel weer. Bij mij werkt dat ook zo, als ik maar lang zoek en er een tijdje niet aan denk, dan…’

64
Dounya

Waarom drukt ie haar nou weg?

Ze rijden op maximale snelheid in de saaiste auto *ever*: een of andere donkerblauwe vorm, totaal inwisselbaar, het merk is ze meteen vergeten. Vanaf de achterbank ziet ze hoe de toeren voortdurend in het rood staan, tegen de 200 kilometer per uur wijst de snelheidsmeter aan. Alles piept en kraakt. Dit is de autoversie van haar cliënten.

Voor haar zitten twee lange mannen, tamelijk bleek, de een met gemillimeterd rood haar, de ander met een nette blonde scheiding. Donkere kleding, ze spreken keurig Engels, maar zonder dat bekakte, dus het zullen wel Amerikanen zijn. Knap ook. Nogal zelfverzekerd en doelgericht. In een ander leven, in een andere wereld, zou ze giechelig van ze worden. In de tunnel lag ze tegen de betonnen zijwand, met dat lieve krullerige meisje naast zich, die ze afschermde van de vlammende hitte. Haar buik leek open te scheuren, ze wilde weg bij die buik, die buik moest van haar af. En toen opeens hurkten die twee bij haar. Ze spraken laag en kalm. Gemoedelijk zelfs. Ze verzorgden heel handig de wond, het leken wel collega's van haar, zo ervaren en vanzelfsprekend, maar dan met een handig spuitbusje en een handje driehoekige felgele pillen. De scheurende, bijtende pijn werd meteen draaglijk. Ze tilden haar op haar voeten en ze kon zelfstandig, zonder hun hulp, naar hun auto lopen.

Ik heb gewoon een oplegger losgekoppeld. Terwijl we reden.

Ze begrijpt nauwelijks meer hoe ze het heeft gedaan, allerlei details zijn verdwenen. Maar het viel haar mee, dat weet ze nog. Aan de zijkant waren genoeg steunpunten om haar voeten op te zetten en zich vast te grijpen. Achter de cabine was nauwelijks wind meer en ze kon er net bukken. Daar had ze domweg aan alles getrokken dat op een kabel leek en een paar kreeg ze inderdaad los. Toen keek ze onder de oplegger, daar zat een stalen hendel, maar veel te ver weg. Maar als ze nou een been... Ze ging liggen, schopte tegen de hendel en toen een schok, die complete oplegger begon te schuiven, ze trok razendsnel haar been terug en het gevaarte was zomaar los. Hij stuiterde als een speelgoedautootje, de personenwagens doken tegen de reling, overal piepende remmen, spuitende vonken, doffe klappen.

Ik was gewoon eventjes een actieheld.

En zonder na te denken belt ze hem nog eens, voor de duizendste keer. Want hij weet iets, ergens in dat brein van hem zit iets verstopt en dat moet ze eruit krijgen. Misschien kan dan wel deze hele ellende ophouden. Misschien, heel misschien zit daar iets om... Ze durft het bijna niet te denken, maar ze denkt het toch. Derde Wereldoorlog. Misschien weet die arme cliënt van haar, zonder het zelf te beseffen, iets waarmee ze die grote – hoe noemde Janko het ook maar weer – Kladderadatsch kunnen voorkomen.

65
Kait

'Niet ophangen, Cyborg, werk nou even mee. Het klopt gewoon niet. Ik bedoel, als ik zo'n terrorist zou zijn, zou ik niet achter jou aangaan. Niet meteen in elk geval. Niet op deze manier. Dat is echt niet logisch. Je kunt er alles mee verknallen.'

Ze heeft gelijk. Hij heeft altijd geweten dat ze hem zouden komen afmaken. Hij kan te veel vertellen – hoe ze hun opa verwaarloosden, hoe ze Fadilah hebben weggepest, hoe Ahmad met zijn steunkraag liep, hoe ze elkaar opjaagden bij het Poeltje met die minidrone – als je net een van de effectiefste aanslagen ooit wilt opeisen en je je plekje in het paradijs wilt verzilveren, wil je niet dat zo'n voorgeschiedenis bekend wordt. Maar die voorgeschiedenis uitschakelen, dat doe je dan juist zo onopvallend mogelijk, zonder de kans dat het alsnog uitlekt of dat je gepakt wordt. Schieten op de openbare weg is niet echt aandacht vermijden. Ze moesten toch weten van die roadblocks. En ze konden vermoeden dat zo'n controller van een drone is te traceren.

'Dounya, luister. Ik ben er klaar mee. Al heel lang geleden was ik er klaar mee. Ik heb mijn best gedaan, er zijn heel weinig mensen die zo hun best hebben gedaan als ik. Ik ben vér gegaan en ik heb betaald, elke keer als ik mijn fokking benen probeer te strekken weet ik weer hoeveel ik betaald heb. Ik wil voor het eerst in mijn leven een vader kunnen zijn, eventjes. Ik wil mijn dochter beschermen. Is dat te veel gevraagd?'

Het is stil aan de andere kant. Intussen probeert hij nog

steeds met een noodgang de Porsche tussen al die slome duikelaars door te zigzaggen. 200, dat hield hij nauwelijks een kwartier vol, maar 140, 150 redt hij wel, zelfs als ze bellen. 16.49 geeft de navigatie aan.

'Kait?'

Waarom zou hij nog iets zeggen?

'Een aanslag met een drone, Kait, dat doe je alleen als je eigenlijk best wel laf bent. Daarom zit iedereen dat nu te doen, ergens op de wereld, lekker vanuit een luie stoel, beetje bieden, beetje op knopjes drukken. Jij hebt het over betalen en jij hebt betaald, maar met een drone kun je gratis dapper doen. Maar die Charif waar jij het over had – toen die ons beschoot, waagde hij opeens wel veel. Waarom? Waarom nu opeens wel?'

Hij weet het niet.

'Ze zijn bang voor jou, Kait, dat kan niet anders. Zo bang dat ze nu opeens wel bereid zijn gepakt te worden. Wat kan zo'n *big deal* zijn? Bij die Ben hoefden ze niet zo nodig hun leven te wagen, maar nu bij jou opeens wel. Wat kan dat zijn? Wat is zo groot dat...'

'Ik weet het niet, Dounya!'

'Maar waar zijn er dan gaten in je geheugen? Dat moet je toch wel weten? Misschien is dat een eerste spoo-'

'Waar er gaten zijn? Overal! Mijn brein is, is, is...' Hij komt niet op een vergelijking. Typisch zijn brein. 'Het is geinig dat je zo zit na te denken en je zo'n zorgen maakt over mij, maar denk eens na over jezelf. Die twee gasten, waarom helpen die jou? Zijn ze echt zo nobel? Waarom rijden jullie zo hard – ik hoor alles suizen daar.' Beelden van gisteren komen terug. 'Heeft er toevallig eentje rode stekeltjes?'

Het is lang stil. Dan hoort hij: 'Hoe weet je dat?'

Hij schudt zijn hoofd. 'Dat zijn die gasten die ons gisteren achtervolgden, toen we in die stoet zaten – zij sleurden ons eruit. Ga die auto uit, zo snel mogelijk. En blijf alsjeblieft normaal doen, laat niks merken.'

66

Schouten

'Een steunkraag?' Lotte kijkt hem verbijsterd aan en dan glijdt haar blik weer even langs het klokje aan de muur.

'De twee Mo's, die toen nog lid waren van de groep, kenden nog wat trucjes uit de Bijlmer...'

Er is iets... Ze wil weg...

Hij moet kalm blijven. Er is nog zoveel te vertellen... Buiten zijn de vogels begonnen, die hebben niks door van hoe de wereld is veranderd, en de lucht kleurt, de zon komt gewoon weer op, doodgemoedereerd, onbeschaamd.

Hij is vannacht elk uur gebeld door De Bruijn. Het aantal biedingen bleef maar toenemen, het aantal vlaggen, het aantal doden. Maar de toon was omgeslagen. De wereld bleek creatiever dan gedacht. Liever.

Er is meer nodig voor een Einde der Tijden.

'En u staat nog steeds achter dat plan, dat van dat afvoerputje en zo? En die uitknop?'

Onze kansberekeningen klopten, de rampen zijn alleen door de kieren gekropen.

'We weten achteraf altijd meer. Maar, Lotte, ze gingen inderdaad nogal stoer doen over drones en daarmee was toen echt nog geen serieuze aanslag te plegen. Ze waren een afvoerputje. Ze stortten prachtig al hun fanatisme in een reeks onzinnige projecten. En mocht het toch nog uit de hand lopen, Kait gaf alles door en dan wisten we het ruim op tijd. We spaarden niet alleen de levens van de slachtoffers, maar ook die van de daders. Die zouden op deze manier ook geen strafblad krijgen, vergeet dat niet.'

'Win-win-win.'

Er was alleen nog één dingetje. Nu de grootste bedreiging van de troon, Ahmad, was uitgeschakeld, moest Charif volgen. En daar was één woord voor nodig. Een woord dat gemoedelijk klinkt, als een grap eigenlijk, en op de opnames heeft hij het hooguit tien keer gehoord. Maar het lag voortdurend op de loer en er was geen verweer tegen mogelijk. Wie eenmaal in een vroomheidswedstrijd verwikkeld is, kan niet meer matigen. Toen Kait buiten de Ramadan begon te vasten, wat nogal ongebruikelijk is, zette hij daarmee de anderen op achterstand, zodat zij zich op hun beurt extra moesten inspannen. Iedereen was opgelucht toen uit allerlei kleine signalen bleek dat hij weer normaal was gaan eten, hoewel natuurlijk niemand dat openlijk toegaf. En iedereen ergerde zich ook aan die eeuwig knielende mannen op de tv, maar hoe kon je die uitzetten als God sowieso altijd het belangrijkste is? De tv kon hooguit plotseling toevallig kapot zijn en dat gebeurde prompt, maar enige opluchting laten blijken was ondenkbaar. Iedereen had die uitzendingen prachtig gevonden, en zo niet, dan hadden ze het toch met grote inspanning weten te verdragen. Als jijzelf knetter werd van die Arabische muziek en er maar geen melodie in kon ontdekken, dat een willekeurige popliedje van die varkens of die zionisten altijd beter klonk, dat kon alleen maar jouw eigen gebrek aan overgave zijn. Iedereen was hier een betere gelovige dan jijzelf, jij moest gewoon nog beter je best doen. Als het die anderen was gelukt, dan kon jij het ook, dat moest.

En zo ging de draaikolk, telkens iets vromer, telkens iets radicaler. Dat was de enige richting. Alle andere opties werden samengevat in dat ene woord waar ieder ander om zou grinniken, maar waar dit soort groepen weerloos tegen is.

'Chocolademoslim.'

Dat woord is blijven hangen. Dat is zelfs nog onder die video van gisteren beland.

Een gevolg was dat Fadilah, na de mislukte coup van Ahmad, voortaan wegbleef. Ze hadden diverse keren gesproken over de aanwezigheid van maagden dan wel getrouwde vrouwen in een ruimte met mannen. Ibn Moesa zei dit, Abu Khalein zei dat, maar bij elkaar opgeteld waren de teksten ondubbelzinnig. Fadilah zat er intussen gewoon bij en discussieerde fanatiek mee. Ibn Moesa was toch een generatie te laat, maar Ul-Qoyyom, die was *salaf*. Niemand stelde die ene vraag. Men ging verder met het schelden op IS, het vervloeken van het Saoedische koningshuis, het citeren van de geleerden en de discussies over de Hadith - mag je tandenpoetsen als het Ramadan is en je geen water binnen mag krijgen, moet je net als de profeet met een stokje tandenpoetsen, welke tandpasta is halal, is tandpasta niet iets van het Westen, is het geen zionistische uitvinding...

Door Fadilah uiteindelijk te weren, probeerde Charif alle vragen over zijn positie te smoren, maar hij begon juist meer te wankelen. Want hij deed het nu pas, en gaf hij daarmee toe dat hij de jaren daarvoor een misstap had begaan en de goede argumenten van de groep lange tijd had miskend? Dat hij ze nu dan eindelijk ter harte nam, maakte hem niet krachtiger, maar zwakker.

'Zullen we beginnen, baas?' vroeg Joessoef.

'Baas, nog wat thee?' vroeg Kale Mo.

'Je opa huilt weer, baas,' zei een nieuweling.

De steken waarmee Ahmad was begonnen, werden een gewoonte. Toen Charif gefrustreerd riep: 'Kop houden met dat baas,' reageerde iemand met een grijns: 'Ja, baas,' en iedereen grinnikte besmuikt. En toen hij die nacht iets voor twaalven opstond, kennelijk om te vertrekken, keek iedereen hem beledigd aan en plofte hij weer terug. Het ene woord, het ene magische woord, werd niet gezegd en dat maakte het des te dreigender.

Chocolademoslim. Charif is een chocolademoslim. Hij wil nu al stoppen.

De volgende avond legde Charif opeens zijn hand op tafel. 'Mo!'

Kale Mo keek op. Hij had een vriendelijk, rond gezicht met blozende wangen, dat in niets deed vermoeden dat hij drie jaar opgesloten had gezeten.

'Jij hebt een *niffie* toch?'

Mo haalde zwijgend een stiletto uit het jack dat hij over zijn djellaba droeg. Charif spreidde zijn vingers op de tafel voor hem. De kamer viel doodstil.

'Niet doen, kill,' protesteerde Kait.

'Pikkiesnijen!' beval Charif.

Mo leunde naar voren en zette de stiletto tussen Charifs uiteengestrekte duim en wijsvinger. Die telde tot drie en Mo begon zijn mes tussen de vingers heen en weer te stuiteren. 'Je bent psycho, man,' klonk het bewonderend om hen heen, 'Dit is crazy', 'Chill nou!' Een paar jongens bromden ritmisch mee: 'Hé, hé, hé', en voerden hun tempo op. Mo keek onaangedaan naar de hand en het mes dat vervaagde tot een flakkerende schim. Charifs gezicht verstrakte en hij sprak, monotoon, bijna als een robot, de *sjahada* uit: 'Er is geen god dan God...' Mo sloot zijn ogen en verhoogde zijn tempo nog verder. 'Héhéhéhéhéhé,' dreunde de groep. Toen een ingehouden kreet, Mo opende zijn ogen, Charif zoog op zijn ringvinger, de trance van de groep verdampte.

'Wollah, wat gebeurde er?'

'Kill, kill, ben je geraakt?'

Charif herstelde zich snel. Hij haalde de vinger uit zijn mond en liet die naast zijn stoel hangen. 'Niks.' En hij keek de kring rond: 'Wie nu? Jij, Chris?'

'De geest van Ismail,' zei Kait trots en legde zijn hand neer. Niemand hoefde uitgelegd te krijgen hoe Ibrahim, de grote profeet, ooit de opdracht had gekregen zijn zoon Ismail te offeren en zij samen alle verleidingen van de Shaitan weerstonden.

'De geest van Ismail,' mompelden ook de anderen.

'Als iedereen de test haalt, is de test niet zwaar genoeg en heeft niemand het gehaald,' berichtte Kait Schouten de dag erna.

Langharige Mo, een ongezond ielige jongeman met ingevallen wangen en een wipneusje, had een kleine hobbydrone aangeschaft, met contant geld, in een Turkse winkel zonder camera achter de kassa, want je wist maar nooit. Na een hectisch overleg via hun ongeregistreerde Nokia'tjes hadden ze weer eens bij het Poeltje afgesproken, waar ze eerder nog tikkertje en verstoppertje hadden gedaan. Het was tegen middernacht, de groep van acht jongens, allemaal in lichtgetinte djellaba's onder jacks, stapten door het mulle zand van het strandje. Acht kameraden die zich bij elkaar onoverwinnelijk wisten, want kameraadschap is sterker dan vriendschap, sterker dan de liefde, sterker dan de dood. Die miljoenen jongemannen die ooit uit hun loopgraven kropen en richting de machinegeweren renden, deden dat omdat hun kameraden dat deden. Niets anders doet een jongeman richting machinegeweren rennen.

'Hier schudden ze vanmiddag nog met hun boobies,' merkte iemand op. De groep joelde, maar Charif kapte het af: 'Houd je gedachten zuiver.'

'Ja, baas,' grinnikte een nieuweling.

Langharige Mo had een ledlampje op de drone getapet en gaf een demonstratie. Op volle snelheid zagen ze geen stipje licht meer, maar een doorschijnende rode veeg. Langharige Mo liet de drone voor zijn voeten landen – 'Goed zo, braaf' – haalde een foto van de Israëlische president tevoorschijn, maakte een bultje zand en drukte de foto erop. 'Check dit,' fluisterde hij en de groep hield de adem in. De drone vloog de foto omver, maar haakte zelf ook in het bultje en stuiterde door het zand. De groep juichte dat het Zionistenland zou vallen.

'In Venezuela vloog een drone,' legde Mo uit, 'een kleintje, met explosieven richting hun president. Ontplofte net te vroeg.

Eentje vloog naar je-weet-toch, die bitch van Duitsland. Er is zelfs een drone in de tuin van het Witte Huis geland.'

'Je kunt er drugs mee vervoeren,' zei Joessoef.

'Is al gebeurd,' meldde Charif.

'IS heeft zo bommen gegooid,' zei een nieuweling. 'En dat waren amateurs, hè.'

Een ander had de vlammenwerpers onder drones op YouTube gezien, een volgende wist dat er een vliegtuig was neergestort omdat er een drone in de straalmotor was gekomen, een journalist was z'n neus verloren toen bij een gala de camera te dicht langs vloog – 'dat had ook zijn nek kunnen zijn,' jubelde Kait – enzovoorts.

'Chris, daar staan,' riep Kale Mo. Hij wees naar een kleuterglijbaantje verderop, dat in de nacht vanaf hun punt een zwarte piramide leek.

'Geen gefok,' dreigde Kait en hij sjokte naar het glijbaantje.

Kale Mo haalde het ledlampje van de drone, gooide het apparaat in de lucht en liet hem een paar schijnbewegingen maken. Iedereen begon te vermoeden wat er komen ging en zweeg gespannen. 'Check dit,' fluisterde hij en hij vloog in een rechte lijn op Kaits gezicht af. Die bleef achteloos staan en bewoog niet. De drone stopte vlak voor zijn gezicht.

Of, nou ja, zo onbewogen was Kait niet. Schouten en zijn collega's hoorden hem op de opnames 'hocus pocus' fluisteren en in de kantlijn van het transcript werd genoteerd dat dit de eerste keer was dat hij 'lekte', zoals dat heet, dat hij iets van zijn ware aard liet blijken, maar gelukkig was het onhoorbaar voor de leden van zijn groep.

'Hocus pocus?' vraagt Lotte nu.

'Ja, daar zal vast een verhaal achter zitten,' reageert Schouten en hij vervolgt hoe er bewonderend werd geroepen dat Kait, zijn wonderkind, zijn tovenaarsleerling, 'van steen' was, een 'fokking ijskoning', een 'robot' – hij had de geest van Ismail.

Kait plukte met een snelle beweging de drone uit de lucht en liep kalm naar de groep terug.

'Wie nu?' vroeg hij.

Een voor een ondergingen ze de beproeving. Een nieuweling kreeg de drone vol in zijn gezicht, maar nét niet in zijn ogen en hij kwam ervan af met enkele snijwonden. Niemand vervloekte Kale Mo. Dat het ook mis kon gaan maakte de overwinning van de andere groepsleden alleen maar echter. En toen iedereen geweest was, zei Charif tegen Kale Mo, vanzelfsprekend en dwingend: 'Zo, nu jij.'

67
Kait

Dounya heeft hem weggedrukt, die is natuurlijk in de war over wat ze heeft ontdekt over haar chauffeurs, maar nu belt ze toch terug. Terwijl hij voortraast en slalomt in zijn gestolen Porsche, moest hij daar op wachten, want haar nummer is afgeschermd.

Ze fluistert samenzweerderig: 'Waarom zou iedereen met kort roo-'

'Normaal praten, Dounya, niets laten merken.'

'Ja, nou, wat ik wilde zeggen,' gaat ze direct verder, nu weer overdreven nonchalant. Die gasten die haar meenemen hebben het nu echt door. 'Er zijn wel meer mensen met...'

'Nee, het is te veel toeval. Ik bedoel, ik word gevolgd door drie auto's, twee achter me, eentje voor me.' Opeens bedenkt hij iets. 'Hoe ziet jouw auto eruit?'

'Gaar ding, donkerblauw, Opel geloof ik – ja, een-'

'Zeg dat merk nou niet...'

'Oké, ja, ik snap je, ja – Kait, dit is niet-'

'Mijn naam! Zeg niets herkenbaars.'

'Ja, nou, het is niet bepaald dat ik dagelijks een vrachtwagen steel en dan sloop of zo.'

Intussen kijkt hij in zijn spiegel. Inderdaad, een van de twee auto's achter hem is donkerblauw, maar ver weg, het merk kan hij niet onderscheiden.

'Dounya, zie jij iets van tweehonderd meter voor je, met ongeveer tien auto's ertussen, een Porsche rijden, zwart, echt een grote bak?'

Het is even stil. 'Ja, misschien, maar ver weg.'

'Let even op of ze daar steeds achter blijven. Anders zou je heel dichtbij zijn. Dan volgen jullie mij.'

Stilte.

Hij hoort haar slikken. 'Word ik ontvoerd? Wat gebeurt hier?'

'Ik weet het niet, Dounya. Ik snap het echt niet. Maar blijkbaar vinden veel mensen ons interessant. De ene helft wil ons dood en de andere helft doet niks.'

'Ons? Jóú vinden ze interessant.'

'Waarom word jij dan ontvoerd?'

'Ik word niet ontvoerd!'

'Waarom rijden ze dan zo hard?'

'Nou precies, dat valt toch veel te veel op – ze ontvoeren mij niet. En trouwens, ze laten me nu toch gewoon bellen? Ik doe er echt niet toe – jíj bent interessant voor ze. Wat ik nou al de hele tijd wil zeggen – er is ooit iets gebeurd, iets heel ergs, met die benen van je. In de overdracht stond niet wat, dat was allemaal reuzegeheim, mijn collega's konden er eindeloos over fantaseren. Maar wat ik dus dacht – jij bent iets kwijt, vergeten – maar is dat niet toen gebeurd, toen dat met je benen zo misging?'

Hij schudt wild zijn hoofd.

Houd op, Dounya, stop hiermee. Alsjeblieft.

68
Dounya

Ik heb beet. Daarom drukt hij me weg. En daarom belt ze nu voor de zoveelste keer. En neemt hij toch weer op.

'Er is van alles gebeurd,' zegt hij, voordat zij iets kan vragen. 'Maar ik weet niets meer.'

'Wat weet je nog wel?'

Hij zucht. 'Ik hoorde bij die groep.'

'Van Charif.'

'Ja.'

Hoe noemen ze dat ook maar weer? Hij is undercover geweest... Haar cliënt, de lastigste en tegelijk de interessantste, zat gewoon ooit bij een of andere geheime dienst. En die twee mannen, met hun magische spuitbusje en hun zelfverzekerde blik, die hen uit die auto sleurden en bij wie ze nu domweg achterin zit – die weten ervan. Maar intussen interesseert het ze nauwelijks dat zij belt.

Cool blijven. Doen alsof alles heel normaal is.

'Vertel, K-' Ze slikt zijn naam in.

Hij zucht, maar begint dan toch. 'De voorbereidingen weet ik nog wel, dat ging prima, maar toen kwam iets groots en daar weet ik niks meer van. Alles is zwart. Ik kom bij in een ziekenhuis, ze vertellen me dat ik twee weken in coma heb gelegen en dat ik héél erg dankbaar moet zijn dat ik nog leef. Wat ik sindsdien uiteraard elke dag ben. Ik brand een kaarsje voor elke schroef in mijn benen.'

'Iets groots? Wat bedoel je?'

'Doet er niet toe, Dounya, en dat is ook allemaal totaal geheim – dat kan me niks schelen, maar het ding is, dat probeer ik je al tig keer duidelijk te maken – twee weken coma, heb je ooit...'

'Ik weet hoe trauma's werken. Maar toch. Al is er maar het kleinste kansje dat we iets aan deze totale ellende kunnen doen... Die terroristen schatten jou hoger in dan jij jezelf.'

'Jippie.'

'Toe nou... Wat wilde je, wat was je plan?'

Hij zucht weer. Maar dan komt er toch een antwoord: 'Charif te kakken zetten. De groep demoraliseren.'

'En is dat gelukt?'

'Ze zijn lang stil geweest. Maar toen – nou ja, kijk maar naar buiten.'

'Dus die Charif heb je misschien inderdaad wel te kakken gezet. Misschien is je plan gelukt?'

'Kan.'

'Weet je echt niets, niet eens een vaag beeld?'

'Dounya, ik wil naar mijn kind. Ik hoef me helemaal niets te herinneren. Ik hoef al helemaal niet de wereld te redden. Laat me. Dag.'

69
Kait

Natuurlijk, hij zag wel vage beelden. Charif die wankelt op een hek. Nat, glad metaal. Een motorbootje. Iets enorms dat langs zoeft. Een betonschaar. Een fokking betonschaar.

'Jij was undercover, dát mag je toch wel zeggen?'

Ze houdt niet op.

'Nee, dat mag ik niet zeggen.'

'Mij best, maar mijn vraag is dan dus – gewoon heel in het algemeen, niet jij specifiek hoor, allemaal theoretisch – maar weet jij stomtoevallig of die undercoverlui microfoontjes bij zich hebben?'

'Nou, heel in het algemeen en theoretisch lijkt me dat die undercoverlui weleens gefouilleerd kunnen worden.'

'Dus geen microfoontjes.'

'Nee, geen microfóóntjes.' Die lichte nadruk had hij niet moeten leggen. Dit was vroeger nooit gebeurd.

'Geen microfoontjes, maar wél...'

Hij blaast geërgerd zijn longen leeg. 'Nou ja, heel in het algemeen zou je ook kunnen bedenken dat je misschien zou kunnen afluisteren met een telefoon?'

Het is weer lang stil.

'Maar Kait, dan...'

'Nee, Dounya, houd op, alsof ik dat nog niet bedacht heb! Ik heb vijf jaar gehad om hierover na te denken, oké! Vijf godvergeten jaren. Wat denk je nou? Die telefoon ligt heel veel meter onder water.'

Alleen het grommen van haar auto.
'Kak.'
'Dat is behoorlijk nauwkeurig uitgedrukt.'
'Maar hebben ze niet gedoken dan en…'
'Veel te diep, veel te groot gebied.'
'Kak-kak-kak.'

70
Dounya

Dit leek echt een spoor. Als er maar een kansje was, hoe miniem ook, dan moesten ze daar toch op verder... Maar nu wordt zelfs deze laatste mogelijkheid afgekapt.

En ze zit nog steeds bij die twee gladnekken in de auto. Die haar gisteren nog een auto uit sleurden en sindsdien blijkbaar gevolgd hebben. Van wie totaal onduidelijk is wie ze werkelijk zijn. Maar die haar dan wel weer gerust laten bellen in een taal die ze niet verstaan.

Haar mobieltje ligt in haar handen op haar schoot, hij heeft haar deze keer niet weggedrukt. Ze zet het weer tegen haar oor. Nee, het mag niet kansloos zijn. Kansloos doet ze niet meer aan.

'Maar die opnames werden toch ergens naartoe gestuurd? Theoretisch gezien, hè.'

'Theoretisch gezien, ja.'

'Naar...?'

'Dat hoef ik toch niet in te vullen?'

'Naar de...' De termen klinken zo knullig uit haar mond. 'Geheime dienst?'

Hij zwijgt.

'Maar dan hebben zíj die opnames toch nog?'

'Ja, en daar kunnen wij niet bij, *surprise*, en áls daar iets nuttigs op stond, dan hadden ze daar allang iets mee gedaan toch – zeg, bijvoorbeeld, theoretisch gezien, vijf jaar geleden.'

Hij is pissig. Maar zij gaat niet opgeven. Niet na alles wat er al gebeurd is. Ze is al veel te ver gegaan. Ze is al duizend grenzen verder dan ze ooit is geweest. Nu kan ze net zo goed blind door.

'Maar Kait, die Charif is doodsbang voor die opnames – we moeten die opnames hebben.'

'Denk je echt dat wij slimmer zijn dan al die specialisten in de Korf?'

De Korf? Waar heeft hij het over?

'Ze hebben daar tientallen nerds, die pluizen alles uit, alle opnames zijn helemaal dood geanalyseerd. Als daar ook maar een komma op stond die deze ellende had kunnen voorkomen, hadden ze dat gedaan.'

'We moeten bij die opnames, Kait.'

'Ik moet niks.'

En dan weer een idee. 'Sloeg jij ze zelf ook op, die opnames?'

Even stilte. 'Doet er niet toe.'

'Waar dan?'

'Doet er niet toe! Ergens online.'

'In de cloud?'

'Ja, dat.'

Ze begint te lachen, opgelucht. 'En dat zeg je nu! Je zit al die tijd –'

'Maar dat doet er niet toe, want dat wachtwoord heb ik niet meer.'

Haar lachen verdwijnt in een wanhopig piepje. 'En dat kun je ook niet herleiden? Ik gebruik al jaren hetzelfde wach-'

'Mijn wachtwoord,' onderbreekt hij haar, 'was zo'n totaal willekeurige reeks van cijfers en letters.'

'En je telefoon onthield dat?'

'Ja, precies.'

'En die telefoon...'

'... ligt een paar honderd meter onder water.'

71
Kait

'Maar...'

'Maar-maar-maar!' schreeuwt hij in de telefoon. 'Kappen!'

Ze wacht even. 'Ik weet er dus echt heel weinig van af, hè, maar Janko deed altijd heel *paranoid* over die dingen, die wilde niks nergens opslaan, gebruikte alleen usb-sticks en zo.' Ze weet nog dat ze eens een wc-rol pakte en daar rolde zo'n stick uit. 'Maar hij zei altijd dat de cloud lek was, dat iedereen daarbij kon, dus...'

'Nee, daar kunnen we niet bij. Ik weet het wachtwoord niet.'

De specialisten in de Korf, Schouten, de andere collega's, zouden het allang geregeld hebben. Dit was de grote climax van zijn infiltratie, ze hadden allemaal toegeluisterd. Waarom blijft zij maar doorgaan? Waarom al die hoop? Het is wreed wat ze doet.

Noa, ik moet gewoon naar jou toe. De rest doet er niet meer toe. Niks doet er verder nog toe.

'Die opnames gingen ergens heen, iets in de cloud – maar ben je daar weleens vanaf een andere computer geweest?'

'Houd op.' Dan pas denkt hij erover na en weet hij het antwoord: 'Nee.'

'Zeker weten?'

'Ja.'

'Maar het interesseert je niet, hè. Vandaag is de eerste dag van de hadj. Weet ik veel wat ze in Mekka gaan doen, maar het ziet er niet best uit, toch? De hele wereld zit IS-vlaggen op te hangen, overal die aanslagen, al die bevende presidenten – die gast van dat filmpje heeft gelijk, ze wilden dat kalifaat de wereld over, nou, het is ze gelukt. Maar wat doet het ertoe? Jij gaat naar je dochter. Laat de rest maar verrotten.'

'Zoiets.'

'Maar waarom rijd je zo hard? Is er een deadline?'

Hij kijkt op de navigatie: 17.45.

'Nee.'

'Toch wel, gok ik – en dan moet je ook nog tanken. En er zitten drie auto's achter je aan. En Charif is er ook nog ergens, die is zijn drone aan het opladen of zo en hij is helemaal over de zeik. En boven ons hangt de hele tijd een helikopter, Kait. Boven jou ook toevallig?'

Die helikopter hoort hij inderdaad al een tijdje. Hij is aas, dat is nu wel duidelijk. Ze hebben Charif nog niet en wachten tot die aanvalt.

'Als dat dezelfde helikopter is, zit jij dus inderdaad dichtbij, in een van die auto's die mij volgen, Dounya.'

'Ja, vast, maar aan een helikopter ontsnap je dus niet, hè, Kait. Drie auto's om je heen én Charif én een helikopter in de lucht.'

'Ik moet het proberen. Ze moet weten dat ik het geprobeerd heb. Ik wil een vader zijn die –'

Ze snuift. 'Je hebt het niet geprobeerd.'

'Ik heb nooit met een andere computer ingelogd op die cloud.'

'Denk na, please. Je dochter, dat gaat nooit meer lukken, echt niet – dan kun je net zo goed, weet ik veel, de wereld redden of zo?'

En dan gebeurt er iets. Zijn moeder vergeleek vroeger haar geheugen weleens met een ruimte vol lades, zoals bij een apotheker, maar de etiketten zijn weg en je weet niet meer wat in de lades zit, terwijl toch al die lades in jou zitten. Soms open je een lade met een bepaalde verwachting, maar vind je iets heel anders. Soms vind je de lade zelf niet eens. En helemaal wonderlijk wordt het als een lade zichzelf opent.

Alsof iets in je een eigen leven leidt. Alsof niet alleen jij jezelf bewoont.

Hij doet al vijf jaar lang zijn uiterste best alle lades gesloten te houden. Maar een verstofte la, zonder etiket, opent zich nu al zuchtend en steunend uit zichzelf. Een herinnering waarvan hij niet wist dat hij die had, die hij nooit heeft verdrongen omdat die zich nooit opgedrongen heeft. Het deed er domweg al die jaren niet toe. Maar plotseling ziet hij helder voor zich hoe ze weer bij Charifs opa zijn, een heel gewone avond, en in de hoek van de kamer staat een oude pc, met hakende toetsen, vol onbestemde bruine vlekken en overal pixels die zwart blijven. Hij heeft zijn smartphone in de hand, ongetwijfeld met een of andere tekst van een korangeleerde, maar om onduidelijke redenen – misschien weigert zijn telefoon het bestandsformaat of iets dergelijks – moet hij dat oude barrel gebruiken. En hij logt in op zijn cloud.

72
Schouten

'Toen kwam, Lotte, zoals Kait het later welsprekend uitdrukte, de moeder aller fucks. Achteraf gezien leidde alles hiernaartoe. Achteraf weet ik ook precies hoe ik het had kunnen voorkomen.'

'Dus nu ga je eindelijk vertellen wat je al de hele tijd beloofd hebt? Wat er is gebeurd? Wat er écht is gebeurd...'

'Lieverd.' Hij hakkelt weer. Dat had hij niet moeten zeggen. 'Je had het niet begrepen zonder...'

Bij het Poeltje had Charif de controller van Kale Mo geëist, maar die weigerde en toen hij probeerde af te pakken, mislukte dat. Zijn troon bleef bedreigd. Dus er volgden nog diverse rondes 'pikkiesnijen'. Ze vlogen met een grotere hobbydrone op elkaar af. Ze sloegen met een kartonnen koker vol op elkaars bovenbenen en bleven dan onbewogen. Uiteindelijk balanceerden ze op de reling van opa's balkon, op de derde verdieping, terwijl de wind aan hen trok, en dan spreidden ze hun armen en zeiden de *sjahada*. De koranstudies gingen steeds vaker over martelaarschap, dat was de hoogste overgave, je leven letterlijk offeren aan God. Er werd gelachen om de geestelijke uitleg van het woord jihad, waarvan iedereen toch wist dat de profeet, vrede zij met hem, die alleen had gebruikt om zijn eigen letterlijke oorlogen te typeren.

'Chocolademoslims, die leggen het zo uit!'

'Ze hebben de ballen uit dat woord gesneden,' vond Charif. 'Eerst pakken ze onze woorden, dan onze vrouwen!'

Toen op een nacht iedereen was vertrokken – de opa was huilend in slaap gevallen op zijn bed, ze hoorden hem niet meer – bleef Charif met Kait samen achter in de huiskamer.

'Wat denk jij van Kale?' vroeg Charif.

'Hij vindt zichzelf heel wat,' raadde Kait.

Inderdaad, wie dacht Mo wel niet dat hij was. Kende geen woord Arabisch, kon geen enkele soera onthouden, maar dan kwam hij hier een beetje slim doen, met z'n messen en z'n drones. Laatst haalde hij zelfs soennieten en sjiieten door elkaar! En intussen een grote bek hebben over God. Alsof een paar jaar brommen je een martelaar maakt. Hij was een sneue dealer geweest. Met zelf een witte snor. Daar was niets vrooms aan.

Kait knikte hevig.

'Hij is met iets bezig, hij heeft een masker, dat weet ik gewoon, dat zie ik aan mensen. Hij heeft dezelfde blik als Ahmad.'

En uiteindelijk, na veel wikken en wegen, stelde Kait voor het vertrouwen te winnen van Kale Mo en alles door te spelen.

Dus de volgende ochtend – Telegram werd inmiddels doorgesluisd, dus in de Korf konden ze alles *real time* meelezen – sprak hij af met Kale Mo. In een lege, afgesloten studieruimte achterin de bibliotheek.

'Hij is niet salaf,' begon Mo al snel. Want altijd weer die compromissen. Alles was een béétje bij Charif. Hij wilde hen laag houden, zodat hij zelf nog een beetje hoog leek. Mo kende die types uit zijn jaren in de *jilla*. Hoe meer ze probéren een baas te zijn, hoe minder ze het zijn. Charif was een teckel.

'We moeten hem testen,' concludeerde Kait. 'Net als Ismail. Kent hij overgave, echte, totale overgave?'

Mo begon te ijsberen en stond toen abrupt stil. 'Ik weet iets. In de jilla, daar hadden ze een verhaal. De perfecte test. Je hoort van me.'

En dus belde Kait direct erna Charif: 'Hij wil je uitschakelen. Binnenkort komt hij met een plan. Speel mee. En dan pakken we hém. Samen kunnen we hem prima hebben.'

Charif wist dat hij Mo zou ontmaskeren, Mo wist dat hij Charif zou ontmaskeren, Kait kon beslissen. Maar waar? En hoe? Schouten lag er hele nachten wakker van. En toen bewoog het rode stipje waarmee ze zijn wonderkind trackten richting de Afsluitdijk en hoorden ze hem iets zeggen, ogenschijnlijk nonchalant, maar kennelijk bedoeld als waarschuwing voor de meeluisteraars: 'Ah, een betonschaar.'

73
Ismail

Ismail wist dat hij alles aan Ahmad had te danken. Vijf dagen had hij al niet gegeten toen hij bij dat winkelcentrum stond en onzichtbaar leek. Hij rispte onophoudelijk maagzuur op en tolde op zijn benen. Maar Ahmad had een broodje met zalm en een cursus over God en Ismail wist dat hij alles voor hem zou doen.

Hij deed de cursus en geloofde alles. Dat er over dit soort dingen werd nagedacht! Dat je überhaupt over dit soort grote dingen kón nadenken. Het was zo helder en logisch en mooi. Vooral dat bidden, hij kon er geen genoeg van krijgen, die herhalingen, dat onbegrijpelijke zingen – waarom was niemand hier eerder over begonnen? Dit was beter dan de beste drugs! Zoveel kalmer, zoveel natuurlijker – en zonder de kater. Natuurlijk, hij stelde kritische vragen, dat was hij aan Ahmad verplicht. Een echte vangst gaat niet zonder spartelen. En sommige verhalen vond hij ook oprecht absurd. Soms, heel soms, op zijn slechtste momenten, deden een paar profeten hem denken aan zijn vorige leven, toen hij van alles op kon dissen wat nog nét geloofwaardig klonk en heel toevallig nét niet was te controleren.

Het was een uitstekend verdienmodel geweest – tot je al je vrienden kwijt bent en zelfs je eigen moeder je niet meer wil zien.

Het lastigste verhaal was over Ibrahim, die hoogstpersoonlijk van God, de barmhartige, de genaderijke, de alwetende, had gehoord dat hij zijn zoon moest offeren. Maar natuurlijk klonk dat ongeloofwaardig, reageerde Charif, toen hij zijn aarzelingen eindelijk, eindelijk toegaf – dat maakt het juist geloofwaardig. Als je zoiets zelf zou bedenken, bedacht je wel iets wat lekkerder klonk en je beter uitkwam. Dat moest hij nog eens uitleggen en nog eens, en Charif herhaalde het geduldig. Als Ibrahim het zelf had bedacht, had hij zijn zoon wel zijn schoenen laten poetsen of zijn baard laten kammen! Ze lachten en Jaap, voor vrienden Kleine Japie, wist dat hij een nieuwe naam had.

Ismail. De jongen die het absurde geloofde, juist omdat het absurd was.

Dus vanaf nu als hij hoorde over de Zwarte Steen, die een mond en ogen zou krijgen en zou spreken bij de Oordeelsdag, of over de profeet die op een nacht in z'n eentje helemaal naar Jeruzalem was gevlogen, of dat je bij de pelgrimstocht naar Mekka de duivel moest stenigen, dan zei hij voortaan tegen zichzelf: maar ik ben Ismail. Natuurlijk is dit absurd. Als het logisch klonk, was het zelfbedacht geweest. En hij zette zich nog harder in. Hij rende naar de buurtwinkel als ze vroegen om een broodje, hij verving de internetkabel toen dat nodig bleek, hij regelde nog een studiereis naar Rome, hij ging mee om de drone te stelen. Telkens voelde hij zich weer iets geloviger. Bij elke gang naar de buurtwinkel wist hij het zekerder. Zie je nou wel, ik doe het gewoon. Ik ben een gelovige. Dit bewijst het, ik doe er alles voor. Ismail ging ook die berg op en Ibrahim liep helemaal naar Mekka en Mohammed vloog. Ik geloof, ik geloof echt! Kleine Japie bestaat niet meer.

En toch.

Soms waren er dingetjes.

Zoals die keer dat ze met z'n drieën, altijd met z'n drieën, discussieerden over de lengte van je baard en Ahmad opeens beweerde dat een of andere geleerde een fatwa had uitgevaardigd tegen baardolie. 'Wat, geloof je dat niet? Nou, zoek maar op, staat daar en daar.' En hij zocht het natuurlijk niet ter plekke op, maar later op zijn kamer kon hij het nergens vinden. Natuurlijk, ik heb het verkeerd onthouden, dacht hij, ik ben altijd slecht met getallen geweest.

Of een andere keer, Ahmad wilde een actiefilm kijken en Charif vond dat haram, maar Ahmad wist van geleerde die-en-die, die had actiefilms goedgekeurd, zelfs al waren die van de varkens, voor trainingsdoeleinden in tijden van oorlog. Zoek maar op. En ze keken de film, die buitengewoon leerzaam bleek, en Ismail zocht het thuis op, maar hij was weer het nummer vergeten of ditmaal misschien de naam van de geleerde, Bin, Ben, Ali – hij leerde het ook nooit.

Het waren details. Maar de werkelijkheid is een net, was hem ooit verteld, en de duivel kan door de kleinste mazen kruipen.

De afgelopen maanden werd Ahmad vaak gebeld door Charif. Dat ze hier nog aan moesten denken, dat ze dit nog moesten regelen, dat Ismail zus en zo moest... Wil je een broodje halen, vroeg Ahmad weer eens, maar Ismail was zelf net ergens mee bezig, het kastje van de schotelantenne, die haperde voortdurend. Straks, had hij dus geantwoord. Maar een paar minuten later werd Ahmad weer gebeld: dat die antenne er niet toe deed en dat ware strijders broodjes nodig hadden. Charif kon niet weten dat zij het daarover hadden gehad, dacht Ismail. Dit was het zoveelste bewijs dat er meer was. Charif en Ahmad waren verbonden, op een bovennatuurlijke manier, via spirituele lijnen of zoiets, dat moest wel. Weer iets dat waar was juist omdat het absurd was. Zoiets kon Ahmad niet verzinnen. Hij was geloviger dan ooit.

Maar twijfel is een optische illusie. Eerst zie je alleen dat domme konijn, hoe je de tekening ook draait, tot iemand zegt: kijk, zo is het een vrouw, daar zijn de ogen, daar de mond. En vanaf dan kun je haar niet meer niet zien.

Charif had zich de afgelopen maanden niet vertoond. Maar Ahmad kreeg voortdurend telefoontjes van hem en gaf al zijn boodschappen door. Eerst waren het vooral excuses voor de knallende ruzie die ze hadden gehad. Want Charif geloofde echt nog volledig in hun jihad, hij had hen alleen getest of hún geloof sterk genoeg was en ze waren geslaagd, God is groot. Dit was de fase dat hij moest verdwijnen, daar hadden ze het toch vaak over gehad – wist hij dat niet meer? Nou, ze hadden alles voorbereid nu, ze hadden de drone, hij had het filmpje ingesproken, ze hadden de flat in Rome gehuurd, en nu moest hij dus verdwijnen, want als er straks daar iets misging en ze werden gepakt, dan was er tenminste nog eentje die puin kon ruimen en hun naam kon redden. Jullie kunnen martelaren worden, nu al, mijn tijd hier op aarde moet helaas nog duren. En mijn offer, zo meldde Charif via Ahmad, is dat ik hier in eenzaamheid moet wachten voordat ik mijn offer mag brengen. En wie bracht het ware offer – Ismail die al mocht gaan, of Ibrahim die zo lang moest achterblijven?

Maar hij kon het niet meer niet zien. Ze zaten nu veertien uur naast elkaar in dit brik, zonder pauze, ze pisten in afgesneden pet-flessen, en er was iets met die telefoontjes. Charif die hen feliciteerde dat het zo schitterend was gegaan daar boven dat Vaticaan – de val van die jongen was zelfs nog mooier dan ze hadden bedacht. Charif die hen nogmaals feliciteerde, want het was zo geniaal, zo schitterend, zo historisch. En nogmaals en nogmaals, en pas die vierde keer feliciteerde Charif eindelijk dan ook hem, Ismail. Volgende telefoontje, de plannen waren veranderd: Chris was in Rome. Chris, uit een ver verleden, ze hadden nooit over hem gesproken, maar dat was de Shaitan zelf. Die had informatie waarmee alles was verloren – nee, Ismail mocht niet weten wat, Ahmad zelf wist niet eens wat precies. Maar Charif had ooit een vergissing begaan, hij was vervallen tot het laagste van het laagste, hij bekende het eerlijk aan de telefoon, alleen Ahmad was toen standvastig gebleven, de meest ware gelovige van hen allemaal. Maar deze Chris, *die wist ervan.* Bij Ahmad was het altijd veilig geweest en Chris kwam niet eens zijn voordeur langs, die zou niets doen. Maar nu was hij opeens in Rome. Plan Malak ging nu in werking – o, wist Ismail niet wat dat was, was hij dat ook al vergeten?

Nou, Plan Malak was een van hun noodscenario's, ze hadden ermee geoefend. Als ze waren omsingeld, konden ze hun drone eenvoudig ombouwen tot een vliegend geweer, een paar kabelbindertjes en wat tape en klaar, en daarmee hun vijanden in de rug aanvallen. Nu gingen ze Plan Malak uitvoeren met een twist.

En ze raceten de heuvels door en weer belde Charif. Een broodje, dat was nu echt nodig. Ze stopten voor een broodje. Een plaspauze, vond Charif even later, toevallig net toen Ahmad moest. Dit is hun bovennatuurlijke band, zei Ismail tegen zichzelf, dit is alleen maar bewijs dat wij de ware jihad voeren, Ahmad heeft zoveel voor mij gedaan, hij kan toch niet al die tijd gelogen hebben, die telefoontjes zijn wel absurd maar juist iets logisch zou je zelf verzinnen...

Maar het werkte niet meer. Hij kon het niet meer niet zien.

Weer friemelde Ahmad aan zijn mobieltje en net dán werd hij gebeld. Natuurlijk voor zo'n fokking broodje. En Charif was zo zorgzaam en begripvol, die voelde dat allemaal aan vanaf ergens, ver weg, in zijn verborgen grot. Natúúrlijk. Toen hij nog Jaap was, Kleine Japie voor vrienden, voor steeds minder vrienden, had hij zelf zoiets geflikt. Het was doodsimpel. Je ging naar de instellingen voor beltonen, klikte op eentje en dan hoorde je de toon. Bij zijn eigen moeder, toen ze nog weleens iets van hem geloofde, deed hij dat soms, hij nam op en barste in tranen uit. Zet je me echt het huis uit? Maar je bent de liefde van mijn leven! En je hebt mijn portemonnee meegenomen? Waarom nou toch! En weer stopte z'n moeder hem haar laatste geld van de maand toe.

Nu, in dit brik, plankgas, met zijn enige vriend naast hem, waren zijn tranen oprecht. *Wat als alles nu een leugen was?* Die verhalen over Ibrahim. Die uitspraken van geleerde zus en geleerde zo. Dat bidden. Dat heerlijke bidden waar je zo rustig van werd. Dat het juist absurd moest zijn om te kloppen – misschien was het wel gewoon absurd.

De weg voor hem werd wazig, de tranen gleden langs zijn keel zijn hemd in. Wat als hij niet Ismail was, nooit geweest ook, maar al die tijd nog steeds Jaap, Kleine Japie voor vrienden, voor vrienden die hij niet meer had?

74
Kait

De lade in zijn geheugen is open en wil niet meer dicht. Er was ooit een computer, een oud plakkerig ding, in die stinkkamer van die opa en daar heeft hij ingelogd. Eén keertje. Maar die dingen onthouden alles. Dus als hij die computer...

Nee, nee, nee. 17.51 zegt de gps. Als het heel erg meezit, staan Noa en Lotte daar over een uur te wachten. Hij is nu ergens in Duitsland. En ze blijven daar niet lang, niet op die plek, niet als niemand komt opdagen, niet als de eikel die je ooit heeft bedrogen en toen verdween, nu wéér niet komt opdagen, niet met een kindje van vijf en het wordt kouder en kouder en ze wil eten en er willen meer mensen naar die plek. Veel meer. En dan vindt Dounya dat hij nobel moet gaan doen. Het enige wat hem op de been hield, letterlijk, opgeven en de held uithangen. Alles verraden wat hem liet overleven.

Ik weet verdorie zelf hoe dat is, Noa, als je vader je laat stikken. Vijf jaar lang ben ik voor jou opgestaan. Nu zal ik je alles teruggeven.

Verder hoeft hij niks. Alleen haar die sleutel geven. Misschien haar nog bedanken. *Als de bommen vallen, zelfs als de bommen vallen, overleven jullie het nog, jij en je mama.*

En Dounya wil dat hij dat allemaal maar vergeet en naar die opa gaat om daar naar opnames te zoeken waar iets magisch op zou kunnen staan?

Ik moet niks meer. Ik heb genoeg gedaan.

Al die jaren heeft hij zich uit bed weten te hijsen, bijna elke dag – dát was een heldendaad, daar zou je een standbeeld voor moeten krijgen, met je benen vol schroeven en een hoofd vol waanzin en een dag vol niks, gewoon opstaan en dan niet van de flat af springen en zomaar het einde van de dag halen, helemaal het einde van de dag, en de volgende dag weer en de volgende dag weer. Het was een marteling, maar elke minuut is hij doorgekomen, elke minuut heeft hij overleefd, omdat er een kansje was dat hij die sleutel moest brengen. En dan moet hij dat allemaal weggooien, al die jaren, al die martelingen, om een kansje, een kánsje, dat die opa nog leeft én daar woont én die computer heeft én daar het wachtwoord op staat dat naar die opname leidt én daar iets op te horen is en dan – ja, wat eigenlijk? Wat konden ze daar dan mee?

En dát zou heldendom zijn?

75
Dounya

De uren vliegen voorbij. Ze belt hem niet meer. Je kunt een mens niet dwingen. Ze heeft haar deel gedaan. Ze mag nu gewoon gaan liggen. Even maar.

Er zit nog steeds een kogel in mijn lijf.

Ze heeft het recht rustig aan te doen. De plicht. Ze laat zich nu verder gewoon naar huis rijden. Wat er nog van thuis over is. Wat ze daar ook aantreft.

Die twee figuren die haar rijden zijn iets supergeheims, dat moet wel, maar als ze kwaad wilden, hadden ze dat al wel gedaan. Ze denken blijkbaar dat zij nuttig is, waar dan ook voor. Ze krijgen uiteindelijk natuurlijk door dat dit tegenvalt, maar dat ziet ze dan wel weer. Moet ze liften of zo. Of ze steelt weer iets, dat kan ze inmiddels best aardig.

Als ze überhaupt deze dagen door gaan komen met z'n allen.

Vannacht waren er overal branden, nu ziet ze hier en daar wel rookpluimen en zwarte gaten in huizen, maar weinig nieuws meer. Er is iets gaande, maar wat?

Die twee voorin bellen regelmatig, steeds zelfverzekerd, cool, bijna kil. Ze spreken in halve woordjes en hoofdknikken, *yes* en *agreed*, veel meer is het niet. *Djeeroe*... hoorde ze de roodharige op de bijrijderstoel zeggen.

Dat klonk als Engels voor Jeruzalem. Er was iets met Jeruzalem. Misschien gaat het niet mis in Mekka, heeft die hele hadj er niets mee te maken, misschien wordt het Jeruzalem – natuurlijk, het grote kruispunt van de drie religies die al zoveel eeuwen botsen, waarom ze daar niet eerder aan heeft gedacht – als het ergens misgaat, dan daar.

Maar nu eerst rusten. Eventjes.

Ze ligt op de achterbank op haar rug, haar knieën opgetrokken. Ze vraagt en krijgt een paar nieuwe gele wonderpillen. Als ze zware interne bloedingen had, was ze allang weggevallen – dan leefde ze niet meer. Als ze nu al zo ver gekomen is, waarom niet nog een paar uur? Eerst moet ze op bekend terrein komen, dan ziet ze de rest wel.

'Waarom volgen jullie Kait van Dam?'

Ze kan het toch niet laten het te vragen.

'Wij zijn de *good guys*.'

'Dat vindt iedereen van zichzelf.'

Ze is zo ontzettend klaar met dat ge-wij en ge-zij. Maar ze laat het verder. Kait is waarschijnlijk tien auto's voor hen, wat hij verder ook van plan is, ergens voelt het fijn dat hij dichtbij is en...

Een paar uur later wordt ze wakker. Nog steeds Duitse borden buiten. Geen nieuwe berichtjes van Janko. Wel wat telefoontjes van haar ouders en een paar vriendinnen. Mooi is dat, het Einde der Tijden breekt aan en ze missen haar pas na een dag.

Stik ook allemaal.

Ze klikt een nieuwssite aan: honderden mensen waren gisteren aan het zingen, arm in arm gehaakt, allemaal in het wit gekleed, ongeschoren en met warrige haren, ruggelings tegen de Klaagmuur aan. En dan dezelfde types, afgelopen nacht, nog steeds aan het zingen. En vervolgens is het weer licht, deze ochtend blijkbaar, en dan enthousiast: 'Wij hebben de muur gered! Bidden werkt, het is bewezen! Er is een wonder gebeurd! Wij hebben de sprinkhanen overwonnen! Bekeer je allemaal!'

Sprinkhanen?

Maar even later komt er een foto van een stel Arabische nerds in beeld, met hun duimen omhoog achter computerschermen, aan het werk voor een hippe start-up in Tel-Aviv, zo blijkt, maar in de avonduren hebben ze minutieus iets voorbereid. Op enkele honderden meters van de Tempelberg verzamelden ze zich, in een wijk onder Arabisch bestuur. Daar konden ze de onderdelen voor hun drones vrij eenvoudig binnensmokkelen. In het appartement zijn dozen vol apocalyptische literatuur gevonden.

De Israëlische president benadrukt in zijn eerste toespraak, een kwartier geleden, dat het oorspronkelijke plan leek om de Rotskoepelmoskee aan te vallen, met de beroemde gouden koepel. De Jemenitische terroristen behoren tot een stroming die dit gebouw als ketters beschouwen, een heidense tempel vanwege enkele oorspronkelijke opschriften. Er zouden de afgelopen jaren al diverse aanslagen op deze moskee zijn verijdeld, voornamelijk door de Israëlische veiligheidsdiensten, meldt de president, waarmee zij telkens waarschijnlijk een gruwelijke oorlog in het Midden-Oosten hebben voorkomen.

Wij en zij. Altijd wij en zij.

Ze vindt een tijdlijn. Drie zware drones, Gogo 34's van Israelische makelij, bedoeld voor de brandweer en reddingswerkzaamheden, zijn om 10.28 opgestegen vanaf een dakterras achterin de Kidron-vallei en verschenen drie minuten later boven de Tempelberg. Op dat moment waren er al twee antidrones met netten onderweg, maar die zouden pas na anderhalve minuut ter plekke arriveren, en de sluipschutters in de binnenstad richtten wel hun vizieren op de Gogo 34's, maar moesten op toestemming wachten. De Tempelberg is politiek en religieus gezien de gevoeligste locatie op aarde. Veel Joden geloven dat juist daar een heilige rots ligt die de wereld draagt, hun eigen tempel was hier lang geleden gebouwd en moet op dezelfde locatie ooit worden herbouwd, de Rotskoepelmoskee is voor moslims – niet álle, denkt Dounya – de plek waar hun stichter in de hemel is opgenomen. Dit is bovendien de plek waar de aartsvader van hen allemaal zijn zoon heeft geofferd – Isaak volgens de een, Ismail volgens de ander. De drones mochten onder geen beding neerkomen op de gouden koepel of de Al-Aqsamoskee ernaast, de oudste moskee ter wereld en minstens zo heilig. Iedereen weet wie er de schuld krijgt van zo'n ramp.

Drones van Israëlische makelij, neergeschoten met Israëlische kogels – wie hoeft nog z'n best te doen op de zoveelste samenzweringstheorie?

De grafieken schieten al jaren in rechte lijnen omhoog, meldt een expert op de volgende site: drones zijn steeds makkelijker te verkrijgen, hun gemiddelde draagvermogen stijgt, evenals hun actieradius, de accu's worden telkens lichter, terwijl de tegenmaatregelen achterblijven, vooral door juridische bezwaren van gewone burgers om hun privacy en de zorg van stadsbesturen om de toeristische inkomsten. In een studie van de Universiteit van Tel Aviv werd al drie jaar terug geconcludeerd dat ingrijpende incidenten de komende jaren daardoor 'praktisch onvermijdelijk' waren, de vraag was alleen waar en wanneer. Die vraag was nu beantwoord.

De drie drones minderden geen vaart, ze vlogen in een rechte lijn richting het noorden, wat een schijnbeweging bleek toen ze plotseling een scherpe hoek naar de Klaagmuur maakten. De sluipschutters raakten ze alle drie vlak voordat ze erboven hingen, maar twee wisten tijdens het neerstorten al tollend toch nog hun lading te lozen. De Klaagmuur werd getroffen door vijf van de twaalf militaire granaten, zware exemplaren van Russische makelij en waarschijnlijk uit Syrië gesmokkeld, vier explosies schampten slechts de stenen en alles was met een sisser afgelopen, als niet de laatste granaat precies in een van de spleten terecht was gekomen, vol opgerolde gebeden, waardoor de bovenliggende steen scheurde, de stenen ernaast verschoven en de instabiele puinmassa erachter grommend in beweging kwam – al jaren reden tot zorg van de inspecteurs, maar politiek gezien onmogelijk om te stabiliseren. Het bovenliggende tempelplein zakte weg, stenen die alle aardbevingen hadden overleefd gleden weg en toen eindelijk de enorme stofwolk weggetrokken was, zagen de camera's het gapende gat in het laatste overblijfsel van de oude Joodse tempel.

De meeste landen hebben de noodtoestand uitgeroepen, leest ze, en de sociale media weten zeker dat de Derde Wereldoorlog is begonnen. Geen politicus zal het hoofd koel houden – niemand kan het hoofd nog koel houden. De leiders zullen hun spierballen laten zien en niet knipperen met de ogen. Wie nu knippert is af. Er moet gehandeld worden, wie nu nadenkt heeft verloren. Twijfel is de dood.

Jeruzalem is het probleem, begrijpt ze, niet Mekka. Gelukkig maar.

76
Zuha

Haar moeder sloeg haar maar soms, vond Zuha. Ze kende klasgenootjes die dagelijks nieuwe blauwe plekken en rode striemen hadden op de huid die hun schooluniform zichtbaar liet, in hun nek, in hun knieholtes, soms zelfs op hun keel. Dan had ze geluk met haar moeder, die haar alleen maar op haar rug sloeg, waar niemand het zag, en dan hooguit één keer per maand. En als vader er was, was ze veilig, dan gebeurde er niets. Soms verstopte ze de riem, dat hielp ook, dan moest haar moeder overal zoeken en was ze te uitgeput om die daarna nog te gebruiken.

'Eruit, djinn!' gilde haar moeder en bij elke klap leek de riem in haar huid te snijden, haar botten door, maar ze had nooit bloed op haar hemd gevonden, dat was het voordeel van een riem.

Toen ze het Offerfeest vierden, op haar zesde, was er een nieuwe, hippe imam. De jongeman zette een kraaierig stemmetje op en klauwde zijn vingers: 'Nee, Ibrahim, doe het niet, je houdt toch van je zoon!' Toen bulderde hij: 'Ga heen, jij *Djamrah*, ik doorzie je plannen!' En hij gooide zeven steentjes tegen een onzichtbaar wezen in de lucht, dat leek te vluchten. Je kon hem bijna zien. Deze duivel probeerde daarna Hagar te verleiden, Ismails moeder, maar ook zij wilde liever haar eigen zoon offeren, gooide zeven steentjes en de duivel ging ervandoor. De imam gaf vervolgens aan alle kindjes een steentje en wees naar iets onzichtbaars in de lucht: 'Wij zijn in Mekka, jullie zijn Ismail en daar is hij, dáár, de duivel!' En voordat de duivel kon protesteren, werd hij bedolven onder alle steentjes, Ismail had zijn grote geloof bewezen en was bereid zich te laten offeren. De imam hief zijn hand met een denkbeeldig mes hoger en hoger, de kinderen keken er verbijsterd naar, de hand suisde omlaag en 'toink' riep de imam, zijn mes leek op iets onzichtbaars af te ketsen, weer ging het 'toink' en weer. Ibrahim zakte op zijn knieën en dankte de engel dat die een koperen schild om de nek van zijn geliefde zoon had getoverd.

Er waren klachten gekomen van enkele oudere mannen: het stenigen van de duivel kon toch alleen in Mekka zelf gebeuren, met deze toneelstukjes kon je ook wel thuis blijven. En de volgende jaren zou de hippe imam het verhaal alleen nog maar gortdroog opdreunen, het leek wel de boekhouding, maar ze vergat de eerste versie nooit meer. Voortaan als haar moeder de riem gebruikte en de spanningen van de maand tot een uitbarsting kwamen, stelde ze zich voor dat zij Ismail was. En dat stemmetje dat telkens zei: smeek vader om vanavond thuis te blijven, logeer bij een vriendinnetje, verstop die riem – dat was de duivel en zij moest die duivel stenigen en die verleidingen weerstaan. Elk geloof moet worden getest, anders heeft het geen waarde. En als ze die nacht weer op haar buik in bed lag en zo min mogelijk probeerde te bewegen zodat het laken niet schuurde over haar rug, dacht ze: bedankt, mama, bedankt, ik weet nu dat mijn huid er niet toe doet, ik weet nu dat die pijn niets betekent, bedankt, mama, jij bent net Ibrahim.

Op haar veertiende hielp ze haar moeder met wassen achter het huis, ze zeepte haar schoolrok in, haar vaders sokken en toen een bebloede lap en ze was nu oud genoeg om te begrijpen waarvoor die had gediend. En gisternacht was het weer zo'n nacht dat ze op haar buik in slaap gevallen was.

Die ochtend begon er een piepklein zandkorreltje te rollen dat, na jaren piekeren en bidden en nachtmerries, uitgroeide tot een lawine. In de maanden die volgden was ze, telkens de dag voordat zij haar lappen zelf nodig had, woedend van binnen en eenmaal had ze zelfs een straathond geschopt. Haar vriendinnetjes op school giechelden over de maandelijkse djinn waar hun moeders en tantes aan leden. Geen kruidenmengsel leek te helpen. Stapje voor stapje drong het tot haar door. Er was niets vrooms aan die maandelijkse uitbarstingen van haar moeder, zij testte helemaal niet haar geloof – het was de maandelijkse djinn die haar beving en die zij niet had gestenigd! Maar als haar moeder Ibrahim was, zoals ze zich telkens had voorgesteld – was Ibrahim dan ingefluisterd door… de duivel?

Sommige gedachten zijn als littekens en gaan nooit meer weg. Ze zag haar vader alweer vertrekken en dacht: jij weet dat de maandelijkse djinn gekomen is, je gaat niet naar een vriend, jij vlucht voor je vrouw en je offert je eigen dochter op. Ben jij ook Ibrahim? Ze zag de ouderen van de moskee die de kinderen op het plein aan hun oren naar binnen trokken. Ze zag hoe haar vriendinnen niet meer op school kwamen, maar veertien uur per dag kleren naaiden. Ze zag oudere kinderen de jongere slaan, alleen maar omdat het kon, omdat er even geen volwassene in de buurt was die hen weer een klap kon geven. Waren zij allemaal Ibrahim? Jullie geven niet jezelf aan God, zoals Ismail, zoals ikzelf heb geprobeerd, maar jullie offeren een ander op, alleen maar omdat jullie geen nee kunnen zeggen, omdat jullie te zwak zijn om de duivel te stenigen.

Ze werd ouder, ze was een van de beste leerlingen en met drie bijbaantjes kon ze haar studie Toegepaste Wiskunde betalen. Ze werkte hard, zij was sterk, sterker dan haar moeder – de maandelijkse klappen stopten op haar twintigste, toen zij eenmaal had teruggeslagen – zij was sterker dan haar vader, sterker dan haar eigen maandelijkse djinns. Ze werd aangenomen bij BricKeys en na een interne opleiding mocht ze zelf steentjes modelleren, de mooiste baan die ze zich kon voorstellen. Maar er ging geen dag voorbij dat ze niet aan Ibrahim dacht, Ibrahim die het voorbeeld van een groot geloof leek, maar voor haar een zwakkeling werd, die niet eens zichzelf kon offeren, maar dat afschoof op een ander. En soms, heel soms, lukte het haar dan niet meer om sterk te zijn. Zoals die keer met Umar, haar collega van de vijfde verdieping, die tegenwoordig altijd iets belangrijks had, maar toen zomaar naast haar ging zitten in het bedrijfsrestaurant en een week later nogmaals, en haar toen meevroeg naar zijn flatje op negen hoog, waar ze plotseling één werden, kolkend water dat in de diepte verdween.

Of die keer dat ze per ongeluk een broodje ham bestelde, ze vond het heerlijk, en pas dagen later toen ze het kraampje op straat passeerde, realiseerde ze zich dat ze varkensvlees gegeten had. En ze voelde niets. Ze dacht alleen maar: sjonge, best lekker. Ik heb geen aambeien gekregen, waar de imam mee dreigde, geen puisten, geen miskraam, het was gewoon een lekker broodje. Tien keer was het hooguit dat ze de grip verloor, in al die jaren, en ze vreesde dat ze spijt zou krijgen, maar nooit kwam de spijt. Het litteken uit haar jeugd werd zachter en de gedachten aan Ibrahim en Ismail ebden weg. Ik ben een omgekeerde Ibrahim, dacht ze soms hooguit, met onze BricKeys offer ik geen kinderen, maar ik maak ze juist gelukkig. Al die miljoenen kinderen die geen Lego kunnen kopen omdat Lego duurder is dan medicijnen, die geef ik BricKeys, waarmee ze even hun moeders kunnen vergeten die maandelijks hun djinns wegslaan en hun vaders die hun djinns wegdrinken. En soms bevloog haar zelfs de gedachte dat ze niet alleen een omgekeerde Ibrahim was, maar ook een omgekeerde Ismail, want wie had er nu iets aan iemand die zichzelf alleen maar opofferde?

Had Ismail maar BricKeys gemaakt, schoot er eens door haar heen, dan was hij tenminste nog nuttig geweest.

Al deze gedachten kwamen tot een uitbarsting in een schijnbaar kleine gebeurtenis, toen haar collega's niet appten waar ze in de binnenstad voor het holifestival waren en ze tot diep in de nacht alleen op haar kinderkamer bleef wachten op hun berichtje. Haar ouders snurkten in de naburige kamer. De muziek galmde over de daken. Zij was de eenzaamste ziel. Haar collega's sloten haar buiten om haar geloof. Umar kon haar niet trouwen om haar geloof. Haar geloof was slechts een last. Terwijl ze niet eens geloofde. Ze at soms varkensvlees en het kon haar niets schelen. Ze sliep met Umar en vond het heerlijk. Ze minachtte haar moeder. Ze vond Ibrahim, het voorbeeld van geloof, een zwakkeling. Ze had niet eens meer respect voor Ismail. Zij kon onmogelijk een gelovige zijn. De Djamrah, die de hippe imam had gestenigd en tegen wie zij als kind een steentje had gegooid en die miljoenen pelgrims elke hadj weer massaal stenigden, de Djamrah had gelijk!

Ibrahim mocht zijn zoon niet offeren, dacht ze. Een ander offeren is geen teken van geloof, maar van ongeloof.

En toen deed ze de zonde waarvan ze meteen spijt had, want hiervoor was geen vergeving mogelijk. Ze bad tot de Djamrah en smeekte of hij haar laatste restje geloof wilde uitdoven.

77
Ismail

'Jij belt jezelf.' Hij kan de woorden niet meer binnenhouden.

Het afgelopen uur is Ahmad naast hem in het busje voortdurend met de controller bezig geweest, hij hield het monitortje tegen zijn neus, drukte manisch op de knoppen, vloekte, hield zijn adem in, bewoog zijn bovenlijf alle kanten op alsof hij zelf aan de drone hing. Er was een gevecht gaande, dat begreep Ismail, maar er kwam geen enkele uitleg en toen was het opeens afgelopen. En direct werd Ahmad weer gebeld, hij humde, vond het ook een succes, dankjewel voor het compliment Charif, en hij stemde ermee in om het voor nu op te geven, ze moesten even een zijweggetje in om hun Doodsengel in hun laadruimte te stoppen, zodat ze die vervolgens al rijdend konden opladen. Tot nog toe was het allemaal voorspel geweest, herhaalde Ahmad, inderdaad ja, bangmakerij, de grote klap kwam straks, natuurlijk, als die kafir uitgeput waren en er beter uitzicht was. Bedankt, Charif, wat een schitterend idee, geniaal als altijd.

'Je belt jezelf,' herhaalt hij. 'Ik ben niet gek. Ik weet niet waar Charif is, maar hij belt niet.'

De stilte is verstikkend. Uiteindelijk zegt Ahmad uiterst kalm: 'Dit is de Shaitan. De Shaitan wil je verleiden. Net zoals in dat verhaal, toen...'

'En dan ben jij Ibrahim zeker en mag jij alles flikken wat je wilt!'

'Neem die woorden terug.'

'Dat kan niet meer.'

'Neem ze terug!'

Hij haalt diep adem. 'Bewijs het. Bewijs dat Charif het was die je belde.'

'Bewijs dat hij het niet was.'

'Nee, jíj bewijst het. Gewoon voor één fokking keer kom je niet met een of andere slimmigheidje die niemand echt begrijpt, maar bewijs je iets. Geef die telefoon.' En hij grijpt naar het mobieltje in Ahmads schoot, die het net op tijd weggrist.

'Zie je! Ik wil de nummers checken, maar dat trek jij niet.'

'Jij komt niet aan mijn telefoon, jij bent gek geworden, er is een djinn in je hoofd – straks smijt jij 'm weg.'

'Waarom wil je geen bewijs leveren?'

'Wat moet ik bewijzen, waarom ík? Jouw eigen moeder wil je niet eens meer kennen – ik was het die een kamer voor je regelde en jou God leerde kennen. Ik ging verder dan jouw eigen moeder! Alles heb je aan mij te danken. En nu, wéér doe ik alles, ik bestuur de Malak, ik laat die gast in Rome *dancen*, ik voer de strijd met die vrachtwagen – jij zit alleen maar een beetje te rijden. Alles doe ik hier en nu ga jij ondankbaar zijn?'

'Ik ben ondankbaar. Best. Maar kom met bewijs.'

Ahmad haalt zijn schouders op. 'Prima, joh. SKUGG. Hoe kon ik dat ooit weten?'

78
Schouten

'Een betonschaar...' Zijn dochter walgt. 'Zo'n ding kent kleurrijke toepassingen.'

Hij schudt zijn hoofd. 'En een atje had ook geen zin meer.'

'Een wat?'

'Een arrestatieteam, die zou er op z'n vroegst een half uur later zijn. Als er leed kwam, was het dan al geschied. En als ze een boot moesten gebruiken, was het onvoorspelbaar van hoe ver ze opvielen en dat kon een trigger zijn voor geweld...'

In de Korf zagen ze op hun scherm hoe de drie mannen bij de Afsluitdijk hadden geparkeerd en naar een aanmeerplaats liepen: Kait, Charif en Kale Mo. Ze leken te zwijgen, maar het waaide stevig en de livestream van Kaits telefoon bestond grotendeels uit harde klappen op de microfoon. De golven op het IJsselmeer zouden schuimen. Gestommel, wat onverstaanbare woorden – stapten ze nu in een boot?

'Hebben ze gewichten bij zich?' vroeg een van zijn collega's.

'Als ze iemand wilden dumpen,' reageerde hij, 'hadden ze die op het land al uitgeschakeld. Je wilt op zo'n wankel bootje geen toestanden.'

Het rode stipje bewoog traag over water, in een rechte lijn, tot een collega riep: 'Er zijn daar windmolens, van die hele hoge.'

Ze vonden een paar incidenten. In 2005 had een monteur bovenaan een windmolen zijn vriendin ten huwelijk gevraagd. Honderd, honderdvijftig meter zijn die tegenwoordig en bij de turbine zit een kamer waar je prima met z'n tienen in kunt, met bovenop een balkon. De monteur kwam ervan af met een boete. En in 2011 was bij Katwijk aan de kust het lichaam van een jongeman gevonden met verminkingen die deden denken aan een val. De benen van het slachtoffer waren 'ineengeschoven', stond in het verslag, een en al bloeduitstortingen en gescheurde ingewanden. Een van de artsen rapporteerde dat de verwondingen deden denken aan suïcides bij hoge gebouwen.

'En bij Katwijk staan van die turbines?' vraagt Lotte.

'35 kilometer van de kust, een heel park met die monsters, hoger dan kerktorens. Eentje had een geforceerd slot. De hypothese werd dus dat het slachtoffer daarvanaf was gegooid. Het schokeffect van deze extreme methode heeft zo zijn voordelen in het criminele circuit. En geen pottenkijkers, ook handig. Maar de zaak is gesloten, het lichaam was niet meer te identificeren, verder geen lijntjes en genoeg te doen.'

Het rode stipje stond stil bij de Albatros 45. 122 meter hoog. Het arrestatieteam was al wakker gebeld en zelfs al onderweg, samen met een medisch specialist. Ze zouden binnen een kwartier de Afsluitdijk bereiken.

Het klonk alsof ze een slot doorknipten – misschien hadden ze daar die betonschaar voor nodig. Veel galm op de opnames, het gehijg en de voetstappen weerkaatsten tegen de metalen binnenwanden. Ze klommen via de binnenzijde omhoog, een paar honderd sporten. Een van de medewerkers in de Korf toonde op het scherm een model van de turbinekamer bovenaan: een grote eivormige bol, daarop een platform van vier bij drie meter, met een metalen hek.

'Ze klimmen dat ei uit,' zei er een. 'Het dek op of hoe noem je dat...'

Ze kregen bericht dat de kustwacht was vertrokken, die zou er binnen elf minuten zijn. Ze hoopten dat de kustwacht zo snugger was zonder licht te varen, anders was die nu al zichtbaar.

'Ze hoeven alleen maar elf minuten niemand van dat dek af te mieteren.'

'Klinkt best haalbaar.'

Zzzooef, hoorden ze.

'Zijn dat de wieken?'

Charif ging meteen in de aanval, ze vingen slechts flarden op, want hij stond ver van Kaits mobieltje af en de wind brak hele stukken uit zijn zinnen weg. Maar hij wist dat Mo hem een *pussy* vond, een softie, een chocolademoslim – in de Korf grinnikten ze bij dat woord – en hij daagde hem uit soera 17 te zeggen, of nee, alleen maar de eerste, dat was toch het minste...

Zzzoef ging het en er kwam geen antwoord. In de Korf had hij intussen opgezocht of je enige overlevingskans hebt als je vanaf die hoogte op water klapt. Water wordt beton, zeiden de bronnen. Op het plateau ging Mo in een tegenaanval, want waarom zou Charif dan wél *the real thing* zijn? Daarom een test. Charif probeerde het weg te lachen. Er waren nog zeven minuten tot de kustwacht bij de onderkant van de paal was, als ze op volle kracht voeren.

Opeens gestommel. In de Korf vloekten ze. Het moest met dit natte weer spekglad zijn daarbovenop. De situatie werd oncontroleerbaar. Hoe meer er gevochten werd, hoe willekeuriger de uitkomst. Waar had Kait zich in begeven? Waarom had hij deze gok gewaagd? Een van de medewerkers had een hipsterbaardje waar hij nerveus aan trok, hij leek een koeienuier te melken. Schouten dacht aan de testen die de Dovemansgroep elkaar eerder had opgelegd, het pikkiesnijen, het bluffen met die drone op het strandje, het wankelen op het balkon van die opa.

'Charif...' Kait probeerde zijn ademhaling te controleren. 'Waar ben je bang voor? Als jouw hart oké is, als jij vrede hebt, dan ben je nergens bang voor.'

'Ik ben niet bang,' leek Charif te zeggen, vrijwel onverstaanbaar.

'Dus als Mo je loslaat, doe je gewoon de test. Waarom zouden we anders niet denken dat jij een snitch bent?

'Ik ben geen fokking rat.'

'Dan hoef je ook niet bang te zijn. Was Ismail bang op de berg?'

Zzzoef...

'Oké, we weten genoeg. Charif, geen gekke bewegingen. Mo, laat 'm maar los.'

Mo kuchte. 'Hij moet op de rand gaan staan.'

'De rand van... het hek?' Kait probeerde zijn verbijstering te verbergen.

'Wij zeggen de *sjahada* en dan mag hij terug.'

'Shit,' fluisterde Schouten, ver weg in de Korf, een eeuwigheid ver weg, in hun droge, verwarmde zaaltje. 'Dat hek is nat.'

Zijn collega's staarden bleek naar het scherm, alsof de pulserende rode stip iets betekende. De hipster melkte zijn kin. Een andere collega drukte beide handen tegen zijn wangen, alsof hij iets uit zijn mond wilde persen.

'Een paar minuten, dan zijn ze er,' zei hij, terwijl hij begreep dat hij loog. De medewerkers riepen door elkaar dat ze iets moesten doen, dat ze tijd moesten rekken, dat ze Kait moesten bellen, dat die kustwacht niet zichtbaar mocht zijn, dat die hen niet mocht laten schrikken, dat ze op afstand moesten blijven, dat de duikers zich klaar moesten maken...

'Leven of niet leven,' hoorden ze Mo zeggen, 'dat is aan God. Het paradijs of het vuur.'

Plotseling hard metaal op metaal, het luik leek te openen, hevig bonzen – ze vochten weer.

'Hoger,' hoorden ze Mo zeggen.

'Dit is wel genoeg,' zei Kait. 'We weten genoeg. Charif durft niet.'

'Hoger!'

'Nee!' smeekte Charif.

'Waarom niet?' vroeg Kait.

'Ik kan dit niet!'

'En waarom kun je dit niet? Ismail kon het. Alle gelovigen, alle ware gelovigen kunnen dit.'

Iets onverstaanbaars.
'Hardop!' beval Mo.
'Ik durf niet.'
'Je hebt te weinig geloof?'
'Ja,' klonk het, piepend, als een ballon die leegloopt.
'Charif, ben jij een slechte moslim?'
Zzzoef...
Zzzoef...
'Ja.'
Kait zuchtte. 'We wisten het. Oké, kom er maar af.' Een bons.
Een collega had de kustwacht nog aan de lijn. 'Ze hebben de lichten uit en zijn twee palen verder. Ze zien onze drie jongens.'
Schouten blies opgelucht zijn longen leeg. 'Gelukt. Ik zei het.'
'Kolere!' riep een ander uit. 'Waren we toch bijna getuige van een moord. En we konden niets doen.'
'Wacht even...' zei hij toen. 'Ze zijn nog niet terug in de paal.'
Ze hoorden hoe het luik werd opgetild.
'Nee, wacht,' zei Charif, opeens stevig. 'Nu jij, Chris.'

79
Kait

Hij rijdt de hoek om bij Charifs opa. Hij is de slechtste vader ooit. Had hij maar nooit Lotte gebeld, daar in die lade in Rome. Dan was hij gewoon een schim gebleven, een anekdote, een mogelijkheid, maar nu – een verdwenen vader die opeens uit het niets belooft te komen, half vier exact nog wel, en dan niet komt. De grootste verwachtingen wekken en die vervolgens keihard uit haar handen slaan. Alles wat hem door de afgelopen jaren had gesleept, elke keer een nieuwe minuut, want elke minuut was een complete modderbak waarin hij vastzat – *het was allemaal voor niets, Noa.*

Het landschap is steeds vlakker en vertrouwder geworden, tot ook de kleuren en de lettertypes van de borden weer als vroeger waren. Hij tankte, griste wat chips uit de schappen en reed zonder te betalen weg – wat maakte het nog uit. De drie auto's bleven om hem heen cirkelen, op nette afstand, maar onmiskenbaar. De drone is blijkbaar nog niet gevonden. Charif rijdt nog ergens. En zelf blijft hij het kronkelende wormpje aan de haak.

Wie of wat bestuurt je handen en je voeten? Waar komen je beslissingen vandaan? Het is zo vaak gebeurd dat hij in zijn keuken stond en vergeten was wat hij daar moest. Soms, toen hij nog in een supermarkt kwam, lag er iets in zijn mandje en begreep hij niet hoe dat daar gekomen was. Of hij reed ergens, in zijn eindeloze tochten naar die industriegebieden, op zoek naar de geheime locaties van de AIVD, en de laatste tien kilometer waren weg uit zijn geheugen – wat, wie had toen eigenlijk gereden... En nu, hij heeft gezworen dat hij rechtdoor zal rijden, rechtstreeks naar zijn dochter, zonder omwegen. Naar die opa gaan is zinloos, de held uithangen voor niets. Hij heeft er duizend argumenten voor, sluitend en dwingend.

Wat, wie heeft nu anders besloten? De gps geeft als aankomsttijd alweer 16.51.

Ik heb je verraden, Noa. Ik kan je niet meer redden. Die sleutel is voor niets. Al die jaren wachten, voor niets.

Van alles heeft hij zichzelf het minst begrepen en ook nu is hij een mysterie voor zichzelf. Hij heeft een keus gehad en ergens, ooit, is de keus genomen en nu is zijn lijf zomaar hier, in deze gloednieuwe Porsche, vlakbij Charifs opa, omdat daar ergens misschien nog een oud pc'tje staat, met daarop misschien een wachtwoord, dat misschien leidt naar een opname, waardoor hij misschien, misschien, misschien de held kan uithangen.

Het is de kansberekening weer. Als de slechteriken hoog spel spelen, moeten de goeieriken ook.

Shit, blauwen.

Natuurlijk, wat een idioot is hij. Twee silhouetten in een zogenaamd neutrale auto op een zogenaamd onopvallende plek. Hij loert in de spiegel, twee vrouwen lijken het, ze kijken zwijgend voor zich uit.

Dat maakt meteen veel duidelijk. Die opa woont hier nog. Charif is hier niet. En is nog niet opgepakt.

Hij parkeert en stapt brutaalweg uit, niet te missen voor de twee agenten. Die drie auto's die hem heel Duitsland door bleven volgen, mogen nu hun dienst bewijzen en hen tegenhouden. Een visser is zuinig op zijn aas.

Eenmaal bij de voordeur, met precies dezelfde krassen als toen, lang geleden, weet hij ook de viercijferige code van het sleutelkluisje nog – ergens opent zich weer een lade in zijn geheugen en daar verschijnt Charifs verjaardag. De deur draait open, een ranzige zweem. Gangetje door. Daar zit de opa, op zijn bekende stoel in de hoek van zijn appartementje, waar zij honderden avonden in een kring hebben gezeten. Zijn laatste grijze haren hangen ongekamd over zijn oren, zijn huid zit vol ouderdomsvlekken, zijn natte ogen drijven in hun kassen. Hij reageert niet als Kait binnenkomt, verroert zelfs zijn ogen niet.

Gestorven aan de schaamte om zijn kleinzoon.

Die twee blauwen zijn hier natuurlijk langs geweest en hebben hem over Charif verteld. Dat zijn kleinzoon het nieuws heeft gehaald. Dat de hele wereld hem nu kent. En dat hij het maar beter kan vertellen als hij meer weet.

De donkere hoek achter de zitstoel, daar komt hij voor. Waar ooit de plakkerige pc stond, is nu een vierkante, iets lichtere plek in de vloerdekking.

80
Ahmad

God is geen vrek, God strooit gul zijn tekens rond.

Hij had de magazines gevonden, precies over de juiste onderwerpen, exact op de goede momenten. Er was die zwerver die, zomaar uit het niets, hem had toegespetterd dat hij de laatste strijder was. En dan al de mailtjes, met veel te lange tussenpozen, waarin onbekenden vertelden over hun dromen. Hij zou de varkens verslaan. Hij zou de dag des oordeels ontketenen. Toen ze naar het Oostenrijkse dorpje waren gereisd stond de Moxie 300 daar gewoon klaar, pontificaal, met sleutels en al, het ding deed nog net geen buiging. Het was allemaal zo ondubbelzinnig. God fluisterde niet meer, God schreeuwde het in hun oor. Alles klopte.

Behalve één detail.

Degene die ooit met het idee van het Vaticaan was gekomen. Degene die het meeste wist van de Hadith. Degene aan wie hij zijn bekering, en dat is alles, had te danken.

Charif was altijd de nauwkeurigste geweest. Hij wilde niet maar een paar koranteksten ongeveer kunnen nazeggen, je moest ze exact uit je hoofd kennen. Midden in de grote Eindstrijd had je geen tijd om op je gemakje in je koran te bladeren, dan moesten de woorden vloeien, automatisch. En zo benaderde hij hun plannen voor het Vaticaan. Ja, ze hadden in Rome dat flatje gehuurd op anderhalve kilometer afstand, maar wie waren de buren, wat konden die horen, gingen die niet neuzen? Was er elektriciteit om de accu's op te laden? Hadden ze de sleutel voor het platte dak al laten kopiëren? En dubbel laten kopiëren? Hoeveel kans was er op slecht weer en hoeveel invloed had dit op hun plan? Wanneer waren de feestdagen in Rome, moesten ze die vermijden, waren de antidronemaatregelen dan inderdaad scherper? Elk detail was open te breken om nog meer details te onthullen en al die details werden poorten tot nóg meer overleg, nog meer voorbereiding, nog meer gegoogel.

Toen ze eindelijk een datum hadden, werd het alleen maar erger. Konden ze niet toch nog een verkenningsreis maken? Moesten ze niet opnieuw die ene move oefenen met de drone? En die voorbijganger, met die grijze pet, had die hen echt niet gefilmd? Wisten ze honderd procent zeker dat ze niet werden afgeluisterd, zoals eerder, in de tijd met Chris? Zou de video werken en werden ze er niet om uitgelachen? En dat ene woordje in de geluidsopname, moest dat echt niet anders, zou hij het niet maar helemaal opnieuw inspreken?

Ahmad werd ongeduldiger en ongeduldiger en op een avond flapte hij eruit: 'Wíl jij eigenlijk nog wel?'

'Zit je mij te dissen?' wilde Charif weten.

Maar een paar weken later, bij het zoveelste detail dat alweer een zak vol nieuwe details bleek, sneerde hij dat Ibrahim nu nog steeds thuis was geweest als die zijn reis naar de berg zo zorgvuldig had voorbereid als Charif.

'De Shaitan past alleen in de details,' reageerde die.

De derde keer zou hij zich niet laten afwimpelen, nam hij zich voor en toen het zover was – opa had zichzelf opgesloten op zijn slaapkamer – knikte Charif onheilspellend en sprak uiteindelijk: 'Jij vraagt steeds aan mij of ik het zeker weet, omdat jij het zelf niet weet.'

Hij ontkende, Charif herhaalde zijn punt, hij ontkende bij zijn moeder en zijn grootmoeder, en Charif vond dat hij dat dan maar moest bewijzen.

Moest hij nu vertellen over de magazines, de sleutels, de

mailtjes, de zwerver? Nee, hij wist hoe Charif zou reageren, hij had dat gesprek al zo vaak in zijn hoofd gevoerd. Er zijn zo veel artikelen in magazines, zou hij zeggen, je bent gewoon toevallig net hiermee bezig in je hoofd. Zwervers roepen de gekste dingen. En die mailtjes, was dat niet een *practical joke* van iemand die zich verveelde, een of andere trol? Hij zou Charif nooit kunnen overtuigen en de tekens moesten dus geheim blijven. Die waren voor hem, voor hem alleen.

'Beter ga jij mij testen,' zei hij nu. 'We doen een debat. Jij bent de chocolademoslim, ik ben mezelf.'

Charif knikte en stelde meteen dat de profeet juist bad voor zijn vijanden, zelfs zijn ergste.

Maar jij hebt ons zelf geleerd, reageerde hij, dat de profeet bad voor *het beste* voor zijn vijanden? En is het beste niet soms hun dood?

Er is toch geen dwang in onze godsdienst, was de volgende stelling van Charif.

Maar wat wij doen is ook geen dwang, wierp hij tegen. Slaan wij iemand in de boeien? Onderwerpen wij volken aan de zweep? Nee, wij laten slechts zien waar hun keuzes uiteindelijk toe leiden – tot de dood. Daarom maken wij ze juist vrijer om te kiezen en is er mínder dwang!

De regels voor de oorlog zijn toch duidelijk, protesteerde Charif. We mogen pas de wapens grijpen als de strijd is uitgelokt, als we onze moeders en zusters en dochters moeten beschermen, als alle andere middelen zijn uitgewerkt.

Maar alle middelen zíjn al uitgewerkt, verzuchtte hij.

De profeet verdroeg toch juist de vele beledigingen en schanddaden in zijn jaren in Mekka, vroeg Charif.

Zeker, de profeet was uiterst geduldig – hij priemde met zijn vinger – maar toen hij eenmaal sterk genoeg was, aarzelde hij niet en hij verdelgde hen.

Hoe weet je dan wanneer het 'de tijd' is, smeekte Charif.

Het is al eeuwen de tijd, riep hij, we worden al eeuwen onderdrukt en vernederd, we kunnen niet meer te vroeg zijn, we kunnen hooguit nog te laat zijn!

Zo kwamen tientallen teksten langs, voor een tweede keer, voor een derde keer. En een paar keer vlamde er iets bij Charif, een trilling bij zijn ogen, een beweging bij zijn mond, waardoor hij begreep: dit is meer dan een spel voor Charif. *Hij test niet mij, hij test zichzelf.*

Eerst was hij in de war, want Charif wist altijd alles, en met zoveel kennis kon een gelovige toch niet wankelen, maar dieper in de nacht – Ismail sliep intussen zittend op de bank, zijn hoofd bungelde achterover, zijn keel kwetsbaar als een offerdier – werd hij brutaler. Hij was dit aan het winnen, Charif bleef maar dezelfde punten herhalen.

'Natuurlijk is de ware jihad niet innerlijk,' dreunde hij. 'Zo leggen de chocolademoslims het uit, die het vooral een beetje gezellig willen houden. Innerlijke vrede!' Hij spuugde de woorden uit. 'Je gedachten overwinnen, serieus – welke moed is daarvoor nodig? Je gedachten vliegen niet in het geheim boven je, je gedachten bombarderen je niet, je gedachten exploderen je benen er niet vanaf. Innerlijke jihad is laf.'

En bij dat laatste woord gebeurde er iets. Charif werd grauw, hij draaide zich weg. Maar hij zag het, hij was er volkomen van overtuigd dat hij hem zou wegvagen en vanaf nu de leiding zou hebben. 'Innerlijke jihad is het lafste wat er is.'

Charif schudde langzaam nee. Zijn ogen waren nat. Nu komt de waarheid, begreep hij. We hebben lang om elkaar heen gedraaid, maar nu komt het. En Charif slikte zijn tranen weg en sprak: 'Nee, de innerlijke jihad is het moeilijkste wat er is. Geen vijand is pijnlijker om te doden dan de vijand die jij zelf bent. Iemand anders een been eraf schieten is vele malen makkelijker dan je eigen been eraf schieten. Gedachten kun je niet doden. Gedachten staan telkens weer op uit hun graf, in steeds nieuwe gedaantes, telkens geniepiger. Een gewone oorlog kun je winnen en een mens kun je knechten, maar innerlijk vecht je je leven lang en niemand kan zichzelf in de boeien slaan.'

Wie heeft jou omver geluld, wilde hij vragen. Jijzelf? Zit jij jezelf nu te overtuigen? Toen wist hij het.

Chris.

Dit klonk precies als de argumenten die Chris had gebruikt toen hij nog bij de extreemrechtsen zat, bij die eerste debatten in de moskee. En vlak voordat hij verdween was er een ontmoeting geweest, ergens bij de Afsluitdijk. Kale Mo en Charif waren verwilderd teruggekeerd en weigerden erover te spreken. Twee weken later klapte zijn buitendeur op de vloer en renden vijftien mannen met zwarte helmen naar binnen – 'plat liggen, plat liggen!' – de eindeloze gesprekken met dat gratis advocaatje van hem, de rechter die ontzettend in zijn toekomst geloofde, die paar maanden brommen waarin gelukkig iemand hem wees op Abu Khalein al-Du, de therapeut van de reclassering die overal in trapte. Hij kwam Langharige Mo tegen in een theehuis, pakjesbezorger inmiddels met ergens een kind bij een blond meisje. Fadilah ging naar de toneelacademie en droeg geen hidjab meer. Joessoef woonde in Duitsland, met een man, een mán, fluisterde iemand. Kale Mo stond op een hoek van het winkelcentrum te dealen.

Alleen Charif had de strijd nog niet verraden. Ze kwamen elkaar soms tegen op straat, misschien betekende dat iets, misschien was dat een teken. Hij had hem uitgenodigd, Charif weigerde, maar de volgende keer stemde hij toe en hun gesprekken begonnen te flakkeren als vroeger. En toen Ismail erbij kwam, eerst nog Kleine Japie, ging alles plotseling snel en onvermijdelijk. Er viel zo veel uit te leggen aan de nieuwe bekeerling. Ze ontdekten elke dag nieuwe waarheden, nieuwe tekens, nieuwe verbanden.

Maar er was iets gebeurd, toen in de buurt van de Afsluitdijk. Er was daar iets gaan sudderen wat hij niet meer kon onderdrukken en nu naar buiten barstte.

Dat laatste wat Charif zei, rond drie uur ’s nachts, was het meest oprechte, begreep Ahmad meteen. Het kwam recht uit zijn hart en dat hart was verloren. *Ik ben over, ik alleen.*

Dit was wat Charif zei: ‘De uiterlijke jihad, dát is laf. Wat is het ergste wat je kan overkomen? Bij de innerlijke jihad kun je je ziel verliezen, maar bij een oorlog alleen maar je lichaam, en die verlies je sowieso! Een zelfmoordaanslag, daarbij staat niks op het spel, je weet al dat je naar het paradijs gaat, je hebt je levensverzekering geregeld. Precies als die kafir met hun drones. Een beetje van een afstandje onze broeders en zusters laten ontploffen, als in een computerspelletje, veilig op tienduizend kilometer afstand, alsof wij maar pixels zijn. En dan zouden wij hetzelfde doen? Weet je wat ik denk, Ahmad... Wij zijn op hen gaan lijken. Wat wij willen is ongeloof. Wij geloven niet dat God het zelf wel kan, dat de Almachtige zijn problemen zelf wel kan oplossen, dat de God die al die levens heeft gegeven ze op zijn tijd wel zal nemen. Wij willen de Oordeelsdag inluiden, maar waarom? Alsof God een beetje vergeetachtig is geworden, alsof God zich heeft verslapen en wij hem wakker moeten schudden! Gelovigen die doden, gelovigen die God een handje helpen, Ahmad, dat zijn de ergste ongelovigen van allemaal.’

81
Kait

Opa lijkt een wassen beeld, ineengezakt, half gesmolten. Hij zit in zijn oude stoel, bij het raam, erachter het parkje. Zijn ogen hangen, waterig en beweginloos. Over zijn wangen lopen korrelige spoortjes. Zijn onderkaak is schuin weggezakt, er bungelt een druppel snot aan en op zijn lichtbruine trui eronder zit een aangekoekte vlek hard snot. Kait ademt behoedzaam, dan kan hij de rottende geur net verdragen. Traag, uiterst traag, zet hij een voet naar voren.

Nog een.

En nog een.

Wat is dat geluid, iets lijkt te vegen, daar bij die stoel...

Hij dwingt zijn been naar voren. Het andere been nu. Hij is vlak bij het lijf. Dat vegende geluid komt ergens bij de borstkas vandaan. Hij bukt om het beter te horen en opeens draaien de ogen mee.

Opa beweegt.

Kait veert terug. Dat vegen is de ademhaling. Hij dwingt zich te kalmeren en brengt uiteindelijk uit: 'Dag opa.'

De ogen draaien weg, richting het raam.

'U kent me vast nog.'

Geen reactie.

'Chris. Ik ben een goede vriend van Charif... We waren hier vaak.'

Weer geen reactie.

'Bedankt daarvoor. Ik heb u daar vast nooit voor bedankt.'

Opa rochelt.

'Ik heb haast. U had zo'n computer.' Hij wijst naar de hoek. 'Heeft u die nog?'

Nu, voor het eerst sinds hij binnen is, knippert de opa met zijn ogen en dikke tranen druipen over zijn wangen. Die spoortjes daar zijn opgedroogde tranen. Wat is hier gebeurd? Die geur... Hij kijkt opzij, naar het slaapvertrek, dat ook een inloopkast kan zijn, zo krap. Er is geen deur, het hoge bed vult vrijwel de hele ruimte, er staan oude dozen en tassen onder. Hij stapt erop af en begint ze eronder vandaan te slepen. In die doos, daar zou een computer in passen. Hij bukt zich om het karton open te scheuren, als zijn oog valt op een enorme rol, tegen de muur onder het bed, gewikkeld met feloranje zeildoek en tientallen meters zilverkleurig ducttape eromheen. Die vorm...

Hij keert zich om, opa kijkt naar buiten, naar de wiegende takken van de berkenboom, zijn wangen volledig nat, de sporen opgelost in de verse tranen.

'Is dat...' Hij begint zijn vraag, maar kan die niet afmaken.

En de opa spreekt uiteindelijk hees, met een stem die al weken niet lijkt te zijn gebruikt: 'Dat is mijn kleinzoon. De jongste. Ik was zo trots op hem. Ik was zo trots.'

82
Ahmad

Gelovigen die God een handje helpen, zijn de ergste ongelovigen van allemaal...

Charif had het echt gezegd. Een doodvonnis, begreep Ahmad. En Charif leek dat ook te vermoeden, want hij zei niets meer en vertrok uiteindelijk zonder groet.

Ik moet op tijd zijn, wist hij, *voordat Charif anderen opzoekt. Hij is gebroken, daar bij de Afsluitdijk ergens, maar hij weet veel te veel van onze plannen, dus ik moet nú handelen.* En meteen die ochtend fietste hij naar de opa, die Charif inmiddels dagelijks hielp zijn kleren aan te trekken. Hij toetste de code in en daar stond Charif, met een stofzuiger in de hand. Ze wisselden blikken uit en begrepen allebei wat er ging gebeuren. Charif zette de stofzuiger uit, zakte op zijn knieën, stram als een oude man, en begon de *sjahada*, de woorden die hij duizenden keren had uitgesproken en die voor hem waren als ademhalen. Er is geen god dan God en Mohammed is zijn profeet, en weer en weer.

Nu moet het, nu. Jij bent niet laf, jij niet, jij bent geen chocolademoslim...

Hij moest bewijzen wat waar geloof was. Hij was niet laf. De tekens waren ondubbelzinnig. Hij was Gods laatste man. Dit was niet aan hem. Dit was allang bepaald. En hij herhaalde het, steeds weer, tot uiteindelijk automatisch, zonder er bewust voor te kiezen, het mes in Charifs voorovergebogen nek verdween.

Toen het bloed niet meer gulpte en de stuiptrekkende armen kalmeerden, draaide hij het lichaam op zijn rug. Zachtjes streek hij de oogleden omlaag. Hij masseerde, volgens de voorschriften, voorzichtig de armen van zijn beste vriend, zijn enige vriend, en legde een oud Arabisch woordenboek op zijn buik zodat die niet zou opzetten. Vervolgens wikkelde hij het slappe lijf in het vloerkleed waarop hij lag en rolde die onder het bed. Pas toen hij wegliep viel Charifs opa hem op, die al die tijd in de hoek van de kamer had gezeten. Zijn broek was nat rond zijn kruis. Bevend stond hij op van zijn stoel, zakte op zijn knieën waar eerst het vloerkleed had gelegen, en begon net als zijn kleinzoon de *sjahada.*

'Stop,' bracht hij uiteindelijk uit, maar de opa ging door. *Er is geen god dan God en Mohammed is zijn profeet.* Het mes had hij mee in het vloerkleed gewikkeld, hij moest een nieuwe halen. En hij rende weg, maar toen hij een uur later terugkwam met het grootste mes dat hij thuis had kunnen vinden, was de opa daar nog, in dezelfde houding, murmelend.

'Stop!' gilde hij, maar de opa stopte niet. 'Stop,' jammerde hij en toen eindelijk was het stil. 'Ik laat je leven,' sprak hij, zonder voorbereiding en zonder plan. 'Jij gaat niet naar de politie en je laat Charif hier. Dan laat ik je leven.'

De opa knikte bijna onmerkbaar. Ahmad rolde het vloerkleed in een oranje zeildoek dat hij luchtdicht plakte met een complete rol ducttape, en vertrok.

83
Schouten

Er wordt op de voordeur geklopt. Zijn dochter kijkt de gang in, schichtig, dan naar hem, maar verroert zich verder niet.

'Ik ben geen cipier,' zegt hij. *Waar is ze bang voor?*

Ze blijft wantrouwig kijken, maar staat toch op en sluit de gangdeur achter zich. Hij hoort de voordeur openen, een kinderstemmetje klatert, iets over Elsa, een prinses – gefluister. Daar is dan eindelijk zijn kleindochter, de oppas brengt haar terug, die heeft vast ook familie die moet worden gered.

Al die tijd kon Lotte hem aan het lijntje houden. Hij bleef maar vertellen, omdat Noa hier moest zijn. Anders was alles zinloos. En nu is ze daar eindelijk. Het enige wat er van hem zal overblijven als al deze ellende over is.

De voordeur sluit. Geen voetstappen in de gang. Geen kinderstemmetje.

Ze zijn weg.

Hij probeert overeind te komen van de bank waar hij de hele nacht heeft gezeten. Zijn spieren zitten vast. Hij heeft de hele nacht verteld, uren en uren, en hij naderde het einde, dat alles verklaart wat er is misgegaan.

Kait kan hier bijna zijn.

Alles zou nu juist bij elkaar komen. Ze heeft hem zijn kleindochter afgenomen. Ze heeft hem haarzelf afgenomen. En nu zou ze hem ook nog zijn leven afnemen?

Ik moet hier blijven. Kait kan hier bijna zijn. Of...

Hij rent, zo snel hij kan met zijn stramme benen, de gang

door en opent behoedzaam de voordeur. Daar, ze zijn bijna bij het trappenhuis. Lotte met een grote reistas op haar rug. Die moet ze hebben volgestopt toen ze Noa uit bed haalde. *Ik had niets door.* Ze keek wel steeds op de klok en was onrustig, maar dit heeft hij niet zien aankomen. Ze heeft een meisje aan de hand, korte blonde krullen, rond als een bos witte hortensia's – zoals Lotte zelf vroeger – een tuinbroekje van spijkerstof, rode laarsjes met witte hartjes erop. Zijn dochter neemt grote passen en sleurt zijn kleindochter mee, die over haar beentjes struikelt en eigenlijk alleen door de vaart overeind blijft – en weg zijn ze, het trappenhuis in.

Ze weet iets. Kait heeft iets doorgegeven. Kait komt niet naar de flat.

Hij voelt in zijn broekzak of daar inderdaad nog zijn autosleutel zit – die zwerft tegenwoordig over zijn hele lichaam – wrijft over de ophoging van zijn dienstpistool en stapt met zijn oude benen de galerij op.

84
Dounya

'Hier heb je een paar kabels...'

Ze heeft Kait net terug in de Porsche zien stappen, hij slingerde de muffe computer op de bijrijderstoel, zij stapte naar zijn zijraam en houdt nu triomfantelijk een stel kabels in allerlei kleuren omhoog. Ze heeft haar twee chauffeurs, haar zogenaamde ontvoerders, ervan kunnen overtuigen dat ze om moesten, via de bouwmarkt, die staan nu vlak achter hem geparkeerd.

Hij lijkt de kabels niet op te merken en begint te ratelen: 'Luister, luister goed – Charif ligt daar binnen, op nummer 67. Al weken, denk ik. Daar zit een oude man, dat is zijn opa, zijn enige familie die hem nog wilde zien. Probeer zijn zusje ook te vinden, Fadilah, misschien wil zij bij de begrafenis zijn.'

Ze laat haar hand met de kabels zakken. 'Oké, ik geef het door.'

'En zeg dat ze die opa de tijd geven zijn kleinkind te wassen.'

Hij kent onze traditie.

'Er is iets gebeurd, maar wat... Misschien wilde Charif ermee stoppen. Dat hij het toch te ver vond gaan. Hij was altijd al meer van de theorie.'

'Ik geef het door.'

'Nee, je moet hier blijven. Jij kent de regels van jullie geloof, dat wassen en zo, dat moet waardig gebeuren.'

Ze aarzelt. 'Dan moet je nu alleen verder.' Ze heft de gekleurde kabels weer op.

'Ja?'

'Jij gaat nu naar je dochter, *right*?'

Hij staart stug voor zich uit.

'En je hebt geen tijd meer. Je wilt die opnames luisteren die op dat ouwe ding daar staan. Nou.'

Ze kijkt hem aan alsof de conclusie al getrokken is. 'Nou,' herhaalt ze.

'Nou wat?'

'Jemig, ik moet het echt spellen voor je. Oké, jij hebt vanochtend toch dat hele stuk geslapen met zo'n moderne cruisecontrol aan? Krijg die weer aan, plug deze kabels in dat sigarettending daar, eentje werkt vast en dan, tada, jij hebt je verleden terug.'

'Shit, dat kan werken.'

'Geen dank. Starten jij. Ga je dochter redden. Dat verdien je.'

85
Schouten

Ze waren boven op een gigantische windmolen, zeker honderdtwintig meter boven zee, en Charif vond dat Kait nu aan de beurt was om op het hek te staan, de bovenste reling.

'Wat kinderachtig,' luidde diens verweer.

'Jij loopt mij te fokken en jij gaat zelf niet?' Charif wist dat hij beet had.

'Nee, hij gaat niet,' blafte Mo. 'Ahmad had gelijk. Jij bent van chocola.'

'En hij dan? Waar ben je bang voor, Chris?'

'Waar ben je bang voor?' Kait lachte. 'Ga je mij na-apen? Wauw...' Hij had net dezelfde woorden gebruikt om Charif om te praten. 'Dan weet ik nog wel wat zinnetjes voor je. "Als je hart oké is, als je vrede hebt, ben je nergens bang voor." Zeg maar na.'

Zzzoef gingen de wieken.

'Het was toch afgelopen?' vroeg een collega in de Korf wanhopig. 'Wat is dít nou weer?'

'Chris,' hoorden ze eindelijk Mo, hij leek dodelijk vermoeid. 'Wat weten we eigenlijk van jou?'

'Precies, wat heb jij...' Charif probeerde ertussen te komen.

'Kop houden! Chris, wat weten we van jou?'

'Ik ga hier echt niet over discussiëren,' vond Kait. 'Wat weten we van jóu, Mo? Als ík zogenaamd moet, dan wij allemaal.'

'We hebben het nu over jou,' zei Charif. 'Vertel eens... Waarom begin je steeds over die drones?'

Schouten fronste. Wat kon die jongen over hun plan vermoeden? Mo had toch steeds die apparaten gekocht?

'Omdat drones geniaal zijn,' zei Kait. Hij zou eens gas terugnemen.

'Vertel.'

'Drones zijn de toekomst. Je kunt er van alles aan hangen en weg ben je.'

'Weg ben je.'

'Ja, weg ben je.'

'Lekker makkelijk.'

'Ja, lekker makkelijk.'

'Nee, Kait!' riep Schouten. Nu zat hij vast.

'Lekker makkelijk,' herhaalde Kait en hij begon te ratelen. 'Je hangt er een bom aan en je vliegt ermee naar – weet ik veel – een of ander groot station. Nee, een kerk! Bam, dak stort in, honderd kafir levend begraven. Ha! Neem een hele grote kerk – ik bedoel, ga meteen naar Rome, daar zit de paus en hop, je gooit een bom en die hele religie is, hoe zeg je dat, onthoofd. Of nee – als hij daar op het balkon staat, als die mafkees staat te zwaaien naar al die nonnen op dat plein, die droogstaande nonnen die dan helemaal hysterisch worden, je weet toch – dán kom je met die drone, zó op z'n kop – of nee, beter, je tilt 'm op, je tilt die mafkees op, met een kabel, en dan – je smijt hem op die nonnen. Of wacht, ik weet het, een vlammenwerper! Je gaat hem roosteren, live op tv, de hele wereld ziet het – dat kan gewoon, dat zagen we toch, jaren geleden kon dat al, een stel Russen zat te knutselen – als zíj het kunnen – eitje. Echt.'

Zzzoef...

'Lekker makkelijk. Weg ben je,' citeerde Charif nog eens. Hij leek niet onder de indruk van dit plan dat Kait hier ter plekke, in zijn radeloosheid, leek te bedenken en dat sindsdien slechts was aangescherpt. 'Wat ik me nu al maanden afvraag... Ibrahim – wat als hij een drone had gehad?'

‘Shit,’ siste Schouten. Het idee was dat er een uitknop was. Nu was de uitknop buiten werking.

‘Hoezo shit?’ fluisterde een collega, die het nog niet begreep.

Hij legde het niet uit, het zou zo wel duidelijk worden. Ze waren Kait kwijt. Hij was de enige persoon kwijt die als een kind voor hem was.

Kait leek in de war. ‘Een drone? Ibrahim? Dan had hij de slangen in de woestijn met zo’n ding weggejaagd.’

‘En toen met Ismail?’

Zzzoef...

‘Handig voor hem, kon hij ook de schapen mee hoeden.’ Ook Kait begreep het nu, maar stelde het nog uit.

‘Je weet wat ik bedoel. De laatste maanden – jij zat steeds te lullen over die drones. Ik vroeg me af waarom, maar nu weet ik het. “Lekker makkelijk. Weg ben je.” Dacht Ibrahim dat toen hij de berg opging? Dacht Ismail dat?’

‘Wat zit jij te fantaseren over drones bij Ibrahim? Wat is dat voor *bida*?’

‘Ibrahim, heeft hij Ismail geprobeerd te offeren met een drone, lekker-makkelijk-weg-ben-je? De profeet, vrede zij met hem, heeft hij de halve wereld met drones veroverd? Heeft hij de ongelovigen met drones – wat zei je, optillen en zo – heeft hij zó de ongelovigen verpletterd? Nee, hij ging zelf, met zijn lijf, met zijn ziel, met zijn zwaard, met zijn broeders, niks lekker-makkelijk-weg-ben-je!’ Charif spuugde. ‘Mo, pak hem.’

‘De kustwacht!’ riep Schouten. ‘Ze moeten nú ingrijpen! Seinen, toeteren, ze moeten op die molen weten dat ze niet alleen zijn!’

‘Charif, jij hebt geen recht van spreken! Jij komt zelf niet door de –’ Kait kermde. ‘Mo, doe normaal!’

‘Drones, dat is het lafste wat er is,’ vond Charif. ‘Dat is wat de *haloef* doen. Wij kennen eer! Wij geven onszelf!’

Plotseling leek Kait zich te herpakken. Hij haalde diep adem.

'Ik doe het. Laat me maar los. Ik moet me concentreren.' En hij sprak de *sjahada* uit.

Er verschenen twee dikke rapporten, de een intern, de ander voor de bühne. De medewerkers van Veiligheid, Integriteit en Klachten hebben hen natuurlijk ondervraagd, 'gesproken' noemden ze het zelf: Schouten werd voor een jaar geschorst, de anderen kwamen ervan af met een waarschuwing. Drie collega's zijn in die periode bij hem thuis op bezoek gekomen, één keer, en ze vertrokken na het tweede kopje koffie. Toen hij weer in de Korf verscheen, sprak niemand er nog over. Dit laatste moment boven op de windturbine kreeg een paar alinea's in de interne rapportage, die afsloten met de vage opmerking dat 'in dezen de precieze samenhang van oorzaak en gevolg onduidelijk' bleef.

De kustwacht, die twee turbines verderop net stillag, maakte meteen vaart richting Albatros 45, zoveel is duidelijk. De kapitein beweerde direct te zijn begonnen met seinen en hoornen, maar dat is op de opnames niet te horen. Wel dat ook Charif de *sjahada* uitsprak – wat suggereert dat Kait inderdaad inmiddels met gespreide armen op de rand van de reling stond, ongeveer honderdtwintig meter boven het wateroppervlak. 'Nee!' schreeuwde Mo na een paar woorden, maar het is niet duidelijk waarom. Het rapport doet enkele suggesties.

Omdat Kait op de rand ging staan. Omdat Mo de lichtseinen zag of de hoornstoten hoorde. Omdat Kait mogelijk daarvan schrok.

Ze hebben Charif en Mo aanvankelijk laten gaan. Het team van de kustwacht heeft niet de training en de bevoegdheden voor een vuurgevaarlijke arrestatie en het officiële arrestatieteam stapte net in hun eigen speedboot. En Kait was zelf op die rand gaan staan. Uit de opnames bleek dat ze hem weliswaar onder druk zetten, maar er was geen wapen aan te pas gekomen en hij had zelf dat cruciale zinnetje gezegd, kalm, helder, zonder verdovende middelen: 'Ik doe het. Laat me maar los.' Het verweer van Charifs en Mo's advocaat konden ze al uittekenen: hooguit een kwajongensstreek die uit de hand was gelopen, maximaal veertig uur taakstraf vanwege het openbreken van dat slot, hadden ze niet mogen doen, foei, stoute jongens. Maar het grootste probleem was dat die advocaat, als die een beetje zijn best deed en voldoende stukken opvroeg, zou vermoeden dat ze midden in een undercoveroperatie hadden gezeten. Hij zou aan een van de losse eindjes trekken, de pers zou zich ermee gaan bemoeien en zie daar, het zoveelste pr-drama voor de dienst, de IRT-affaire in de herhaling.

De opnames in het appartement van Charifs opa konden ze wel gebruiken. Als de tv niet tetterde was daarop genoeg interessants te horen, zeker als ze het creatief monteerden. Die jongens waren voortdurend tegen elkaar aan het opbieden, met dat 'pikkiesnijen', wie het langst op de rand van het balkon kon staan, hoe zij het handiger dan IS zouden aanpakken. Dat was juridisch dan niet het 'voorbereiden' van een terroristische aanslag, waarvoor zeventien jaar wordt geboden, of 'samenspanning', tien jaar, maar dit kon toch onder 'opruiing' vallen, vijf jaar. De rechter oordeelde 'milde opruiing' en de leden van de Dovemansgroep kregen drie maanden, Charif als de leider één jaar, Ahmad met z'n zielige steunkraag twee maanden, Fadilah een waarschuwing.

De leden van de Dovemansgroep kregen therapie, opleiding, stages, werden ingeschreven in een islamitische dating-app. Tonnen kostten ze. De directeur Operatiën kwam ze nog net niet ontbijt op bed brengen. Schouten heeft hem nog verzocht ze allemaal een hypoallergene poedel te doneren.

Wat deed het er dan nog helemaal toe waarom precies mijn zoon, mijn geliefde zoon, uiteindelijk viel?

Er stonden enkele grove berekeningen in de interne rapportage. Een val van honderdtwintig meter hoogte, afhankelijk van je houding en kleding en hoeveel luchtweerstand je daarmee vangt, duurt vijf tot zeven seconden. Je komt met een snelheid van 130 tot 170 kilometer per uur neer. De statistieken van suïcidepogingen van bruggen wereldwijd suggereren bij deze hoogte een overlevingskans van één op vier – zonder uitzondering mensen die verticaal op het betonnen wateroppervlak waren neergekomen. Zo crashen de meeste slachtoffers, blijkt uit analyses van amateurbeelden, maar de bewusteloosheid die daarop volgt en de acute onderkoeling in het water zijn het dodelijkst.

Kait moet al halverwege zijn val zijn geweest voordat ze, ver weg in de Korf, in een comfortabel zaaltje met airconditioning en een eigen koffieautomaat, doorhadden wat er gebeurde. Ze hoorden hem piepend gillen, in paniek zoog hij de lucht naar binnen. Het uitgebreide, interne rapport bevat een transcriptie van deze hele episode en geeft alle geluiden op dat moment met een enkel 'No!' weer, maar in de slapeloze nachten waarin elk detail een marteling wordt, elk woord een bot mes dat zich in Schouten wringt, dieper, dieper, weet hij zeker dat het een naam was dat zijn wonderkind gilde, een naam die hij hem nooit had horen zeggen, die waarschijnlijk nooit iemand hem heeft horen zeggen, maar die hij ooit in een eenzame nacht moet hebben gelezen, drie goudkleurige letterballonnen achter haar raam – Noa.

86
Kait

Hij staart naar de vergeelde monitor naast hem op de bijrijdersstoel, zo'n gebolde buizenbeeldscherm uit de vorige eeuw.

'Noa,' lijkt hij te roepen aan het einde. Twee, drie seconden lang en dan ruim 99 uur ruis.

Zo klinkt de zeebodem.

Zijn handen liggen in zijn schoot, het stuurwiel maakt soms een rukje naar links of rechts. Hij heeft zeker tien kabels geprobeerd, toen paste er eentje in de sigarettenaansteker én achterin de computerbehuizing. Hij drukte op de plakkerige aanknop. Er verscheen een versie van Windows uit zijn kindertijd, het duurde eeuwen voordat alles geladen was. Hij opende Sleutelhanger, zoals het programma werd genoemd, en vond het wachtwoord dat hij ooit had ingevoerd, ver weg in een ander tijdperk, zonder ook maar iets te beseffen van alles wat later zou gebeuren. Beelden van hun eindeloze discussies in het appartementje buitelden langs, nutteloze details waarvan hij niet meer wist dat hij ze kende – zijn moeder zou zeggen dat het was gaan stormen in zijn hoofd en overal de lades uit zichzelf opensprongen en de inhoud ronddwarrelde. Hij koppelde de internetverbinding van de telefoon aan de computer, een paar klikken, daar was de map met opnames, daar de laatste, een opname van precies honderd uur – play.

Ik heb het gedaan, Noa. Ik.

Dat hij bovenop de windmolen de controle had verloren en uiteindelijk op de een of andere manier was neergestort, had hij allang bedacht. Maar zó... Die belachelijk grote bek van hem, de Kait die hij ooit was, die zich overal naar binnen lulde, die zich overal uit lulde... Hij had gewoon maar weer iets verzonnen, het eerste wat in hem opkwam – een aanslag op het Vaticaan, och, waarom ook niet? De drones waren toch niet zwaar genoeg, Charif had er de ballen niet voor, de meeste dromen voor terreurdaden stranden sowieso op een van die talloze praktische bezwaren...

Hij was er als eerste mee gekomen. Niemand anders. Hij had het idee in die hoofden geplant en een paar jaar later waren de batterijen wel efficiënt genoeg en hing er een onschuldige jongen dubbelgeklapt boven een bebloede gouden bol en hyperventileerden de commentatoren dat de Derde Wereldoorlog was losgebarsten. *Ik heb Ben vermoord. Zonder mijn gebluf op die windmolen had Ben nog geleefd.* En als Ben nog had geleefd, had die president nog geleefd, en al die anderen, dan stond de Klaagmuur nog overeind, was dit een dag die iedereen weer zou vergeten. Wat hadden ze op de radio gezegd over die moordenaar die net dat broodje had gekocht, toen Franz Ferdinand toevallig voor de deur wilde keren? Hoe heette die ene Joodse docent die Hitler had geweigerd op de Weense kunstacademie? *Jij zal mijn naam kennen als degene die de Derde Wereldoorlog begon.*

Hij heeft het zich zo vaak voorgesteld. Hij zou aankomen bij de bunker, die oude bunker die al twee wereldoorlogen heeft overleefd en ook nog wel een volgende aan zou kunnen, en eindelijk, eindelijk zou hij dat leren bandje over zijn nek tillen.

'Daar, dat slot, dat moet je hebben,' zou hij zeggen. 'Er staat voor een jaar aan blikken. Niemand komt hier binnen. Hier ben je veilig.'

En ze zou naar binnen kijken en een kamer zien die leek op hoe hij haar kamertje herinnerde, de ene nacht dat hij op haar balkon stond. Het beton gewit. Een bedje getimmerd. Posters van Elsa aan de muur. Een knuffel van Elsa. Alle prentenboeken die hij bij de kringloop had kunnen vinden.

Hij zou niet proberen mee te gaan. Hij was allang gestorven – hij was alleen maar doorgegaan om ooit deze sleutel te kunnen afleveren. En ze zouden voor de vorm wat protesteren, maar stiekem zouden ze opgelucht zijn, dat begreep hij ook wel. Wat moesten ze een jaar in een bunker met zo'n mislukkeling, een alcoholist, een nietsnut als hij? En toch... Er was een kansje. Noa zou het misschien vragen, zij heeft niet zo'n lastige geschiedenis met hem, zij heeft helemaal geen geschiedenis met hem. 'Ga je mee, papa?' Ze kon het er zomaar uitflappen, toch? En terwijl om hen heen de wereld verging, waren zij drietjes daar dan in die bunker, heel misschien, onwennig natuurlijk, veel te krap, veel te koud, maar hij zou zo ontzettend zijn best doen, hij vertelde haar alle grapjes die hij ooit van zijn moeder had gehoord, hij zou de leukste vader zijn die ze maar kon wensen en na een tijdje kon het dan toch wennen, een beetje, maar dat was genoeg. En als ze er aan toe was, vertelde hij haar ook die oude legende over haar naam: hoe lang geleden ook de wereld vernietigd werd, maar dat er iemand een boot had, waar hij in kroop met zijn gezinnetje plus nog heel veel dieren, zoals bij hen dan overal de pissebedden en de muisjes kruipen, maar dat ze uiteindelijk samen uit die boot stapten en de wereld helemaal nieuw was.

Dat vertelt jouw naam.

Wat heeft hij van haar gehouden, hoe belachelijk dat ook voelde, want hoe kon hij nu houden van een kind dat hij maar een keer gezien had? Maar het was zo, hoe onpraktisch ook voor iemand die klaar is met het leven.

Kon je maar trots op me zijn...

87
Ahmad

'Charif is ondergedoken,' vertelde hij meteen aan Ismail, die het grootste gedeelte van hun debat de nacht ervoor had geslapen. 'De stemopname voor onze video was het laatste wat Charif zou doen, nu is hij onze achterwacht. Als wij worden gepakt, kan hij het afmaken.'

Vlak erna kwam hij een artikel tegen – een teken – over bedrijven die een acteur laten bellen met een of ander idioot verhaal en hij bedacht het trucje om zijn ringtoon te laten overgaan zonder echt te worden gebeld.

'Ah Charif, beter dit...' zei hij dan bijvoorbeeld. 'Ja, *omin* goed, man... Jij dan? Je mist ons, nee man, nu niet zielig doen... Jaja, het is goed, je weet toch, jij was altijd al de emotionele van ons twee... Ik heb nu de dagelijkse leiding, zeker... We moeten goed eten, zeg je? Oké, we zullen een broodje halen zo.'

Dit was zo brutaal, dat Ismail nergens aan leek te twijfelen en direct voor het klusje wegholde. Hij kon hem nooit vertellen over de magazines, de mailtjes, de zwerver, dat was te persoonlijk, dat zou niemand begrijpen, maar commando's begreep Ismail wel.

Totdat.

Het begon met wat het grote moment had moeten zijn. Duizendmaal had hij erover gefantaseerd, zijn slachtoffer aan de drone die de *windmill* deed en de *zuluspin* en de *toprock* en de *headspin*. Maar het werkte niet. Hij voelde zich leeg. En toen die beelden van Chris, met wie hij zoveel avonden had doorgebracht, die hij als zijn eigen bekeerling had gezien, die iets geflikt had met Charif daar bij de Afsluitdijk, die zou wegrotten in dat flatje van hem – daar was hij opeens, in Rome.

Chris moest weg, die wist te veel. En hij liet Charif weer de opdrachten doorbellen en Ismail gehoorzaamde klakkeloos.

Totdat hij echt werd gebeld.

De ringtoon ging en hij nam in eerste instantie niet eens op. Hij kon niet geloven dat het voor hém was. Niemand kende dit nummer. Ismail keek hem vreemd aan en vroeg of hij niet moest opnemen. Wat onhandig drukte hij op het groene icoontje. Een vervormde stem, ver weg, die zich niet voorstelde en meteen begon: 'Hij zit in een groene vrachtwagen, van de maatschappij SKUGG.' De stem spelde de vreemde naam. 'Op de A1 richting Milaan.' Hij wilde vragen wie dit was, maar de stem herhaalde slechts: 'Een groene vrachtwagen van SKUGG, in witte letters. Je weet wat je te doen staat.'

Weer een teken! En wat voor een.

Ze raceten de A1 af en Chris ontsnapte. Terwijl alles hiernaartoe had gewerkt. Zijn leven kon hij alleen begrijpen als een grote voorbereiding voor die dans boven het Vaticaan. Maar het had als een flauw toneelstukje gevoeld, onwerkelijk, oninteressant zelfs. En nu zou die Chris zelfs nog de wereld vertellen wat er bij de Afsluitdijk was gebeurd? Wat er ook precies gebeurd was – Charif had de video ingesproken, Charif was hun vertegenwoordiger, Charif mocht niet falen. Het had zo briljant geleken zijn stem onder de video te houden. Een dode kan niet worden gearresteerd, niet worden ondervraagd, zich niet verspreken. Een dode kan niet worden gedood. En hun filmpje had gewerkt, onderweg hadden ze duizenden IS-vlaggen gezien. Maar als nu bekend werd wat er gebeurd was op de windmolen, werd deze dode juist hun zwakste plek. Hun triomf bij de Sint-Pieter werd een speeltje in de handen van de vijanden.

'Da's een rare,' zegt Ismail. Hij wijst naar de bekende zwarte vlag met Arabische lettertekens. De zoveelste. Maar nee, de letters kloppen niet, deze zijn anders dan normaal – maar ze zijn er alweer voorbij.

'Daar ook zo'n rare,' wijst Ismail.

Deze hangt verder weg, nu heeft hij meer tijd. Hij spelt, zoekt in zijn geheugen en begrijpt de zin.

WIE DIT LEEST IS GEK

Het bloed trekt uit zijn gezicht.

'Het loopt zo goed!' juicht Ismail bij de volgende. 'Wij zijn geniaal! Jij bent geniaal, Ahmad! De ongelovigen buigen, ze buigen voor God, ze zijn bang als laffe honden!'

ZO KRIJG JE GEEN SNOEPJE

Zijn hart beukt. Wat is er misgegaan? Het plan was vlekkeloos. Na hun eerste aanval zouden anderen het overnemen en dat was inderdaad gebeurd. Dat Amerikaanse varken was geslacht, de Klaagmuur was gevallen, de Tempelberg zou weer volledig in hun handen komen, de dag des oordeels zou nu beginnen, het was allemaal voorzegd. En intussen zouden al die kafir inzien wie de sterkste was, want met God valt niet te spotten, ze zouden de vlaggen ophangen en allemaal God gaan eren – God wint altijd.

Alle mensen zijn van waarde

Zo, en nu je kamer opruimen!

Mark, wil je met me trouwen? Miguel

Jezus leeft

Islam is vrede

God bestaat niet, dus wees gelukkig en doe goed

Drie keer toeteren als je passeert

Wat hebben ze gedaan? Tientallen vlaggen zijn zij binnen een paar minuten al tegengekomen, wereldwijd hangen er nu zomaar miljoenen, en niet ter ere van de enige ware God, de God die Ben heeft laten *dancen* en hemzelf al die tekens heeft gegeven, die Charif heeft laten falen en IS heeft opgeruimd.

Alsof hij midden op een plein staat, de kafir hebben zijn kleren uitgetrokken, ze staan om hem heen en bulderen van het lachen.

Dus als Ismail dan ook nog begint over die telefoontjes, dat die nep zijn, begrijpt hij wat hem te doen staat. Iedereen heeft hem verlaten, Charif heeft hem verraden en nu zelfs Ismail – maar zo moet het gaan.

Ik ben de laatste strijder. Als iedereen God vaarwel zegt, blijf ik nog aan zijn zijde.

Voor de vorm verdedigt hij zich nog tegen Ismail – die groene vrachtwagen met SKUGG erop, zoiets kon hij toch onmogelijk zelf verzinnen, dat komt toch van God, maar dat is alleen zodat Ismail tenminste schuldig zal sterven. En bij de eerstvolgende afslag commandeert hij hem hun witte busje te parkeren, zodat ze de Doodsengel kunnen inladen. Als Ismail uitstapt om de achterdeuren te openen, laat hij het apparaat zakken en alle drie de schoten zijn raak.

Dit offer ging eenvoudiger dan de eerste, bij de opa. Hij is nog geloviger geworden! Verder op maximale snelheid. De duizenden vlaggen onderweg doen er niet toe. Hij is de laatste strijder. Alleen. Dat hij nog niet is opgepakt, is een zoveelste bewijs. Er is een schild van engelen om hem heen. Misschien zijn die auto's, steeds diezelfde auto's voor en achter hem, wel die engelen. Hij is onkwetsbaar. God begeleidt hem.

De ringtoon. Dezelfde vervormde, raspende stem meldt een adres.

Zie je wel, Charif, Ismail, Chris, zie je wel, hele fokking wereld! God is bij mij en iedereen zal mij zien.

88
Kait

Geen Noa.

Met zijn kleren vol brandplekken, scheuren en bloedvegen staat hij in een inwisselbaar loofbos – herfstig geelbruin, vlammend in de avondzon. Voor hem ligt een dik bemoste bunker, ongeveer een meter boven de grond, grotendeels verzonken tussen de gevallen herfstbladeren. Er liggen ook overal ballonnen, ze bungelen in de takken, honderden, in alle kleuren en vormen. Met kaartjes eraan. Is hier net een enorme bruiloft geweest? Een of ander gigantisch feest? Onder zijn arm draagt hij de plakkerige computerkast, zonder het toetsenbord en de monitor. Hier gaat hij niemand meer mee redden. De computerkast bewijst alleen zijn schuld.

Ik ben niet degene die dit stopt. Ik ben dit begonnen.

Als kind speelde hij al op deze plek, als de geluiden op mama's slaapkamer te onbegrijpelijk werden en zelfs zijn 007's op de wc die niet meer konden verdrijven. In de bunker vond hij sporen die hij pas als tiener begreep: condooms, naalden, aluminiumfolie, ballonnen. De toegangsdeur was ooit in de bunker zelf beland, tegen de achterwand, verroest en verwrongen, vast door een explosie tijdens de vorige wereldoorlog. Wekenlang was hij bezig om het loodzware brok staal over paaltjes naar de deuropening te rollen, telkens na een halve meter was hij uitgeput. Met een wig van stenen en zand wist hij het ding uiteindelijk te kantelen en in de scharnieren terug te hangen. Met het zwaarste hangslot dat hij kon stelen sloot hij de bunker af. Hij sloopte ergens een verboden-toegangsbordje van af, schroefde dat naast de ingang, en de sleutel werd zijn kostbaarste bezit.

Jaren later, toen hij stiekem op haar balkon had gestaan, bij de glinsterende ballonnen met de letters N O A, en hij haar zag slapen – haar oogjes bewogen onder haar oogleden, haar vingertjes friemelden, ze was zo ongelooflijk mooi – toen pas begreep hij dat deze bunker al die tijd op haar had gewacht. Hij zou er nooit voor haar zijn. Maar hij was de enige vader in dit hele land die zijn kind kon redden – zelfs van een atoomoorlog.

Hadden ze hier bij de bunker gestaan, zojuist om half vier? Hij was toen net de grens over, er was rond die tijd nog een kans. Maar hij moest zo nodig de held uithangen. Het plan dat hem jaren in leven had gehouden, had hij in een impuls weggesmeten. Misschien kon hij iets groters betekenen, had hij gedacht, misschien kon hij iets doen waardoor zijn dochter direct trots op hem werd… Nee, nu zou ze hooguit over hem horen dat hij de enige was die haar had kunnen redden – en te laat kwam.

Ik heb je achteloos het leven gegeven. En even achteloos heb ik het genomen.

Toen hij zojuist de Porsche op een bospaadje parkeerde, schemerde het al. Drie uur te laat. Niemand gaat zo lang met een kindje wachten, zeker niet na een enkele vage voicemail van iemand die je dood waant, wat zomaar ook een wrede grap kan zijn, niet al kleumend in een donker bos, niet bij…

Een schim.

Daar ook.

Tussen de stammen bewegen silhouetten. Het enorme slot en het verbodsbord hebben zijn schuilplaats niet beschermd, maar verraden. Die silhouetten hadden oude kaarten onderzocht en deze bunker verkend, zagen hoe zorgvuldig die was afgesloten en wisten genoeg. Als de grote rampen kwamen, hoefden ze alleen maar hier te wachten op de persoon met de sleutel. En als ze het dan handig aanpakten, konden ze de bunker gratis overnemen.

Ik had je naar de veiligste plek willen brengen, maar dit is zo ongeveer de gevaarlijkste plek.

Wat heeft hij zich in zijn hoofd gehaald! Een bunker, met een slot erop en een verbodsbord – natuurlijk zou dat preppers aantrekken.

Maar ze is tenminste niet hier! Gelukkig hebben ze het niet volgehouden hier en zijn ze vertrokken...

Zeker zes schimmen om hem heen en ze naderen. Daar ergens, ver weg achter de bomen, een fel gezoem. Een van de schimmen lijkt een vrouw, ze heeft een kindje aan de hand, blond.

89
Dounya

Uitgeteld hangt ze op de achterbank van de rammelbak waarmee ze Duitsland en Nederland door zijn geracet. De plek bij haar lever beukt. Ze zijn in een of ander bos, het boeit haar niet waar. De avondzon straalt door de gele bladeren. *Ik blijf hier. Ik heb mijn ding gedaan.* Ze heeft de afgelopen vierentwintig uur meer dingen gestolen dan de meeste mensen in hun leven. Meer goede ideeën gehad ook. Dat met die kabels was een keigoed idee. Misschien vindt Kait die opnames. Misschien is daar een clou. Misschien helpt het. Een beetje. Als we alleen maar deden wat we zeker wisten, kwam er nergens iets van terecht.

Die twee zogenaamde ontvoerders van haar hebben het allemaal toegelaten. Dat kunnen onmogelijk dezelfde lui zijn als die haar gisteren de auto uit hebben gesleurd. Ze zijn stug, maar slecht zijn ze niet.

Echt niet. Zeker niet.

Ze hebben haar zojuist in hun brik achtergelaten en zijn het bos in gerend. Ergens tussen de varens verdwenen ze. Laat ze. Zij is nu hier en alles is prima zo. Zij heeft geen enkele taak meer, geen enkele verplichting, alles is klaar.

Ze draait het raampje open. Heerlijk, die frisse lucht. Die twee stonken alsof er geen vrouw in hun leven was. Gek, al die ballonnen die hier overal liggen en in de takken hangen. Heeft ze vandaag ballonnen zien vliegen?

Daar klinkt geschreeuw, een soort schreeuwend zingen. Is dat niet zo'n oud liedje, iets met een kort jakje? Ze kan de klanken niet verstaan en duwt de deur open. Nog te ver weg. Ze pakt de dakrand vast, plaatst haar voeten op de achterbank en vervolgens naast de hoofdsteun. Ze krimpt ineen van de pijn bij haar lever – de magische gele pilletjes raken weer uitgewerkt – maar dan staat ze op het dak. Daar, in de verte, is Kait. Hij brult dat ene liedje, over dat olifantje in het bos – in de eerste maanden dat ze bij hem werkte, heeft ze het laten horen op haar telefoon. Laat je mama toch niet los, en dan nog iets...

Daar zijn ook haar twee chauffeurs, gebukt tussen de varens, ze sluipen richting Kait. Daar anderen, ze kan ze niet onderscheiden. En dat, is dat... een kindje? Wat moeten die allemaal opeens hier? Naast Kait is een grote donkergroene rechthoek, het lijkt een weggezakte bunker. Achter haar gezoem.

Ze draait zich om, daar staat een wit bestelbusje. Die stond er net toch nog niet? En wat is dat gezoem? Het lijkt wel een zwerm pislinke bijen.

De drone.

Dit was het geluid dat in de Alpen om hen heen zwierf, dat achter de vrachtwagen verscheen, naast hen, voor hen. Waar is dat rotding? Daar, tussen de stammen. Gisterochtend bungelde die arme jongen eraan, vannacht cirkelde die om hen heen, nu hangt het machinegeweer er nog steeds aan – in een rechte lijn richting Kait.

Die is gestopt met dat liedje te brullen, grijpt naar een beige vierkanten ding in de bladeren onder hem – hij heeft de computer bij zich. Hij klemt de kast even voor zijn buik, als een soort schild, maar verplaatst die dan achter zijn rug.

Je hebt nog vier seconden! Houd dat ding voor je, verberg je achter die bunker, probéér tenminste iets. Drie seconden...

Daar staat hij, in het volle zicht naast de bunker, en hij blijft staan.

Tegen een kogel kun je niets. Let nou toch op jezelf, Cyborg!

We weten niet wat we zeggen, niet echt, dat heeft ze al lang geleden gemerkt. Als zij met haar cliënten sprak, met haar vriendinnen, met Janko, dan ging dat meestal automatisch, de woorden waaiden uit haar mond, en soms koos ze er eentje en stuurde die wat bij, maar de meeste kwamen gewoon. Soms was ze stomverbaasd over wat ze uit haar eigen mond hoorde, omdat de woorden niet van haarzelf leken, bijna alsof iets, iemand anders ze had gegeven, maar toevallig haar stembanden en haar tong gebruikte. Twee woorden verstaat ze nu van Kait, twee woorden die haar bekend voorkomen, uit haar eigen jeugd, van het schoolplein, misschien heeft ze die wel ooit uit zijn mond gehoord, ze weet het niet meer, maar het lijken haar de minst toepasselijke woorden op dit moment, de meest krachteloze en wanhopige, met een drone op nog maar tien meter van hem verwijderd en gezakt tot ongeveer schouderhoogte, zodat de vastgetapete loop precies op hem gericht is.

'Hocus pocus!'

Er zijn zeker zeven, acht mensen om hem heen, op honderd, tweehonderd meter afstand. Ze staan nu allemaal stil, alsof ze moeten verwerken wat er geroepen wordt, alsof ze toch ergens, in een kinderlijke kronkel, verwachten dat die twee woorden toverkracht bezitten. En als zij er later bij de AIVD haar verklaringen over moet afleggen of er met haar vriendinnen over praat, kunnen die aanvankelijk ook niet geloven wat er daarna gebeurt, hoewel ze hun scepsis met een professioneel uitgestreken gezicht proberen te verbergen.

Want vrijwel meteen nadat hij zijn wanhoop eruit heeft gebruld, komt de drone schokkerig tot stilstand, draait naar rechts en vliegt rechtstreeks naar het witte, roestige busje dat daar net is geparkeerd.

90
Ahmad

Alles om hem heen zwabbert. Al weken heeft hij slecht geslapen, gespannen voor het grote moment gisteren en sindsdien heeft hij onafgebroken moeten rijden. De stem aan de telefoon meldde een vreemd adres, ergens midden in een Nederlands bos, daar zou Chris zijn. Zojuist strompelde hij zijn witte busje uit, opende de laadruimte, trok in een roes de Malak al-Maut op de herfstbladeren, liet hem opstijgen, zocht op de monitor en daar stond hij dan. Nog dunner en onbenulliger en zieliger dan vijf, zes jaar terug – Chris van de debatten, Chris die een bekeerling was geworden, Chris die alles kapotmaakte – Chris die nu als een verwarde man in het park iets onbegrijpelijks tegen de camera van de drone roept.

Nog maar een paar seconden en dan is alles over. Hij heeft de drone al laten zakken, zoals hij honderden keren heeft gedaan bij hun oefeningen bij het Poeltje, en drukt om te vuren, maar de drone remt af en hangt stil. Weer drukt hij, weer, weer, maar er klinken geen schoten, er verschijnen geen rookwolkjes – de drone keert resoluut om, *in zijn richting*.

Hij ramt op de knoppen, slaat de controller tegen zijn knieën, probeert nogmaals de knoppen, maar de drone gehoorzaamt niet meer.

'Nee,' smeekt hij. 'Het spijt me, God, ik heb het zo niet bedoeld! Spaar me, God, wees barmhartig!'

91
Kait

Het duurt enkele seconden voordat zijn brein de beelden kan verwerken. De drone die stilstaat, vijf meter voor hem, de loop op zijn buik gericht. De drone die schokkerig omkeert. De drone die *van hem wegvliegt.*

'Zie je dat, Noa! Ik riep...'

Zijn ogen flitsen rond, maar ze staan er niet meer. Hij heeft ze een paar tellen terug toch echt gezien, schimmen tussen die bomen, een meisje met een bos blonde krullen en een hemelsblauw jurkje, met achter haar een vrouw – haar haren waren langer, haar kleding niet meer punk, maar het was Lotte, ooit zijn Lotte, het kon niet anders, en dat meisje was Noa.

Ze waren gebleven. Omdat ze hem toch nog een kans hadden gegeven. Ze zijn gewoon hier. Waar ze precies niet moeten zijn.

Doffe knallen echoën tussen de bomen, de drone is een paar honderd meter weg in het bos, lijkt wild te schudden, er verschijnen rookpluimen onder. Er staat daar een wit busje, een jongen ernaast, vaag van deze afstand, maar die contouren, die ongemakkelijke bewegingen, alsof zijn kleren altijd te strak zitten – Ahmad? Heeft híj hen al die tijd opgejaagd?

Hij hoort de jongen gillen, het galmt tussen de bomen, iets met nee, iets met God. Het lichaam helt voorover, maar telkens duwt de inslag van een nieuwe kogel hem terug overeind. Dan wordt het stil, de drone schudt niet meer, de rookpluimen lossen op en de jongen – *het is Ahmad, het is zeker Ahmad* – ploft gestrekt voorover in de bladeren.

'Nee!'

De drone keert resoluut om en maakt meteen snelheid, komt in een rechte lijn op hem af. Hij kijkt opzij en daar is ze toch weer, een paar bomen van hem af, nu alleen: Noa. Ze moet zich hebben losgerukt van haar moeder. Hij grijpt naar de sleutel bij zijn borstbeen - dat was zijn missie, hij zou haar leven redden. Ze kijken elkaar aan. Er is iets fels in haar ogen, misschien van de worsteling net met haar moeder, en tegelijk lijkt ze nieuwsgierig. Hij wil zo veel zeggen, dit moment heeft hij duizenden keren in gedachten afgespeeld: ze renden op elkaar af, de armen wijd, hij gleed op zijn knieën zoals voetballers dat doen, ze omhelsden elkaar, eindeloos...

'Blijf daar, lieverd!'

Ze staat met een schok stil. Hij laat de sleutel los. Al die preppers om hen heen zullen hen niets gunnen en nu hij haar eindelijk in de ogen kan kijken - wat zou een kind in een bunker moeten, zo lang, zo krap, zo koud? Hoe heeft hij dat ooit kunnen bedenken? Het enige wat hij haar nu kan geven, is dat ze niet opvalt. Het enige wat hij haar kan geven, is dat ze elkaar nooit zullen omhelzen.

De drone hangt stil, manshoog, de loop op zijn buik gericht. Direct laat hij de computerkast achter zich vallen. Weg moet hij, weg van deze kast met de opnames, die vertellen wie hij werkelijk was, wie al deze ellende uiteindelijk begonnen is...

'Hier ben ik! *Hier!* Ik ben toch al kapot!'

De drone draait even met hem mee, maar dan meteen terug en geeft een eerste schot, een tweede, een derde. De kogels verdwijnen met zachte ploffen in de bladeren - de computerkast is nog niet geraakt. Ergens tussen de bomen klinkt gegil, een vrouwenstem, was dat Lotte? Hij aarzelt niet. Hij probeerde de drone mee te lokken, maar hij keert direct om en hinkt terug, met grotere passen dan ooit, zonder dat hij de duizend naalden in zijn benen nog voelt, recht op de drone af, heft zijn beide armen en grijpt twee van de poten.

92
Schouten

Lotte had hem pas door in het bos. Ze waren in hun autootje gestapt en hij volgde hen op veilige afstand. Onderweg hingen honderden ballonnen in de lucht – welke idioot liet die nu op, op deze dag, juist op deze dag? Ze keek regelmatig in de spiegel, maar hij was hierin getraind. Op de parkeerplaats hing ze de volle rugzak op haar rug en tilde ze Noa uit het kinderzitje. Toen verstarde ze opeens – staarde ze in de spiegeling van de autoruit? Ze draaide zich vliegensvlug om, terwijl hij nog niet eens begonnen was met weg te duiken.

Dit was hem vroeger nooit overkomen. Maar eindelijk, eindelijk was daar het gezichtje van zijn kleindochter. Immense bruine kijkers. Wipneusje. Bolle toet. De volwassenen waren al verpest, maar hier was nog een kans. Welke oorlog was niet voor onze kinderen? Die blik van haar, dezelfde gretige, brutale blik als Kait ooit had. Alsof alles nog een spel was, interessant, ongevaarlijk. Alsof er nog een toekomst was.

'Wat doet u hier, papa?'

Ze zegt papa. De tweede keer. De laatste keer.

'Ik weet waar je naartoe wil, Lotte.'

'Ga naar huis.'

'Dat is helaas onmogelijk.'

Hij liep langzaam dichterbij. Zijn kleindochter, zijn prachtige, stralende kleindochter, met die haren als witte hortensia's, klemde het been van zijn dochter vast en fronste.

'Dat klinkt plechtig. Het lijkt wel uw plicht.'

'Dat is het ook.'

'Ga nou gewoon naar huis. U heeft genoeg gedaan.'

'Moet je nou zien wat je doet...' Hij hurkte op zijn nette broek in de modder van de parkeerplaats. 'Hé Noa...'

'Raak haar niet aan.'

Haar ogen vlamden, zijn ogen werden nat.

'Ik ben jouw opa, Noa. Ik ben zo blij jou te zien.'

Zijn dochter duwde zijn kleindochter weg achter haar been. 'Dat is een slechte man, Noa.'

'Nee, ik ben niet slecht,' zei hij tegen zijn kleindochter en hij vervolgde tegen zijn dochter: 'Echt niet, Lotte. Ik heb alles voor het landsbelang gedaan. Niets is zo groot als dat.'

'Precies, dat zeg ik.'

'Jullie wonen in dit land! Wil jij deze dagen overleven? Wil jij dat zij dit overleeft?'

'Is dat een dreigement?'

Hij ging staan en schudde mismoedig zijn hoofd. 'Lotte... Waarom wil je me nou niet begrijpen? Ik weet dat ik een slechte vader was. Maar ik ben geen slechte diender geweest. En dat was de manier om mijn liefde uit te drukken, voor jou, voor jullie...'

'Liefde?'

'Ja, verdomme!'

Hij stampvoette, hoe kinderachtig dat ook voelde.

'Het is gevaarlijk hier, Lotte.'

'O, kom op zeg, wat een flauwe poging.'

'Ik heb de *intel*, dat weet je.'

'Je zat de hele tijd te bellen, ja. Zoals altijd.'

Volgens De Bruijn bewoog Kait, anders dan verwacht, zich niet rechtstreeks naar Lottes flat. Toen was hij plotseling ook van die route afgeweken en hij was vlak daarna gesignaleerd bij Charifs opa – daar was blijkbaar iets te regelen, iets extreem belangrijks, hoewel hij niet begreep wat.

'Kom mee, Noa,' zei zijn dochter. Ze tilde zijn kleindochter op en liep weg, het bos in.

Hij greep haar arm. 'Jullie overleven het niet hier, echt.'

'Doe nou niet alsof u medelijden met ons hebt.'

Ze schudde met haar arm, maar hij liet niet los. Hij zuchtte en keek rond. Er stonden een stuk of tien auto's op de parkeerplaats. Wat moesten die allemaal hier? Dit was niet bepaald een dag om eens gezellig met je gezinnetje te gaan wandelen in het bos.

'Kait heeft je gebeld en jullie hebben een plek afgesproken, hier vlakbij...'

Ze schudde haar hoofd.

Hij probeerde een vriendelijke toon: 'Je kunt hem bellen en vragen of hij hier komt?'

Ze maakte een wilde beweging met haar arm, maar hij hield haar vast.

'U was geen cipier, zei u toch?'

'Waar hebben jullie afgesproken?'

'Dat gaat u niks aan.'

'Dus toch.'

Dit hield hij niet lang vol. Ze was sterker dan hem en ze had zich allang losgetrokken als Noa haar niet voorzichtiger maakte.

'Ik heb mijn leven, mijn eigen leven, en jarenlang interesseert u dat niks en moet het landsbelang altijd voor, en nu opee-'

'Ik ben nú bezig met het landsbelang, Lotte, en dat is jouw belang, jullie belang, altijd!'

Op dat moment glipte ze weg, maar tot zijn eigen verbijstering hield hij in zijn andere hand – zijn verkeerde hand, waar hij nooit mee trainde – zijn dienstpistool, gericht op zijn eigen, bloedeigen dochter.

93
Kait

Zijn voeten bungelen vlak boven de grond, zijn handen omklemmen twee poten. De drone kantelt iets door zijn gewicht, maar corrigeert dat meteen. De raketvormige behuizing is omringd door acht poten, alles matzwart, in totaal zo groot als een tweepersoonsbed. Vlak boven zijn handen zoemen de propellers, het klinkt als de elektrische autootjes die hij soms kreeg van zijn moeder, als hij zich echt heel lang op de wc had opgesloten. Onder het middengedeelte is een semiautomatisch geweer vastgetapet, de loop van hem af.

Hij zwiept zijn rechterbeen naar voren, zijn hiel haakt achter een poot, de stalen kolf drukt tegen zijn kruis en met zijn andere voet trapt hij tegen de korte loop. Die hangt meteen scheef – nog een trap. De pijn is overal, alle cellen in zijn lijf schreeuwen. Een kabelbinder bij de trekker verschuift, maar slipt en het geweer gaat niet af. Weer spant de kabelbinder aan, de trekker schuift verder en het wapen vuurt nu wel – twee felle metalige tikken, *de computerkast is geraakt.*

Zijn oren piepen en hij schopt nogmaals tegen de loop. De drone draait fel een kwartslag naar rechts, waar hij vandaan is komen rennen – om hem met de camera te zoeken? Hij slingert wild opzij en kan zich ternauwernood vastklemmen. De drone draait een kwartslag verder, waar verderop Ahmad ligt en nu vier mannen komen aangerend, onder wie een bleke slungel met vuurrood haar. De drone draait nog een kwartslag door. Even gebeurt er niets, de bestuurder lijkt te aarzelen en de situatie niet meer te begrijpen. Nu kan hij zijn knie optrekken en weer tegen de loop beuken. Een van de kabelbinders knapt, er bungelt een stuk ducttape los.

De drone begint te tollen. Zijn lijf wordt gestrekt, zijn hoofd perst vol bloed, alles vervaagt. Flitsen van het blauwe jurkje schieten langs. Hij trekt zich met al zijn kracht terug in elkaar, als een aapje onder de moederbuik, zodat zijn voeten niet van de rotorpoten glijden – dan zou zijn hele lijf opzij zwiepen en rondslingeren als een slingerkogel. Na vier, vijf rondjes gaat de drone plotseling opzij hangen, verticaal, ronddraaiend als een enorm wiel, vervolgens kantelt hij de andere kant op – maar Kait blijft zich stijf tegen het geweer klemmen, zijn ellebogen en knieholtes om de poten heen. De hitte van het staal brandt door zijn shirt heen en zijn huid sist, maar hij voelt niks.

Nu kan ik loslaten, nu kan het nog, nu.

De drone hangt vlak boven de grond, zo'n val zal hij overleven.

Nee, de harde schijf moet heel blijven. Ze moeten weten wie ik ben. Noa moet het weten.

De drone richt zich abrupt weer op de computerkast, de kabelbinder verschuift, maar haakt niet meer achter de trekker.

Waarom stijgen we opeens? Wat zijn ze van plan?

Hij moet niet meer hangen, dat houdt hij niet vol. Hij wurmt zijn onderlijf naast de raketvormige behuizing, ineengedoken om de rotors te ontwijken. De geelbruine kruinen zijn onder hem. Vijf, zes mensen. En daar de blonde krullen weer. Verbaasd kijkt ze, haar mond is opengezakt.

'Het spijt me!' schreeuwt hij, maar de drone tolt door en hij kan haar niet meer vinden.

Hij gaat op de behuizing liggen en haakt zijn ellebogen en knieholtes om de poten. Hij kan zich niet meer oriënteren, de drone blijft maar tollen en de kruinen zijn speelgoedboompjes geworden, daar staat een wit speelgoedbusje, daar rennen speelgoedfiguurtjes met speelgoedgeweertjes en hij is kalm.

De diepte zuigt niet meer. Hij durfde gisteren nog niet op zijn eigen bank te staan, maar alles is vredig nu. Daar passeren ze een knalrode ballon. Daar een fluorroze. Eentje van Spongebob. Het lijkt wel gezellig hier in de lucht. En hij heeft nog maar één taak. Nu hij op de behuizing ligt, heeft hij een hand vrij en kan hij omlaag graaien. Hij trekt aan het geweer, wrikt en het ding tuimelt omlaag.

Win-win-win. Ik kan het nog.

De drone klimt hoger en hoger, met razende snelheid. Hier kan hij niet meer af, beseft hij, nooit meer, deze gillende machine zal het laatste zijn dat hij aanraakt, het laatste dat hij hoort, de laatste warmte die hij voelt. In zijn buik drukt een handvat, hij trekt zijn broekriem los, wringt die erdoorheen. Vast. Wat er nu met de drone gebeurt, gebeurt met hem.

Het hele bos is te overzien – een zachte bruine deken, licht golvend, met daar een zwart spiegelende vlek, als een telefoonscherm, een meertje moet dat zijn, verderop schattige speelgoedhuisjes.

'Noa,' fluistert hij. 'Dat was je, dat was je gewoon...'

Het is klaar.

De drone blijft stijgen. De lucht suist langs. Hij ligt voorover en het apparaat voelt al bijna vertrouwd, als een grote vogel die hem draagt. *Blonde krullen, net als ik vroeger...* En dat blauwe jurkje, dat was die prinses in die film, alle meisjes kijken die, zei iemand eens, een lieve vrouw die ik kende, die bleef komen, hoe lullig ik ook deed, zelfs afgelopen nacht is ze nog bij me gebleven...

Jij hebt me gezien.

'Hocus pocus,' giechelt hij. 'Weet je, vroeger, toen mijn moeder thuis... Toen...'

Het donkerblauwe IJsselmeer schittert in de ondergaande zon, met in de verte de Noordzee. Een paar donkergrijze wolkjes zijn al onder hem. De grijs-bruine vlekken van de steden, verbonden door de draden van de wegen, met daartussen gele, groene, bruine, rode vlekken – de bossen vlammen van de herfst.

Het is zo mooi hier, Noa, alles is zo mooi.

Zijn handen glijden los, zijn middel zakt opzij over de behuizing, maar zijn broekriem houdt hem vast – hij komt weer bij. Is dat België daar? Duitsland? De Alpen? Straks ziet hij alle rijken van de aarde...

Kon je dit maar zien, mama... Ik heb altijd zo mijn best gedaan, ik wilde een sterke vent zijn, maar... Noa, jij was mijn kans om een papa te zijn... Lotte... Dounya... Het is zo mooi hier... Hoeveel hoger moet het nog... Ik ga de ruimte in, mama, verder, verder weg... De ruimte, ik ben een astronaut, mama... Een engel tilt me... Ik keer niet meer terug, ik keer niet... Of... Nee, ik moet...

De antenne.

94
Schouten

Vol ongeloof staarde hij naar het pistool in zijn hand, terwijl zijn dochter en kleindochter voor hem liepen, dieper het bos in. Ze dwaalden rondjes, Lotte weigerde iets prijs te geven, maar opeens onderscheidde hij verderop de contouren van een oude bunker, half verzonken in de bosgrond, terwijl al drie wegduikende schimmen in die richting hadden gegluurd.

Dat zijn preppers die wachten tot iemand die bunker komt openen – Kait kan elk moment verschijnen. Ik heb nog één kans ze aan mijn kant te krijgen.

'Iedereen is Abrahammetje aan het spelen,' begon hij. 'Ken je dat verhaal dat die zijn zoon moest offeren?'

Zijn dochter reageerde niet.

'In mijn jeugd was er een dominee, zo'n grauw type, die jammerde dat wij eigenlijk allemaal zo'n Abraham moesten zijn. Serieus. Nou, kijk rond, de wereld vandaag, gisteren – alles gaat kapot door mensen die Abrahammetje spelen. Ze offeren alles aan hun goden: hun kostbare dagen, hun geld, hun rechtvaardigheidsgevoel, hun empathie, hun huwelijk, ze storten het allemaal in een grote leegte...'

Zij moest het toch ook zien, die massa's die alles maar geloven en zich door niets laten stoppen, zelfs niet door hun kind.

'En wat hebben wij te bieden? Wat doen wij? Wij geloven nergens meer in, zelfs niet in onszelf. Er was een tijd dat we waren als iedereen en dachten wat iedereen denkt: mijn god is de beste, heel toevallig precies mijn god, wat een gelukje toch.

Maar dat bleek te veel toeval en we hebben onze god in het bejaardentehuis gezet. En daar zit ie dan, ergens weggestopt met ongewassen haren. Er was een tijd dat we de zeeën overtrokken, onze jongens gaven zich vrijwillig, stortten zich in de strijd – hun moeders, zussen, vrouwen sméékten hen te gaan en werkten thuis dubbel zo hard, allemaal zonder te zeuren over gluten in hun brood of soja in hun latte.'

'Houd toch op, man.'

Ze zegt weer iets. Ik heb nog een kans.

'Ik snap dat het niet leuk is om te horen, maar is het ook niet waar? Wie weet er nog iets van honger? Volhouden? Afzien? Als we tenminste nog maar in onszelf geloofden! Daar heb ik mijn leven aan gegeven – ja, ik ben ook een Abraham geworden en ik heb al mijn dagen gegeven, mijn huwelijk, mijn gezin... Maar hebben we een andere optie? We staan in een boksring, Lotte, deze wereld is een boksring – en in een boksring moet je niet gaan redeneren, niet proberen de lieve vrede te bewaren, niet zaniken over arbeidsvoorwaarden of wat dan ook – daar moet je terugslaan. Wie twijfelt in de boksring, wie daar over protocollen begint, is uit. *There is no decent place in a massacre*, weet je nog?'

Het enige wat helpt tegen een Abraham is een sterkere Abraham, denkt hij voor de duizendste keer. Als de grote oorlog komt, de laatste oorlog, heb je niets aan theedrinken of een inspirerende quote op Instagram. Je moet vechten voor je leven. Jij valt of de ander valt. God is de atoombom onder de woorden en daartegen helpt alleen een grotere atoombom.

Kait begreep dat. Als kleine jongen al, als die onbegrijpelijke geluiden uit de slaapkamer kwamen en hij zich opsloot op de wc met z'n 007's – een echte vader zou nu iets doen, James Bond deed altijd iets, hij moest...

Kait kon eindelijk iets doen. Kait kon eindelijk het gillen van zijn moeder stoppen.

Elk jaar worden we zwakker, elk jaar worden de diensten

verder gekort, moeten we nog meer laten lopen, maar intussen komen er wel telkens nieuwe afvinklijsten bij, worden we op het matje geroepen in praatprogramma's, krijgen we tikken in de rechtszaal. Een enkel aanslagje, een lief klein polderaanslagje, dat moest ons toch wakker schudden! Als die collega's over de grens dan ook gewoon hun werk deden, zou dat ingedutte Westen eindelijk z'n ogen uitwrijven – o, verrek, deze wereld is geen theekransje, laten we eens wat gaan aanpakken, laten we, noem eens wat, gewoon eens een keertje trots zijn op onszelf en onze veiligheidsdiensten een beetje, een heel piepklein beetje credits geven en, doe eens gek, een fatsoenlijk budget. Laten we tenminste nog een theoretische kans hebben om niet alles te verliezen.

We hebben zo veel te verliezen, Lotte.

Daarom stuurde hij zijn wonderkind op die groep af, een stel studeerkamerbluffers die nu tenminste wat serieuzer werden. Na vijf, zes hints via Telegram dacht die arme jongen werkelijk dat hij de drones zelf bedacht had en een tijdje later presenteerde hij ook de coupepoging als zijn eigen briljante idee.

Ze overspeelden hun hand. De opnames van de windmolen werden meteen geclassificeerd – alsjeblieft niet nog een IRT-affaire, praatprogramma's met oud-infiltranten en plechtige artikelen over uitlokking. Hij werd geschorst, maar wist thuis, zonder vrouw, zonder dochter, niets anders te doen dan door te gaan. Hij stuurde zijn eerste mailtjes naar Ahmad, brak bij hem in, liet magazines slingeren met suggesties voor een masterplan, de grote aanslag die de doorbraak zou zijn, inclusief een video over de IS-vlaggen, en Ahmad slikte alles direct, het was verbijsterend, die wilde niets liever dan een bovennatuurlijk teken dat hij niet de sukkelaar was die hij was. Zo leidde hij ze naar een nieuwe generatie zware drones, legde bij een exemplaar in Oostenrijk de sleutel in het zicht en hield een van de controllers zelf. De techniek had lang op zich laten wachten, in Kaits tijd kon je nog weinig met die dingen, en ook de drie die nog over waren van de groep vonden maar traag de moed terug, maar nu ging het eindelijk rollen.

Het aanslagje zou een aanslag worden. Het Westen zou niet wakker gekieteld worden, maar wakker geslagen. Tegen een atoombom helpt alleen een grotere atoombom. Er is geen *decent place in a massacre*, zeker, maar als het toch slachting wordt, dan toch liever niet een plekje onderop.

'Heb ik je al eens verteld over Threehouse, dat dorpje dat...'

Ze draaide met haar ogen, dat zag hij zelfs van achteren.

'Mogelijkheden plus urgentie, Lotte. De wapens moeten voor het grijpen liggen én de boel moet flink onder druk komen. Dat is alles. En nu de hele wereld Threehouse was geworden, was het alleen nog wachten. Tot die jongen in Rome daar bungelde. Al mijn collega's belden eerst hun familie, alle belruimtes in de Korf waren bezet – zo is het gesteld met onze prioriteiten, Lotte, zo zijn we geworden. Maar een paar gloeiden. Ze leefden weer! Dit kon niet onbeantwoord blijven, dit sneed in het hart van wie tenminste nog iets geloofde, zelfs wie alleen nog maar geloofde in Europa als bejaardentehuis, als museum – en meer verleden tijd dan die Sint-Pieter krijg je niet. Eindelijk oorlogstaal in de kranten en de journaals, op de sociale media en dan niet tegen elkaar – we vervloekten tot gisterochtend alleen nog elkaar – maar tegen de echte vijanden. Europa kwam tot leven!'

Zoals zij hun god een handje moesten helpen, omdat hun god zelf blijkbaar de tijd vergeten is, zo heb ik onze hele cultuur uit een coma gewekt – en die cultuur bestaat tenminste.

Maar toen dat telefoontje. De Bruijn had Kait naar Rome laten transporteren. De stem onder de video was herkend, Charif moest daar met de andere twee nog zijn, en niemand kende hen zo goed als hun infiltrant. De meeste terroristen worden binnen enkele uren gepakt en direct non-stop ondervraagd om vervolgaanslagen te voorkomen. Dan telt elke minuut en wil je je beste informant niet achter een brakke videoverbinding hebben, die in deze toestanden ook nog eens elk moment kan uitvallen, maar direct naast je en zo snel mogelijk, als het luchtruim nog open is voor militaire toestellen.

Hij ontsnapte. Natuurlijk. Terwijl de Amerikaanse president net gedood was en alles escaleerde – nu nog iets in Jeruzalem of Mekka en eindelijk, eindelijk zou de wereld weten wat er werkelijk aan de hand is. Wat was hij van plan? Naar wie was hij op weg? Toen hij van de windmolen viel, riep hij haar naam, in het revalidatiecentrum mompelde hij die in zijn nachtmerries.

'Hij wist te veel, Lotte. Hij kon alles verknallen. Alles zou bij het oude blijven. Begrijp je me? Ze zijn binnen de poorten. Wenen is gevallen.'

Dus belde hij Ahmad, die verbijsterd opnam en zijn grootste teken kreeg: een vreemde stem die openbaarde in welke auto zijn Shaitan reed. Dat zou hem wel vertragen, misschien zelfs stoppen. En Schouten was hem voor en kon zijn val voorbereiden, hij belde bij zijn dochter aan, probeerde haar bezig te houden met zijn verhaal, haar sympathie terug te winnen – straks als de confrontatie volgde, kon hij ze inzetten, Kait was voor niemand zo gevoelig als voor die twee.

Onderweg waren er drie volgauto's, met de Nederlandse interventiespecialisten die hem naar Rome hadden vervoerd en vier Amerikaanse. Duizenden CIA-specialisten zijn over de hele wereld gestationeerd, incognito, klaar om elk moment hun landsbelang te dienen. Ze hadden geprobeerd zelf zijn wonderkind te onderscheppen, maar hij had ze – in Lottes huiskamer, via De Bruijn – gedwongen hem juist voorlopig te beschermen. Zij moesten de lokale autoriteiten overrulen, de roadblocks omzeilen, gewonden verzorgen. Ze wilden toch niet dat hun identiteit uitlekte? Dat het bestaan van al hun collega's wereldwijd bekend werd? En die jongen was ergens naartoe onderweg, dat was ongetwijfeld een waardevolle locatie, die wilden ze toch niet verspelen? Moesten ze hem niet als aas gebruiken om de terroristen te traceren?

Vanochtend viel ook de Klaagmuur – hij wist het, Jeruzalem! Nu Mekka nog en de grote oorlog was onvermijdelijk.

Toen begon het gelazer weer. Overal van die aanstellers, zelfs in Amerika, dat we toch elkaar moeten blijven vasthouden, dat we geen verdeeldheid moeten zaaien, dat vast niet een moslim de president had gedood – er waren twee rechtsextremisten in de maïsvelden rondom haar ressort opgepakt – dat de drone sowieso alleen haar hond had gedood, het was de angst van de president geweest, dat ze was weggerend, dát was haar te veel geworden. En dan die vlaggen. Duizenden passeerde hij en hij juichte. Maar halverwege de nacht werden het puberale grappen. Komieken, columnisten, tieners hadden overal tegelijk hetzelfde idee: terroristen kunnen zelf zelden Arabisch lezen, dus we kunnen alles op die vlaggen zetten wat we willen, en zo keren we hun hele plan tegen henzelf! In Jeruzalem waren leiders die, terwijl ze normaal elkaar de ogen uit de kassen krabben, samen die Klaagmuur weer gingen opbouwen, brok voor brok... En die online biedingen, waar je eerst een molotovcocktail kon bestellen voor een heilig gebouw of een schietende drone voor een willekeurig adresje, werden omgezet in reclames voor een echte cocktail voor een oud vrouwtje – Sex on the Beach, Bloody Mary, Zombie, Last Day on Earth – en een bloemetje voor een willekeurig adresje. Duizend dollar werd geboden, tweeduizend, vijfduizend. Miljoenen, letterlijk miljoenen ballonnen werden opgelaten, met gelukwensen en gelukskoekjes eraan. Flessen werden in zee geworpen met van die tranentrekkende spreuken. Drones vlogen rond die zelfgebakken taartjes bezorgden, roltongen, feestmutsen, zelfs confettibommen...

En toen had vreemde Kait die omweg genomen en stapte hij die flat uit met een stokoude pc. Wat kon daar zo belangrijk aan zijn, dat hij daarvoor om moest rijden, terwijl hij eerder geen seconde wilde verliezen? Wat was er gebeurd dat hij plotseling alles riskeerde?

Lotte en Noa vluchtten, hij achtervolgde ze, hield haar onder schot – een reflex die hij niet meer terug kon draaien. Ze vonden de bunker en hij begreep eindelijk dat Kait een schuilplaats voor hen geregeld had, lang geleden al. Tegelijk arriveerden de interventieteams. Er wachten al een stuk of tien preppers op de sleutel van de bunker. En wat is dat gezoem – het zal toch niet? Is Ahmad ook nog hier? Ja, daar, daar is dat witte busje. Alles komt hier samen, dit is het moment.

Nee! Waar zijn ze? Ik moet nog zoveel uitleggen!

Even is hij afgeleid en die dochter van hem ontsnapt, met zijn kleindochter, weg het bos in. Nu is hij kwetsbaar, hij moet weg – die kuil, daar moet hij in. Zijn benen zakken in de zompige modder, rotting walmt omhoog, hij pakt de controller uit zijn colbert, de monitor flitst aan – Kait daar, in de verte. Hij knijpt in de knoppen, de drone reageert niet – ja, nu heeft hij bereik. Hij keert de drone direct, eerst Ahmad uitschakelen, die weet te veel. Een paar toetsen proberen, zo gaat blijkbaar de trekker over, wat schudt dat ding, en aha, zo stopt het schieten.

Nu de computerkast, daar zit iets in wat hij niet begrijpt, maar zijn jongen heeft er zijn leven voor over en dat zegt genoeg. Hij schiet, lijkt te missen, wat is er aan de hand, hangt de loop scheef? Hij zoekt rond met de camera, Kait is opeens verdwenen, het beeld waggelt en hij begrijpt het. *Oké, tollen dan, jongen van me, tollen tot je eraf slingert. Jij was je geheugen kwijt, jij was geen gevaar meer, maar nu weet je het. Wij hebben die aanslag bedacht, wij samen, de rest aapte ons alleen maar na – tegen hen moeten we vechten, niet tegen elkaar!*

En hoger en hoger gaat hij, zijn zoon, zijn enige echte zoon. Hier op de monitor ziet hij hem, zijn gezicht bungelt half voor de camera, hij kijkt in de camera – ze kijken elkaar aan.

Jij zou alles kapotmaken, mijn jongen, mijn wonderkind, al dat werk van al die jaren...

Hoger moet hij, de lucht is dun daar, het vriest er. Om hem heen rennen de figuren met geweren, die Amerikanen weer.

Maar hij zit hier goed, zijn driedelig pak heeft hier toevallig schutkleuren, hem zoeken ze niet en de computer heeft hij al doorzeefd. Hij is bij hem, zijn lieve zoon, zijn manneke, zijn kereltje – hij draagt hem naar zijn graf, daar zijn die ogen weer, zo dichtbij... *Het spijt me zo.*

Nee, de wolken naderen, we zakken weer. De knoppen weigeren. Zijn de batterijen op, is de antenne defect, wat gebeurt er? We zakken door de wolken, daar is het bos, de bomen worden groter... De knoppen doen niks, dat ding komt in mijn richting, recht op mij af, dat rotding gaat hier landen, met een bevroren Kait erbovenop, precies voor mijn kuil... Daar komen ze, die Amerikanen. Maar sukkels, jullie zijn te laat! De opname is weg, Europa is uit haar slaap gewekt, nu alleen nog Mekka en daar zal zeker een fanaticus doordraaien, nergens zijn er deze dagen zo veel verzameld, al die kruiperige ballonnen en advertenties en praatjes doen er niet toe, als Mekka brandt, dan brandt de wereld en begint eindelijk de grote oorlog, de oorlog van de nieuwe morgen – ja, daar zijn ze, ze hebben me gevonden, maar het is gelukt, de Kladderadatsch komt...

95
Zuha

Ze schuifelt door een van de poorten van de Grote Moskee, tussen tienduizenden andere pelgrims, mannen en vrouwen door elkaar, dicht opeengepakt, in eenvoudige witte doeken en hidjabs, bezweet, zwijgend. Zo nu en dan krijgt ze een por met een elleboog, een vuile blik. Zojuist gleed een hand over haar billen, het viel haar nauwelijks op, maar toen drukten er achterlangs vingers tegen haar kruis. Verbouwereerd keek ze om, in een grijnzende mond. Ze drukte zich opzij en de hand was weg.

Langzaam stromen ze richting het grote centrale plein en daar begint de draaikolk, waar lang geleden een collega van haar vader al over vertelde, steeds sneller, steeds intenser, steeds dichterbij. Ze wil maar één ding, hoe klein de kans ook is: de Zwarte Steen aanraken. Het is de enige manier om nog vergiffenis te ontvangen en aan de hel te ontsnappen en misschien, heel misschien keert zelfs haar geloof nog terug.

'Je hebt te weinig geloof?' werd er gevraagd op de opnames en er klonk een ja, in een vreemde taal, maar het werd gelijk vertaald door de presentator. 'Charif, ben jij een slechte moslim?' klonk er en weer een ja. En dan diezelfde stem, die iedereen herkende van het eerste filmpje, dat onnatuurlijk pratende gezicht van die Abu Khalein: 'Ibrahim, heeft hij Ismail geprobeerd te offeren met een drone, lekker-makkelijk-weg-ben-je? De profeet, vrede zij met hem, heeft hij de halve wereld met drones veroverd? Heeft hij de ongelovigen met drones – wat zei je, optillen of zo – heeft hij zó de ongelovigen verpletterd? Nee, hij ging zelf, met zijn lijf, met zijn ziel, met zijn zwaard, met zijn broeders, niks lekker-makkelijk-weg-ben-je.' En de stem concludeerde: 'Drones, dat is het lafste wat er is. Dat is wat de *haloef* doen. Wij kennen eer! Wij geven onszelf!'

'Je hoorde het toch?' klinkt het nu in de stoet. 'Die aanslagen, dat was niet een broeder of een zuster, dat zijn de Amerikanen geweest, de zionisten, dat was de ayatollah, dat waren de Jemenieten.'

En ze hoort een oude vrouw zeggen: 'Ware gelovigen geven alleen zichzelf.'

En haar bejaarde echtgenoot knikt: 'Je kunt niet het hart van een ander aan God schenken. Een cadeau betaal je niet met het geld van je naaste.'

Regelmatig zakt iemand in elkaar, met weggedraaide ogen, die meteen bij de oksels wordt gegrepen, op de wangen gemept, en wie niet bijkomt blijft slap op iemands rug hangen, een willekeurig iemand, want de meesten zijn hun medereizigers in het gedrang al kwijtgeraakt. Dichter bij de Kaäba is er geen ruimte meer om te vallen, als iemand struikelt, deint de massa slechts iets mee, om dan terug te golven. Buiken, armen, benen, ruggen, alles drukt tegen elkaar aan. Soms weet ze niet meer of ze een eigen lichaamsdeel voelt of dat van een ander, haar eigen huid of andermans huid, haar eigen zweet of andermans zweet. Een moment lijkt het op toen met Umar, toen ze samenvloeiden, die ene nacht, samen waren ze een draaikolk en ze vergaten wie ze waren. En nu toch weer zo'n hand op haar billen, die glijdt langs haar heupen naar voren, drukt zich tussen haar benen. Ze wringt haar eigen arm omlaag, knijpt met haar nagels in de vreemde hand, weg is die.

Ik ben hier voor de Zwarte Steen. De Zwarte Steen is mijn enige kans. Als ik die maar kan aanraken, heel even, heel even maar.

Maar dan is er wéér zo'n hand en kan ze een vloek niet binnenhouden. Niemand lijkt die te horen en ze weet ook deze hand weg te krijgen, maar van binnen brandt het. Op de stations in Jaipur, in de pauzes op school, overal kon je het verwachten, maar hier, de heiligste plek die ze kent... Haar blik verduistert. Als het ergens zou moeten lukken te geloven, dan toch hier, maar er welt geen druppel geloof in haar op, geen enkel vroom gevoel, niets, zoals ze dat vroeger zo vaak wel had, in bed, als ze zich voorstelde dat ze Djamrah zou stenigen en dat haar moeder haar terecht sloeg.

Vergeet het, vergeet alles. Je moet door. Je maakt nog een kans.

Opeens wordt de massa onrustiger. Gegil. De deiningen worden wilde golven. De lijven drukken van alle kanten op haar, de lucht perst uit haar longen, even wijken ze en wanhopig hapt ze naar adem, als een drenkeling die een moment boven water komt. Er wordt gewezen, duizenden gezichten staren naar dezelfde hoek omhoog" tussen twee minaretten zweeft in de strakblauwe hemel een drone.

Dus toch. Op de heiligste dag van het jaar. De drukste dag. Als niemand kan ontsnappen.

Er hangt iets onder de drone en ze heeft gisteren genoeg filmpjes gezien om te begrijpen wat. Er wordt geschoten – zijn dat de sluipschutters die hen moeten beschermen? Maar overal wordt nu gegild, duizenden kelen tegelijk, een logge massa geluid omhult haar, doordringt haar.

Die terroristen hoeven niets meer te doen – we lopen wel over elkaar, onze eigen angst zal ons doden.

Zij brandt zoals ze nog nooit heeft gebrand. Alle woede die ze nooit heeft gevoeld, maar die zich ergens in haar heeft verzameld, barst los. Haar moeder die haar djinns niet heeft weerstaan. Haar vader die elke maand vluchtte en haar niet heeft verdedigd. Umar die het plotseling zo verschrikkelijk druk had. Haar collega's die haar verachtten om een geloof dat ze heeft verloren. De grijperige handen overal. Charif en al die anderen die hun toegang tot het paradijs betalen met andermans leven. Ze is woest. Het meest woest is ze op Ibrahim, bij wie het allemaal begonnen is, die voor het eerst bedacht heeft: laat ik het eens niet lastig maken voor mezelf, laat ik eens alles afschuiven op een kind, het is toevallig wel mijn eigen kind, maar ach, als ík het maar niet ben... En zij wordt Kali, de godin die in Jaipur overal te zien is, met haar maniakale ogen en een halssnoer van schedels. En ze is Durga, de godin met haar tien maaiende armen, die doorgaat en doorgaat en overwint waar de oude goden falen. Zij is een furie. De drone zet zich in beweging, naar het midden van het plein, richting de Kaäba. Het apparaat schudt en eronder verschijnen rookwolkjes. Maar zij spreidt haar armen, zij is een bal van vuur, de furieuze Kali, de ziedende Durga, en zij brult: 'Wij blijven staan!' Haar hele getergde lijf brult, harder dan ze ooit gebruld heeft, alles brult: 'Wij blijven staan! Laat die kogels komen! Die kogels zijn van een lafaard!'

En de lijven die haar verpletterden en de lucht uit haar longen drukten, wijken. Een bejaarde man naast haar roept in zijn eigen taal: 'Wij blijven staan!' Een ander roept het en nog iemand, tientallen mensen blijven staan en roepen elk in hun eigen taal dat zij niet vluchten, honderden mensen roepen dat de kogels mogen komen, dat de kogels van een lafaard zijn, duizenden kelen roepen door elkaar en vallen dan samen tot een machtig ritme: 'Wij blijven staan! Wij blijven staan! Wij blijven staan!'

En ergens in deze kolkende massa staat zij, haar armen wijduit, als een bal van vuur, met om zich heen een lege ruimte, te heet om te naderen. De drone hangt abrupt stil. Roteert, links, rechts. En duikt dan in een rechte lijn op haar af. De leegte om haar heen wordt wijder. Ze kijkt de drone aan. Zij is Kali, zij is Durga, zij is een furie, zij wijkt niet. En de leegte om haar heen groeit niet meer. Tientallen mensen spreiden hun armen, heffen hun kinnen en kijken naar de drone, trots, brutaal. En ze blijven staan, ook als deze weer begint te schokken en de rookwolkjes eronder verschijnen.

Haar benen worden slap, natte doeken lijken het, ze zakt op haar knieën. Alles wankelt, alles draait, ze stroomt leeg, ze stroomt leeg op het plein, ze is water. Ergens moet die drone nog zijn, ergens voor haar, boven haar, maar ze hoort geen schoten meer, het gillen verstomt en er wordt gelachen, tienduizend kelen lachen uitgelaten, maar het dringt nauwelijks tot haar door. Dit is wat Ismail heeft meegemaakt, denkt ze alleen, ik ben Ismail, ik ben Ismail... Papa, mama, ik houd zoveel van jullie, houd me vast, alsjeblieft, houd me vast, ik stroom leeg, helemaal. En door het bloed in haar keel rochelt ze: 'De Zwarte Steen, ik moet de Zwarte Steen kussen.'

De bejaarde man die haar als eerste heeft begrepen, is nu ook de laatste. 'Ik zal het voor je doen,' zegt hij, 'ik zal de steen kussen.' En hij streelt haar hidjab en fluistert: 'Je mag nu slapen, meisje. Je hebt gedaan wat je moest doen, slaap maar, slaap, alles is goed...'

Epiloog
Dounya

Op het Malieveld in Den Haag wordt een grote herdenkingsdienst gehouden voor de vier Nederlandse slachtoffers: Ben Kuijteboer, Kait van Dam, Amsira Amhali, die haar kamer uit was gezet en in haar auto sliep toen die werd aangestoken, en Anita Hendrikse, op de stoep voor haar huis gelyncht omdat ze net een kindje had gekregen en dat wilde beschermen met een geprinte IS-vlag op de kinderwagen.

Dounya volgt de uitzending thuis op de bank, waar haar niets meer kan gebeuren. Haar huid, geperforeerd door de regen van glas, jeukt van alle korstjes. De kogel is uit haar buik en als ze heel stil zit, doet het al geen pijn meer.

Toen ze in het bos op het autodak stond, greep Kait de poten van de drone, hees zich erop en bond zich vast. Een kwabbige jongen was net met zijn eigen wapen neergeschoten, de controller viel uit zijn handen, hij had hen blijkbaar achtervolgd, maar iemand anders nam nu de besturing over. Kait steeg op, steeds hoger, verdween in de wolken. Maar opeens verscheen hij daar weer, slap hangend naast de behuizing – toen al overleden, concludeerde ze later. Het apparaat landde vredig in de herfstbladeren. De Amerikanen die haar hadden vervoerd, ontvoerd misschien wel, kwamen aangerend en trokken precies daar, naast de drone, een oude heer uit een greppel tevoorschijn, die naar zijn colbert greep. Ze schoten, hij zakte ineen.

Kait dacht dat hij een complete wereldoorlog had veroorzaakt. En toen voorkwam hij die. Zonder het ooit te weten.

Hij moest in die zelfrijdende Porsche de opnames op de windmolen hebben gehoord en begrepen dat hij zelf de aanslag op Ben had bedacht, in een opwelling, in doodsangst, en dat hij daarmee alle ellende in gang had gezet. Maar eenmaal in het bos had hij die computerkast beschermd met zijn leven, Blower en Keffer gaven direct de opnames vrij, en dat anonieme Indiase meisje in Mekka kon haar heldendaad verrichten, die de vrome pelgrims zo massaal opvolgden. We begrepen eindelijk hoe we konden reageren en de verschrikkelijke draaikolk van geweld doofde uit.

Waarom had hij het gedaan? Wat had hij voorzien, daar in het bos recht tegenover die drone, in die paar seconden dat hij zo veel moest beslissen? Had hij iets beseft van de gevolgen? Was het meer dan de spontane drang schuld te belijden, als een laatste biecht op een sterfbed, de diepe hunkering gezien te zijn, in alles, zelfs in het duisterste? Of werd hij pas een held in zijn laatste ademtochten, vlak voordat hij stierf door zuurstofgebrek en onderkoeling, ergens op veertien, vijftien kilometer hoogte? Hij had nog net de antenne van de drone kunnen breken, waardoor die automatisch terugkeerde naar de locatie van de controller, en zo wees hij, terwijl hij beneden al gestorven was, de man aan die hij meer dan wie ook vertrouwde, de enige vader die hij ooit had gehad, voor wie hij alles had gedaan.

Er was eens, in een oud verhaal, een vader die zijn zoon probeerde te offeren. Dit was het antwoord van de zoon.

De camera glijdt over de duizenden aanwezigen op het Malieveld, in regenjassen en onder paraplu's, met serieuze blikken, beduusd zelfs. Het lijkt nog niet doorgedrongen hoeveel we hebben meegemaakt, denkt ze, waar we aan ontsnapt zijn met z'n allen, hoeveel geluk we hebben gehad.

Gebons op de deur.

'Doenie, wat is dit?' Janko. 'De sleutel past opeens niet, doenie, dat klopt toch niet?'

Ik had echt gehoopt dat wij als die otters waren. De wilde stormen kwamen, we hielden elkaar vast en belandden ergens. We hadden niets meer, alleen elkaar.

Een buurman moppert, onverstaanbaar gemompel, voetstappen verdwijnen.

Dag Janko. Het spijt me. Ik had het anders gewild.

Enkele voorname religieuze leiders zijn overgekomen: de opperrabbijn van Londen, een tv-imam uit Egypte, de hoogste kardinaal van het Vaticaan – de paus zelf is te fragiel om nog te reizen – de vicepresident van India en een bekende atheïstische dichteres. Op haar mobiel leest Dounya weer het bekende meningencircus, dat dit allemaal maar een softe bedoening is, deze leiders verraden zichzelf, ze verkwanselen hun identiteit. #FAKEUNITY is trending, #TRUTHNOTPEACE en #DONTMENTIONTHEWAR.

We kunnen het nog, het ge-wij en ge-zij. Het grootste bewijs dat het weer beter gaat met ons.

'Er is de afgelopen dagen veel beweerd dat het nooit meer normaal wordt,' spreekt de opperrabbijn, zonder pijpenkrullen maar met een keppeltje, 'maar het kruis op de Sint-Pieter wordt op dit moment alweer hersteld. Het heeft geregend op het plein van de Grote Moskee, een grote regenbui heeft alles schoongespoeld. De Tempelmuur wordt opnieuw gebouwd, in een eenheid die we nooit zagen. Wie ben ik om dat geen wonderen te noemen? We vergeten snel als mensen. Dat normaal was zo slecht nog niet. Er was een grote schittering in het normaal, die we alleen vaak niet zagen, want we waren zo druk, ons hoofd was zo vol. Maar wat onze vijanden wilden, de vijanden van iedereen hier, is allesbehalve dat normaal. Alles moest anders, naar hun eigen smaak en inrichting natuurlijk – en wie mocht daarvoor betalen? Ze zochten hun eigen paradijs en een ander mocht boeten. Is dat niet de definitie van kwaad? Dat jij een droom hebt en de ander ervoor mag lijden... Ben Kuijteboer, Kait van Dam, die onbekende vrouw bij de Zwarte Steen die zo ongelooflijk moedig was, al die anderen – zij hebben betaald, maar onze vijanden hebben niet gewonnen. Het wordt weer normaal en dat normaal is een zegen. Laten we elke normale dag prijzen, dankbaar zijn voor elke normale dag, want elke normale dag is een glorieus geschenk. We vergeten het zo vaak, maar Ben en Kait en al die anderen hebben ons eraan herinnerd: hoe ongewoon een gewone dag is.'

De atheïstische jongedame met haar blauwe haren en haar neusring prijst in een *spoken word* de vrouw bij de Zwarte Steen, die een furie is geweest, een wraakgodin, die het grote plein in Mekka heeft aangestoken met een heilig vuur en met haar vlammende ogen het gevaar heeft weggekeken.

Ten slotte betreedt de imam het podium, met een geel fluorescerende tulband en Nike-sportschoenen, die zijn toespraak eindigt met de oude legende, die in vele gedaantes in vele religies terugkeert: 'Ieder van ons draagt op de ene schouder een demon mee en op de andere een engel. Ze fluisteren ons allebei hun adviezen in, maar wij houden altijd de keuze wie we gehoorzamen. En soms denken we van onszelf dat wij alleen die engel meedragen, dat onze demon van onze schouder afgevallen is, dat we enkel schitterende weldaden verrichten en tot zegen zijn voor de gehele mensheid. Maar let op, misschien verwisselen we wel onze schouders! En soms denken we van een ander dat die ongetwijfeld zijn engel heeft verloren, dat die onmogelijk nog iets goeds kan verrichten en slechts luistert naar zijn demon. Maar vergeet niet, die demon en die engel zijn vastgeketend, ze zijn nooit schor, ze verliezen nooit hun stem! Elk moment kunnen we kiezen tussen die twee. Ben Kuijteboer was in Rome en hij luisterde naar zijn engel. Vol goede moed was hij en hij herkende het grote geschenk van zijn leven. Kait van Dam heeft lang naar zijn demon geluisterd, die hem terneerdrukte en hem levend begroef in zijn flat. Maar die engel is nooit van zijn andere schouder geweken, die heeft altijd gesproken en op het beslissende moment heeft de heer Van Dam geluisterd.'

De imam wacht geduldig tot het applaus is verstomd en spreekt zijn laatste zinnen uit: 'Iedereen kan dat, iedereen heeft de keuze, elk moment, maar de persoon van wie we dat misschien het minst verwachtten – die vloekte bij elke pijnscheut, die nooit enige religieuze bijeenkomst bezocht, die elke verpleging weigerde, die eruitzag als een zwerver en een junk – hij heeft geluisterd naar de engel. Ook hij kon dat, zelfs hij, en dat zullen we nooit vergeten.'

Kait van Dam wordt de dag erna in kleine kring begraven, zonder camera's, bij een eeuwenoud dorpskerkje, omringd door de grafstenen van voorouders. Bij het hek spreekt Dounya een kromgegroeid vrouwtje, die vertelt dat ze nooit zijn naam heeft geweten, maar als hij zijn vuilniszak vol ingedrukte blikken op de galerij mikte, ruimde ze die op. En als ze in een rijtje naar binnen schuifelen, fluistert haar teammanager samenzweerderig dat deze locatie de uitdrukkelijke wens was van Kaits moeder, die de afgelopen dagen was getraceerd en niet herkend wilde worden – haar verleden mocht de daden van haar zoon niet besmetten.

'En lieverd, we moeten eens denken aan een promotiefilmpje. Voor onze Insta, om extra medewerkers te werven.'

Ah, dat is blijkbaar een 'werkgerelateerde functionaliteit'.

Ze belandt op een hard bankje naast de witgekalkte muur. Daar, twee rijen terug, zit de buurvrouw die zo'n kabaal maakte toen zij over haar balkon kropen – zes dagen terug was het, maar het voelt als eeuwen geleden. Daar, drie collega's van de thuiszorg die al jaren niet meer bij Kait durfden te komen. Daar twee jongens in hun outfit van de supermarkt, die bezorgden vast zijn bier. Blower en Keffer, die hen meenamen in de helikopter. Vier medewerkers van het uitvaartcentrum. En tot slot, helemaal achterin, een prachtige vrouw met een wipneus en kort donker haar, en een schattig meisje met een deinende bos witte krullen.

De dienst is al begonnen als achterin de poort opent en een oude vrouw naar binnen strompelt, even klein en mager als Kait, met dezelfde brutale blik – een gebroken lichaam met een eeuwig vuur vanbinnen. Mevrouw Van Dam zakt achter adem naast haar kleindochter in de bank. Die kijkt haar onderzoekend aan. Houterig bukt haar grootmoeder naar haar toe en bromt met een doorrookte stem, hoorbaar voor iedereen: 'Hé moppie, lieve meisies eet ik niet op, hoor. Lieve meisies niet.'

'Ben jij mijn oma?' piept Noa bedremmeld.

'Ja, wie had dat gedacht?'

De oude vrouw helt opzij, wriemelt in haar broekzak en haalt daar iets glimmends uit.

'Voor jou.'

Noa houdt verbaasd de sleutel voor zich.

'We gaan samen op zoek naar het slot, oké?'

Het meisje knikt gretig.

Wie weet wat ze allemaal vinden in die bunker...

De afgelopen dagen heeft Dounya eindeloos gepiekerd over Kaits laatste woorden en hoe de drone gehoorzaamde, omkeerde en hun aanvaller doodde. *Hocus pocus.* Ze heeft er met Blower en Keffer over gesproken, met agenten, haar traumatherapeut, vriendinnen. Niemand begreep waarom hij op dat moment, het grootste keerpunt van zijn leven, juist deze woorden uitschreeuwde, zijn laatste. Maar nu ze zijn moeder ziet en het vuur in haar ogen, weet ze zeker dat het iets van vroeger moet zijn, van lang geleden, iets tussen haar en haar zoon, wat lang verborgen is gebleven, maar precies toen eruit schoot.

Er is zo veel dat ik niet begrijp. Heerlijk.

Tijdens de dienst gluurt ze regelmatig schuin naar achteren. Eerst zit Noa tegen haar moeder aangedrukt, maar als de liederen beginnen, kruipt ze plotseling bij haar oma op schoot, en tot het amen klinkt streelt die zachtjes de krullen van haar enige nakomeling.

Nawoord

Terwijl ik schreef aan het laatste hoofdstuk van *De hoogvlieger*, gebeurde op een paar honderd meter van ons huis landelijk nieuws. Een jongetje van vier pakte de autosleutel van zijn ouders, stapte naar buiten, opende de auto, ging op de chauffeursstoel zitten, drukte zijn voetjes op de pedalen, startte en ramde de twee auto's ervoor.

Dat deed me denken aan het verhaal dat ik net aan het afronden was. Bij een aantal moderne technologieën kunnen we ons voelen als een kleuter op de chauffeursstoel en lijkt het wachten op de crash. En is het niet evenzeer een beeld voor die andere thematiek? Want ook in de religies kunnen we ons gedragen als zo'n overmoedig kind en groeien de woorden, symbolen en rituelen ons boven het hoofd.

De verschrikkingen die religieuzen aanrichten krijgen ruime aandacht in het nieuws. Als medemens en medereligieus raakt me dat. Ik voel mee waarom het personage Dounya de Vries verzucht: 'Als het maar geen moslims zijn. We hebben al genoeg gezeik.' Als theoloog die de afgelopen twintig jaar intensief de religies heeft bestudeerd, weet ik dat er veel nuances verloren gaan. Ik wilde daarom in *De hoogvlieger* de verschrikkingen nergens relativeren, maar tegelijk laten zien dat we als mensen ergens vandaan komen, dat we misleid worden en gewond raken, dat we kunnen veranderen. Religieuze woorden en rituelen zijn op veel manieren te begrijpen en daarom nooit immuun voor misbruik, maar ook nooit daartoe gedoemd. Geen religie heeft een monopolie op schoonheid en waarheid, evenmin is enige religie daarvan buitengesloten.

Voor wie hier meer over wil lezen, raad ik *In naam van God: religie en geweld* van religiewetenschapper Karen Armstrong aan, net als *Niet in Gods naam: een pleidooi tegen religieus extremisme en geweld* van rabbijn Jonathan Sacks, die beiden een weg aanwijzen voor duurzame vrede. Indrukwekkend is ook *Een Jihad van liefde* van Mohamed El Bachiri, die zijn vrouw verloor bij een aanslag in Brussel. De artikelen en interviews in het magazine Nieuwwij geven vaak inzicht. Voor mijzelf was alle literatuur niet het belangrijkste, maar de vele mooie gesprekken die ik met religieuzen en areligieuzen van allerlei achtergronden heb gevoerd. Waanzin, geweld en misbruik blijven algemeen menselijke mogelijkheden maar een stuk vindbaarder blijken telkens weer waarheid, schoonheid en empathie.

Ook in mijn directe omgeving zijn die twee polen gelukkig buitengewoon scheef verdeeld. Ik bedank mijn vrienden en collega's dan ook voor hun onvermurwbare geloof in dit project, met name Jelte Nieuwenhuis, Rick de Gier, Peter van Dijk, Peter Johannes en *last because first* Marisa Rappard.

Van dezelfde auteur

Het lied van de vlinder
Een beeldroman
Reinier Sonneveld & Heina Dokter

Plotseling is de vrouw van de bejaarde Jan spoorloos verdwenen, en resteren alleen nog de herinneringen aan haar. Tot hij op een dag opeens, uit het niets, hun liedje hoort – een lied dat alleen zij beiden kenden. De bron van het liedje zet Jan op een spoor, wat het begin is van een zoektocht vol onverwachte wendingen, in de hoop steeds dichter bij zijn verdwenen vrouw te komen. De beeldroman *Het lied van de vlinder* is een ode aan de liefde.

'Mooie, breekbare en bitterzoete vertelling.'
(Erik Kriek, *Gutsman*)

'Juist door zijn eenvoud is het krachtig (...) prachtig verhaal.'
(Reiny de Fijter, *Nederlands Dagblad*)

'Een meesterwerk.'
(Hansje Joustra, *Oog & Blik*)

'Een 'beeldgedicht' (...) waar de lezer als een vlinder doorheen kan fladderen.'
(Joost Pollman, *Volkskrant*)